rororo

ro
ro
ro

Anneke Mohn

Unter einem Dach

Roman

Rowohlt Taschenbuch Verlag

Originalausgabe
Veröffentlicht im Rowohlt Taschenbuch Verlag,
Reinbek bei Hamburg, August 2016

Umschlaggestaltung any.way, Barbara Hanke/Cordula Schmidt
Umschlagabbildung Lidiebug/iStockphoto.com
Satz Nyte OTF, Postscript, InDesign, bei
Pinkuin Satz und Datentechnik, Berlin
Druck und Bindung CPI books GmbH,
Leck, Germany
ISBN 978 3 499 27197 7

Für Carla und Stephan

Familie ist Familie.
Ob es die ist, in die man hineingeboren wird,
die selbst gegründete oder
die Familie, die man unterwegs dazugewinnt.
Gloria Delgado-Pritchett in Modern Family

Das Familienleben ist ein Eingriff in das Privatleben.
Karl Kraus

Prolog

Er zog den Schlüsselbund aus der Hosentasche und betrachtete das Haus. Sein Haus. Natürlich musste noch einiges daran gemacht werden, aber trotz schief in den Angeln hängender Holzläden und der abgeblätterten Farbe wirkte es freundlich und einladend mit den roten Backsteinen, der schönen alten Tür und den Blumenkübeln auf den Stufen, die der Vorbesitzer zurückgelassen hatte. Genau so ein Haus hatte er sich immer gewünscht. Und das Allerbeste war die Lage direkt am Alsterlauf. Man musste nur durch die Pforte am Ende des Grundstücks gehen. Es war ein Traum.

Im Garten standen ein paar richtig alte Bäume. Tannen, Linden, ein paar Obstbäume. Aber am liebsten mochte er die kleine Goldulme neben dem Erker, deren gelbgrünes Laub selbst unter der dunkelgrauen Wolkendecke leuchtete, als würde sie von der Sonne beschienen. Das Haus hatte zwei Stockwerke und war voll unterkellert, den Dachboden konnte man ausbauen. Genug Platz für alle also. Für seine Töchter, für seinen großen Sohn und dessen Freundin, für Freunde und Gäste aller Art. Ein Arbeitszimmer für Dana verstand sich von selbst, am besten oben unterm Dach, da hätte sie ihre Ruhe.

Sie würden ein gastfreundliches Haus führen, das allen jederzeit offenstand, auch den Müttern seiner Kinder, wenn sie wollten. Er würde die Wand zwischen Küche und Esszimmer einreißen und einen langen Esstisch bauen, an dem die ganze zusammengewürfelte Familie Platz finden konnte. Unter diesem Dach würden sie kochen und essen, Hausaufgaben machen und arbeiten, spielen, lesen und Filme sehen, am Kamin Tee trinken oder abends bei einem Glas Wein lange Gespräche führen. Hier würden sie Familienfeste feiern, sich streiten und sich lieben. Leben.

Es würde wunderbar werden. Wenn alle mitmachten.

Erster Teil

1

Und damit sind wir am Ende angekommen. Aus soziologischer Sicht ist die romantische Paarbeziehung also eine Fiktion.»

Dana schob ihre Unterlagen zusammen und ließ den Blick über die ansteigenden Reihen des halbvollen Hörsaals wandern. Die Vorlesung war geschafft, das Semester auch. Vor ihr lagen drei Sommermonate ohne Lehrveranstaltungen. Viel Ruhe, um zu schreiben und ohne die üblichen Pflichten Zeit mit Mattis zu verbringen, mit ihm auszuschlafen, ans Meer zu fahren, schwimmen zu gehen.

«Im Wintersemester werde ich eine Einführung in die Familiensoziologie anbieten und außerdem das Seminar *Und sie lebten glücklich bis ans Ende ihrer Tage. Die Auflösungsphase in Zweierbeziehung und Ehe.*» Hier und da wurde gelacht. «Die veränderten Familienkonstellationen haben auch Konsequenzen für die Paarbeziehungen, und um die soll es in dem Seminar gehen. Was für Konsequenzen sind das? Welche Rolle spielen sie bei der Entscheidung, eine Ehe einzugehen, welche bei ihrem Scheitern? Aus welchen Gründen wird heute überhaupt geheiratet?»

«Spießig ist das neue cool», warf jemand aus den vorderen Reihen ein. Dana sah, dass es Paul war, der Hiwi von einem der Professoren an ihrem Institut. Seine These gefiel ihr. Vollkommen unspießig war sie wahrscheinlich selber nicht – wer konnte das schon von sich behaupten –, aber die Begeisterung für Heirat und Nestbau, die ihr Umfeld seit einiger Zeit ergriffen hatte, teilte sie nicht.

«Interessante Theorie. Das ist doch ein guter Ausgangspunkt für deine Hausarbeit.» Sie zwinkerte ihm kurz zu und strich sich den Pony aus der Stirn, der dringend mal wieder geschnitten werden musste. «Also ... einen schönen Sommer!»

Die Studenten erhoben sich, Sitze klappten nach oben, augenblicklich herrschte Aufbruchsstimmung. Ein bisschen schade fand Dana es ja, dass die Seminare erst in drei Monaten wieder losgingen. Im Kreise ihrer Studenten fühlte sie sich manchmal immer noch wie eine von ihnen. Sie hob ihre Tasche auf den Tisch und begann, ihre Sachen zusammenzusuchen. Als sie aufsah, begegnete ihr Blick dem von Paul, der mit lässigem Schritt die Treppe herunter und auf den Ausgang zuging. Auf seinem weißen T-Shirt stand in verblichenen schwarzen Blockbuchstaben *Sex. Murder. Art.* Hinter ihm löste sich zu Danas Überraschung Mattis aus dem Gewimmel auf der Treppe. Sie hatten die letzte Nacht nicht zusammen verbracht und noch nicht gewusst, ob sie sich heute würden sehen können. Umso mehr freute sie sich, dass er hier so unvermittelt auftauchte, das hatte er noch nie gemacht. Trotz Jeans und seinem ziemlich lässigen braunen Lockenkopf passte er hier so gar nicht her. Ein Mann mit Lebenserfahrung zwischen lauter hippen Jungs und Mädchen, jemand, der mit den Händen arbeitete zwischen lauter Kopfmenschen. Aber genau das gefiel Dana an Mattis.

«Hey!» Sie ging ihm entgegen. «Was machst du denn hier?»

«Dich abholen.» Er gab ihr einen Kuss, und seine braunen Augen lachten sie an.

«Ist was? Du strahlst so.»

«Ja, könnte man so sagen.» Er zupfte irgendetwas Unsichtbares vom Kragen ihres Blazers.

«Was Gutes?», fragte Dana.

«Na ja ... ich würde gern die Konsolidierungsphase unserer Zweierbeziehung einleiten. Falls es so was gibt.»

Dana grinste. «So was gibt es, ja.»

«Hast du Zeit, Mittag zu essen?

Sie musste eigentlich noch mal ins Sekretariat, bevor dort niemand mehr war, und außerdem ein Telefonat führen, aber sie war gespannt, was Mattis ihr zu sagen hatte. Konsolidierungsphase klang gut. Allerdings auch ein bisschen beängstigend.

«Sehr schön.» Mattis legte den Arm um sie. «Bist du so weit?»

«Mehr verrätst du mir nicht?»

«Doch, gleich. Wenn wir sitzen.»

«Bei den restlichen Punkten der Tagesordnung ist Ihre Anwesenheit dann nicht mehr erforderlich.»

Matildas Klassenlehrerin nickte Maren zu, und die zweite Elternvertreterin und sie standen auf und verabschiedeten sich. Tatsächlich durften sie gar nicht dabei sein, wenn die Direktorin und die Klassenlehrerin den Lernstand der einzelnen Kinder durchgingen, obwohl das sicher der interessanteste Teil der Zeugniskonferenzen war.

Andrea, mit der zusammen Maren im vergangenen Jahr das Erntedankfest, die Weihnachts- und die Faschingsfeier der Klasse 1b organisiert, besorgte Eltern zu besänftigen versucht und Geld für Lehrergeschenke eingetrieben hatte, schloss die Tür zum Klassenzimmer hinter sich. Während sie an mit Kinderzeichnungen plakatierten Wänden vorbei auf den Ausgang zugingen, zog Andrea ihr Handy aus der Tasche und begann, eine Nachricht zu tippen.

«Jetzt bringen wir noch das Sommerfest hinter uns, und dann

sind endlich Ferien. Ich werde mich nächstes Jahr nicht wieder zur Wahl stellen, der ganze Orga-Kram wird mir dann zu viel.» Sie steckte das Handy weg und legte die Hand auf ihren leicht gerundeten Bauch. «Willst du noch weitermachen?»

Maren nickte. «Ich denke schon.» So viel war eigentlich gar nicht zu organisieren, und sie freute sich immer, mit den anderen Eltern Kontakt zu haben und zu hören, was bei deren Kindern so los war. Sie hielt Andrea die Eingangstür auf, und sie traten auf den Schulhof, der still in der Julisonne lag.

«Das ist gut. Ist ja immer besser, wenn wenigstens einer der Elternvertreter sich schon ein bisschen auskennt.» Andrea blieb an einer schattigen Stelle der schmalen Seitenstraße des Eppendorfer Wegs stehen, wühlte in ihrer Tasche herum, steckte sich dann eine Klemme zwischen die Lippen und nahm die langen Haare mit beiden Händen zusammen. «Jochen holt mich gleich ab. Macht ihr im Sommer was Schönes? Wir verbringen die kompletten Ferien in Südfrankreich, wird ja wahrscheinlich der letzte Urlaub für dieses Jahr.»

Der letzte Urlaub für dieses Jahr – das sollte wohl heißen, dass der Herbsturlaub wegen des neuen Babys ausnahmsweise ausfallen musste, dachte Maren. Das war natürlich ein extrem hartes Schicksal. «Wir wollen zu meiner Mutter», sagte sie wahrheitsgemäß, «und vielleicht –»

«Entschuldige, wie unsensibel von mir! Zoe hat mir erzählt, dass Mattis nicht mehr bei euch wohnt. Du, das tut mir so leid, ehrlich. Das hätte ich nie für möglich gehalten. Ich fand immer, dass ihr so ein sympathisches Paar seid ...»

Maren nickte. Sie hasste es, bemitleidet zu werden. Auch darum hatte sie bisher nur wenigen Leuten erzählt, dass Mattis vor ein paar Monaten ausgezogen war. Ihre Familie und Heike, ihre beste Freundin, wussten natürlich Bescheid. Allen anderen gegenüber – den Müttern der Freundinnen ihrer Töchter zum Beispiel – hatte sie, wenn es sich überhaupt nicht vermeiden ließ, von einer Auszeit gesprochen. Und das war eigentlich auch nicht gelogen. Denn Maren war fest davon überzeugt, dass Mattis schon noch zur Besinnung kommen würde. Es war ja nicht das erste Mal, dass er eine Krise hatte. Im letzten Frühjahr war ihm schon einmal die Decke auf den Kopf gefallen. Damals hatte er Maren ziemliche Vorwürfe und sich eine Zeitlang aus dem Staub gemacht. Aber dann war er nach zehn Tagen wieder da gewesen. Von einer endgültigen Trennung konnte also gar keine Rede sein. Auch dieses Mal würde er früher oder später wieder vor der Tür stehen. Er brauchte einfach ein bisschen Zeit für sich. Das war alles.

«Ah, da kommt er ja.» Andrea beugte sich zu Maren vor und küsste die Luft neben ihren Wangen. «Wir haben gleich einen Ultraschalltermin. Wenn wir Glück haben, können wir heute sehen, was es ist, ein drittes Mädchen oder zur Abwechslung mal ein Junge. Wär ja zu schön ...»

Neben ihnen hielt ein schwarzer SUV. Maren rang sich ein Lächeln ab und winkte Jochen zu. Mit Sicherheit würde es ein Junge. Manche Frauen schienen einfach alles zu bekommen, was sie sich wünschten.

Als der Wagen um die Ecke gebogen war, schloss Maren ihr leuchtend pinkfarbenes Fahrrad auf. Da die Zeugniskonferenz auf den späten Vormittag gelegt worden war, hatte sie sich für heute im Laden abgemeldet und konnte direkt nach Hause fahren.

Maren raffte ihr Blümchenkleid zusammen, damit es nicht in die Speichen geriet, und trat kräftig in die Pedale. Sie fuhr an ihrem Kinderschuhladen und ihrer Lieblingsboutique vorbei und an den bereits jetzt gut besuchten, zahlreichen kleinen Cafés des Generalsviertels. Eigentlich hatten sie und Mattis auch alles gehabt, was sie sich immer gewünscht hatten. Mattis' Möbelfirma hatte die schwierigen ersten Jahre überstanden und lief jetzt ganz gut, sie selbst arbeitete vormittags in dem kleinen Bio-Deli in Hamburg-Hoheluft, was ihr Spaß machte. Und vor allem hatten sie Marla und Matilda, ihre wunderbaren Töchter. Sie hätten sogar noch ein Kind bekommen können. Könnten sie theoretisch immer noch, noch war sie dafür nicht zu alt. Es war alles so schön gewesen. Die «Trennung» ergab einfach keinen Sinn. Mattis war ein wunderbarer Vater, kümmerte sich auch nach seinem Auszug rührend um die Kinder, und in Erziehungsfragen waren Maren und er sich meistens einig. Als Eltern waren sie nach wie vor gut – warum nicht auch als Paar?

Aber sie kannte Mattis nach all den Jahren gut genug. Es hatte keinen Sinn, ihn zu drängen, er musste selbst zur Vernunft kommen. Und das würde er sicher, denn er war ein Familienmensch, genau wie sie. Nachdem sein Vater früh gestorben und Mattis allein mit seiner Mutter aufgewachsen war, hatte er sich immer eine große Familie gewünscht. Es war ein Traum von ihnen beiden gewesen, als sie sich kennenlernten. Das hatte sie verbunden, und das verband sie auch immer noch.

Wenn Mattis kam, um die Kinder zu sehen, hielt Maren meist Abstand. In so einer Situation war es das mindeste, vor den Mädchen freundlich miteinander umzugehen. Anders als ihre Eltern damals, die nach ihrer Trennung nie wieder ein nettes Wort miteinander gewechselt hatten. Aber vielleicht hatte Heike recht. Sie war der Meinung, dass Maren viel zu passiv war und schon längst das Gespräch hätte suchen sollen. Mattis war ihr gegenüber immer nett und zuvorkommend, und Maren spürte, dass die alte Vertrautheit zwischen ihnen nach wie vor da war, aber was, wenn er durch ihr Verhalten den Eindruck gewann, dass sie ganz gut ohne ihn zurechtkam? Was nicht der Fall war. Er fehlte überall – als Vater, als Freund, als Mann. Nur konnte er das nicht wissen, solange sie sich so abwartend verhielt.

Maren bremste, und das Rad kam zum Stehen. Möglicherweise fiel es ihm nach seinem Auszug schwer, wieder auf sie zuzugehen, den ersten Schritt zu machen. Vielleicht musste sie wirklich ihren Mut zusammennehmen und Mattis sagen, dass sie ihn vermisste und dass ihre Tür ihm immer offen stand. Schließlich bekam man nicht hinterhergeworfen, was man sich wünschte. Auch Andrea hatte ihre schönen Kleider, das große Auto und die vielen Urlaube, die Kinder und den Mann, der immer so zugewandt und zuverlässig wirkte, bestimmt nicht ohne eigenes Zutun bekommen. Sicher steckte dahinter ein eiserner Wille. Wenn Maren eine Veränderung wollte, dann durfte sie nicht länger nur abwarten. Sie stieg vom Rad und holte ihr Handy aus der Tasche.

2

Und eine Flasche Wasser, bitte», rief Dana dem Kellner hinterher. Sie waren zu ihrem Lieblingsitaliener gegangen, der nur einen Katzensprung von der Uni entfernt lag. Die Sonne strahlte vom Himmel, und durch die Blätter des Ahorns, in dessen Schatten sie saßen, raschelte ein leichter Wind. Mattis hatte Spaghetti caprese für sie beide und eine kleine Karaffe Weißwein bestellt und betrachtete nun entspannt die anderen Gäste. Mit seiner großen Neuigkeit war er noch nicht herausgerückt, sodass Dana Zeit gehabt hatte, verschiedene Theorien zu entwickeln und wieder über den Haufen zu werfen. Sie hielt es für das Wahrscheinlichste, dass er etwas Schönes für den Sommer geplant hatte, nur für sie beide. Mehr als ein paar Nächte am Stück hatten sie bisher nicht miteinander verbracht, eine gemeinsame Reise wäre etwas Neues und könnte durchaus unter «Konsolidierungsphase» laufen – ein Begriff, den es in der Soziologie streng genommen nicht gab. Eigentlich sprach man von der Bestandsphase, die zweite von insgesamt vier Phasen einer Beziehung. Zuerst kam die Aufbauphase, in der man sich kennenlernte, nach Gemeinsamkeiten suchte und Vertrauen aufbaute. Genau das hatten sie und Mattis in den vergangenen Monaten gemacht. Sie hatten sich erkundet, einander ausgefragt und sich ihr Leben erzählt, und Mattis war Dana so nah gekommen wie kein Mann zuvor. Auf diese allererste Zeit folgte, soziologisch betrachtet, die Bestandsphase, die sich dadurch auszeichnet, dass die Partner Grenzen ziehen und austesten und Fragen klären, die für den Fortbestand der Beziehung wesentlich sind. Die dritte Phase war die Krisenphase, und dann kam auch schon die Auflösungsphase – eine Entwicklung, die Dana seit Jahren immer wieder durchlebt hatte, mit wechselnden Männern, in immer schnellerer Abfolge. Ihr war vollkommen klar, welches Etikett sie sich damit aufkleben musste: das der bindungsscheuen Großstadtakademikerin. Sie war praktisch das Paradebeispiel. Gewesen.

Der Kellner kam mit dem Wein und einer Flasche Wasser, stellte Gläser auf den Tisch und goss ihnen ein. Als er sich wieder entfernte, trank Mattis einen Schluck und blickte Dana forschend in die Augen, als wollte er überprüfen, ob sie auch aufmerksam war. Oder er brauchte etwas Anlauf.

«Also ... ich hoffe, ich erschrecke dich jetzt nicht, man muss bei dir da ja etwas vorsichtig sein.» Er lächelte, und Dana hielt unwillkürlich den Atem an. Was kam denn jetzt? Mattis räusperte sich. «Mir ist es wirklich ernst mit dir, Dana. Ich liebe dich, wie du weißt.» Wieder lächelte er ihr zu. «Und ich liebe meine Kinder. Ihr seid das Wichtigste für mich. Und darum möchte ich, dass du die Mädchen kennenlernst.»

Dana atmete aus. Sie beugte sich zu ihm vor und nahm seine Hand. «Das möchte ich auch, Liebling.» Sie liebte es, Liebling zu sagen. Es drückte genau ihr Gefühl für Mattis aus, außerdem kam es ihr sehr erwachsen vor. «Ich bin so gespannt auf die beiden, schon lange.»

Mattis hatte drei Kinder. Sein großer Sohn aus einer früheren Beziehung studierte schon. Dana hatte Tim kurz kennengelernt, ungeplant, als sie Mattis mal in seiner Werkstatt besucht hatte. Ein unkomplizierter, sympathischer Typ, der ganz offen auf sie zugegangen war. Die Mutter dazu, Jill, kannte sie noch nicht, aber Mattis sah sie selbst nur selten, schließlich war ihr gemeinsames Kind schon erwachsen.

Nach seinen Töchtern hatte sie Mattis schon zu Beginn ihrer Beziehung gefragt, aber damals fand er es noch zu früh für ein Kennenlernen, und das war sicher richtig. Sie selbst konnte wenig Erfahrung mit Kindern vorweisen, hatte nur ab und zu mal eins der ersten Babys in ihrem Freundeskreis auf dem Arm gehabt, was bisher jedoch keine übermäßigen Muttergefühle in ihr ausgelöst hatte. Aber auf Mattis' Mädchen war sie gespannt – ein ähnlicher Altersabstand wie bei ihr und ihrer jüngeren Schwester, damit würde sie umgehen können.

«Wie kommt's denn?», fragte sie freundlich. «Dass der Zeitpunkt plötzlich da ist, meine ich.»

«Na ja, plötzlich ... so plötzlich ja nun auch wieder nicht.» Er schien nach den richtigen Worten zu suchen. «Das ist ja nicht ganz ohne, vor allem für Marla und Matilda. Wenn du nur *irgendeine* Frau wärst, dann würde ich dich ihnen vielleicht gar nicht vorstellen, also ... nicht, dass ich dazu neigen würde, irgendwelche Frauen zu haben, ich meine ...»

Dana lachte. «Verstehe. Du wolltest erst mal sicher sein, dass es mit uns was Ernstes ist.»

«Das hab ich gleich gewusst.» Mattis trank einen Schluck Wein. «Trotzdem wollte ich uns Zeit geben. Dir, vor allem. Denn das ist ja die Frage: Ist es dir auch ernst genug mit mir?»

Das klang sehr nach Gretchenfrage. Für das Glück seiner Töchter verantwortlich zu sein, war etwas viel, sie konnte schließlich nicht wissen, ob es mit Mattis wirklich gut gehen würde. Bisher war in ihrem Liebesleben noch nie irgendwas langfristig gut gegangen.

«Denn wenn nicht», sprach er weiter, als sie nichts sagte, «dann sollten wir den Kindern ersparen –»

«Natürlich», unterbrach sie ihn, «natürlich ist es mir ernst. Das weißt du doch.» Und das war es auch.

Mattis drehte das Wasserglas in seinen Händen. «Das bedeutet natürlich, dass ich erst mal Maren von dir erzählen muss. Das steht mir etwas bevor, aber es ist langsam überfällig.» Mattis' Handy, das vor ihm auf dem Tisch lag, begann zu vibrieren. Er sah auf das Display. «Wenn man vom Teufel spricht. Ich geh kurz dran, ja?»

Dana nickte.

«Mit Marla und Matilda alles in Ordnung?», fragte Mattis.

Marla, Matilda, Maren und Mattis – als Dana diese vier Namen zum ersten Mal gehört hatte, musste sie sich zusammenreißen, um nicht laut loszulachen. Es hatte etwas von *corporate identity*. In jedem Fall ließ es vermuten, dass der Wunsch, als Einheit wahrgenommen zu werden, ziemlich groß war. Wie sie aus einer Andeutung von Mattis schloss, war es Maren gewesen, die es für eine tolle Idee hielt, wenn alle ihre Namen mit *Ma* anfingen.

Als Dana und Mattis sich kennengelernt hatten – im Wartebereich der Autowerkstatt –, hatte Dana von seiner Familie nichts gewusst. Bei einem Mann Ende vierzig war natürlich zu erwarten gewesen, dass er Frau und Kinder hatte, aber sie hatte nicht danach gefragt, auch nicht bei ihrem ersten gemeinsamen Essen. Es war ein Abend, an dem sie ungewöhnlich nervös war, viel lachte und der eine Sehnsucht in ihr auslöste, die sie bis dahin nicht gekannt hatte. Aber Mattis meldete sich anschließend nicht, zwei Wochen lang nicht. Als sie gerade versuchte, sich damit abzufinden, dass sie nie mehr von ihm hören würde – vollkommen irritiert, wie sie sich so hatte täuschen können –, rief er an, spätabends. Sie trafen sich in einer Bar, die Dana eigentlich zu abgerockt fand, in der aber bis spät in die Nacht noch etwas los war. Bei einem Gin Tonic – offenbar nicht sein erster Drink an diesem Abend – erzählte er ihr, dass er gerade seine Frau verlassen hatte. Die er bis dahin nicht erwähnt hatte, genauso wenig wie seine beiden Töchter. Und seinen großen Sohn aus einer früheren Beziehung.

Dass ein Mann derart voller Überraschungen steckte, wollte man auch wieder nicht. Aber schließlich hatten sie zu dem Zeitpunkt erst einen einzigen Abend zusammen verbracht, er hatte ihr all das also nicht lange verschwiegen, außerdem sprachen seine Gründe durchaus für ihn. Er wollte zuerst die Verhältnisse klären, seine Frau nicht belügen und Dana nicht zu seiner heimlichen Geliebten machen. Als Dana darauf hingewiesen hatte, dass sie dazu ja möglicherweise auch gar nicht bereit gewesen wäre, war Mattis ein bisschen ins Stottern geraten. Aber Dana hatte schon verstanden. Manche Dinge brauchten Zeit. Außerdem hatte sie sich selbst in solchen Situationen nur selten vorbildlich verhalten.

«Natürlich», sagte Mattis jetzt, das Handy am Ohr, und Dana hob die Karaffe mit dem Weißwein und sah ihn fragend an. Er bedeutete ihr mit Daumen und Zeigefinger, dass er nur noch wenig wollte, und sprach weiter. «Wenn du willst, heute Abend.»

Dana trank einen Schluck und betrachtete Mattis. Die Lachfalten, die ihn so herzlich wirken ließen, auch wenn er nicht lachte, den Fünftagebart, der ihr jetzt ein wenig grauer vorkam als bei ihrem Kennenlernen.

Mattis verabschiedete sich, legte das Handy auf den Tisch und sah Dana an. «Das passt ja ganz gut. Maren fragt, ob wir mal in Ruhe reden können. Ich fahre heute Abend hin, dann kann ich die Kinder ins Bett bringen und mit ihr sprechen. Okay?»

«Ja, klar. Ich muss sowieso noch arbeiten. Wenn du magst, kannst du ja danach noch vorbeikommen.»

Als der Kellner die Pasta an den Tisch brachte, klingelte Mattis' Handy erneut. Er seufzte. «Entschuldige bitte. Ich mach's kurz. Tim, was gibt's?» Mattis lehnte sich zurück. «Nee, Mittagessen schaff ich morgen leider nicht, tut mir leid. Sag's mir doch am Telefon. – Jetzt machst du mich aber neugierig, nun erzähl schon.» Mattis' Augen weiteten sich. «Nein! – Und weiß das deine Mutter schon? – Ach so. – Ja, ja, mach das mal.» Er fasste sich an die Stirn. «Mann! Ich könnte ... soll ich morgen Abend vorbeikommen? – Okay, lass uns noch mal telefonieren. O Mann ... dann ... grüß Hanna schön. Tschüs.»

Er legte das Handy wieder auf den Tisch und sah Dana an. «Ich werd Opa.»

«Wie bitte?» Dana musste lachen.

«Wirklich. Tim bekommt ein Baby. Also, seine Freundin. War wohl nicht geplant, aber die beiden freuen sich.» Mattis schüttelte den Kopf. «Das gibt's doch nicht. Er ist fast genauso alt wie ich damals. Vierundzwanzig ...»

«Ziemlich jung», sagte Dana.

Mal abgesehen davon, dass sie sich auch mit Anfang dreißig noch zu jung für ein Baby fühlte. Mattis erwiderte nichts. Er sah in die Ferne, schüttelte den Kopf und schien sie gar nicht gehört zu haben.

Jill blieb mit einigem Abstand zum Gepäckband stehen und suchte es nach ihrem Rucksack ab, aber er war noch nicht dabei. Sie fühlte sich zerschlagen, hatte im Flugzeug diesmal nicht gut schlafen können, außerdem hatte sie Zahnschmerzen. Sie freute sich, mal wieder in ihrem eigenen Bett zu liegen – eine Regung, die ihr sonst eher unbekannt war. Normalerweise wollte sie nach einer Reise immer möglichst bald wieder los, den nächsten Trip planen, in Bewegung bleiben. Aber diesmal würde das etwas warten müssen. Bevor sie auch nur ihren Vater in Irland besuchen konnte, musste sie erst mal etwas Geld verdienen.

«Jill?»

Sie sah sich um. Eine der Assistentinnen von *Freunde der Nacht*, der großen Werbeagentur, für die sie regelmäßig Veranstaltungen konzipierte und organisierte. Sofia. Oder hieß sie Sarah? Am besten, sie ließ den Namen einfach weg. «Hi, wo kommst du denn her?»

Sofia-Sarah war eine dieser Arbeitsbienen, die Jill nie begreifen würde. Seit Jahren, wenn nicht Jahrzehnten, ging sie jeden Morgen in die Agentur und arbeitete ab, was andere ihr auf den Tisch legten. Ohne etwas zu vermissen, wie es schien, ohne zu verzweifeln oder mindestens Depressionen zu bekommen. Bestimmt kam sie gerade von einer geführten Städtetour zurück oder aus einem Club Med. Mit Animateur.

«Aus Vietnam», sagte Sofia-Sarah, «wir waren drei Wochen unterwegs, mein Freund und ich.»

«Echt?» Da war Jill auch gewesen. Allerdings hatte sie sich ganz individuell eine Route zusammengestellt, durch Nordvietnam, *off the beaten track*. Und sie war mit dem Motorrad unterwegs gewesen, nicht mit dem Bus.

«Ja, war toll! Wir waren in Nordvietnam mit dem Motorrad unterwegs, das musst du auch mal machen. Und wo warst du?», erkundigte sich Sofia-Sarah.

Auf dieses Gespräch hatte Jill jetzt irgendwie überhaupt keine Lust. «Ach, du, da kommt gerade mein Gepäck! Ich bin morgen in der Agentur, lass uns doch dann quatschen, ja?»

Sie trat näher an das Gepäckband, auf dem ihr Rucksack zwischen all den Koffern und Taschen leider immer noch nicht zu sehen war, und reagierte nicht mehr auf Sofia-Sarah, die ihr irgendwas hinterherrief. Zum Glück klingelte in diesem Moment ihr Handy. Mattis.

«Na?», fragte er. «Bist du gut gelandet? Tim hat mir erzählt, dass du heute aus Vietnam zurückkommst. Alles okay?»

«Alles gut, danke.» Mattis war von ihnen beiden schon immer derjenige gewesen, der sich um die anderen kümmerte, in der Hinsicht stellten sie die klassische Rollenverteilung auf den Kopf. Nicht, dass Jill ansonsten etwas mit der klassischen Rollenverteilung anfangen könnte. Sie hatten sich, seit Tim erwachsen war, nicht regelmäßig gesehen, aber man konnte ohne Übertreibung sagen, dass sie es geschafft hatten, Freunde zu werden. Ein Kunststück, das ihr mit anderen Männern nicht gelungen war. Aber Mattis war ja auch nicht irgendein Mann, er war ihre Jugendliebe, sie hatten sich gezofft und geliebt, als alles noch neu und einmalig für sie beide gewesen war, und er war der Vater ihres einzigen Kindes. Jill dachte gern an die gemeinsame Zeit zurück, trotzdem bereute sie nicht, ihr vor bald zwanzig Jahren ein Ende gemacht zu haben. Sie beide hatten einfach komplett unterschiedliche Vorstellungen vom idealen Leben, und spätestens nach Tims Geburt hatte sie Mattis' Erwartungen zunehmend als erdrückend empfunden. Nach ihm hatte sie viele Männer kennen- und auf die ein oder andere Weise lieben gelernt, war aber letztlich frei und ungebunden geblieben. Alleinige Ausnahme war Bruno, der niemals Exklusivansprüche auf sie erheben würde und vielleicht gerade deshalb die einzige Konstante in ihrem *sex life* war.

«Ich bin ja froh, dass dich nicht der Schlag getroffen hat», sagte Mattis am anderen Ende.

«Wieso?», fragte Jill und beobachtete, wie ein schlaksiger Mann ungeschickt einen übergroßen Hartschalenkoffer vom Gepäckband wuchtete.

«Tim meinte, er habe dir auf die Mailbox gesprochen.»

«Die hab ich noch nicht abgehört. Ist was mit Tim, ist ihm was passiert?»

«Nein, nein. Entschuldige bitte, ich wollte dich nicht erschrecken. Es ist ihm nichts passiert, nicht direkt.»

«Mattis, *my goodness! Just tell me*!»

«Ich mach ja schon. Also ... Hanna ist schwanger. Wir werden Großeltern.»

Der schlaksige Mann mit dem großen Koffer war näher gekommen, wich jetzt jemandem aus und rempelte Jill an. Ein scharfer Schmerz schoss durch ihren Kiefer und dröhnte in ihren Ohren. Sie stöhnte auf.

«Ja, so ähnlich hab ich auch reagiert», sagte Mattis.

«Ich hab solche Zahnschmerzen.»

«Jill, hast du gehört, was ich dir gerade gesagt habe? Ist die Verbindung so schlecht? Oder stehst du unter Schock?»

«Weder noch.» Sie hatte es gehört, ihr fiel nur gerade überhaupt nichts dazu ein. Alles, was sie spürte, waren die Schmerzen.

«Ich hab auch erst gedacht, das kann nicht sein, ich bin doch selbst quasi gerade erst Vater geworden, wir sind noch nicht mal fünfzig, du und ich, in dem Alter bekommt man ja heute selbst noch Kinder, aber –»

«Mats», unterbrach Jill ihn, «ich hab wirklich fürchterliche Zahnschmerzen. Außerdem scheint mein Gepäck weg zu sein.» Auf dem Gepäckband drehte inzwischen nur noch eine rote Tasche einsam ihre Runden.

«Okay», sagte Mattis. «Weißt du, was, ich komm dich jetzt abholen, dann sehen wir weiter. Bleib, wo du bist, ich brauch nicht lange.»

Anderthalb Stunden später saß Jill auf dem Sofa in ihrer Wohnung am Ottenser Marktplatz und sah den Stapel Post durch, den ihre Nachbarin vor die Tür gelegt hatte. Sie wohnte hier schon, seit Tim zur Schule gekommen war, aber nachdem der Besitzer das ganze Gebäude hatte kernsanieren lassen, fühlte sie sich nicht mehr so zu Hause wie früher. Gegen die Einbauküche hatte sie sich zwar erfolgreich zur Wehr gesetzt, trotzdem war von den Böden bis zu den Lichtschaltern jetzt alles so glatt und glänzend, dass ihre geliebten, zusammengesuchten alten Möbel ganz schrabbelig wirkten, genau wie die Teppiche und die alten Reisefotos an den Wänden.

Mattis und sie waren beim Lost-and-Found-Schalter gewesen und in der Flughafenapotheke, um Tabletten zu kaufen, dank derer die Schmerzen langsam nachließen. Jetzt telefonierte ihr Ex, um ihr die Nummer von dem Zahnarzt zu besorgen, bei dem er neulich gewesen war. Ihr eigener war vor geraumer Zeit nach Spanien gezogen. Jill legte einen Brief auf den Stapel mit der Werbung und las den Absender des nächsten: ihre Hausverwaltung. Das hatte selten etwas Gutes zu bedeuten. Sie riss den Umschlag auf und überflog den Text, und das entscheidende Wort sprang ihr gleich ins Auge: Mieterhöhung. Das war jetzt schon die zweite Angleichung an den Mietspiegel, seit die Wohnung runderneuert worden war, und langsam wurde es happig.

«Super, danke», sagte Mattis am Telefon. «Ich melde mich dann nachher, kann aber später werden.»

Seine Stimme klang nicht, als würde er mit einem Freund oder Kollegen sprechen. «War das Maren?», fragte sie, als er aufgelegt hatte.

«Nein.»

Das hatte sie auch nicht gedacht.

«Ich hab dir die Nummer hier aufgeschrieben, Dr. Michaelsen, die Praxis ist in Altona, gar nicht weit von hier.»

«Super.»

«Jetzt musst du nur noch die Nacht überstehen. Geht's schon besser?»

«So langsam.» Sie betrachtete ihn forschend. Er sah aus, als wäre er viel in der Sonne gewesen, und wirkte, als ginge es ihm gut, aber er war ungeduldiger, als sie ihn kannte, beinahe etwas fahrig.

«Was?», fragte er.

«Irgendwas ist mit dir. Ich frage mich, was. Es ist doch nicht, weil du Opa wirst?»

Zu ihr selbst war die Nachricht immer noch nicht so richtig durchgedrungen. Sie hatte einfach große Mühe, das Wort «Oma» auf sich zu beziehen, schließlich war sie erst siebenundvierzig, gefühlte vierunddreißig, und mit Omas verband sie eher Frauen um die siebzig, mit weißen Haaren und beiger Kleidung, die pausenlos Kuchen backten. Außerdem hielt sie Tims Freundin Hanna nicht gerade für einen Glücksgriff. Nun würde sie ihnen wohl erhalten bleiben.

«Der Gedanke ist schon sehr gewöhnungsbedürftig», sagte Mattis. «Findest du nicht? Andererseits bin ich sicher, dass Tim das schon machen wird. Er klang ganz zuversichtlich am Telefon. Und Hanna freut sich wohl auch.»

«Hanna ist eine kleine Spießbürgerin.» Jill stand auf und füllte ihr Glas noch einmal mit Leitungswasser. «Wahrscheinlich bekommt sie jetzt ein Kind nach dem anderen und wird langsam, aber sicher zur Matrone.»

«Hm. Wir werden sehen. Ich weiß nicht, ich finde es schon etwas ... Ich hatte gerade angefangen, mich nicht mehr so alt zu fühlen. Das schwankt ja irgendwie. Kennst du das? Und –»

«Ha, ich weiß!» Sie drehte sich zu ihm um. «Du hast eine neue Freundin!»

Mattis lachte etwas verlegen.

«*Am I right or am I right?*»

«Also ... ja, es stimmt. Ich hätt's dir auch bald erzählt, ich wollte es bloß erst Maren sagen.»

Jill nickte. «Verstehe. Und ist es dir ernst? Natürlich ist es dir ernst.»

«Ich ...» Mattis breitete die Arme aus, als wolle er sich ergeben. «Ich bin total verknallt.»

Jill lächelte. «Gut. Ich hoffe, sie ist die Richtige für dich, Mats.» Sie überlegte, ob sie sagen sollte, was sie dachte, und tat es dann einfach. «Vielleicht kannst du mit ihr deine Zerrissenheit überwinden.»

«Welche Zerrissenheit denn?», fragte Mattis belustigt.

«*Well, you know.* Mich wolltest du immer dazu bringen, sesshaft zu werden und mit dir und Tim ein bürgerliches Leben zu führen, *to play house.* Mutter, Vater, Kind. Ich habe mich damals immer gefragt, wie du so überzeugt davon sein kannst, dass es das ist, was du wirklich willst. Für mich war es so eindeutig das Falsche.»

Mattis nickte. «Ich weiß.»

«Mit Maren hattest du es ja dann. Aber glücklich bist du trotzdem nicht geworden. Du wünschst dir nichts mehr als eine glückliche Familie, aber anbinden darf man dich nicht. Es muss alles deine Entscheidung sein.» Mattis sah zu Boden und sagte nichts. Um ihre Worte abzumildern, die möglicherweise etwas härter klangen, als sie beabsichtigt hatte, setzte Jill hinzu: «Das zumindest haben wir gemeinsam.»

Mattis sah auf und verzog das Gesicht, sie schien ihn ein bisschen verärgert zu haben. «So viel haben wir nicht gemeinsam, du und ich. Wir wollten nie dasselbe, auch wenn es gedauert hat, bis das bei mir angekommen ist. Maren und ich wollten dasselbe. Lange Zeit jedenfalls.» Er stand auf. «Aber ich hab jetzt keine Lust auf diese Psychogespräche – zumal ich woanders eins führen muss.»

Jill machte einen Schritt auf ihn zu und fuhr ihm mit der Hand durchs Haar. «Dann fahr zu Maren und bring es hinter dich. Ich werde mal Tim anrufen. Weißt du …» Sie betrachtete ihn, seinen Dickschädel, seine Charakternase, die tiefbraunen Augen.

«Was?»

«Manchmal frage ich mich, was Tim eigentlich von mir geerbt hat. Er ist dir so ähnlich, in so vieler Hinsicht.»

Mattis' Züge entspannten sich etwas. «Die Lässigkeit, Jill, die hat er von dir. Und das ist nicht das Schlechteste.»

3

Mamablog

Sooo, Mama-Alltag geschafft, alle Bäuche sind voll leckerer Pfannkuchen mit frischen Erdbeeren und Vanillequark, die Kinder räubern noch eine Runde draußen rum, bevor Papa nach Hause kommt, und Mama sitzt am Küchentisch und zerbricht sich den Kopf. Denn: Die kleine Prinzessin hat bald Geburtstag, und der ganze Hofstaat will unterhalten werden. Nun hatte die Prinzessin letztes Jahr einen Prinzessinnengeburtstag, der sich gewaschen hatte, und ist in diesem Jahr toootal rausgewachsen aus der Sache. Schließlich wird sie sieben und geht bereits zur Schule. Kennt ihr das? Wenn Lilifee und alles, was rosa ist, plötzlich uncool ist, obwohl es vorgestern erst angeschafft wurde? Angeschafft werden MUSSTE? Für viel Geld? Na ja, der nächste Flohmarkt kommt bestimmt ;-) Dieses Jahr also kein Prinzessinnengeburtstag. Aber was dann? Ein Hexengeburtstag? Mit spitzen Hüten und einer Schnitzeljagd durch die Nachbarschaft auf dem Hexenbesen? Mal sehen, was die Prinzessin, die keine mehr sein will, dazu sagt. Ich halte euch auf dem Laufenden. Und wenn ihr Vorschläge habt: immer her damit! ☺

Maren klickte auf *Posten* und schob den Laptop von sich. Manchmal beugte sie die Wahrheit in ihren Einträgen ein kleines bisschen, schließlich mussten ihre Leser nicht über jede Ehekrise informiert werden. Außerdem ging es in ihrem Blog um die schönen Seiten des Mutterseins. Auf die Idee mit dem Bloggen hatte sie eine Frauenzeitschrift gebracht, vor ein paar Jahren, als Matilda in den Kindergarten gekommen war und Maren wieder mehr Zeit hatte. Es machte ihr Spaß, über den Alltag als Mama zu schreiben, über all die schönen Kleinigkeiten und Lustigkeiten, und sie bemühte sich immer, viel Atmosphäre in ihre Einträge zu bringen, indem sie die Jahreszeiten einbezog und über das schrieb, was sie sowieso liebte und konnte: die Wohnung schön dekorieren, backen, basteln. Anfangs, als sie noch nicht wieder gearbeitet hatte, hatte es außerdem Abwechslung in ihre Vormittage gebracht, sich in den Kommentaren mit ihren Followern auszutauschen.

Die Frage, ob sie wieder in ihren alten Beruf als Sachbearbeiterin zurückging, hatte sich damals nicht gestellt, sie war einfach schon zu lange raus, und sie hatte auch gar keine Lust dazu, die Tage am Schreibtisch zu verbringen – vielleicht hatte sie da einfach den falschen Beruf gewählt. Mattis hatte sie ermutigt, sich stattdessen etwas zu suchen, was ihr Spaß machte, und dann hatte er sie irgendwann mit Torsten bekannt gemacht, einem Kumpel vom Sport, der gerade ein kleines Bio-Deli eröffnet hatte und Unterstützung brauchte. Dort konnte man selbstgemachte Sandwiches und Salate, Tartes und Törtchen kaufen oder an einem der sechs kleinen runden Tische essen. Außerdem hatten sie Dinge wie Marmeladen, Chutneys, Kekse und Schokoladen im Angebot, die von kleinen norddeutschen Manufakturen hergestellt wurden. Sie arbeitete vormittags, wenn die Kinder in der Schule waren, und es gefiel ihr, mit Leuten in Kontakt zu kommen, in einer schönen Umgebung zu arbeiten. Torsten war ein angenehmer Chef, und manchmal kam sie tagsüber im Deli auf Ideen, die sie am Abend noch schnell verbloggen konnte, irgendein Rezept oder eine nette Begebenheit.

Seit Mattis nicht mehr da war, hatte sie nur wenig gepostet. Sie war einfach zu deprimiert gewesen, um sich ständig etwas aus den Fingern zu saugen und womöglich noch gute Laune zu verbreiten. Am Tagesablauf hatte sich ja nicht viel geändert, aber abends, wenn die Kinder im Bett waren, sank sie regelrecht in sich zusammen. Mehr als ein Mal war es vorgekommen, dass sie einfach auf dem Sofa blieb, weil sie nicht mal mehr die Energie aufbrachte, den Fernseher auszumachen und in ihr leeres Bett zu gehen. Zum Glück hatten die Kinder das nie mitbekommen. Sie wollte sich nicht gehen lassen, nicht wie ihre Mutter damals, und so hatte sie sich schließlich in ein Dekoprojekt nach dem anderen gestürzt. Neue Vorhänge, neue Kissen, neue Bilder, viele Kerzen in fröhlichen Farben. Leider war die Wirkung nicht mehr dieselbe wie früher. Die Wohnung blieb trotzdem zu leer.

Aber Projekte brauchte sie, um die Zeit zu überstehen, bis diese Krise mit Mattis überwunden war. Deshalb hatte sie sich vorgenommen, jetzt wieder regelmäßiger zu bloggen, schon weil ihr sonst früher oder später niemand mehr folgen würde. Irgendetwas gab es schließlich immer zu berichten: der erste verlorene Zahn, ein Tag mit den Kindern am See, selbstgemachtes Eis, Kastanien sammeln, in der Adventszeit Plätzchen backen – all das eignete sich hervorragend, um darüber zu berichten, und ließ sich aufs schönste mit Fotos bebildern.

Maren stand auf und blickte auf die Uhr. Mattis schien sich zu verspäten, würde aber sicher bald kommen, sonst hätte er angerufen. Wahrscheinlich hatte er in der Werkstatt mal wieder die Zeit vergessen und steckte jetzt im Feierabendverkehr fest. Von der Großen Elbstraße bis nach Eimsbüttel konnte man da schon mal eine Dreiviertelstunde brauchen.

Sie hatte sich genau zurechtgelegt, was sie sagen würde, sie musste es nur noch über die Lippen bringen. Aber eigentlich hatte sie ein ganz gutes Gefühl. Mattis war ihr immer noch so vertraut, und sie konnte sich einfach nicht vorstellen, dass es ihm anders ging. Allein, dass er noch am selben Tag zu ihr kam, wenn sie ihn darum bat, war ein gutes Zeichen und machte Hoffnung auf einen Neuanfang. Die Mädchen spielten noch mit den Nachbarskindern unten im Hof, und sie und Mattis würden bestimmt noch eine Stunde zu zweit haben, jedenfalls, wenn er bald käme ... Maren sah in den Spiegel. Sie hatte Sommersprossen bekommen. Und ausgeprägtere Augenfalten. Aber ihre Haare hatten ein schönes Sommerblond, von Grau keine Spur, sie waren nur bedauerlich dünn. Sie überlegte gerade, ob sie sich vielleicht noch schnell eine Frisur machen sollte, als die Türklingel ihr die Antwort abnahm. Da war er ja. Alles lief nach Plan.

«Willst du was trinken?»

Mattis nickte. «Gern.»

Sie war in die Küche vorgegangen, dort saß man nicht so steif nebeneinander wie auf dem Sofa, und durch die offene Balkontür fiel das goldene Licht des Sommerabends. Draußen im grünen Hof, der von einem Karree vierstöckiger Altbauten umgeben war, hörte man die Kinder spielen, und es duftete nach Sprenger und Erde.

«Die Mäuse sind im Hof. Bringst du sie nachher noch ins Bett?», fragte Maren und nahm die Flasche Chardonnay aus dem Kühlschrank, die sie extra kalt gestellt hatte. Sie konnte jetzt selbst ein Glas gebrauchen.

«Kann ich machen.» Mattis holte zwei Gläser aus dem Schrank und stellte sie auf den Küchentisch. Er schien sich so zu Hause zu fühlen wie eh und je, was Maren als weiteres gutes Omen deutete. Sie setzte sich und schenkte ihnen ein, während Mattis zur Balkontür ging und hinaussah. Maren trank einen Schluck. Sie musste ein bisschen aufpassen, denn seit sie abends immer mit den Kindern allein war, trank sie kaum noch Wein und vertrug überhaupt nichts mehr, wie sie bei Heikes Geburtstag vor zwei Wochen ein Glas zu spät festgestellt hatte.

«Ist aber ganz gut, dass wir erst mal zu zweit sind», sagte er. «Ich wollte auch mit dir sprechen. Ist was Wichtiges.»

Er stand jetzt am Kühlschrank und sah zu Boden, schien nach Worten zu suchen, und Maren war sich plötzlich fast sicher, dass er den gleichen Wunsch hatte wie sie, dass er zu ihnen zurückkommen wollte. Am liebsten hätte sie ihn gefragt, ihm auf die Sprünge geholfen, aber wenn es so war, wie sie glaubte, wartete sie besser ab.

Mattis sah auf, ihr in die Augen. «Also ... das ist nicht ganz leicht für mich. – Mist.» Es hatte an der Tür geklingelt.

«Bestimmt die Kinder», sagte sie.

«Sag doch, sie können noch eine Runde unten spielen. Dann hätten wir noch einen Moment allein. Das wäre, glaube ich, ganz gut.»

Maren lächelte. «Ich versuch's.»

Sie lief durch den langen Flur, musste vor der Wohnungstür förmlich abbremsen und öffnete, eine Hand an der Tür, eine am Rahmen, damit die Kinder gar nicht erst reinkamen. Aber Matilda schlüpfte unter ihrem Arm durch und rannte mit den Worten «Wir haben Papas Auto gesehen! Ist er in der Küche?» den Flur hinunter, ohne dass Maren eine Chance hatte, sie noch einzufangen.

Als Maren und Marla in die Küche kamen, saß Matilda bereits bei Mattis auf dem Schoß. Maren sah ihn an und zuckte bedauernd mit den Schultern, und er lächelte gequält. Sie würden sicher bald Zeit haben, ihr Gespräch zu führen. Vielleicht, wenn die Kinder im Bett waren, was allerdings immer später der Fall war. Sie setzte sich zu ihrer Familie und ließ den Blick von einem zum andern wandern. Alle vier am Küchentisch, so sollte es sein.

«Der Miesepeter hat schon wieder an seinem Fenster gesessen und geglotzt», sagte Marla, knallte die leere Wasserflasche auf den Tisch und verzog angeekelt ihr hübsches Gesicht. Ihre Haare, die genau aussahen wie Marens, waren von der Sonne hell geworden – und hatten schon länger keine Bürste mehr gesehen, stellte Maren fest. «Der macht den ganzen Sommer lang nichts anderes! Der ist mir so unheimlich ...»

«Herr Widepeter von unten?», fragte Mattis.

«Den Spitznamen hat Marla sich ausgedacht», sagte Maren ein bisschen stolz, als wäre Marla nicht auch Mattis' Tochter. Sie hatte öfter so gute Ideen und schrieb für die Schülerzeitung regelmäßig originelle kleine Texte.

Mattis lachte. «Super ...»

«Felix' Mama sagt, der ist nur traurig, vor dem müssen wir keine Angst haben», sagte Matilda mit fragendem Blick.

«Müsst ihr auch nicht.» Mattis strich Matilda über die Wange. «Der weiß nur nicht, was er machen soll, und da guckt er euch eben bei dem zu, was ihr macht. Er ist einfach allein.»

«Papa?», fragte Matilda und drehte sich auf Mattis' Schoß so, dass sie ihrem Vater ins Gesicht sehen konnte.

«Hm?»

«Bist du jetzt auch so viel allein wie der?»

«Nein. Wieso?»

Im Gegensatz zu ihrem Mann wusste Maren genau, worauf ihre Jüngste mit dieser Frage hinauswollte.

«Na, weil du ja jetzt alleine wohnst, ohne uns. Ich will nämlich nicht, dass du auch so traurig und komisch wirst.»

«Ach, Süße.» Mattis drückte ihr einen Kuss aufs Haar. «Da brauchst du dir keine Sorgen zu machen. Ich bin ja meistens bei der Arbeit.»

«Aber danach. Da hast du früher für uns gekocht und mit uns gespielt und uns ins Bett gebracht.»

«Das stimmt.»

«Ja, und jetzt?»

Maren lächelte. Es war typisch Matilda, sich so um ihren Vater zu sorgen. Und das Gesprächsthema hätte sie nicht besser wählen können. Was Mattis ihr zu sagen hatte, konnte er doch eigentlich auch vor den Kindern sagen. Das war eigentlich sogar noch romantischer.

«Jetzt ... hm ...» Mattis sah sie fragend an, und sie nickte ihm zu.

«Papa wird schon nicht so komisch wie der Miesepeter», sagte Marla.

«Genau. Ich hab ja euch. Und ich habe Freunde.»

«Aber was machst du denn abends?», insistierte Matilda.

Maren fragte sich, ob sie ihm beispringen, ihm irgendwie eine Brücke bauen sollte, aber sie wusste so schnell nicht, wie.

«Also ...» Mattis räusperte sich. «Manchmal habe ich auch Besuch von einer Freundin.»

Er sah jetzt sie an, wirkte unsicher. Verwirrt blickte Maren weg, zu Marla, die sich mit misstrauischem Gesichtsausdruck vorbeugte.

«Echt? Wer denn? Kenne ich die?», fragte Matilda neugierig.

Maren versuchte zu schlucken, aber es ging nicht, und sie merkte, wie ihr übel wurde.

«Nein, die kennt ihr noch nicht», sagte Mattis, der sie jetzt nicht mehr ansah. «Es ist noch nicht lange her, dass ich sie kennengelernt habe.»

«Wieso, wo hast du sie denn kennengelernt?», fragte Marla streng.

«Bei ... also, eigentlich im Autohaus.»

Maren suchte Mattis' Blick, wollte ihn irgendwie davon abhalten, die Kinder mit solchen Geschichten zu belasten, was sollte denn das? Aber Mattis sah konsequent Matilda an, die jetzt fragte: «Arbeitet die da?»

Mattis lachte. «Nein. Wir haben beide darauf gewartet, dass unsere Autos fertig werden, und das hat ziemlich lange gedauert.»

Maren hätte sich am liebsten die Ohren zugehalten. Das wollte sie alles nicht wissen, sich nicht vorstellen müssen. Wann, bitte, sollte das denn gewesen sein? Sie griff nach ihrem Weinglas, trank einen großen Schluck und behielt es in der Hand.

Matilda hatte sich aufmerksam aufgesetzt. «Ist die nett?»

«Ja, sehr nett», sagte Mattis mit einem ziemlich blöden Grinsen im Gesicht.

«Und wie heißt die?»

«Dana.»

«So heißt der Hund von Isabell auch», sagte Marla und verschränkte die Arme vor der Brust.

Im Gegensatz zu ihrer Schwester schien Matilda hocherfreut. Sie rutschte von Mattis' Schoß und wirkte auf Maren, als würde sie gleich auf und ab hüpfen. Dieses Kind, das sofort mit jedem anfing zu schmusen und niemandem böse sein konnte, schien seine ganz eigene Vorstellung von der Situation zu haben. Was wahrscheinlich ein Segen war.

«Dürfen wir die mal kennenlernen, Papa? Bitte!» Tatsächlich hüpfte Matilda jetzt kurz auf der Stelle.

«Also, ich will die gar nicht kennenlernen!» Marla erhob sich zu ihrer vollen Größe und blieb stehen, sie war schon genauso groß wie Maren, aber ein Strich in der Landschaft. Dann verschwand sie ohne ein weiteres Wort in den Flur. Maren schloss für einen Moment die Augen und wartete auf das Knallen der Zimmertür. Ihre Große verstand die Situation offenbar nur zu gut.

Matilda hatte ihrer Schwester betroffen nachgeschaut, besann sich aber, kaum dass die Tür krachend ins Schloss gefallen war, wieder auf ihre eigene Position. «Aber ich will das. Darf ich, Papa?»

Mattis lächelte. «Ja, sicher, Maus. Ich bespreche das mal mit Dana.» Dann sah er Maren an, und seine Miene wurde ernster. «Und mit Mama.»

~

Zufrieden schob Dana den Stapel der korrigierten Druckfahnen zusammen. Nach dem Mittagessen mit Mattis war sie über den Grindelhof zurück ins Institut gegangen, um sich in ihr Büro zurückzuziehen, wo sie am Nachmittag viel geschafft hatte. Ein bisschen Zeit blieb ihr noch, bis ihre Schwester sie abholte. Zeit genug, um die neue Ausgabe von *Texte zur Soziologie* durchzublättern. Sie griff nach dem DIN-A5-Heft, das fast einen Zentimeter dick war, und schlug es auf. Beim Querlesen blieb ihr Blick an einem Wort hängen, auf das sie in Studien und Artikeln zwar tagtäglich stieß, das nach Mattis' Ankündigung heute Mittag aber erstmals persönliche Relevanz für sie hatte: *Patchworkfamilie*. Sie begann den Anfang des Absatzes zu lesen.

> Die Ehe wird als Lebensform also weiterhin gewählt, die Zahl der Eheschließungen nahm sogar erstmals seit 1991 wieder zu. Die amtlichen Statistiker schätzen jedoch, dass

> ein Drittel der heute geschlossenen Ehen geschieden werden wird. Damit wächst die Zahl der Kinder, die von Scheidungen betroffen sind. Fünf Prozent dieser Kinder leben anschließend mit einem leiblichen und einem Stieffamilienteil in der Konstellation, die man heute nicht mehr Stief-, sondern Patchworkfamilie nennt.

Der Begriff Stieffamilie passte in Danas Augen tatsächlich überhaupt nicht zu ihrer neuen Situation, und schon gar nicht betrachtete sie sich als Stiefmutter, ein Wort, das so überhaupt nichts Positives hatte. Sie las weiter.

> Wo der Begriff Stieffamilie die Erfahrung des Verlusts der alten Familie herausschreit wie etwas Unüberwindbares, ist der neue Begriff freundlicher und optimistischer, denn er scheint zu sagen: Auch aus Stoffresten lässt sich etwas Ansehnliches machen. Aber aufgrund von Trennung oder Scheidung fragmentierte Familien lassen sich nicht so einfach zusammenfügen wie Stoffflicken. Sie müssen ihre eigene Lebensform organisieren. Dieser Prozess ist schwierig und häufig von heftigen Affekten und Auseinandersetzungen geprägt.

Wieder wanderte Danas Blick zum Fenster. Es stimmte schon, ganz leicht würde es wahrscheinlich nicht werden, vor allem für die Kinder. Aber irgendwie war sie optimistisch. Sie und Mattis würden sich sicher unter Kontrolle haben, und falls es Konflikte gab, dann würde sie auf jeden Fall die Schweiz spielen und sich zurückhaltend und neutral verhalten. Jedenfalls wollte sie Mattis' Töchter mit offenen Armen aufnehmen. Eine unmögliche Aufgabe war es bestimmt nicht, eine eigene Lebensform zu organisieren, wie es in dem Text hieß. Mit Herz, Humor und Geduld würde sich alles finden, das hatten schon ganz andere geschafft. Schließlich gab es Patchworkfamilien heute wie Sand am Meer.

Es klopfte an der Tür, und als Dana aufsah, schob sich ihre Schwester samt rundem Schwangerschaftsbauch ins Zimmer. Dana legte die Zeitschrift mit dem Titelblatt nach unten auf den Schreibtisch. Sie würde den Artikel morgen weiterlesen. Jetzt zogen sie erst mal ein letztes Mal um die Häuser, bevor Kristin ihr Baby bekam und *nie wieder* ausgehen konnte, wie sie es gern darstellte.

Da das Institut direkt neben der Pony-Bar und dem Abaton-Kino lag, befanden sie sich sofort mitten im Gewühl. Neben einem Meer aus Fahrrädern standen Studenten in kleineren und größeren Grüppchen beieinander, Limo- und Bierflaschen in der Hand, und unterhielten sich. Von den Restaurants am Grindelhof klang die Musik einer kleinen Band mit Akkordeon herüber.

«Wollen wir gleich hier in die Bar gehen?», fragte Dana.

«Ach, ich weiß nicht …» Kristin sah sich um. «Ich kann ja doch keinen Alkohol trinken. Wollen wir vielleicht erst mal ein bisschen spazieren gehen?»

«Können wir auch machen.» Das *um die Häuser ziehen* schien wörtlich gemeint gewesen zu sein.

Kristin hakte sich bei ihr unter. «Ich lad dich auf ein Eis ein.»

Sie gingen über die Straße und stellten sich in die Schlange vor der Eisdiele. Als sie schließlich beide mit einer großen Waffel in der Hand unter den Bäumen hindurch in Richtung des Springbrunnens auf dem Campus schlenderten, sah Dana Paul auf sich zukommen, zusammen mit Gunther, dem Dana in den letzten Monaten erfolgreich aus dem Weg gegangen war. Das konnte sie jetzt gar nicht gebrauchen. Sie hatte nicht mal gewusst, dass die beiden sich kannten, aber die Uni war manchmal ein Dorf.

Dana zog Kristin am Arm und raunte: «Geh mal ein bisschen vor mir, damit die beiden da mich nicht sehen.»

«Wer? Die da? Wieso?»

«Nicht hingucken!»

Aber Kristin hatte schon hingeguckt. «Was ist denn mit denen?»

Dana seufzte. Zu spät. Gunther blickte in ihre Richtung, sah aber sofort wieder weg, als er sie erkannte. Er war Doktorand der Psychologie und hatte eine Zeitlang an ihrem interdisziplinären Colloquium teilgenommen. Sie waren sich sympathisch gewesen, irgendwann hatte er mal für sie gekocht, und danach war es irgendwie dazu gekommen, dass sie über Nacht bei ihm geblieben war. Das wiederholte sich noch zwei-, dreimal, bis er begann, in der Wir-Form zu sprechen, und als er sie dann auch noch als seine Begleiterin zur Hochzeit einer Cousine mitnehmen wollte, hatte sie sich einfach nicht mehr bei ihm gemeldet. Kein Ruhmesblatt, aber diese Art Vereinnahmung konnte sie gar nicht leiden, auch wenn sie sich eigentlich schon seit Jahren nach einer festen Beziehung sehnte. Es war kompliziert.

Gunther war gerade mit sturem Blick an ihnen vorbeigegangen – entweder er hatte sie doch nicht erkannt, oder er spielte es sehr überzeugend –, als Paul sie entdeckte.

«Hey, hallo!» Er kam auf sie zu, nahm sie in den Arm und drückte ihr einen Kuss auf die Wange, während Gunther weiterging.

«Hallo. Das ist meine Schwester. Kristin – Paul.»

«Cooles T-Shirt!» Kristin grinste, und die beiden schüttelten sich wohlerzogen die Hände.

Inzwischen war Gunther stehen geblieben und kam jetzt ebenfalls auf Dana zu. «Du lebst also noch», sagte er mit verkniffener Miene.

«Ja. Ähm ... Gunther – Kristin, meine Schwester», sagte Dana, während Kristin, die von nichts wusste, Gunther herzlich begrüßte.

«Hmhm. Und?», fragte Gunther an Dana gewandt in feindseligem Ton und mit einem ebensolchen Gesichtsausdruck. «Leben geht weiter, nehme ich an?»

Dana stöhnte innerlich. «Mir geht's gut. Danke der Nachfrage.»

Für einen Moment trat Stille ein, dann strich Paul sich mit beiden Händen über die muskulösen Oberarme. «Uuuuh ... es ist plötzlich so kühl geworden hier. Irgendwas, das ich wissen sollte?» Er grinste.

«Nee», sagte Dana, während Gunther «Erzähl ich dir später» murmelte. Die beiden schienen sich doch etwas besser zu kennen.

«Verstehe.» Paul grinste. «Ja, ähm – *Und?* Was habt ihr noch so vor? Euch die Kante geben und die Nacht durchtanzen?»

«Klar! Ganz genau», sagte Kristin, schnitt eine Grimasse und deutete mit beiden Zeigefingern auf ihren Bauch.

«Das ist doch mal 'ne schöne Babykugel», sagte Paul. «Cool.»

Kristin lachte, als fände sie das frech, aber Dana wusste, dass sie sich darüber freute.

«Nee, im Ernst», sagte Paul und lächelte Dana an. «Wollt ihr noch irgendwo hin?»

«Wissen wir noch nicht», sagte sie. «Vielleicht gehen wir nachher noch was trinken. Wo gibt's denn gute alkoholfreie Cocktails?»

«Keine Ahnung. Im Neumann's? Hey, wollen wir nicht alle zusammen ins Neumann's gehen? Komm, Gunther. Gib dir einen Ruck.»

Dana war froh, als Gunther den Kopf schüttelte und sagte: «Mach, was du willst. Ich hab jedenfalls keine Lust auf die Nummer hier. Ich geh jetzt. Tschüs.»

«Hey! Warte doch ...» Paul ging ihm ein paar Schritte hinterher, drehte sich dann noch mal zu ihnen um und hob entschuldigend beide Arme. «Schade eigentlich. Man sieht sich.» Er zeigte auf Kristins Bauch. «Und alles Gute!» Dann lief er seinem Freund hinterher.

Kristin sah ihm nach. «Der war ja süß.»

«Wer, Gunther?»

«Nee.» Kristin lachte. «Der wirkte total verbiestert. Hast du dem den Laufpass gegeben? Der andere, mit dem *Sex-Murder-Art*-Shirt.»

«Ach, findest du? Das ist Paul.»

«Der sieht doch aus wie der junge Alain Delon. Die hohen Wangenknochen und die Haare. Sehr französisch. Fehlt nur die Zigarette im Mundwinkel.» Kristin spitzte die Lippen und sagte mit französischem Akzent: *«Paul. Chérie, l'amour, bisou ...»* Kristin sammelte sich wieder, vielleicht waren ihr auch nur die Französischkenntnisse ausgegangen. «Der scheint dich ja ziemlich gern zu mögen.»

Dana lachte. «Quatsch, wir kennen uns nur aus dem Institut. Und davon abgesehen hab ich ja jetzt Mattis. Der mich übrigens seinen Kindern vorstellen will.»

Kristin blieb stehen. «Echt?»

Dana drehte sich zu ihr um und warf dabei ihre leere Eistüte, die pappig schmeckte, in hohem Bogen in einen Papierkorb. «Echt.»

«Und wie findest du das?»

«Na, wie soll ich das schon finden? Ist doch toll. Ich bin gespannt auf die beiden.»

Kristin sah sie verblüfft an. «Das klingt aber ziemlich ernst. Solltest du etwa doch noch sesshaft werden?»

Dana grinste. «Wer weiß? Kannst du dir wohl gar nicht vorstellen, was?»

«Nicht so richtig.»

Seit ihre kleine Schwester verheiratet war, ließ sie gerne mal die Arrivierte raushängen und tat, als wäre Dana hoffnungslos jugendlicher Promiskuität verhaftet, während *sie* sich weiterentwickelt hatte – zur treuen Ehefrau. Dabei war Kristin selbst kein Kind von Traurigkeit gewesen, ehe sie Fabian kennengelernt hatte.

«Wart's ab», sagte Dana. «Außerdem gibt es ja noch andere Lebensformen als das symbiotische Paar.»

«Du meinst, wie Mama und Papa? Ich halte die Ehe unserer Eltern eigentlich für ziemlich vorbildlich», sagte Kristin.

«Ich weiß nicht. Die beiden sind dermaßen aufeinander fixiert, da bleibt ja gar kein Raum mehr für Eigenes. Das kann doch nicht gut sein. Ich würde Beklemmungen bekommen.»

«Ach, du», sagte Kristin wegwerfend. «Wir sind doch vor über zehn Jahren ausgezogen und können gar nicht mehr beurteilen, wie es heute ist. Außerdem hat es doch auch sehr schöne Seiten, sich so nah zu sein.»

«Wenn man's mag, keine Luft zum Atmen zu haben.»

Kristin sah sie von der Seite an. «Ist Mattis eigentlich auch so ein Skeptiker wie du?»

Dana schüttelte den Kopf. Ihr war allerdings ein Rätsel, warum Mattis nach zwei gescheiterten langjährigen Beziehungen nicht skeptischer geworden war.

«So, so.» Kristin hakte sich bei ihr unter. «Da bin ich ja mal gespannt, ob er dich bekehren kann. Bisher bist du noch jedes Mal weggelaufen, wenn es ernst wurde.»

Dana seufzte. Das versprach ja ein lustiger Abend zu werden.

Maren stand auf dem Balkon und sah in den leeren Hof. Auch ihre Nachbarn brachten ihre Kinder zu Bett oder hatten Besseres vor, als auf ihren Terrassen zu sitzen. Mattis war mit Matilda in ihr Zimmer gegangen und las ihr gerade eine Gutenachtgeschichte vor, während Maren hier draußen versuchte, zu sich zu kommen, eine Haltung zu finden zu all dem.

Wie hatte sie nur annehmen können, dass Mattis zu ihr zurückkommen wollte, während er in Wirklichkeit längst eine neue Freundin hatte? Konnte ihr Gefühl sie wirklich so täuschen? Sicher, vor der Trennung hatten Mattis und sie über längere Zeit viel gestritten und aus dieser gereizten Stimmung, anders als früher, kaum noch herausgefunden. Aber als Mattis ihr im Winter verkündete, dass er ausziehen würde, war von einer anderen Frau keine Rede gewesen, und auch zuletzt hatte doch rein gar nichts darauf hingedeutet. Mattis war unter der Woche regelmäßig vorbeigekommen, und die Wochenenden hatte er tagsüber quasi vollständig bei ihnen verbracht. Er war rührend mit den Kindern und immer freundlich zu ihr, manchmal kam er ihr sogar bemühter vor als früher, sodass man schon Zweifel bekommen konnte, ob er noch meinte, was er ihr vor seinem Auszug alles an den Kopf geworfen hatte. Und das war einiges gewesen: Früher sei sie so lebenslustig gewesen, jetzt lache sie nur noch mit den Kindern. Immer müsse alles nach ihrem ganz persönlichen Plan ablaufen, sie bestehe überhaupt nur noch aus Regeln und Pflichten, eine regelrechte Tyrannei sei das bei ihnen zu Hause. Wenn er mal vergesse, mit dem Abzieher über die Duschwand zu gehen, oder die Teller im Geschirrspüler nicht nach Größe gestaffelt seien, bekomme sie praktisch einen Nervenzusammenbruch – er könne das nicht mehr, er wolle mehr vom Leben und brauche jetzt einfach mal Zeit für sich. Maren wusste noch genau, dass sie gesagt hatte: «Aber ich versteh das nicht! Was willst du denn? Was ist überhaupt dein Problem?» Und auch Mattis' Antwort darauf würde sie nie vergessen: «Man kann mit dir einfach überhaupt keinen Spaß mehr haben!»

An der Stelle war Maren ausgerastet. *Spaß?* Was war das denn bitte für eine Kategorie? Sie erledigte den Haushalt und kümmerte sich um die Kinder, machte mit ihnen Hausaufgaben, sorgte dafür, dass der Kühlschrank immer voll war, alle zu jeder Jahreszeit was Schönes zum Anziehen hatten und dass es bei ihnen zu Hause hübsch war. Sie kochte, saß ganze Nachmittage lang mit Marla oder Matilda im Wartezimmer des Kinderarztes und ging ganz nebenbei auch noch arbeiten. Und Mattis erwartete *Spaß*? War er ihr drittes Kind, oder was? Sie waren *erwachsen*, sie waren die *Eltern*, offenbar hatte er das nicht mitbekommen. Und was den ganzen Rest anging: Ja, der Alltag hatte sie einander nicht gerade nähergebracht, aber das war bei allen Paaren mit Kindern so und noch lange kein Grund, sich zu trennen. Er hatte einfach eine Midlife-Crisis, weiter nichts. *Spaß ...!*

Mattis hatte abgewunken und gesagt, offenbar könne er ihr nicht einmal begreiflich machen, was er meine, er brauche jetzt mal Abstand, das habe so alles keinen Sinn. Dann war er gegangen. Und das war das letzte Gespräch zu dem Thema gewesen. Vor inzwischen mehreren Monaten.

Sie wusste nicht mehr, wie sie es geschafft hatte, aber an den Tagen danach funktionierte sie. Die Nächte waren furchtbar, sie hatte vorher fast nie allein in ihrem Bett gelegen, das nur einen Meter vierzig breit war, sodass man den anderen ständig spürte. Jetzt spürte sie nichts mehr. Und Mattis war nicht einfach mal über Nacht beruflich unterwegs – er lag nicht neben ihr, weil er nicht neben ihr liegen *wollte*. Allein der Gedanke reichte, um wieder in Tränen auszubrechen. Aber irgendwie gelang es ihr, den Kindern gegenüber gute Miene zu machen und sich weiterhin um alles zu kümmern, ums Essen, um die Wäsche, um neue Turnschuhe, um Hausaufgaben und Zahnarzttermine. Dass sie um der Kinder willen funktionieren musste, half sogar. Sonst hätte sie es morgens kaum geschafft aufzustehen.

Zu Mattis hatte sie nach seinem Auszug gesagt, sie wolle allein mit den Kindern reden, und hatte ihnen erzählt, Papa habe viel zu tun, und sie hätten sich auch ein bisschen gestritten, deshalb sei er vorübergehend bei einem Freund untergekommen, was auch stimmte. Kein Grund zur Sorge. Natürlich hatten sie sich trotzdem Sorgen gemacht, besonders Marla war spürbar verunsichert gewesen. Es beruhigte sie zwar, dass Mattis so regelmäßig vorbeikam, aber es sprach wohl für sich, dass ihre Große in letzter Zeit schlechtere Noten schrieb und Maren jetzt schon zum zweiten Mal einen Brief von der Klassenlehrerin bekommen hatte, weil Marla ihre Sachen nicht dabei und ihre Hausaufgaben nicht gemacht hatte. Bei Matilda gab es keine so offensichtlichen Veränderungen zu beobachten, dieses Kind war ihr sowieso oft ein Rätsel, aber Maren war, als wäre Matildas Sorge um jedes Kätzchen am Wegesrand und jeden Obdachlosen noch größer geworden. Das konnte zwar auch andere Ursachen haben, wie Heike meinte, aber eher lag es wohl an der veränderten Situation. Zumindest konnten sie sich immer darauf verlassen, dass Mattis auch kam, wenn er es ankündigte, und nach einer anfänglichen Funkstille meldete er sich wieder täglich und ließ sich nie länger als drei, vier Tage nicht sehen. Er war immer auffallend zuvorkommend und hatte sich sogar um die quietschende Wohnzimmertür und die leckende Waschmaschine gekümmert. Aber offenbar hatte Maren dieses Verhalten falsch interpretiert. Es hatte nie bedeutet, dass er zurückkommen wollte zu ihr, zu ihnen. *Dana* ... Es war ein Albtraum.

«So», hörte sie Mattis' Stimme hinter sich. Sie drehte sich nicht um, wusste nicht, wie sie reagieren sollte, wollte ihn eigentlich gar nicht ansehen.

«Also ... Matilda ist im Bett, bei Marla weiß ich es nicht. Sie hat ihre Tür abgeschlossen und auf mein Klopfen und Fragen nicht reagiert.»

«Okay.»

«Tja, also ... Ich ...» Er stellte sich neben sie. «Es tut mir leid. So sollte das eigentlich vorhin nicht laufen.»

Sie nickte und trank einen Schluck Chardonnay, immer noch, ohne ihn anzusehen.

«Bist du sauer?»

Sauer. Das traf es nicht ganz, das traf es nicht mal ansatzweise. Sie war gelähmt, entsetzt, schockiert, traurig, wütend, alles zugleich, und es war eine fürchterliche Mischung. Sie wollte ihm all das an den Kopf werfen, und gleichzeitig wollte sie allein sein, ihn hier nicht mehr haben, wenn das alles so war.

«Oder? Meinst du nicht?», fragte Mattis.

«Hm?» Sie schien irgendwas verpasst zu haben.

«Die Kinder sind doch mit der Situation in den letzten Monaten einigermaßen zurechtgekommen.»

Sie wollte widersprechen, aber sie bekam kein Wort raus und wiegte nur den Kopf. Sie fühlte sich zu schwach, um dieses Gespräch zu führen.

«Ich weiß, Marla macht dir manchmal Sorgen ...», sagte Mattis.

Hätte sie vorhin nur als Erste geredet, dann wäre vielleicht alles anders gelaufen. Wobei – hätte sie als Erste geredet, hätte sie sich auf den Tod blamiert.

«… aber das ist ja nicht dramatisch», sagte Mattis. «Und auch normal in dem Alter, denke ich. Die letzten Wochenenden mit den beiden waren jedenfalls richtig schön. Ich habe wirklich das Gefühl, dass sie keinen Schaden genommen haben durch unsere Trennung. Und sie sehen ja auch, dass wir uns weiter gut verstehen. Wir haben uns schließlich wirklich Mühe gegeben. Beide.» Er sah sie an, wollte offenbar ihre Bestätigung. «Jedenfalls würde ich die Mädchen gern mit Dana bekannt machen, wenn du nichts dagegen hast.»

Maren schloss kurz die Augen, atmete einmal durch und wandte ihm dann den Kopf zu. «Ich glaub, es ist besser, wenn du jetzt gehst.» Mattis schwieg, sah sie nur an, mit diesen braunen, warmen Mattis-Augen. Es war kaum auszuhalten. «Du weißt ja, wo die Tür ist», sagte sie schnell.

«Das weiß ich, ja.» An der Küchentür zögerte er noch einmal kurz, als wollte er noch etwas sagen, ließ es dann aber bleiben und ging.

4

Die Sprechstundenhilfe hängte Jill ein Papierlätzchen um den Hals. Resigniert lehnte sie sich im Zahnarztstuhl zurück. Die Nacht war fürchterlich gewesen, denn die Schmerzmittel hatten irgendwann nicht mehr gewirkt. Und Hunger hatte sie auch, weil sie sich schon länger nicht mehr getraut hatte, etwas zu essen. Sie fühlte sich elend.

Die Tür ging auf, und der Zahnarzt kam herein. «Stefan Michaelsen», stellte er sich vor und streckte ihr die Hand entgegen. Er war etwa sechzig, groß und schlaksig, hatte graublonde Haare, die zu lang waren und äußerst seltsam geschnitten, was ihm für sein Alter etwas unerwartet Jungenhaftes verlieh.

Sie schüttelte seine Hand und stellte sich vor. «Jill O'Leary.»

«Irin?», fragte er mit offenem, herzlichem Blick und zog sich die bereitliegenden Handschuhe an.

«Zur Hälfte.» Der Schmerz in ihrem Kiefer flackerte auf, und sie stöhnte unwillkürlich.

«So schlimm?»

«Können Sie mich nicht direkt in Vollnarkose versetzen?»

Sein Lachen platzte geradezu aus ihm heraus. «Das wird sicher nicht nötig sein. Ich gucke mal, was ich machen kann.» Er setzte sich und ließ ihren Stuhl nach hinten fahren. Dann nahm er eins der silbernen Bestecke in die Hand, wegen denen Jill Zahnarzttermine regelmäßig vergaß. Trotzdem öffnete sie brav den Mund. Als er sich über sie beugte, fielen ihm seine unmöglich geschnittenen Haare ins Gesicht. Er schleuderte sie mit einer Kopfbewegung zur Seite und regulierte die Lampe, sodass

Jill geblendet die Augen schloss. Erst jetzt nahm sie über den antiseptischen Geruch hinweg wahr, wie gut er duftete. Ein bisschen nach Aftershave und irgendwie frisch gebügelt, aber da war noch eine andere Note, die sie nicht zuordnen konnte.

Nachdem er seiner Sprechstundenhilfe die üblichen verschlüsselten Informationen übermittelt hatte, fragte er, ohne den Blick von ihrem Gebiss abzuwenden: «Weisheitszähne sind noch nicht gezogen worden?»

Jill öffnete die Augen und sah direkt in seine. Dieser Mann gefiel ihr. Leider war sie sich selten so unsexy vorgekommen wie mit aufgerissenem Mund und Lätzchen hier auf dem Stuhl.

«Ha'ich ngoch.»

«Dritter Molar unten links bricht durch», sagte er zu der Assistentin, und zu Jill: «Der Weisheitszahn hier unten hat sich in Bewegung gesetzt und drückt gegen den Zahn daneben, daher die Schmerzen. In Ihrem Kiefer ist nicht genug Platz.»

«Ung jef?»

«Tja.» Er lehnte sich zurück. «Sie können den Mund wieder schließen. Also, ich fürchte, der muss raus. Aber wir röntgen erst mal, dann wissen wir mehr. Ein Verdacht auf eine Schwangerschaft besteht nicht?»

Sie lachte kurz auf.

«Was ist so komisch?», fragte er und sah sie freundlich an.

«Es ist zwar ein Baby unterwegs, aber ich bin nicht seine *mom*, sondern seine *granny*. Mein Sohn wird Vater.»

«Sie machen Witze. Dafür sind Sie doch viel zu jung.»

«Ja, das dachte ich bis gestern auch.»

Dieser neue Zahnarzt gefiel ihr immer besser.

Nur zwei Stunden später hatte sie es hinter sich, der Zahn war raus. Da Dr. Michaelsen an diesem Tag keine weiteren Termine hatte und ihr Fall so akut war, hatte er geraten, nicht bis nach dem Wochenende zu warten. Nun lag sie zu Hause auf dem Sofa und hielt sich das Kühlkissen an die Wange, das er ihr mitgegeben hatte. Das Ganze war gar nicht so schlimm gewesen, wie sie befürchtet hatte. Die örtliche Betäubung hatte gut gewirkt, auch wenn sie ihr die schrecklichen Geräusche nicht erspart hatte. Freundlicherweise hatte der Doktor ihr angeboten, seinen iPod an die Boxen anzuschließen, und darauf waren auch *The K & D Sessions* von Kruder und Dorfmeister gewesen, Musik, die sie liebte und mit der sie nur äußerst angenehme Erinnerungen verband – bis heute jedenfalls.

Da sie wegen ihrer dicken Backe ein, zwei Krankheitstage einplanen sollte, konnte sie zumindest heute doch noch nicht in die Agentur gehen, um sich neue Aufträge zu besorgen. Aber das war nicht schlimm, schließlich war sie Freelancer und damit frei in jedem Sinn des Wortes. Darauf, dass die *Freunde der Nacht* Aufträge für sie hatten, konnte sie sich immer verlassen, denn sie war dabei, seit die Eventagentur vor fünf Jahren von zwei sehr jungen Typen gegründet worden war. Ihre Projekte kamen vor allem aus den Bereichen Food und Tourismus und waren in den letzten Jahren immer interessanter geworden. Und inzwischen waren die *Freunde* so angesagt, dass sie sogar von Traditionsfirmen wie der Kaffeerösterei Jansen gebucht wurden. Im Frühsommer hatte Jill für die Firma, die ihr angestaubtes Image aufpolieren wollte, den Launch der neuen Produktpalette und die dazugehörige Werbekampagne geplant. Ihr Konzept basierte darauf, dass der gute alte Filterkaffee, der bei der jüngeren, urbanen Kundschaft so lange verpönt gewesen war, nun wieder in Mode kam. Jill hatte das Event in einen alten Speicher am Sandtorkai gelegt, den sie mit Retro-Sesseln und -Tischen hatte möblieren lassen. In der Mitte hatte die überdimensionale

Attrappe einer Siebzigerjahre-Kaffeemaschine gestanden, die als Regal für mehrere echte Kaffeemaschinen diente, aus denen dampfend und spritzend die Röstmischungen der neuen Produktlinie flossen. Sie fand die Idee immer noch klasse, nur leider hatte der PR-Chef der Kaffeerösterei Jansen die Ironie nicht kapiert. Obwohl er das Konzept selbst abgenickt hatte, war er am Tag der Veranstaltung vollkommen entsetzt gewesen und hatte ihr und den *Freunden der Nacht* vorgeworfen, sie hätten seine Firma zum Gespött gemacht. Ihm konnte nicht begreiflich gemacht werden, dass das, wovon sie sich distanzieren wollten, nämlich der Siebzigerjahremief, der der Firma anhaftete, in Zeiten der allgemeinen Retro-Welle ihr größter Trumpf war. Die Firma hatte trendmäßig so viele Jahrzehnte verschlafen, dass sie schon wieder angesagt war. Sie war nicht nur retro, sie war *the real thing* und hätte bis auf ein paar entscheidende Details alles belassen können, wie es war. Zu schade, dass der PR-Chef so gar nicht auf der Höhe der Zeit war.

Aber die Arbeit war für Jill nur Mittel zum Zweck, um reisen zu können. Ihr Ziel war es, im Jahr genauso viel unterwegs zu sein, wie in Hamburg irgendwelche Veranstaltungen zu planen – eine ständige Herausforderung. Und es ging natürlich nur, wenn sie einigermaßen gut verdiente und weder zu Hause noch auf Reisen viel Geld ausgab. Aber sie war nun mal eine Weltenbummlerin, und ihr eigentliches Element war das Meer. Sie hatte das Segeln in Irland gelernt, noch bevor sie lesen konnte, Schwimmen und Tauchen sowieso, und ging bei jedem Wetter ins Wasser. Dass sie auch so ziemlich überall runter- und reinsprang, hatte Mattis früher halb wahnsinnig gemacht vor Sorge. Direkt nach ihrer Ausbildung zur Assistentin für Tourismus und Hotelmanagement hatte sich das Reisen noch perfekt mit dem Arbeiten verbinden lassen. Sie arbeitete, während in Europa

Winter war, vier Monate lang in einem Hotel in Sydney und bald darauf mehrere Monate lang in einem Hotel derselben Kette in Kapstadt. So lernte sie verschiedene Länder und Kontinente kennen und hatte praktisch nonstop Sommer – und sie war auf den Geschmack gekommen. Sie wollte die *ganze* Welt bereisen, Südamerika, Kanada, Asien, einfach alles. Auch Mattis, den sie noch während ihrer Ausbildung in Hamburg kennengelernt hatte, fand das toll und besuchte sie, wann immer es ging. Am Anfang klappte es noch regelmäßig, weil er selbst auftragsweise arbeitete. Es ging auch noch, nachdem Tim geboren wurde, weil sie ihn einfach mitnahm, und wenn das mal nicht möglich war, blieb Mattis mit ihm in Hamburg. Aber dann war Tim zur Schule gekommen, und Mattis fand, sie sollte sesshaft werden – Tim zuliebe, aber wohl auch ein bisschen ihm selbst zuliebe. Jill hatte nachgegeben, schweren Herzens, und in den folgenden Jahren waren Arbeiten und Reisen nicht mehr eins, sondern mussten irgendwie unter einen Hut gebracht werden. Aber bisher war es ihr noch immer irgendwie gelungen. *Keep on moving*, das war ihr Motto. Sie staunte immer, wie viele Menschen offenbar genau das Gegenteil wollten. Um die Kosten für die nächste Reise aufbringen zu können, musste jetzt allerdings erst mal eine arbeitsame Phase folgen, ob sie dazu Lust hatte oder nicht.

~

Maren räumte gerade zwei Tische ab, als plötzlich Heike neben ihr stand, bei der sie sich letzte Nacht, nachdem auch Marla endlich eingeschlafen war, so lange ausgeheult hatte, bis ihr Telefon glitschig gewesen war. Sie stellte das Geschirr wieder ab und umarmte ihre Freundin, die keine zweihundert Meter entfernt in einem Einrichtungsgeschäft am Eppendorfer Baum arbeitete.

Heike trug eine enge schwarze Hose, die ihre langen Beine betonte, und eine ärmellose cremefarbene Bluse, die gleichzeitig sportlich und elegant wirkte. Ihre Lippen waren rot, und ihr schwarzer Kurzhaarschnitt machte den Look perfekt. Heike war selbstbewusst und draufgängerisch und in vieler Hinsicht das Gegenteil von ihr und schon in der Schule die beste Freundin gewesen, die sich jedes Mädchen wünschte.

«O Mann, du siehst echt fertig aus», sagte Heike. «Wie geht's dir?»

«Als hätte mir jemand eins übergezogen, ich bin wie betäubt. Und müde.»

Heike nickte mitfühlend. «Kann ich mir vorstellen. Hast du Zeit für einen Espresso?»

«Auch für einen doppelten.» Maren räumte einen Weidenkorb mit nach Zimt duftenden Franzbrötchen beiseite, und Heike setzte sich auf einen der hohen Hocker am Tresen.

«Hast du inzwischen noch mal mit Mattis gesprochen?»

«Ja, wir haben kurz telefoniert», sagte Maren und stellte zwei vorgewärmte Tassen unter die Düsen der Espressomaschine. Das Espressosieb fiel ihr auf den Boden, und ein paar Köpfe drehten sich zu ihr um. Sie schüttelte den Kopf. «Mir fällt heut alles runter.»

Heike strich ihr über den Unterarm. «Musst dich mal ausschlafen, das wird schon wieder.»

Maren spürte bei der Berührung Tränen aufsteigen, schluckte sie aber hinunter. Heike sah sich suchend um, nahm Handfeger und Schaufel aus dem Fach unter der Kasse und begann, das verstreute Kaffeepulver zusammenzufegen.

«Jedenfalls war ich heute Morgen kurz in der Schule, weil Matilda ihre Turnsachen vergessen hatte, und sie hat mich praktisch bekniet, dass sie Mattis' neue Freundin schon an diesem

Wochenende kennenlernen darf. Und all ihre Freundinnen waren dabei. Du kannst dir das nicht vorstellen, diese ganzen kleinen Mädchen, die mich mit großen Augen angucken und *bitte, bitte* sagen – als hätten sie auch nur die geringste Ahnung, worum es geht.» Sie hielt das Sieb unter den Wasserhahn, um es zu säubern.

«Oje. Du Arme.»

«Absurd. Aber ich konnte nichts machen. Ich musste Matilda zumindest erlauben, Mattis anzurufen. Ich hab erst nach ihr mit ihm geredet, und da hatte er es ihr natürlich schon so gut wie versprochen.» Maren ließ das frisch mit Espressopulver befüllte Sieb einrasten und drückte auf den Knopf.

«Da hat die kleine Matti wohl einfach Fakten geschaffen», sagte Heike über das Getöse der Espressomaschine hinweg. «Genau wie ihr Vater es so gerne tut. Ihr hättet sie einfach nicht nach ihm benennen dürfen.»

«Haha», sagte Maren, der bei dem Thema nicht zum Lachen zumute war.

«Und wann soll das Ganze stattfinden?»

«Morgen», sagte Maren knapp.

Heike machte große Augen. «*Morgen?*»

«Matilda kann es gar nicht abwarten. Sie will auch unbedingt übernachten.»

Heike schüttelte den Kopf. «Versteh ich nicht. Ist das normal, dass ein Kind so reagiert? Müsste sie nicht eigentlich Zeter und Mordio schreien und sich der neuen Frau verweigern?»

«Tja ...» Maren wunderte sich selbst, verbuchte dieses Verhalten aber unter Harmoniebedürfnis, und das hatte ihre Kleine ganz eindeutig von ihr. «Vielleicht liegt es einfach an ihrer Vorliebe für Pyjamapartys. Und das mit dem Verweigern macht ja Marla schon. Die will nichts davon hören.»

«Sehr gesunde Haltung, finde ich.»

Maren stellte die dampfenden Tassen auf zwei Untertassen und bedeutete Heike, ihr hinter die Trennwand zu folgen, wo sie nicht so unter Beobachtung standen. «Ich hab mir jedenfalls überlegt: Ich werde Matilda da hinbringen und die Gelegenheit nutzen, um zu demonstrieren, dass ich total über den Dingen stehe. Ich werde der Frau die Hand schütteln und sie anlächeln und Smalltalk vom Feinsten machen. Ganz souverän.»

Heike sah sie skeptisch an. «Das wäre allerdings extrem souverän. Ich weiß nicht ... meinst du nicht, du nimmst dir da zu viel vor? Mattis kann Matilda doch auch bei dir abholen. Wäre das nicht am einfachsten?» Sie rührte Zucker in ihre Tasse und trank einen Schluck.

«Nein.» Maren schüttelte den Kopf. «Ich möchte, dass die Mädchen glauben, ich hätte kein Problem damit und –»

«Du *hast* aber ein Problem damit. Verständlicherweise. Du hast gestern Abend am Telefon zwei Stunden lang geweint. Und ich vermute, du hast auch nicht damit aufgehört, nachdem wir aufgelegt haben. Das dürfen deine Töchter ruhig wissen.»

«Dass ich stundenlang weine? Nee, ganz bestimmt nicht!» Heike hatte keine Kinder, und das war mal wieder so ein Kommentar, dem man das deutlich anmerkte, wie Maren fand. Sie warf einen Blick in den Laden. Vor dem Regal mit den Marmeladen und Chutneys sah sich eine Frau mit zwei Gläsern in den Händen suchend um und entdeckte sie schließlich. Maren bedeutete ihr nickend, dass sie gleich bei ihr wäre.

«Das meine ich doch auch gar nicht. Aber ihnen derartig was vorzumachen kann ja wohl auch nicht das Richtige sein.»

Maren wischte sich die Hände ab und trank schnell einen Schluck. «Ehrlich gesagt, ich hab keine Ahnung, was das Richtige ist.» Sie drehte sich zu Heike um. «Natürlich ist die Situation schwierig für mich, aber ... ich bin auch neugierig. Ich will die Frau mit eigenen Augen sehen.»

«Das ist was anderes.»

«Und ich will nicht die arme, bemitleidenswerte Verliererin sein.»

«Wer sagt denn, dass sie dich so sehen würde?»

Maren zuckte mit den Schultern. «Was glaubst du, wie alt die ist? Ich tippe auf siebenundzwanzig. Das ist ein Alter, das Männer immer toll finden.»

«Solange sie schon mit der Schule fertig ist ...», sagte Heike.

Maren stöhnte. «Hör auf.»

«Wahrscheinlich arbeitet sie im Nagelstudio.»

«Da müsste sich Mattis' Frauengeschmack aber sehr geändert haben.»

«Na ja, man wundert sich ja manchmal, wen die eigenen Männer sonst noch toll finden», flüsterte Heike. «André hatte vor mir eine Tussi, die war dermaßen affektiert – schrecklich! Aber wer weiß. Vielleicht ist diese Dana ja auch gar nicht so übel.»

«Hallo? Kann mich bitte jemand bedienen?», rief die Frau am Marmeladenregal, die Maren tatsächlich schon wieder vergessen hatte.

«Bin schon da!», rief Maren, und während sie zu ihrer Kundin eilte, fragte sie sich, was sie schlimmer fände: wenn Mattis' Freundin auf irgendeine Weise schrecklich wäre oder gar nicht so übel.

Dieses Mal hatte Mattis' Handy in einem besonders ungünstigen Moment geklingelt. Dana hatte sich inzwischen daran gewöhnt, dass er in jeder Situation ans Telefon ging. Wollte sie ihn anrufen, war es natürlich schön, dass er in jeder Lebenslage zu erreichen war, aber es hatte definitiv auch Nachteile. Sie zog ihr T-Shirt wieder nach unten und setzte sich im Bett auf, während Mattis, wie sie durch den Hörer deutlich hören konnte, mit Maren sprach. Das erkannte sie inzwischen auch, ohne sie jemals persönlich getroffen zu haben, schon weil Mattis dann immer ein bisschen anders klang, als Dana ihn kannte – eine Spur zu bemüht und zuvorkommend. «Wahrscheinlich das schlechte Gewissen», hatte er mal gesagt, als sie ihn darauf angesprochen hatte. Das Schlafzimmerfenster stand offen, in der Rotbuche vor dem Haus zwitscherten die Vögel, und es war noch vollkommen hell, obwohl es auf zehn Uhr ging.

Sie hatte Durst und krabbelte aus dem Bett, um sich in der Küche ein Glas Wasser zu holen. Auf der Kommode im Flur lag das Ultraschallfoto, das Kristin «für die künftige Tante» kopiert hatte. Darauf war ganz deutlich ein kleiner Fuß zu erkennen. Als Dana gefragt hatte, wie lange sie nach der Geburt Elternzeit nehmen wollte, hatte Kristin gesagt, sie würde ihre Kinder am liebsten schnell nacheinander bekommen und bis dahin nicht wieder arbeiten. Dana verstand ihre Schwester nicht. Kristin war Anwältin in einer großen Kanzlei, sie hatte jahrelang gebüffelt, um ein Prädikatsexamen zu machen und einen tollen Job zu bekommen – um dann alles an den Nagel zu hängen? In ein paar Jahren würde sie beruflich auf keinen Fall mehr dort anknüpfen können, wo sie jetzt aufgehört hatte. Aber Kristin schien vollkommen aufzugehen in ihrer Schwangerschaft und ihren Zukunftsplänen. Und offenbar fühlte sie sich ihrer Schwester dadurch ziemlich überlegen. Oder was sollte dieser Spruch von neulich Abend, Dana sei bisher noch jedes Mal weggelaufen, wenn es ernst wurde?

Sie nahm eine neue Flasche Wasser aus dem Kasten und trank

ein paar Schlucke daraus. Sie war jetzt zweiunddreißig und an der Uni, seit sie achtzehn war – natürlich machte man da Bekanntschaft mit ein paar Männern. Mit Sascha, den sie noch an der Schule kennengelernt hatte, hatte es sich nach drei Jahren auseinanderentwickelt, wie es in dem Alter vorkam, und danach hatte sie eben nur Kerle getroffen, mit denen es für etwas Ernstes nicht gereicht hatte – auch wenn diese Einschätzung nicht immer auf Gegenseitigkeit beruhte. Es waren zwar auch welche dabei gewesen, bei denen sie eine Weile etwas anderes angenommen hatte, aber meist dauerte es nicht lange, bis sie Zweifel bekam oder sich eingeengt fühlte. Also hatte sie die Bestandsphase zunehmend kurz gehalten, immer öfter auch ganz weggelassen. Und eigentlich fand sie das auch in Ordnung so. War sie deshalb gleich unreif oder ein Fall für den Therapeuten? Natürlich hatte sie sich nach einer richtigen Beziehung gesehnt, der Richtige war nur nicht dabei gewesen.

«Dana?»

Aber jetzt schien sie ihn ja gefunden zu haben. «In der Küche.»

Mattis kam in den Raum und legte von hinten die Arme um sie. «Also ... Matilda will dich so bald wie möglich kennenlernen.»

«Ja? Wie schön! Und Marla?»

«Die ... ist nicht ganz so entschlossen. Aber so, wie ich sie kenne, ist sie dann morgen doch mit dabei.»

«Morgen schon?»

Mattis nickte. «Ist das okay?»

«Na ja ...» Eigentlich hatten sie ja vorgehabt, mal wieder richtig auszuschlafen, später essen zu gehen und, wenn es nicht mehr so heiß war, vielleicht noch schwimmen. Aber dies waren natürlich besondere Umstände. Und das andere konnten sie ja auch immer noch machen. «Ja, schon.»

«Wunderbar.» Mattis gab ihr von hinten einen Kuss auf den

Hals. «Dann gehen wir vielleicht einfach Eis essen und Boot fahren?» Dana nickte. «Da wär noch was ... Matilda will ja unbedingt übernachten, und ich fände das natürlich auch schön. Nur ... mein Zimmer bei Ralf ist dafür ja nicht so geeignet, das ist so klein und unpersönlich.»

«Du willst, dass sie hier übernachtet?»

«Bist du damit nicht einverstanden?»

«Aber ... hier ist ja gar kein Platz. Und geht das nicht ein bisschen schnell? Ich hätte zum Kennenlernen jetzt erst mal den Nachmittag gemeinsam verbracht, um zu sehen, wie es läuft.»

«Ich weiß nicht ...» Mattis küsste sie auf den Hals. «Wenn Matilda so versessen darauf ist zu übernachten, will ich sie eigentlich nicht ausbremsen. Das ist ja schön und überhaupt nicht selbstverständlich – sie könnte auch ganz anders reagieren.»

«Hm.» Dana trank noch einen Schluck Wasser. Es war ja nicht so, dass sie nicht bereit war, Platz für Mattis' Tochter zu machen. Für eine Nacht würde das schon gehen. Aber das Ganze entwickelte plötzlich so eine Eigendynamik. Außerdem wusste sie doch gar nicht, was Matilda gerne aß und was sie hier mit ihr machen sollten, damit sie sich auch wohl fühlte. Sie stellte die Flasche wieder ab. «Was sagt denn Maren dazu?»

«Die war eben am Telefon ganz cool. Sie scheint damit kein Problem zu haben.»

«Aha.» Das hielt Dana nun wirklich für einigermaßen ungewöhnlich. Sie fragte sich, was wohl hinter diesem Verhalten steckte. Entweder tat Maren cooler, als sie war, oder sie hatte Mattis vollkommen abgehakt, hatte vielleicht sogar selbst jemand Neuen und freute sich über kinderfreie Zeit. Das wäre natürlich der Idealfall.

«Und wegen dem Platz ...», sagte Mattis. «Wie wäre es denn, wenn wir eine Luftmatratze ins Wohnzimmer legen?»

«Na ja ... können wir schon machen.» Solange das keine Dauerlösung wurde. Sie griff hinter sich und legte die Hände an seine Seiten. «Sag mal, bist du nackt?»

«Möglicherweise.»

Dana lachte. «Das ist ja eine sehr subtile Anmache.»

Mattis strich ihr die Haare aus dem Nacken und küsste sie. «Und? Wirkt sie?»

Mit Mattis war es anders, mit Mattis war *sie* anders. Mit ihm würde sie nicht wieder im Schnelldurchlauf ans Ende kommen. Dana drehte sich zu ihm um und küsste ihn.

Jill sah auf die Uhr. Es war fast elf. Sie musste am frühen Abend eingeschlafen sein, ihr Biorhythmus funktionierte noch nach vietnamesischer Zeit. Sie ließ ihre Zunge probeweise zu dem Krater in ihrem Kiefer wandern, was sie sofort bereute, dann griff sie nach ihrem auf stumm geschalteten Handy. Tim hatte angerufen und ihr eine Textnachricht hinterlassen:

Welcome back, Mom. Wir telefonieren ständig aneinander vorbei. Samstag zusammen Abendessen? Wäre schön!

Sie tippte auf *Antworten* und schrieb:

Gute Idee. 20 h im Vagabondo? Freu mich!

Seit er mit Hanna zusammen war, traf sie Tim viel zu selten allein, und sie wollte gern von ihm selbst hören, ob er tatsächlich alles so rosig sah, wie er es Mattis dargestellt hatte, oder ob diese Schwangerschaft nicht vielleicht doch *a tiny little bit* ungelegen kam. Immerhin hatte er bald Abschlussprüfung, und er nahm sein Studium sehr ernst. Landschaftsarchitektur, eine Wahl, die ihr gut gefiel. Er war gerne draußen, egal bei welchem Wetter – das war vielleicht doch auch etwas, das er von ihr hatte. Aber statt sich, wie sie, beim Segeln dem Meer anzuvertrauen oder beim Kiten der Luft – was sie viel zu lange nicht mehr gemacht hatte –, gestaltete er die Landschaft, formte sie nach seinen Ideen, wie Mattis das Holz.

Sie schloss die Augen wieder. Zum Aufstehen war sie zu müde, zum Weiterschlafen zu wach. Aber sie hatte Lust auf Gesellschaft, und sei es am Telefon. Schade eigentlich, dass sie nicht einfach ihren attraktiven neuen Zahnarzt anrufen konnte. Er roch nicht nur gut, er schien lustig und freundlich zu sein, und sie hatte Lust, ihn näher kennenzulernen. Früher hätte sie so etwas einfach gemacht, heute schien es ihr dann doch ein bisschen sehr ... forsch? Frivol? Irgend so was. Dann rief sie eben Bruno an. Er war der Hauptmieter der WG gewesen, in der sie während ihrer Ausbildung gelebt hatte, und fünf Jahre älter als sie. Ihn konnte man bis tief in die Nacht hinein anrufen, denn er wurde nicht vor dem späten Nachmittag kreativ und machte in der zum Atelier umfunktionierten Lagerhalle in seinem kleinen Dorf an der Schlei oft erst in den Morgenstunden das Licht aus. Bruno war einer ihrer besten Freunde und gelegentlich auch ihr Liebhaber – ein Modell, das sich seit Jahrzehnten bewährt hatte. Er ging ans Telefon, als sie schon kurz davor war, wieder aufzulegen.

«Buffalo Jill ist wieder im Lande, wie schön», meldete er sich. So nannte er sie, seit sie mit Mitte zwanzig ein paar Jahre lang eine braune Wildlederjacke mit Fransen getragen hatte.

«Gestern wiedergekommen», sagte sie. «Und heute habe ich gleich einen Weisheitszahn gezogen bekommen.» Beim Sprechen schmerzte ihr Kiefer wieder stärker – vielleicht war Telefonieren doch keine so gute Idee.

«Oje, man hört's», sagte Bruno. «Komm doch zu mir, ich pflege dich gesund. Hast mir gefehlt.»

So etwas sagte er selten. Sie waren kein Paar, waren es nie gewesen. Es war schwer zu entscheiden, wer von ihnen den größeren Wert auf seine Unabhängigkeit legte. Bruno machte als Künstler sicher noch weniger Zugeständnisse an gesellschaftliche Konventionen als sie und lebte seinen Freiheitsdrang in jeder Hinsicht aus. Nicht alle Frauen kapierten das gleich, aber bisher war es noch keiner gelungen, sich auf Dauer bei ihm einzunisten. Jill verstand Bruno viel zu gut, um ihm irgendwas übel zu nehmen. Und so gab es neben Phasen, in denen sie sich überhaupt nicht trafen und auf verschiedenen Kontinenten lebten oder einfach nur mit anderen Menschen, auch solche, in denen sie sich regelmäßig sahen und auch mal zusammen schliefen.

«Ich weiß nicht, ich hänge ziemlich in den Seilen», sagte Jill. «Aber vielleicht komme ich nächste Woche.»

«Ich kann dich auch holen, wenn es dir zu schlecht geht, um Auto zu fahren. Kannst doch auch hier bei mir auf dem Sofa liegen.»

Ein Auto hatte sie sowieso nicht mehr, sie hatte es vor Vietnam verkauft. «Sosehr es mich reizt, müde bei dir auf dem Sofa zu liegen, während du kiffend an deinen Skulpturen herumfräst», sagte sie, «ich will mich morgen Abend mit meinem Sohn treffen. Der macht mich übrigens zur Oma.»

Bruno lachte. «Wirklich?»

«Ja, du hast gut lachen, dir kann das nicht passieren.» Bruno hatte keine Kinder, jedenfalls war bisher noch keins bei ihm aufgetaucht.

«Ein Weisheitszahn und ein Enkel am selben Tag – klingt, als wollte das Schicksal dir was sagen. Na dann. Sag Bescheid, wenn du es dir anders überlegst, mein Angebot steht.»

Nachdem sie sich verabschiedet hatten, griff Jill nach dem Kühlkissen, aber es war piewarm. Sie rappelte sich auf, um irgendwas aus dem Kühlschrank zu holen, womit sie ihren Kiefer kühlen konnte. Schicksal – das war ihrer Ansicht nach etwas für Esoteriker, für Anhänger der New-Age-Bewegung, mit denen sie es auf ihren Reisen mehr als genug zu tun bekommen hatte. Wenn man sie fragte, dann gab es den freien Willen, und es gab den Zufall. Und wenn sie an dem Tag Zahnschmerzen bekam, an dem Hanna feststellte, dass sie schwanger war, dann sollte ihr das rein gar nichts sagen. Höchstens, dass sie zu lange nicht beim Zahnarzt gewesen war.

5

Maren reckte das Kinn, um im Badezimmerspiegel zu überprüfen, ob das Make-up am Hals Ränder hinterlassen hatte. Normalerweise schminkte sie sich nur minimal, mit mehr fühlte sie sich immer gleich, als würde sie eine Maske tragen – aber genau die konnte sie heute gebrauchen. Sie tupfte etwas rosa Lippenstift auf die Lippen und betrachtete sich kritisch. Die Farbe des Lippenstifts sah zu der rosa Bluse schön aus, aber vielleicht ließ sie die Haare doch besser offen, mit dem Pferdeschwanz kam sie sich plötzlich auf ungute Weise mädchenhaft vor. Sie drehte den hellblonden Zopf ein und wand das Haargummi zweimal um den Knoten. Aber würdevoller sah das auch nicht aus, eher, als wollte sie Sport machen oder unter die Dusche gehen. Also doch Pferdeschwanz. Alles andere würde sowieso nur verdächtig bemüht wirken, und das wollte sie bestimmt nicht, und schon gar nicht wollte sie den Mädchen den Eindruck vermitteln, für diese Dana müsste man sich besonders schön machen.

Matilda saß schon seit längerem fix und fertig angezogen, mit gepacktem Rucksack und Puppe auf der Bank neben der Wohnungstür und wartete, dass sie endlich los konnten, während Marla, die sich immer noch nicht abschließend dazu geäußert hatte, ob sie mitkommen würde, noch ohne Schuhe auf dem Sofa saß und schon wieder auf ihrem Smartphone herumwischte. Maren war nicht ganz klar, was sie da eigentlich genau machte, in jedem Fall nahm es langsam bedenkliche Ausmaße an. Eigentlich müsste sie da viel strenger sein, aber dafür hatte sie im Moment keine Energie. Mit Mattis gemeinsam vielleicht, nur war der ja nicht da. Allerdings war er meistens eher nachsichtig. Mit den Mädchen jedenfalls.

Sie zupfte einen dunklen Faden von ihrem hellen Rock und schlüpfte in die Ballerinas. «Marla, was ist jetzt? Wir wollen los.»

«Dann fahrt doch», sagte Marla, ohne von ihrem Handy aufzusehen.

Matilda rutschte von der Bank, ging auf Marla zu und setzte sich neben sie. «Komm doch mit. Mit dir macht das doch viel mehr Spaß.»

Maren hätte beinahe gelacht, denn das wagte sie zu bezweifeln, so wie Marla im Moment drauf war. Aber Matilda schien ihre zwölfjährige Schwester anders wahrzunehmen, und die fünf Jahre Altersunterschied würden wahrscheinlich noch lange dafür sorgen, dass sie Marla vor allem bewunderte, egal, was sie tat. Für Streit und Konkurrenz, die sie bei Geschwistern, die im Alter näher beieinander waren, so oft wahrnahm, war ihre Kleine einfach nicht der Typ.

«Willst du Dana denn gar nicht kennenlernen? Sie ist doch Papas Freundin.»

Marla sah mit angriffslustigem Blick auf. «Okay. Ich komm mit. Aber nur, um dieser blöden Kuh klarzumachen, dass Papa zu uns gehört! Und wie lange sie seine Freundin bleibt, werden wir ja sehen.»

Maren ignorierte den Impuls, ihre Tochter zu ermahnen. Wo sie recht hatte, hatte sie recht.

Sie machte hinter Matilda die Autotür zu und setzte sich ans Steuer. Ihr kam diese ganze Sache immer noch vollkommen überstürzt vor, aber was sollte sie machen – offenbar entsprach es ja nicht nur Mattis' Tempo, sondern auch dem von Matilda.

Auf der kurzen Autofahrt zu der Adresse im Grindelviertel, die Mattis ihr gegeben hatte, konzentrierte sie sich so darauf, Matilda ihre vielen Fragen zu beantworten und Marla zwischendurch mit kumpelhaften Bemerkungen aus ihrem Schweigen zu reißen, dass sie an einer gelben Ampel fast dem Cabrio vor sich hinten draufgefahren wäre. Auf Fragen wie «Wie alt ist Dana?» oder «Wie lange kennt Papa die eigentlich schon?» konnte sie allerdings beim besten Willen keine Antwort geben. Beides hätte sie selbst gern gewusst.

Sie bog in die Dillstraße ein, eine schmale Straße, in der überwiegend Altbauten standen, mit kleinen Balkonen, auf denen es üppig blühte. Und mit einem Parkplatzproblem, wie überall hier im Univiertel mit seinen vielen kleinen Geschäften, Cafés und Restaurants. Vielleicht stellte sie sich einfach kurz in die zweite Reihe, brachte die Mädchen nach oben und hatte damit einen Grund, sich ganz schnell wieder zu verabschieden. Eilig lächeln, tun, als wäre die Situation nicht weiter ungewöhnlich – und weg. Sie hatte den Gedanken kaum zu Ende gedacht, da sah sie rechts vor sich eine freie Parklücke.

Als die Mädchen ausgestiegen waren, hielt Maren kurz inne und atmete ein Mal tief durch, bevor sie die Fahrertür öffnete. Auf in den Kampf …

Bis zur Haustür waren es nur ein paar Meter, und kaum hatte Matilda geklingelt, ertönte auch schon der Summer. Sie mussten bis in den vierten Stock steigen, einen Fahrstuhl gab es nicht. Wenn sie oben ankam, würde von ihrem Make-up wahrscheinlich nicht mehr viel übrig sein, und ihr Gesicht würde glänzen wie ein frisch frittierter Krapfen. Sie hätte lieber Yoga machen oder meditieren sollen, dann wäre sie wenigstens mit den Nerven nicht so fertig.

«Papa!»

Matilda war als Erste oben und fiel ihrem Vater um den Hals, während Marla etwas zurückblieb und auf ihre Mutter wartete. Als Maren die letzte Stufe erreichte, nahm Marla ihre Hand, was sie schon lange nicht mehr getan hatte.

Mattis behielt Matilda im Arm und zog mit dem anderen Marla an sich, über deren Gesicht ein stilles Lächeln huschte. «Schön, dass du auch da bist, Maus.»

Maren blieb stehen. Er füllte mit seinen Töchtern den Türrahmen aus, als wäre das hier sein Reich.

«Toll, dass du die beiden bringst», sagte er, ohne Maren den Wangenkuss zu geben, auf den sie sich seit seinem Auszug zu Begrüßung und Abschied stumm geeinigt hatten. Hinter ihm näherten sich Schritte, und in der Tür erschien eine ziemlich große Frau in Jeans, blau-weiß gestreiftem T-Shirt und einem legeren dunkelblauen Blazer. Maren fühlte sich wie ein Luftballon, aus dem mit einem Schlag die Luft entwich. Die arbeitete mit Sicherheit *nicht* im Nagelstudio.

Sie streckte ihr die Hand hin. «Ich bin Maren, hallo. Freut mich.» Das stimmte zumindest insofern, als sie es überhaupt nicht gut gefunden hätte, die Einzige zu sein, die Dana nicht kannte.

«Dana, hallo. Freut mich auch.»

Sie hatte eine unerwartet tiefe, warme Stimme und ausdrucksstarke dunkle Augen unter einem dichten braunen Pony. Einen halblangen Pferdeschwanz, kein auffälliges Make-up. Diese Frau strahlte etwas sehr Professionelles und Freundliches aus, wie eine gute Ärztin.

Mattis' Aufmerksamkeit war auf die Kinder gerichtet, aber er stand ganz selbstverständlich neben ihr. Wie sie da so versammelt waren, wirkten die vier wie eine Familie. Der Gedanke traf Maren mit solcher Wucht, dass sie sich instinktiv am Türrahmen festhielt. Sie wollte die Kinder nicht hierlassen, sie gehörten hier nicht her, genauso wenig wie Mattis. Am liebsten hätte sie geschrien, einen Trotzanfall bekommen wie ein Kleinkind. Aber das war wohl keine gute Idee, außerdem merkte sie, dass Marla ihre Eltern genau beobachtete. Während Matilda Dana anstarrte wie eine Erscheinung.

«Ja ...» Mattis räusperte sich. «Willst du noch auf einen Kaffee mit reinkommen?»

Bloß nicht. Bis jetzt hatte sie durchgehalten, aber auf gar keinen Fall würde sie eine ganze Tasse Kaffee lang Smalltalk machen können. Eigentlich hatte sie vorgehabt, sich kurz die Wohnung anzusehen, schon aus Neugier, aber auch, um zu gucken, wo die Kinder schlafen würden und ob für alles gesorgt war. Denn sicher würde es nicht schaden, noch mal zu betonen, wer von ihnen beiden die Mutter war. Aber dazu fehlte ihr jetzt die Kraft. Sie sammelte ihre letzten Reserven und sagte mit einer Lebhaftigkeit, die ihr noch im gleichen Moment selbst übertrieben vorkam: «Das ist total nett, aber ich bin noch verabredet.»

Sie gab Matilda einen Kuss, drückte Marla kurz an sich und sagte: «Tschüs, ihr Schätze.» Marla sah sie irritiert an. Das sagte sie sonst nie. «Wir telefonieren dann später», setzte sie in möglichst unbekümmertem Tonfall hinzu und machte kehrt. Auf dem Treppenabsatz drehte sie sich noch mal um, um den Kindern zu winken, aber die Tür war bereits ins Schloss gefallen.

Dana drückte die Wohnungstür zu und suchte Mattis' Blick, der sich jedoch gerade an seine Kinder wandte. «Wir haben Schokocroissants gekauft, wollt ihr welche?»

«Ja», rief die Kleine. Ihre Schwester schwieg, trotzdem lenkte Mattis beide in die Küche.

Dana folgte ihnen. Sie hatte sich Maren anders vorgestellt, ruhiger, ein bisschen beleidigt – warum auch immer, musste wohl ein Eindruck sein, der durch Mattis' Erzählungen entstanden war. Aber sie sah eigentlich ganz nett aus, vielleicht ein bisschen trutschig. Trotzdem war Dana froh, dass Maren das Angebot, noch einen Kaffee zu trinken, abgelehnt hatte. Wäre sie mit reingekommen, hätte das die Mädchen zu Zuschauern gemacht, und keiner von ihnen hätte in ihrer Gegenwart auch nur den Hauch einer Chance gehabt, sich einigermaßen ungezwungen zu verhalten.

Marla und Matilda hatten sich gleich an den Küchentisch gesetzt, während Mattis nach der Tüte vom Bäcker griff und die Croissants verteilte. Dana lehnte sich an den Kühlschrank. Matilda sah mit ihren braunen Locken Mattis ähnlich und in dem roten T-Shirt zum coolen Jeanskleid mit der Puppe im Arm ausgesprochen süß aus. Sie blickte sich neugierig um und guckte immer wieder mit leuchtenden Augen zu Dana. Marla, die Dana bisher nicht eines Blickes gewürdigt hatte, kam äußerlich eher nach Maren mit den langen blonden Haaren und dem hübschen Gesicht, das verschlossen wirkte, fast grimmig, eine geradezu klischeehafte Teenager-Miene, obwohl ihre Züge noch recht kindlich waren.

«Du hast aber wenig Sachen hier in der Küche», sagte die Kleine mit Blick auf das Regal über der Kaffeemaschine, auf dem ihre paar Tassen, Gläser und Teller standen.

«Ja», sagte Dana, «das liegt daran, dass ich hier alleine wohne. Und ich koche auch nur ganz selten. Da braucht man nicht viel.»

«Isst du denn immer nur Brot?»

Dana musste lachen. «Nein, wieso?»

«Na ... Wenn du gar nicht kochst?» Matilda lächelte verlegen.

«Ach so. Nein, ich esse meistens in der Mensa, also in der Uni. Und wenn ich Glück hab, kocht Mattis was für mich.»

Marla hob den Kopf und warf ihr einen strafenden Blick zu, dem Dana standhielt. Aber sie hatte verstanden: Am liebsten würde Marla sie auf den Mond schießen.

«Magst du auch so gern Papas Spaghetti carbonara?», fragte Matilda. «Kochst du heute Abend für uns, Papa?»

«Kann ich machen.»

«Toll!» Sie sah wieder Dana an. «Wo schlafen wir denn?»

«Also», Mattis räusperte sich. «Tim kommt nachher vorbei und bringt seine große Luftmatratze. Wahrscheinlich legen wir die am besten ins Wohnzimmer.»

«Ich bleibe aber nicht mehr lange», sagte Marla.

«Wie schade», sagte Mattis ruhig, versuchte aber gar nicht erst, sie zu überreden. Wahrscheinlich wusste er, dass es aussichtslos wäre. «Sollen wir euch mal die Wohnung zeigen und dann rausgehen?»

«Au ja!» Matilda stand so schwungvoll auf, dass ihr Stuhl umkippte.

«Dann kommt», sagte Dana und stellte den Stuhl wieder hin. Marla erhob sich stumm, und zu dritt marschierten sie über den Flur. «Also, es gibt nur zwei Zimmer. Das hier ist das Wohnzimmer.»

Sie sah, wie Marla skeptisch das sehr übersichtliche Zimmer musterte, das weiße Sofa auf den Holzdielen, die ordentlich gestapelten Zeitschriften und Bücher auf dem Tischchen daneben. Es war bei Dana immer aufgeräumt, ihre Schwester hatte sogar mal gesagt, es sehe bei ihr aus wie in einer Ferienwohnung, so wenig deute darauf hin, dass hier jemand lebe. Aber sie ließ Dinge eben nicht gern herumliegen und räumte jede Zeitung und jede benutzte Tasse gleich weg, wenn sie sie nicht mehr brauchte, und sie fand eigentlich, es gab schlimmere Laster.

Matilda setzte sich auf das Sofa und sah sich um, dabei biss sie in ihr Schokocroissant und verteilte großzügig Krümel um sich herum. «Deine Wohnung ist ganz anders als unsere. So welche Sachen haben wir gar nicht», sagte sie mit Blick auf das große abstrakte Gemälde über dem Schreibtisch und die Skulptur, die auf der Fensterbank stand.

«Nein?»

Matilda schüttelte den Kopf. «Wir haben aber dafür viel mehr Kissen, nicht nur ein einziges.»

Das kommentierte Dana lieber nicht – Mattis hatte Marens Deko-Tick erwähnt.

«Habt ihr Lust, ein bisschen auf der Alster zu rudern?», fragte Mattis, der ihr auch ziemlich angespannt erschien.

«O ja!», rief Matilda, sprang vom Sofa auf und streifte dabei mit ihrer Puppe die handbemalte Schale aus hauchdünnem Porzellan, die auf dem niedrigen Tisch stand. Bevor Dana noch einen Warnruf ausstoßen konnte, fegte der Ärmel der Puppe die Schale vom Tisch. Wie in Zeitlupe sah Dana sie fallen und auf dem Parkett in unzählige Teile zerspringen. Am liebsten hätte sie aufgeschrien. Ihre Eltern hatten sie von einer Japanreise mitgebracht und ihr im letzten Jahr zu ihrer ersten Professorenstelle geschenkt. Es war ein antikes Stück, auf dem in zarten Farben die Andeutung einer Landschaft zu sehen war. Zu sehen *gewesen* war.

Sie hätte heulen können. Hilflos sah sie Mattis an, der die Schönheit der Schale schon bei seinem ersten Besuch bewundert hatte.

«Och, Matti! Setz dich mal auf das Sofa, damit du dir nicht weh tust. Du auch, Marla.» Er ging in die Hocke, besah sich den

Schaden genauer und legte die beiden größten Stücke auf ein Tischchen.

Aber es waren zu viele kleine Teile, um noch zu versuchen, wieder ein Ganzes daraus zu machen, das war offensichtlich. Wahrscheinlich hätte sie sich vorher genauer überlegen müssen, was es bedeutete, Kinder zu Besuch zu haben, und einfach alles Zerbrechliche eine Etage höher stellen sollen. Danas Eltern gingen mit Gesten der Anerkennung nicht gerade verschwenderisch um – auch in der Hinsicht war die Schale eine Rarität gewesen.

Sie machte kehrt und ging in die Küche, und als sie mit Kehrblech und Handfeger zurückkam, sahen ihr alle drei schuldbewusst entgegen.

«Jetzt guckt nicht so», sagte Dana. «So schlimm ist es auch wieder nicht.»

«Wirklich nicht?», fragte Matilda zerknirscht.

«Wirklich nicht.» Dana strich ihr über den Kopf.

Es war zwar nicht unbedingt der beste Start in ihr erstes gemeinsames Wochenende, aber davon, dass sie Matilda Vorwürfe machte, wurde die Schale auch nicht wieder heil. Und Scherben brachten bekanntlich Glück.

Maren öffnete die Haustür, hielt auf der Schwelle aber noch einmal inne und lauschte ins Treppenhaus, als könnte sie hier unten hören, was da oben vor sich ging. Vermutlich hatte diese Dana sich irgendwas Tolles ausgedacht, um bei den Kindern zu punkten. Bestimmt hatte sie Mattis gefragt, was die beiden gerne aßen, vielleicht machte sie ihnen sogar Geschenke, um sich einzuschleimen. Und zumindest bei Matilda würde das bestimmt auch funktionieren, so wie sie Dana eben angehimmelt hatte. Marla, das Papakind, war wahrscheinlich nicht so leicht rumzukriegen.

Maren hätte sich am liebsten auf die Stufen gesetzt, um kurz zu sich zu kommen, gleichzeitig wollte sie hier weg. Es war alles so schnell gegangen, sie hatte noch gar nicht begriffen, was hier geschah, was das alles bedeutete. Mattis und diese Dana hatten so unerträglich selbstverständlich miteinander gewirkt. Das sah nach mehr aus als einem flüchtigen Abenteuer. Möglicherweise hatte Mattis vor, mit dieser Frau zusammenzubleiben. Möglicherweise kam er gar nicht zu ihr zurück. Es war, als hätte ihr jemand eine heftige Ohrfeige gegeben, nach der ihr schwindelig geworden war. Jetzt setzte sich die Welt langsam wieder zusammen und sah anders aus als vorher.

Sollte es Mattis mit dieser Frau ernst sein, würden die Kinder sich mit der Situation arrangieren müssen. Genau wie sie selbst. Sie würde sich daran gewöhnen müssen, dass sie dann so eine Familie wären. Eine Familie, in der die Kinder jedes zweite Wochenende bei ihrem Vater wären, die neue Frau immer dabei. Und weil Mattis dann der Wochenend- und Ferienpapa wäre, würde bei ihm immer alles besonders schön sein, Dana würde sich, wenn sie schlau war – und Maren fürchtete, das war sie –, raushalten aus der Erziehung. Ärger und Auseinandersetzungen würde es also nur geben, wenn die Kinder bei Maren waren, denn sie war es, die für Hausaufgaben und Lernen zuständig war, dafür, dass der Fernseher irgendwann auch wieder ausgemacht und das Handy abends abgegeben wurde. Und all das würde dazu führen, dass die Kinder sich bei Mattis und Dana wohler fühlten als bei ihrer eigenen Mutter. Einer würde immer traurig sein, und Weihnachten würde von der schönsten Zeit zur schrecklichsten Zeit des Jahres werden. Sie wären eine kaputte

Familie. Das Gegenteil von dem, was Maren immer gewollt hatte. Sie musste irgendwas tun.

Am liebsten hätte sie kehrtgemacht, die Wohnung gestürmt, ihre Kinder da rausgeholt, wortlos, und sich zu Hause mit ihnen eingekuschelt, mit vielen Kissen und Decken und Schokoladeneis. Aber das ging nicht. Marla und Matilda waren bei ihrem Vater, es war alles genau so wie verabredet.

Als Mattis vorgestern in der Küche von Dana erzählt hatte, war sie völlig betäubt gewesen und hatte brav und angepasst reagiert, wie immer. Im Zweifelsfall sich immer schön zivilisiert verhalten ... was war das eigentlich für ein Reflex? Mit ihr stimmte doch irgendwas nicht. Wut und Zähneklappern, *das* wäre normal, Heulen und Tellerwerfen. Sie hatte sich immer etwas darauf zugutegehalten, keine Drama Queen zu sein, aber zu viel vornehme Zurückhaltung würde ihr ihren Mann und ihre Familie bestimmt nicht zurückbringen. Scheißzivilisiertheit.

Aus dem Haus war außer einem schreienden Baby beim besten Willen nichts zu hören. Maren trat auf die Straße. Es war schönstes Sommerwetter, weiße Wolken an einem tiefblauen Himmel, heiß, aber windig. Vor ihr lagen viele kinderfreie Stunden, und sie hatte nicht die geringste Ahnung, was sie mit ihnen anfangen sollte.

Als sie sich ihrem Parkplatz näherte, sah sie vor ihrem Wagen einen Jeep einparken und einen Typ im hellen Anzug mit Bluetooth-Clip am Ohr aussteigen und weggehen. Der Jeep saß ihr praktisch auf der Stoßstange, und auch hinten war so gut wie gar kein Platz. Sie seufzte. Es blieb ihr nichts anderes übrig, als dem Mann hinterherzurennen.

«Entschuldigung? Bitte warten Sie!», sagte sie im Laufen, aber der Mann sah sich nicht mal um. «*Hey!*», rief sie laut.

Endlich guckte er.

«Entschuldigung, aber Sie haben mich zugeparkt», sagte Maren. «So komm ich da nicht raus.»

Der Mann, der jetzt offenbar telefonierte, drehte sich wieder um und ging weiter, als wäre sie Luft.

Maren blieb stehen. Was fiel dem denn ein? «Hör mal!», rief sie energisch. «Du fährst jetzt deine beschissene Karre da weg, klar? Sonst kannst du die morgen vom Abschlepphof holen.»

Fast hätte Maren sich die Hand vor den Mund geschlagen. Hatte *sie* das gerade gesagt? Der Typ war stehen geblieben. Hoffentlich schrie er sie nicht gleich an. Aber er ging einfach wortlos zu seinem Wagen, stieg ein und fuhr ein Stückchen vor, stieg wieder aus und ging weg.

Verblüfft stieg Maren ein, blieb aber noch einen Moment sitzen, ehe sie losfuhr. Sie legte den Kopf an die Lehne, drückte auf den Schalter, der das Schiebedach öffnete, und sah durch das Rechteck in die Baumkronen über sich. Und plötzlich war ihr eins vollkommen klar: Sie würde sich ihre Familie nicht wegnehmen lassen. Sie musste kämpfen. Sie wusste nur noch nicht so genau, wie.

6

Matilda trottete auf der Schattenseite der Bornstraße etwas ermattet neben Dana her. Sie waren auf der Alster Boot gefahren und danach Eis essen gewesen, und nun kauften Mattis und Marla für das Abendessen ein, während sie und Matilda schon mal nach Hause gingen. Matilda hatte Danas Hand genommen, in der anderen hielt sie die Puppe, die sie den ganzen Nachmittag über noch nicht losgelassen hatte. Es rührte Dana, wie anhänglich Matilda war. Ganz im Gegensatz zu ihrer großen Schwester. Die hatte Dana während der Bootsfahrt auf der Außenalster konsequent ignoriert und den Platz an Mattis' Seite ständig besetzt gehalten, was wiederum Dana ignoriert hatte, so gut es ging. Mattis schien Marlas Verhalten kein Kopfzerbrechen zu bereiten, denn er hatte es weder seiner Tochter noch Dana gegenüber thematisiert. Davon abgesehen war es ein ganz schöner Ausflug gewesen. Marla hatte im Tretboot vorne neben Mattis gesessen, Dana mit Matilda auf der Rückbank, und weil sie immer wieder den Segelschiffen in die Quere kamen, flüchteten sie in einen der Nebenarme, wo es ruhiger war und sie mit den Füßen im Wasser an weißen Gründerzeitvillen und schmalen, schattigen Gärten entlangfuhren.

«Ooh!» Matilda zog Dana zum Schaufenster des Bonbonladens, das mit Luftballons und vielen kleinen Körben voller Süßigkeiten lockte. «Können wir da mal reingehen?»

«Na klar, komm!» Dana liebte den Laden, der den Charme der fünfziger Jahre verströmte und mit seiner altmodischen Einrichtung, der gestreiften Tapete und der Waage vom Flohmarkt nostalgische Gefühle weckte. Matilda bestaunte die Etageren mit glitzernd eingepackten Schokoladentäfelchen und zeigte dann auf die unzähligen Bonbongläser voll bunter Lollis, Fruchtgummis und Brauseperlen.

«Meinst du, ich darf vielleicht ein bisschen was davon haben?»

Dana musste über die zaghafte Frage der Kleinen lächeln. Der Laden war ein wahr gewordener Kindertraum, und es wäre geradezu Folter gewesen, jetzt wieder rauszugehen, ohne ihr etwas zu kaufen.

Die Zuckertüte, mit der sie kurz darauf auf die Straße traten, war dann doch etwas größer geraten, aber Dana hatte selbst nicht widerstehen können und Matilda ermutigt, auch noch von der Lakritze und dem Eiskonfekt zu nehmen. Das letzte Stück bis zu ihrer Wohnung gingen sie schweigend nebeneinanderher und waren mit dem Essen der Süßigkeiten beschäftigt, bis Matilda unvermittelt ihre Hand losließ und mit den Worten «Da ist Tim!» auf Danas Haustür zurannte.

Dana musterte den jungen Mann, der einer ihrer Studenten hätte sein können. Er war auf den ersten Blick als Mattis' Sohn zu erkennen, so sehr ähnelten vor allem die markante Kinnpartie und der Blick dem seines Vaters. Tim legte das unförmige Paket ab, das er unter dem Arm trug, und breitete die Arme aus, um Matti auffangen zu können. Er wirbelte sie durch die Luft, drehte sich ein paarmal mit ihr um die eigene Achse und setzte seine kreischende Halbschwester wieder auf dem Boden ab. Inzwischen war Dana bei ihnen angekommen, und Tim streckte ihr lachend die Hand entgegen.

«Hey. Da bin ich. Schön, dich wiederzusehen. Mattis hat mich gebeten, meine Luftmatratze vorbeizubringen.» Er wies auf das silberne Paket zu seinen Füßen.

Matilda sah zu ihm auf. «Wollen wir wieder eine Höhle bauen?»

«Aber auf jeden Fall. Wir pusten die Luftmatratze auf und bauen die tollste Höhle aller Zeiten. Und wenn wir dafür Danas ganze Wohnung auseinandernehmen müssen.» Tim zwinkerte Dana zu.

Matilda kicherte, und Dana zog ihren Schlüssel aus der Tasche und schloss die Haustür auf. «Na dann mal los.»

Eine halbe Stunde später waren auch Mattis und Marla wieder da. Dana hatte ihn kurz beiseitegenommen und gefragt, ob Marla nun auch über Nacht blieb, aber offenbar hatte sie nichts zu dem Thema gesagt, und da Mattis sie bei sich behalten und keine schlafenden Hunde wecken wollte, hatte er auch nicht gefragt. Jetzt drängten sich alle in der kleinen Küche. Mattis hielt zwei Töpfe in den Händen und betrachtete sie unschlüssig. Matilda, die unbedingt die Eier trennen wollte, saß am Küchentisch und wartete darauf, dass ihr jemand Schüsseln hinstellte, während Marla sich offenbar vorgenommen hatte, die Tüte Chips, die Mattis ihr spendiert hatte, in möglichst kurzer Zeit ganz allein aufzuessen.

«Machst du mal die Flasche Sancerre auf, die im Kühlschrank ist?», fragte Mattis Tim. «Bleibst du eigentlich zum Essen?»

Tim schüttelte den Kopf und öffnete den Kühlschrank. «Hanna und ich gehen mit unseren Müttern essen. Ich hab Jill noch gar nicht gesehen, seit sie zurück ist.»

Dana gab ihm den Korkenzieher.

«Ach, schade.» Mattis ließ Wasser in den etwas größeren Topf laufen, der für eine ganze Packung Nudeln immer noch ziemlich knapp war. «Warum hast du Hanna nicht mitgebracht?»

«Sie ist noch mit ihrer Mutter shoppen, die ist gerade für ein paar Tage in Hamburg. Schätze, die kommen mit lauter Babysachen zurück. Hannas Mutter ist überhaupt nicht zu bremsen. Sie ist ganz versessen darauf, Oma zu werden.»

Mattis lachte. «Ist nicht wahr. In ihrem Alter? Die ist doch auch noch keine fünfzig, oder?»

«Doch, die ist etwas älter als ihr.»

«Und kennen Jill und sie sich schon?»

«Nee, es gab noch keine Gelegenheit. Hannas Mutter wohnt in Stuttgart, und wenn sie zu Besuch war, dann war Jill nicht da.»

Mattis nickte. «Von dem Abend musst du mir dann mal erzählen.»

Tim stand auf, nahm drei Weingläser aus dem Regal und goss Weißwein hinein, während Dana endlich zwei Plastikschüsseln gefunden hatte und sie Matilda hinstellte. Tim reichte ihr und Mattis je ein Weinglas.

«Ja, dann – auf den Nachwuchs.» Mattis, der am Herd lehnte, hob sein Glas, und Tim prostete Dana zu, als wäre mit dem Nachwuchs sie gemeint. Wobei ihr auffiel, dass sie Tim noch gar nicht gratuliert hatte.

«Herzlichen Glückwunsch! Da wird sich ja viel ändern.» Das hatte irgendwie zu wenig positiv geklungen, beinahe kritisch, und sie schob schnell hinterher: «Aber immer schön, wenn die Familie größer wird!»

Tim lächelte das zufriedene Lächeln eines sehr viel älteren Mannes, und Matilda blickte von ihren Eiern auf. «Ich finde es toll, mit sieben Tante zu werden.»

«Das ist auch toll», sagte Dana.

«Was bist du dann eigentlich von dem Baby?», fragte Matilda Dana.

Marla hielt mit der Hand in der Chipstüte inne und sah sie an.

«Ich?», sagte Dana. «Keine Ahnung.»

«Na ja», sagte Tim, «eigentlich so eine Art Stiefoma, oder?»

«O Gott.» Dana lachte.

«*Eigentlich*», sagte Marla, «ist Dana von dem Baby überhaupt nichts. Weil sie nämlich gar nicht zu unserer Familie gehört.»

Mattis, der am Herd stand, sah sich um und warf ihr einen mahnenden Blick zu, den Marla trotzig erwiderte. Er legte den Kochlöffel beiseite und drehte sich ganz um. «Marla, ich weiß, dass das hier schwer für euch ist. Ich hoffe, nicht zu schwer. Aber ich hab sehr wohl bemerkt, dass du die ganze Zeit unfreundlich zu Dana bist. Es reicht jetzt. Ich hoffe, du bist nicht nur mitgekommen, um Stunk zu machen.»

Es trat eine unangenehme Stille ein, in der nur das Knacksen der Eier zu hören war, die Matilda hochkonzentriert im Schneckentempo trennte.

«Ich würde vorschlagen, wir vergessen das und fangen noch mal von vorn an. Was meinst du?», fragte Mattis.

Marla schwieg.

«Brauchst du mal eine kleine Pause von uns? Und danach reißt du dich zusammen und bist nett zu Dana?», hakte er freundlich nach.

Nach kurzem Schweigen sagte Marla, ohne ihn anzusehen: «Können wir ja mal versuchen.»

«Okay. Willst du ein bisschen fernsehen?»

Sie nickte.

Matilda sah auf. «Darf ich auch?»

«Na klar. Ich ruf euch dann zum Essen.»

Die Mädchen standen auf, und als Marla an Mattis vorbeiging, zog er sie kurz an sich, was ihr ein kleines Lächeln entlockte.

«Ist für sie nicht leicht», sagte Mattis, als sie draußen war.

«Klar», sagten Dana und Tim gleichzeitig.

Mattis drehte sich wieder um und gab die Nudeln ins Wasser. «Übrigens war ich heute beim Prüfungsamt», sagte Tim. «Es scheint wohl zu klappen, dass meine mündliche Prüfung vorgezogen wird. Dann bin ich damit durch, wenn das Baby kommt.»

«Perfekt», sagte Mattis. «Und die Abschlussarbeit? Muss die vorher noch fertig sein?»

Tim nickte. «Leider.»

«Da hast du dir aber ganz schön was vorgenommen», sagte Dana.

«Ja, das wird ein ziemlicher Ritt», sagte Tim. «Ist aber zu schaffen. Und ich will ja eh schnell fertig werden – wenn das Kleine da ist, sollte ein bisschen Geld reinkommen. Und Hanna kann sich frühestens nächstes Jahr für ihre Prüfungen anmelden.»

Dana bewunderte Mattis' Sohn, aber irgendwie irritierte er sie auch. Diese Zielstrebigkeit, und das nicht nur beruflich, sondern auch privat. Dabei war er erst Mitte zwanzig. «War das denn eigentlich geplant mit dem Baby?», fragte sie. «Also, wenn ich fragen darf ...»

«Direkt geplant war es nicht, aber uns war klar, dass es passieren kann. Also, wir haben es schon gewollt.»

Aha. So ganz schlau wurde Dana daraus nicht, und Tim schien ihr das anzusehen, denn er setzte hinzu: «Wir waren uns von Anfang an einig, dass wir früh Kinder bekommen wollen. Solange wir noch richtig jung sind. Jill und Papa haben das ja früher auch so nebenbei gemacht.»

Mattis lachte. «Na ja, *nebenbei* ...»

«Jill ist doch auch weiterhin gereist und so und hat mich einfach mitgenommen. Wir glauben halt, es wird später nicht leichter, in keiner Hinsicht, schon gar nicht beruflich. Und ist es nicht cool, jetzt schon ein Enkelkind zu kriegen?», fragte Tim.

«Ähm ...» Mattis verzog das Gesicht zu einer Grimasse des Nachdenkens und tat sich mit der Antwort so schwer, dass sie alle drei lachen mussten.

Auf dem Küchentisch summte Mattis' Handy. Er griff danach, las etwas und griff sich an den Kopf. «Wahnsinn!» Er hielt sein Handy hoch, als könnten Dana und Tim die Nachricht auf die Weise lesen. «Ich hab hier 'ne Mail von Møbel. Die wollen für jedes ihrer Möbelhäuser zwölf von meinen neuen Stühlen haben!»

Dana ging zu ihm und nahm ihm das Handy aus der Hand. «Von den Schulstühlen?»

Mattis gab ihr lachend einen Kuss. «Das sind keine Schulstühle.»

«Aber sie sehen ein bisschen so aus.»

«Sind nur viel schöner. Aber ja, genau von denen.»

«Wie viele Filialen haben die denn?», fragte Tim. «Sieben, acht, deutschlandweit?»

«Es geht nicht nur um Deutschland», sagte Mattis. «Das ist ein Riesenauftrag. Scheiße, ich weiß gar nicht, wie ich das machen soll ...» Er kratzte sich am Kopf und griff nach seinem Weinglas. «Aber der Zeitpunkt könnte gar nicht besser sein. Das Geld kommt mir gerade sehr gelegen.»

«Wieso?», fragte Tim. «Was hast du denn vor?»

Mattis grinste. «Das wird noch nicht verraten. Über ungelegte Eier soll man nicht reden.»

~

«*So, dear, when are you coming to visit?*»

Jill seufzte. Die Frage hatte sie befürchtet. Aber obwohl sie ihrem Vater keine Antwort geben konnte, die ihn zufriedenstellen würde, hatte sie sich mal wieder melden wollen. «*Soon, daddy. I promise. Bye. Take care.*»

Ihr Vater machte ihr Sorgen, es schien ihm nicht besonders gut zu gehen, seine zahlreicher werdenden Wehwehchen deprimierten ihn. Nur gut, dass ihre vier Geschwister in Irland geblieben waren und, von ihrer einzigen Schwester abgesehen, nicht weit von Cork entfernt lebten, sodass immer jemand in seiner Nähe war. Sie war die Einzige, die abgehauen war, schon mit siebzehn, kurz nach dem Tod ihrer Mutter. Sie wollte weg aus dem kleinen Land, in dem sie immer nur wieder dasselbe sah und erlebte, und sie wollte die Heimat ihrer Mutter kennenlernen, Deutschland. Dass sie danach nur noch auf Besuch nach Irland zurückkehren würde, war eigentlich nicht geplant gewesen. Aber dann hatte sie in Deutschland den Ausbildungsplatz bekommen und Mattis kennengelernt. Die Jahre waren einfach vergangen, und sie war erwachsen geworden. Na ja, mehr oder weniger erwachsen. Jedenfalls älter, als ihre Mutter geworden war.

Ihre Mutter hatte ein so anderes Leben geführt als sie, mit ihren fünf Kindern, ohne jede Annehmlichkeit, ohne Zeit für sich, ohne Reisen. Und dann war sie plötzlich gestorben, mit 46 Jahren. Eine Blinddarmentzündung, die sie nicht ernst genommen hatte. Von jetzt auf gleich – aus, vorbei.

Jill seufzte. Das war alles deprimierend. Gut, dass sie heute Abend mit Tim verabredet war. Zu Hause auf dem Sofa zu liegen und zu telefonieren oder Löcher in die Luft zu starren, war auf die Dauer nichts für sie, da wurde man ja porös.

Sie zog ihre Jogginghose aus und ihre Jeans und eine weiße Hemdbluse an, und als sie wenig später auf die Straße trat, war sie voller Vorfreude auf das Treffen mit ihrem Sohn. Sie hatte Tim vor ihrer Reise ewig nicht mehr allein gesehen, fast immer war jetzt Hanna dabei, die immer so still vor sich hin lächelte, als würde sie sich ihren Teil denken und stünde mit ihrem geordneten, braven und in Jills Augen vollkommen unjugendlichen Leben irgendwie über den Dingen. Jill war gespannt zu hören, wie es Tim ging, wie er sich die Zukunft vorstellte, und freute sich darauf, endlich jemandem ausführlich von ihrer Reise zu erzählen.

Als sie sich dem *Vagabondo* näherte, erblickte sie an einem Tisch neben dem Eingang Tim und Hanna. Sie blieb stehen. Da hatte sie wohl was falsch verstanden. Zu schade. Sie wollte gerade weitergehen, da sah sie, wie eine kleine Frau mit Rüschenbluse erst Hanna und dann Tim um den Hals fiel und sie überschwänglich begrüßte. Wenn das mal nicht Hannas Mutter war. Jill stöhnte leise. Hätte sie das gewusst, wäre sie doch zu Bruno gefahren.

«Und dann war mir plötzlich vollkommen klar, dass ich mir das einfach nicht gefallen lasse», schloss Maren. Sie hatte Heike genau erzählt, wie Mattis sich verhalten hatte, wie Dana aussah, wie sie sich von Marla und Matti verabschiedet hatte und wie sie den bescheuerten Jeep-Fahrer dazu bekommen hatte, sein Auto wegzufahren.

«Okay», sagte Heike mit einem Gesichtsausdruck, der Maren eindeutig zu zweifelnd war.

Sie hatte, nachdem sie Mattis die Kinder gebracht hatte, zu Hause etwas aufgeräumt und Wäsche gewaschen, aber dann war ihr die Decke auf den Kopf gefallen. Und als Mattis dann auch noch per SMS bekannt gab, er gehe davon aus, dass Marla auch über Nacht bleibe, war sie zu Heike nach Ottensen gefahren.

Sie hatten einen langen Spaziergang an der Elbe gemacht und waren schließlich in der *Strandperle* gelandet. Nun blickten sie von ihrem Tisch an der grauen Steinmauer über den Sandstrand, der voller Menschen war, und über den Fluss auf die Docks und Hafenkräne am anderen Ufer.

«Ja», bekräftigte Maren. «Ich lasse mir meine Familie nicht kaputt machen. Andere Söhne haben auch schöne Mütter. Diese Dana kann sich doch einen andern suchen.»

Heike gluckste und hörte gar nicht mehr damit auf, ohne dass Maren verstand, was los war. «Was ist denn daran bitte witzig?»

Nachdem Heike sich so weit beruhigt hatte, dass sie sprechen konnte, wiederholte sie: «Du hast gesagt, andere Söhne haben auch schöne Mütter. Was übrigens stimmt.»

«Echt? Na, so komisch ist das auch wieder nicht.»

Ihre Freundin richtete sich auf und räusperte sich. «Also, im Ernst. Weißt du, was ich nicht ganz verstehe? Vor der Trennung hast du dich ständig bei mir über Mattis beklagt, weil er so viel arbeitet und nicht mal richtig da ist, wenn er da ist. Du hattest ziemlich viel an ihm auszusetzen.»

«Vielleicht, aber das ist ja auch normal ...», sagte Maren. Das bedeutete ja nun wirklich nicht, dass sie ihn nicht mehr wollte.

Heike wiegte den Kopf. «Ich weiß nicht. Du hast auch mal gesagt, es sei alles nicht mehr, wie es mal war zwischen euch.»

«Na ja, so eine Beziehung ändert sich natürlich im Laufe von fünfzehn Jahren. Aber das ist ja kein Grund, sich zu trennen.» Maren rieb sich das rechte Auge, das Unterlid hörte seit ein paar Stunden nicht mehr auf zu zucken.

«Das meinte ich auch nicht.»

«Was meintest du denn?», fragte Maren gereizt. Sie hatte sich von Heike eigentlich einen guten Rat erhofft, einen Tipp, was sie machen konnte, um Mattis zurückzubekommen, ihre Familie wieder zu kitten.

Heike legte ihre warme Hand auf ihre, aber Maren zog ihre Hand weg. «Vielleicht geht es jetzt eher darum, die Situation anzunehmen. So, wie sie ist.»

«Ich nehme die Situation doch an!», rief Maren. «Ich nehme sie nur nicht *hin*. Mattis scheint es ziemlich ernst zu sein mit seinem neuen Leben – *mir* ist es auch ernst! Und ich werde nicht länger tatenlos zusehen. Ich hab immer alles für meine Kinder getan, und ich hör jetzt nicht damit auf!»

Heike hob abwehrend beide Hände. «Wenn du aus tiefstem Herzen davon überzeugt bist, dass ihr noch mal glücklich werden könnt, wenn du Mattis noch liebst und ihn so respektierst, wie er ist, und mit ihm alt werden willst, dann sage ich nie wieder ein Wort. Aber ... hast du schon mal überlegt, dass du vielleicht selbst mit jemand anderem glücklicher werden könntest?»

Maren schüttelte den Kopf. «Das werde ich auch nicht überlegen. Mattis ist mein Mann, wir haben uns ein Versprechen gegeben. Und er ist der Vater von Marla und Matilda.»

«Ja», sagte Heike, «das weiß ich. Trotzdem ...»

Sie schwiegen sich eine Weile an, in der Maren wütend auf ein Containerschiff starrte, das sich vor die Abendsonne schob, und Heike ungefragt zwei Sambuca bestellte.

Schließlich sagte Heike mit betont ruhiger Stimme: «Also, wenn du Mattis wirklich zurückgewinnen willst, dann ist das jedenfalls sicher nichts, was von heute auf morgen geht. Es sei denn, du hast vor, diese Dana zu bestechen, damit sie das Land verlässt und sich hier nie wieder blicken lässt.»

Maren sah sie an. «Dafür fehlt mir leider das Geld.»

Heike lachte. «Immerhin hast du deinen Humor nicht verloren.»

«Das ist Galgenhumor.» Maren verbarg das Gesicht in den Händen. «Wann ist das bloß alles so schiefgegangen?»

Heike seufzte und streichelte ihren Arm. «Mach dir keine Vorwürfe. Das passiert doch so vielen.»

Ja, dachte Maren, aber ihr war immer das Wichtigste gewesen, dass es *ihr nicht* passierte, vor allem ihren Kindern nicht. Außerdem schien es um sie herum nur heile Familien zu geben. Na gut, das stimmte nicht ganz. Trotzdem.

Die Kellnerin stellte zwei Gläser auf den Tisch.

«Vielleicht musst du die Sache einfach aussitzen», sagte Heike. «Dagegen, dass Mattis in Dana verliebt ist, dürfte jetzt gerade nichts zu machen sein. Aber möglicherweise ist es ja nur ein Strohfeuer, und das Ganze hat sich bald wieder erledigt. Wenn du einfach abwartest und in dem Moment da bist, wenn es ihm mal schlecht geht, dann spielt die Zeit vielleicht für dich. Aber ich würde dir wirklich eher zur Vorsicht raten. Überstürz nichts und hör mal in dich hinein.»

Maren blickte auf das Wasser. Vielleicht spielte die Zeit für sie, vielleicht aber auch nicht. Und woher sollte sie, bitte, die dafür nötige Geduld nehmen? Sie griff nach ihrem Glas und trank den Sambuca auf ex.

Die Kinder hatten Zähne geputzt, und Mattis sagte ihnen gerade gute Nacht – endlich, denn nach diesem ereignisreichen Tag sehnte Dana sich danach, mit ihm allein zu sein. Sie lag auf dem Bett und ließ die letzten Stunden Revue passieren. Eigentlich war das Kennenlernen ganz gut gelaufen, wenn Marla beim Abendessen auch sehr still gewesen war. Aber Mattis hatte sie danach in den Arm genommen und gesagt, er würde sich freuen, wenn sie über Nacht bliebe und sie sich noch einen schönen Abend machten, und so war es dann auch gekommen. So gut und vorbildlich Dana sein Verhalten in dieser Situation fand – wenn sie ehrlich war, hätte sie es gar nicht so schlimm gefunden, wenn Marla noch nach Hause gewollt hätte. Aber so hatten sie noch einen Animationsfilm runtergeladen, den Dana unerwartet unterhaltsam gefunden hatte und der auch den Mädchen gefallen zu haben schien. Mattis hatte seine beiden Töchter im Arm gehabt, und Dana hatte am Rand neben Matilda gesessen und die Chips vertilgt, die Marla übrig gelassen hatte.

Im Türrahmen tauchte Mattis auf. «Matilda hat gefragt, ob du auch noch gute Nacht sagen kommst.»

«Ja, klar.» Dana stand auf und streifte im Vorbeigehen Mattis' Hand, die er kurz festhielt. Als sie ins Wohnzimmer kam, wo sie mit Tims Doppelluftmatratze ein gemütliches Lager errichtet hatten, ging Marla an ihr vorbei und verschwand im Badezimmer.

«Liest du mir noch was vor?», fragte Matilda, die ihre Puppe immer noch kein einziges Mal losgelassen hatte.

«Kann ich machen.» Dana setzte sich auf die Matratze und nahm das Buch, das daneben lag, zur Hand. «Aus dem hier?»

Matilda nickte und rückte näher an sie heran.

Als sie mit dem Kapitel fertig war, bettelte Matilda, dass sie noch eins las, und das tat sie, und als das zu Ende war und sie gerade beschlossen hatte, sich kein drittes Mal breitschlagen zu lassen, merkte Dana, dass die Kleine eingeschlafen war. Langsam und vorsichtig löste sie sich von Matilda, erhob sich und schlich wieder ins Schlafzimmer. Hoffentlich schlief Mattis nicht auch schon.

Das tat er nicht, aber er hatte seine große Tochter im Arm, die offenbar weinte. Erst jetzt wurde Dana bewusst, dass Marla gar nicht ins Wohnzimmer zurückgekommen war. Mattis sah Dana in der Tür stehen, guckte sie bedauernd an und formte mit den Lippen das Wort «gleich».

Dana nickte, machte kehrt und blieb dann unschlüssig stehen. Wenn sie Matilda nicht aufwecken wollte, ging sie besser nicht ins Wohnzimmer. Blieb nur die Küche.

Obwohl ihr nicht wirklich danach war, griff sie zu der Zeitung, die auf der Fensterbank lag, und blätterte ein bisschen darin herum. Als sie nach einer Viertelstunde noch nichts von Mattis gehört oder gesehen hatte, stand sie auf, um nach den beiden zu sehen.

Marla schien zu schlafen. Dana ging näher heran. Auch Mattis hatte die Augen geschlossen. «Mattis?», flüsterte sie.

Er reagierte nicht. Sie betrachtete die beiden. Marla lag auf der Seite in Mattis' Arm, den Kopf an seiner Schulter, die Beine angezogen, er lag ihr zugewandt und begann jetzt, leise zu schnarchen.

Dana seufzte. Das Bett war zu schmal, um sich noch irgendwo daneben zu quetschen. Blieb für sie wohl nur die Luftmatratze.

7

Normalerweise liebte Maren die Ruhe und Gemütlichkeit von Sonntagen, aber dieser war einfach nur furchtbar. Sie schob ihren Laptop von sich und zog sich die Decke wieder über den Kopf. Schon das Aufwachen war grauenhaft gewesen, und das nicht nur, weil sie gestern Abend zu viel getrunken und konfuses Zeug geträumt hatte. Die Wohnung war zu still, viel zu still. Niemand, der zu ihr ins Bett kam, niemand, dem sie einen Kakao machen konnte, niemand, der vorgelesen bekommen wollte oder wenigstens viel zu laut nervige Popsongs hörte. Am schlimmsten war der Anblick der leeren Betten gewesen. Die Sehnsucht nach ihren Töchtern war über ihr zusammengeschlagen wie zwei riesige Wellen. Um die beiden wenigstens zu sehen, wenn sie sie schon nicht in den Arm nehmen und an ihnen riechen konnte, hatte sie angefangen, auf ihrem Laptop die alten Filme aus der Baby- und Kleinkindzeit zu gucken.

Keine gute Idee.

Die Erinnerung daran, wie sie die neugeborene Marla zum ersten Mal gebadet hatte, trieb ihr die Tränen in die Augen, und der Film, in dem die einjährige Matilda auf unsicheren Füßen vom Sofa auf ihre Eltern zuwackelte, gefilmt von der damals fünfjährigen Marla, die ihre kleine Schwester die ganze Zeit anfeuerte, hatte es nicht besser gemacht. Und dass am Ende des kurzen Films dann auch sie und Mattis im Bild gewesen waren, wie sie gleichzeitig in die Hocke gingen und verzückt ihrer Kleinen entgegenschauten, die ihre ersten Schritte machte, das hatte ihr den Rest gegeben.

Maren hob die Decke so weit an, dass sie den Wecker erkennen konnte. Es war noch nicht mal zehn Uhr. Noch mindestens vier Stunden, bis Mattis ihr die beiden wiederbrachte. Neben dem Wecker stand Matildas kleiner Aufziehweihnachtsmann, so groß wie ein Playmobil-Männchen, aber dreimal so dick. Maren nahm ihn, zog ihn auf und ließ ihn über den Nachttisch laufen, bis er runterfiel. Sie musste auf andere Gedanken kommen.

Zehn Minuten später saß sie wieder im Bett, auf dem Nachttisch eine Tasse heißen Kaffee, und zog ihren Laptop näher zu sich heran. Beim Kaffeekochen hatte sie sich vorgenommen, über die nächsten Blogbeiträge nachzudenken. Je genauer sie im voraus plante, desto leichter ließ sich das Bloggen mit Kindern, Job und Haushalt vereinbaren, und desto besser wurden auch die Postings. So verbrachte sie die Zeit wenigstens sinnvoll.

Sie öffnete ihre Website und sah, dass unter dem Text über den nächsten Kindergeburtstag vier Kommentare standen. Der erste lautete:

> Kenn ich! Bei uns ist rosa auch total out – jetzt muss alles lila sein ;-) Hexengeburtstag ist doch SUPER!

Zwei weitere Follower berichteten, dass ihre eigenen Prinzessinnen immer noch am liebsten rosa und pink mochten. Nur ein Beitrag hatte einen konstruktiven Vorschlag zum Thema Kinderfeier und empfahl den Indianergeburtstag im Völkerkundemuseum. Die Homepage konnte sie sich ja später mal ansehen. Obwohl sie Geburtstage eigentlich am liebsten zu Hause feierte, da war es gemütlicher.

Maren hatte nicht die geringste Ahnung, worüber sie in der nächsten Woche schreiben sollte. Alles typisch Sommerliche hatte sie in den letzten Wochen schon durch: viele Bilder von selbstgemachtem Eis und frischem Salat mit den dazu passenden Rezepten, und noch mehr Bilder von Kindern auf dem Fahrrad, am See oder im Freibad. Vielleicht ließen sich ja ihre Beiträge aus dem letzten Sommer noch mal verwerten, wenn sie sie leicht abänderte. Sie scrollte weiter nach unten zu den älteren Postings. Da waren der Bericht über Matildas sechsten Geburtstag und ein paar Beiträge aus dem Sommerurlaub auf Amrum. Bilder von Dünen und Meer, Sandburgen und Muscheln und von ihren Töchtern mit wehenden Haaren und geringelten Badeanzügen in den Dünen. Mattis war nicht zu sehen, er hatte sich von Anfang an verbeten, in ihrem Blog vorzukommen, auch wenn er sie grundsätzlich darin unterstützte.

Marens Blick blieb an einem Foto hängen, auf dem Matilda mit dem Kopf in ihrer Schultüte steckte, um auch noch an die letzten Bonbons heranzukommen, die unten in der Spitze steckten, während sich neben ihr bereits ein Tuschkasten und Radiergummis, ein kleines Buch, eine Trinkflasche und Süßigkeiten aller Art häuften. Maren begann zu lesen:

Jetzt ist es so weit: Auch meine Kleine geht zur Schule.
Gestern war ihre Einschulung – ein fröhlicher, feierlicher und, was mich betrifft, auch ziemlich tränenreicher Tag.
Morgens, als ich ihre braunen Kringellocken zu einem Zopf geflochten habe, stand meine kleine Maus noch ganz ernst vor dem Spiegel, aber beim Frühstück haben wir anderen drei sie schon zum Lachen bringen können, und im Laufe des Vormittags hat man dann immer öfter die Zahnlücke blitzen sehen, die der erste ausgefallene Milchzahn pünktlich eine Woche vor der Einschulung hinterlassen hat.
Als sie mit den anderen Sechsjährigen vorne in der Aula saß, mehrere Reihen vor uns, neben sich ihre

Kindergartenfreundin, hat sie sich nicht ein einziges Mal zu uns umgesehen, und als sie aufgerufen wurde, wirkte sie nicht etwa verängstigt oder besorgt, sondern einfach nur neugierig. Und dann kam der Moment, als sie mit ihrer Klasse den Saal verließ, und ich kann euch sagen: Wäre die Schulter meines Mannes nicht gewesen – man hätte mein Schluchzen in der ganzen Schule gehört!
Respekt, Kleine. So gut habe ich alte Heulsuse das damals nicht hinbekommen, als ich eingeschult wurde. Ich freue mich so für dich, dass du deine Freundin an deiner Seite hast, dass du deine große Schwester hast, von der du dir schon ein bisschen was abgucken kannst, und dass du uns hast, deine Eltern, die sich gemeinsam an dir freuen und immer für dich da sein werden.

Maren wischte sich die Tränen aus den Augen. Wenn sie damals gewusst hätte, wie sehr sich das mit der Heulsuse noch steigern ließ, wie viel Grund zum Weinen sie im Jahr nach der Einschulung haben würde ... Sie las weiter.

Heute früh, an deinem ersten richtigen Schultag, bist du mit deiner Schwester mitgegangen, mit stolzem Blick und dem Schulranzen, der viel zu groß für deinen kleinen Rücken ist, der es aber unbedingt sein musste, weil es der einzige in deinen fröhlichen Lieblingsfarben war, gelb und orange. Meine liebe Kleine, ich wünsche dir eine glückliche Schulzeit und dass du immer so fröhlich bleibst, wie du es von Anfang an warst, als du schon morgens strahlend in deinem Gitterbett gestanden hast. Du gehst jetzt einen großen Schritt in dein eigenes Leben und wirst immer selbständiger werden. Und für mich beginnt die Zeit des Loslassens.

Maren klickte den Blog weg. Auf die Kommentare darunter hatte sie keine Lust, und noch mehr Erinnerungen an glückliche Tage ertrug sie jetzt nicht. Sie klappte den Computer zu. Als sie damals vom Loslassen schrieb, hatte sie das ganz normale Loslassen gemeint: Matilda zum ersten Mal alleine nach Hause gehen lassen, statt sie von der Schule abzuholen, die Nachmittage nicht mehr mit den Mädchen unten im Hof oder im Schwimmbad verbringen, weil Matilda sich mit Klassenkameradinnen verabreden wollte – ohne ihre Mutter. Das wäre schon schwer genug gewesen. Und nun sollte sie mit einem Schlag alles loslassen, was ihr wichtig war, sollte tatenlos zusehen, wie sich ihre Familie auflöste. Denn ohne Mattis gab es keine Familie mehr.

Vier Stunden später hielt sie ihre Mädchen endlich im Arm. Der Tag hatte sich quälend lang hingezogen, und irgendwann hatte sie nichts Sinnvolleres mehr mit sich anzufangen gewusst, als am Fenster zu stehen und Mattis und die Mädchen herbeizugucken und dabei ungefähr siebenundzwanzig Mal die Teelichter und Kerzenleuchter auf der Fensterbank neu zu arrangieren. Die Mädchen und sie hatten sich umarmt und gedrückt, als hätten sie sich seit Wochen nicht gesehen, während Mattis etwas verlegen daneben gestanden hatte. Obwohl sie den Eindruck hatte, dass er noch kurz bleiben wollte, hatte sie ihn hinauskomplimentiert, freundlich, aber bestimmt. Jetzt begann *ihr* Sonntag mit den Mädchen, außerdem hatte sie heute einfach nicht mehr den Nerv, vor Mattis so zu tun, als würde ihr irgendetwas an dieser neuen Situation leichtfallen.

Sie betrachtete das Chaos, das die Kinder innerhalb kürzester Zeit im Flur verbreitet hatten, stellte die Schuhe, die Matilda von den Füßen geschleudert hatte, ordentlich unter die Bank und setzte ihre Puppe, die auf dem Boden lag, neben ihre Tasche, aus der irgendetwas aus Zellophan ragte. Ohne nachzudenken, griff sie nach der Tüte, die halb voll mit Bonbons und Weingummis war. «Was ist das denn?»

«Du kannst ruhig was haben», sagte Matilda. «Dana und ich waren in einem ganz tollen Bonbonladen.»

«Aha.» Hatte sie sich doch gedacht, dass Dana versuchen würde, sich bei den Kindern beliebt zu machen. Schien ja geklappt zu haben.

«Also, ich mag diese Dana irgendwie nicht.» Marla setzte sich auf die Bank. «Die ist so ... ich weiß auch nicht, einfach komisch. Außerdem ist die Professorin», sagte sie in angeekeltem Ton.

«Professorin?», fragte Maren. «An der Uni?»

Marla nickte.

Auch das noch. Da hatte Mattis ja offenbar Superwoman an Land gezogen.

Matilda ergriff Marens Hände und versuchte, an ihren Beinen hochzuklettern, als wäre sie drei Jahre alt, und Maren nahm sie auf den Arm, obwohl sie ihr dafür eigentlich schon zu schwer war.

«Wie war's denn? Was habt ihr so gemacht?»

«Wir sind auf der Alster Boot gefahren», sagte Marla. «Und abends war Tim da, und Papa hat gekocht.»

«Ach, echt?» Tim kannte Dana also auch schon. Es konnte einem wirklich schwindelig werden bei dem Tempo, mit dem Mattis sie durch Dana ersetzte. Bestimmt mochte Tim Dana lieber als sie. Ihre Beziehung war nicht die einfachste. Nachdem sie und Mattis damals zusammengezogen waren und Marla auf die Welt gekommen war, war natürlich auch Mattis' großer Sohn oft bei ihnen gewesen, der damals heftig pubertierte, was es ihr nicht gerade leichter gemacht hatte, ein unkompliziertes Verhältnis zu ihm aufzubauen. Auch wenn das inzwischen lange her war – so ganz ließen sich diese schwierigen Anfänge nicht verleugnen, wenn sie sich sahen.

«Und heute war Papa mit uns bei dem Babyelefanten bei Hagenbeck», sagte Matilda. «Der war so süß, der konnte noch gar nicht richtig laufen.»

Maren gab ihr einen Kuss. Irgendwie hatte sie das Gefühl, dass die beiden nicht so gut dufteten wie sonst, sie rochen nicht, wie sie riechen sollten. Am besten, sie steckte die Mädchen erst mal in die Wanne. Die Klamotten würde sie auch gleich waschen. Und dann würden sie von dem selbstgemachten Eis essen und es sich noch ein paar Stunden richtig schön machen.

Am späten Montagvormittag ging Jill durch den Haupteingang des alten Fabrikgebäudes in der Schanzenstraße, in dem die *Freunde der Nacht* mittlerweile zwei Etagen belegten. Sie betrat den Fahrstuhl, drückte auf den Knopf und betrachtete sich in dem großen Spiegel. Ihre Wange sah wieder halbwegs normal aus, und sie hatte richtig Lust, mal wieder ein bisschen zu arbeiten. Das Essen mit Tim, Hanna und ihrer im Enkelglück schwelgenden Mutter war ziemlich langweilig gewesen, und sie hatte es, wie geplant, kurz gehalten, was wegen Hannas Müdigkeit gar kein Problem gewesen war. Anschließend war sie noch ein bisschen durch den lauen Abend spaziert. Sie liebte es, sich im Sommer bis spät in die Nacht an der frischen Luft aufzuhalten, es gab ihr das Gefühl, lebendig zu sein. Auf Ottensens Straßen hatten sich noch Horden junger Leute getummelt, für die der spannende Teil des Tages gerade erst begann. Bei einem eiskalten Bier auf einer Bank am Alma-Wartenberg-Platz jedoch hatte sich dann ihre Zahnwunde gemeldet – und Jill hatte einsehen müssen, dass ihr Abend vorüber war.

Die Fahrstuhltüren öffneten sich, und ihr Blick fiel direkt auf Ben, einen der beiden Firmengründer, der an dem großen Tisch in der Mitte der hellen Lobby stand und die Post durchsah.

«Ach, die Jill!», sagte er. Er hatte neuerdings eine Glatze, vermutlich gingen ihm die Haare aus, und er wollte einem opahaften Haarkranz zuvorkommen. Radikal, aber es stand ihm. «Na, hast du was von der Welt gesehen, während wir hier ackern wie blöd?»

«So ist es. Ich war in Vietnam mit dem Motorrad unterwegs, war cool.»

«Ach, du auch?»

«Ja, ich hab schon gehört, aber Sofia muss eine andere Route genommen haben.»

«Sofia? Du meinst Sarah.»

«Ach ja, stimmt, 'tschuldigung.» Sie blieb an dem großen rechteckigen Tisch stehen, auf dem neben Briefen auch Stapel mit Plakaten und Flyern lagen. Offenbar herrschte heute nicht so viel Trubel wie sonst, denn durch die offen stehenden Türen, die vom Eingangsbereich abgingen, sah Jill in den Gemeinschaftsbüros nur zwei Kollegen, die mit dem Rücken zu ihr vor den schicken großen Rechnern saßen.

«Tja, hier hast du jedenfalls nur Unangenehmes verpasst.» Ben hielt einen Brief hoch. «Jansen Kaffee weigert sich, unsere Rechnung zu bezahlen. Ihr Anwalt argumentiert, wir könnten froh sein, dass sie uns nicht wegen Verleumdung verklagen.»

«Was? Das glaub ich nicht.» Sie nahm ihm das Blatt aus der Hand und hielt es dann etwas weiter weg, um es besser lesen zu können. «Das ist doch *bullshit!* Damit kommen die niemals durch.»

«Offenbar doch. Das ist nicht der erste Brief zu dem Thema. Wir befassen uns mit dem Mist schon seit Wochen. Und inzwischen wissen wir, dass du dir dein Konzept leider nie hast unterschreiben lassen. Wir können also nicht nachweisen, dass Jansen es jemals abgesegnet hat.»

«Das hat er aber!»

«Er behauptet was anderes, und wir können nicht das Gegenteil beweisen. Ehrlich gesagt ärgere ich mich, dass ich dir dein Honorar schon gezahlt habe.»

Jill lachte. «Haha. Mal im Ernst, die waren einfach zu blöd, um die Ironie zu verstehen.»

«Sicher», sagte Ben. «Und da sind sie offenbar nicht die Einzigen. Aber, weißt du ... das ist für uns alles gar kein Problem. Über so was können wir nur lachen. Wir sind ja nicht auf unseren guten Ruf angewiesen oder so.»

Nicht? Jill war irritiert.

«Und es macht auch nichts», fuhr Ben fort, «wenn du nicht Bescheid sagst, dass du deine Reise verlängerst. Du hattest zwar die Late-Summer-Party von der Fitness Lodge übernommen, für Hamburg, Kiel, Lübeck *und* Berlin, aber – hey – so ein kleines Projekt kann ja spontan auch jemand anderes übernehmen.»

«Wieso denn? Ich mache das schon. Deshalb bin ich ja hier.» Obwohl sie dieses konkrete Projekt, ehrlich gesagt, vollkommen vergessen hatte.

«Dafür ist es jetzt zu spät, Jill. Die Partys steigen Anfang September, jetzt ist Mitte Juli – du glaubst doch nicht im Ernst, dass die Planung noch nicht losgegangen ist. Du wolltest vor über zwei Wochen hier auf der Matte stehen und durchstarten.»

Ben sah sie eindringlich an, und Jill legte den Brief wieder auf den Tisch. «Shit.»

«Tut mir leid, Jill, aber erst diese Sache mit Jansen Kaffee, wo wir auf den kompletten Veranstaltungskosten sitzenbleiben, weil auch die Versicherung nicht zahlt, und das alles, weil du dir dein Konzept nicht wasserdicht hast absichern lassen, und jetzt das. Uns reicht es. Ich sag's dir lieber offen, damit du dich drauf einstellen kannst: Wir werden in Zukunft nicht mehr mit dir zusammenarbeiten.»

Jill atmete einmal durch. Das konnte doch nicht sein, das fehlte ihr gerade noch. «*Listen*, Ben, *I'm sorry*. Ich gebe zu, die Late-Summer-Party hab ich verpennt. Aber das Konzept für die Party haben die wirklich abgenickt, wahrscheinlich haben sie's nur nicht richtig kapiert.»

Ben seufzte. «Ja, es werden sicher die anderen schuld sein ... Lass gut sein, Jill. Fakt ist, wir können uns auf dich nicht verlassen.»

Er ging zum Fahrstuhl und drückte auf den Knopf, und als sich die Türen öffneten, machte er eine pseudogalante Geste, mit der er sie unmissverständlich aufforderte zu gehen.

Als Jill in Altona aus der S-Bahn stieg, hatte sie sich immer noch nicht beruhigt. Ben war sein Job in den paar Jahren schnell zu Kopf gestiegen, er führte sich schon auf wie ein richtiger kleiner Patriarch. Von seiner anfänglichen Lockerheit war nichts mehr zu spüren. Wie er mit ihr geredet hatte – als wäre sie eine schwer erziehbare Schülerin. An dieser Kaffee-Geschichte trug sie keine Schuld, das war einfach nur blöd gelaufen, weiter nichts. Und daran, dass sie gesagt hatte, sie wäre Anfang Juli wieder da, konnte sie sich nicht erinnern. Oder war das der Grund dafür gewesen, dass sie ursprünglich nur drei Wochen Vietnam geplant hatte? Sie war nicht sicher, möglich war es. Trotzdem fand sie Bens Entscheidung unmöglich, von seiner Art ganz zu schweigen. Von den *Freunden* keine Aufträge mehr zu bekommen, war schon mehr als ungünstig, vor allem jetzt mit der Mieterhöhung ... Aber dann musste sie eben andere Kontakte wieder aktivieren. Es würde sich schon etwas ergeben, das war bisher immer der Fall gewesen. Schließlich war sie gut in ihrem Job, sie hatte Erfahrung, im Gegensatz zu so manchem aufstrebenden *Greenhorn*, *und* sie war am Ball geblieben, am Puls der Zeit, anders als einige andere in ihrem Alter.

Sie kam an dem Haus vorbei, in dem die Praxis von Dr. Michaelsen war, und sah an der Fassade hoch. Eigentlich zu schade, dass ihre Wunde gut zu verheilen schien, so hatte sie gar keinen Grund, noch einmal zu ihm zu gehen. Vielleicht sollte sie tun, als hätte sie größere Schmerzen, und einfach noch mal einen Termin machen? Das wäre das Einfachste. Aber auch ziemlich durchschaubar. Vielleicht ließ sie es doch lieber bleiben.

Da sie ihr letztes Kleingeld für die S-Bahn-Karte ausgegeben hatte, blieb sie am Geldautomaten stehen und zog ihre EC-Karte aus dem Portemonnaie. Sie gab ihre Geheimzahl ein, drückte *Bestätigung*, und während sie noch überlegte, wie viel sie abheben sollte, klapperte es im Inneren des Automaten, als fiele etwas in einen Blechkasten. Auf dem Display erschienen die Worte:

IHRE EC-KARTE WURDE EINGEZOGEN.
BITTE NEHMEN SIE KONTAKT ZU IHREM
KUNDENBERATER AUF.

Ungläubig sah Jill auf den Schlitz, der ihre Karte verschluckt hatte. «*What a fucking shit day!*»

Hinter ihr lachte jemand, und sie sah sich um. «Dr. Michaelsen! Hallo.»

«Ah. Die Irin, richtig? Ich hab Sie von hinten gar nicht erkannt.»

«Jill O'Leary.»

«Richtig, sorry. Alles klar bei Ihnen?»

Jill sah sich nach dem Automaten um. «Geht so.» Sie lachte.

Taktvollerweise ging er nicht weiter darauf ein, sondern fragte stattdessen: «Haben Sie noch Schmerzen?»

«Nein, alles gut. Wollen Sie mal sehen?» Jill biss sich auf die Zunge. Wie bescheuert von ihr. Natürlich wollte er ihr nicht auf offener Straße in den Mund gucken. Nicht mal sie wollte das, obwohl er in Jeans und Hemd noch attraktiver aussah als im weißen Kittel. Und jünger. Vielleicht war er noch gar keine sechzig.

Er lachte sein platzendes Lachen, als hätte sie tatsächlich etwas Lustiges gesagt. «Ich bin schon halb im Urlaub, aber wenn es nötig ist, kann ich Ihnen meine Vertretung empfehlen.»

«Nein, nein, ich kann sogar schon wieder feste Nahrung zu mir nehmen. Ich wollte gerade etwas essen gehen.» Das war zumindest bis vor fünf Minuten der Plan gewesen. Jetzt hatte sie dafür kein Geld mehr.

«Da kann ich den Libanesen da vorn empfehlen. Beste Falafel weit und breit.»

«Ja, den kenn ich, gute Idee», sagte Jill, und in einem plötzlichen Anfall von *Jetzt oder Nie* fragte sie: «Kommen Sie mit?»

Er sah sie überrascht an, zögerte einen Moment und sagte schließlich: «Warum nicht? Ich hab zwar nur wenig Zeit, aber ... gern.»

Jill lächelte. «Schön.»

Sie besetzte schon einmal den letzten freien Stehtisch unter dem großen Sonnenschirm, während Dr. Michaelsen Falafel und Mineralwasser besorgte. Ein Glück, so war sie nicht in die Verlegenheit gekommen zu erklären, warum sie kein Geld hatte und sich auch keins ziehen konnte. Während Jill noch grübelte, wie sie dieses ärgerliche Problem möglichst schnell lösen sollte, stellte sich unvermittelt ein junger Mann neben sie. «Hey, kennen wir uns nicht?»

Er hatte feine blonde Haare, die ihm in die Augen fielen, und sah aus, als wäre er höchstens zwanzig. Bekannt kam er ihr allerdings nicht vor, oder war das ein Freund von Tim?

Plötzlich wich er ein Stück zurück, seine Wangen wurden dunkelrot. «Oh, entschuldigen Sie, ich habe Sie von hinten für jemand anderes gehalten, ich wollte nicht ...»

Jill winkte lachend ab. «*No problem, sweety!*»

Sie kannte das schon. Sie wurde häufiger von weitaus jüngeren Männern angesprochen, die aus der Ferne nicht kapierten, dass sie mit Leichtigkeit ihre Mutter – oder neuerdings musste sie ja sagen: die Oma ihrer Kinder – sein könnte. Mit ihrer mädchenhaften Figur und den rotblonden Locken wirkte sie offenbar immer noch ziemlich jugendlich und auf viele Männer trotz mittlerweile unverkennbarer grauer Strähnen und Lachfalten um Mund und Augen anziehend, wie sie immer wieder erfreut feststellte. Aber dieser junge Kerl hatte sich anscheinend vertan und wollte gerade den Rückzug antreten, als hinter ihm Dr. Michaelsen auftauchte, dem er in der Rückwärtsbewegung zu allem Überfluss eine der Wasserflaschen vom Tablett schlug. Klirrend zerschellte sie auf dem Kopfsteinpflaster.

«O nein, sorry ...» Der junge Blonde bückte sich hektisch und begann, die gröberen Scherbenstücke aufzusammeln.

«*Don't, sweety!*», rief Jill. «Sag lieber drinnen Bescheid, sonst schneidest du dich noch!» Der junge Mann hatte jetzt einen hochroten Kopf und konnte ihr kaum in die Augen sehen.

Dr. Michaelsen blickte amüsiert von einem zum anderen.

Als alle Scherben aufgefegt waren und der junge Typ unter tausend «Sorrys» davongezogen war, stupste Dr. Michaelsen Jill verschmitzt mit dem Ellenbogen in die Seite.

«Sie bringen die Kerle um den Verstand, Jill», sagte er.

Sie grinste. «Sie meinen den Jungen da? Ach, das war nur ein Sommerflirt vom letzten Jahr. War mir zu alt.»

Dr. Michaelsen hätte sich beinahe an seiner Falafel verschluckt, als er Jills breites Grinsen bemerkte. Er hielt sich die Hand vor den Mund und prustete los.

Es war wirklich leicht, ihn zum Lachen zu bringen, dachte Jill vergnügt. Was für eine schöne Eigenschaft. Überhaupt war es herrlich entspannt mit diesem Mann, den sie unter denkbar unsexy Umständen kennengelernt hatte. So entspannt, dass sie kurz darauf beschlossen, mit dem kleinen Glas schwarzen Tee, das sie wegen des Scherbenvorfalls aufs Haus bekamen, Brüderschaft zu trinken.

«Stefan», sagte Dr. Michaelsen und stieß mit seinem Teeglas an ihres.

«Jill, aber das weißt du ja schon», erwiderte sie. «Wohin fährst du eigentlich in den Urlaub?»

«Segeln. Ostsee, nur eine Woche, aber immerhin.»

Jill musste sich bremsen, um nicht laut loszukreischen. «*Holy sh...* Das ist ja großartig», sagte sie, und er lachte schon wieder. «Du segelst? Ich auch! Ich liebe es!»

Über einem weiteren kleinen Tee und etwas klebrig süßem Gebäck, das Stefan von drinnen besorgt hatte, von dem Jill ihren Zähnen zuliebe aber lieber die Finger ließ, schwärmten sie zusammen von Wasser, Wind und Wellen. Während Stefan euphorisch über die anstehende Route und die zu erwartenden Wetterbedingungen sprach, betrachtete Jill ihn unauffällig. Er wirkte sportlich, drahtig und wie jemand, der seine Zeit gern im Freien verbachte. Seine blauen Augen funkelten fröhlich, er sprudelte geradezu vor guter Laune. Sie schienen einiges gemeinsam zu haben.

«Dir kann ich es ja sagen», sagte Stefan gerade, schüttelte seine wüste Frisur zurecht und griff lächelnd wieder zu seinem Teeglas. «Im Grunde arbeite ich nur, um so viele Wochen wie möglich im Jahr auf dem Wasser sein zu können.» Er setzte das Glas an die Lippen, wobei Jills Blick auf seine sehnigen Finger fiel – und auf den schmalen weißgoldenen Ring. Normalerweise achtete sie bei Männern nicht darauf, ob sie einen Ehering trugen. Man nahm nicht wahr, was einen nicht interessierte. Aber dieser Ehering *war* ihr ins Auge gesprungen. Sie spürte, wie sich leise Enttäuschung in ihr breitmachte.

«Alles okay?», fragte Stefan, der ihren Stimmungswechsel bemerkt zu haben schien.

«Ja, ja.» Jill lächelte. Sie kannten sich ja kaum, aber sie fühlte sich wirklich zu ihm hingezogen. «Ich dachte nur: Ich arbeite auch nur, um reisen zu können, und jetzt gerade habe ich eine lange Reise hinter mir, was heißt: Ich muss erst mal wieder arbeiten.»

«Ja, ich muss auch leider los», sagte Stefan mit einem Blick auf seine sportliche Armbanduhr, als wäre es das Stichwort, auf das er gewartet hatte.

Jill überlegte fieberhaft, ob sie ihm ihr Interesse signalisieren sollte, schließlich war er verheiratet. Andererseits war das ja seine Sache, nicht ihre, und so sagte sie spontan: «Vielleicht wiederholen wir das hier bei Gelegenheit?»

Einen Moment schien er zu überlegen, dann blickte er sie warmherzig an. «Gerne.» Er wirkte fast ein bisschen verlegen, als er sie zum Abschied ungelenk in den Arm nahm. «Und wenn dein Zahn doch noch Probleme machen sollte, ruf mich einfach direkt an. Ich gebe dir meine Handynummer. Ein paar Tage bin ich ja noch da.»

Nein, dachte Jill, als sie die Ziffern eingab, so leicht sollte er es nicht haben. Fix gab sie die Nummer ein, drückte auf «anrufen». Kurz darauf rappelte sein Mobiltelefon in seiner Hosentasche so laut, dass er erschrocken zusammenzuckte. Jill musste lachen, und er stimmte mit ein, als sie sagte: «Jetzt hast du auch meine.»

8

Nach einem nassen Vormittag kam jetzt endlich die Sonne wieder raus. Dana klappte ihren Regenschirm zu. Die aufgewühlte Elbe funkelte in der Sonne, die Hafenkräne leuchteten auf der anderen Seite des Flusses blau und rot, als wären sie frisch gestrichen, und in der Ferne glitzerte die Elbphilharmonie wie ein mit Diamanten besetzter Schiffsbug. Dana ging an der riesigen Fischauktionshalle vorbei und bog dann in Richtung von Mattis' Werkstatt ab, die sich unweit der Großen Elbstraße in einem Hinterhof befand. Seit dem ersten Besuch der Kinder waren zwei Wochen vergangen, in denen sie viel gearbeitet und die Konferenz Anfang Oktober vorbereitet hatte, auf der sie einen Vortrag halten würde. Das Thema lautete «Lebensstiltrends der Zukunft». Es ging um die Veränderung der Gesellschaft zwischen Überalterung, neuen Familienzusammensetzungen und Singlegesellschaft, und zur Letzteren wollte Dana ein Paper ausarbeiten. Marla und Matilda hatten Sommerferien und besuchten mit Maren deren Mutter. Sie hatte die beiden, seitdem sie bei ihr übernachtet hatten, nur an einem Nachmittag auf dem Sommerdom gesehen, wo Autoscooter, Karussell und Zuckerwatte für gute Stimmung gesorgt hatten. Mattis kam wegen seines großen Auftrags mit der Arbeit gar nicht hinterher, sodass sie sich meist erst spätabends in ihrer Wohnung sahen. Ans Meer hatten sie es bisher noch nicht geschafft.

Schon auf dem Hof duftete es herrlich nach frisch gesägtem Holz, und an den Backsteinmauern stapelten sich die leeren Paletten. Von drinnen war das Kreischen einer Kreissäge zu hören.

Dana ging auf die breite Flügeltür zu und sah Mattis schon durch die Glasscheiben. Er stand im dunkelgrünen Overall im hinteren Teil des Raumes an einer Werkbank und ging mit Schmirgelpapier über die Rückenlehne eines Stuhls, während sein einziger fester Angestellter nebenan wieder die Kreissäge aufjaulen ließ. Als sie die Werkstatt betrat, drehte Mattis sich zu ihr um. Seine dunklen Locken waren voller Sägespäne.

«Hallo, Süße.» Er küsste sie auf den Mund. Dana strich ihm die Späne absichtlich nicht aus den Haaren – es stand ihm einfach zu gut. «Guck mal», sagte Mattis. «Ich geb ihm gerade den letzten Schliff. Ist der nicht schön?» Er deutete auf den Stuhl, an dem er gerade arbeitete. «Von wegen Schulstuhl!»

Dana musste zugeben, dass er wirklich formschön war und höchstens wegen der ovalen Rückenlehne entfernt an die Stühle ihrer Grundschulzeit erinnerte. Vor allem hatte das Holz einen wunderbar zarten Ton, der ganz natürlich glänzte, obwohl es noch nicht geölt war.

«Der perfekte Stuhl, der mir ursprünglich vorschwebte, ist es leider noch nicht», sagte Mattis.

«Wieso, was ist denn verkehrt daran?» Dana strich über die glatte Rückenlehne.

«Verkehrt ist nichts daran, es ist einfach noch nicht der ultimative Stuhl. Aber den hat bisher noch niemand geschaffen. Nicht mal Ray und Charles Eames.»

«Aber die Eames Chairs sind doch wunderschön», sagte Dana, die bei ihren Eltern von Kindheit an auf welchen gesessen, ihre Schönheit allerdings erst sehr viel später schätzen gelernt hatte.

«Auf jeden Fall», pflichtete Mattis ihr bei. «Aber ergonomisch sind sie leider eine ziemliche Katastrophe. Man muss es weiter versuchen.»

«Hehre Ziele», sagte Dana.

«Immer.» Mattis grinste. «Apropos. Hast du großen Hunger, oder reicht dir ein Fischbrötchen? Ich würde dich nämlich gern entführen.»

«Ach ja?», fragte Dana neugierig. Eigentlich hatte sie ziemlichen Hunger. Aber unter den Umständen reichte ihr heute auch ein Fischbrötchen.

Sie hatten die Innenstadt in Mattis' Transporter verlassen und waren Richtung Norden gefahren. Mattis weigerte sich immer noch beharrlich, ihr zu sagen, wohin es ging. Bisher hatte Dana ihre Neugier im Zaum gehalten, aber langsam machte ihr Sorgen, wie lange die Fahrt dauerte. Sie wollte gerade noch mal nachfragen, als Mattis von der alleeartigen Ausfallstraße in eine ungepflasterte Auffahrt einbog. Zweige streiften den Wagen, und durch das offene Fenster drang eine Welle Blütenduft. Sie fuhren auf eine Backsteinvilla zu, vor der Mattis anhielt und den Motor abstellte, und noch ehe Dana sich erkundigen konnte, was sie denn nun hier erwartete, war er auch schon ausgestiegen und um das Auto herumgegangen. Ein Überraschungsbesuch bei irgendwem?

Mattis öffnete ihre Tür und griff nach ihrer Hand, als könnte er gar nicht erwarten, dass sie ausstieg. «Komm!»

Sie atmete die würzige Luft ein, die nach Wald und feuchter Erde roch, hier schien es vor kurzem noch geregnet zu haben. Dana blickte sich um. Der runde Vorplatz war mit Resten von Kies bedeckt. In der Mitte stand ein alter Baum, dessen Wurzeln bis zu den Rändern des kleinen Platzes Stolperfallen bildeten. Auf den Steinstufen, die zur Haustür des quadratischen Backsteinhauses mit hohen Fenstern und alten Läden führten, standen Kübel mit Blumen die zum größten Teil vertrocknet waren. «Das ist ja alles sehr pittoresk», stellte sie fest. «Wer wohnt denn hier?» Eigentlich mochte sie Überraschungsbesuche nicht besonders, weder als Gast noch als Besuchte.

«Das wirst du gleich sehen», sagte Mattis fröhlich, ging die Stufen zur Haustür hoch und zog seinen Schlüsselbund aus der Tasche.

Plötzlich kam ihr ein Verdacht. «Mattis! Hast du in dem Haus etwa eine Wohnung gemietet? So weit ab vom Schuss?»

«Ähm ... nein.» Er drehte sich um und sah dann unentschlossen von ihr zur Haustür.

Schließlich kam er die zwei Stufen, die er schon hochgegangen war, wieder hinunter und blieb vor ihr stehen. Er legte den Schlüsselbund in die linke Hand und begann, mit der rechten die Schlüssel einzeln durchzugehen. «Das ist der Kellerschlüssel, das der Haustürschlüssel, das hier ist der Dachbodenschl-»

«Moment – du hast das *ganze* Haus gemietet?»

Mattis schüttelte den Kopf. «Gekauft.»

«*Was?* Warum das denn?»

«Weil ... ich eine große Familie habe? Und weil wir die Tage mit den Kindern auf Dauer schließlich nicht in deiner Wohnung verbringen können. Jetzt, wo du die Mädchen kennengelernt hast und ihr euch gut versteht, spricht ja auch nichts dagegen, dass wir hier gemeinsam Zeit verbringen.»

Na ja, dachte Dana, von gut verstehen konnte zumindest in Marlas Fall nicht die Rede sein. Dass Mattis auf Dauer etwas Eigenes brauchte, stimmte allerdings. «Aber dafür hättest du doch auch eine Wohnung in der Stadt mieten können», sagte sie etwas lauter als beabsichtigt. «Näher bei mir. Und den Kindern.»

«Ich habe aber schon immer von einem Haus geträumt, Süße», sagte Mattis freundlich. «Wann, wenn nicht jetzt? Und ich möchte übrigens näher bei dir sein. So nah wie möglich. Deshalb hoffe ich auch, dass du mit mir hier einziehst.»

«Ich? Hier?» Sie lachte und sah ihn ungläubig an. Aber Mattis wirkte nicht, als würde er Witze machen. Dana sah sich um. «Wo ... wo sind wir hier überhaupt?»

«In Klein Borstel. Du tust ja geradezu, als hätte ich dich im Kofferraum hierhertransportiert.»

«*Klein* Borstel?», wiederholte Dana ungläubig. «Gehört das noch zu Hamburg?»

«Natürlich.» Jetzt war es Mattis, der lachen musste. «Ich dachte, du bist Hamburgerin! Wir sind nur kurz hinter Alsterdorf. Wenn man die Straße weiterfährt, kommt man nach Wellingsbüttel, und selbst das gehört noch zu Hamburg.»

«Aha.» Dana setzte sich auf die Stufen. Die Vorstellung, hierherzuziehen, erschien ihr vollkommen absurd. Aus vielen Gründen. Weil sie ein Stadtmensch war, weil sie eine sehr schöne Wohnung hatte, in der sie noch gar nicht lange wohnte, weil sie und Mattis erst seit ein paar Monaten zusammen waren – weil sie einfach noch nicht so weit war rauszuziehen, in ein Haus, mit einem Mann. Sie hatte es in den letzten Jahren ja nicht mal geschafft, mit jemandem länger als ein paar Monate zusammenzubleiben, von zusammenziehen ganz zu schweigen. Und das wusste Mattis doch alles «Wieso hast du denn nichts gesagt? Ich meine, ich weiß zwar nicht so genau, was üblich ist in Beziehungen, in denen man zusammenzieht und Häuser kauft, aber *redet* man als Paar nicht eigentlich über so was?»

«Wir können das ja noch bereden. Ganz in Ruhe.»

«Ich meine *vorher*. Der Kauf ist doch schon perfekt, oder nicht?»

Mattis nickte. «Ich musste schnell zuschlagen. Und es sollte eben eine Überraschung sein.» Er klang etwas bedröppelt und wirkte ziemlich enttäuscht.

Dana seufzte. Genau deshalb mochte sie keine Überraschungen. Plötzlich fiel ihr etwas ein. «Das ist das ungelegte Ei, von dem du gesprochen hast! Als der große Auftrag reinkam?»

«Stimmt.» Er grinste und streckte ihr dann die Hand hin. «Komm, guck es dir doch erst mal an, hm?»

Sie nahm seine Hand, und er zog sie hoch.

Dagegen, das Haus zu besichtigen, hatte sie ja gar nichts. Nur einziehen würde sie hier garantiert nicht.

Sie standen in der kleinen Eingangshalle, in der abgewetzter Teppichboden von einer unbestimmten Farbe lag. Eine Treppe führte nach oben, und nach links und rechts gingen je zwei Türen ab. Die verblichene Tapete war mit großen Ornamenten verziert, wie sie heute wieder modern waren, wenn auch eher in Knallfarben als in Beige- und Brauntönen. Da hatte das Haus ja von außen noch einladender ausgesehen.

Mattis legte Dana eine Hand auf den Rücken und schob sie sacht in ein großes, leeres Zimmer. Auch hier lag Teppichboden, der so dunkel war, dass er das wenige Licht schluckte, das durch die staubgrauen Fünfzigerjahre-Stores fiel. An der Raufasertapete zeichneten sich die Umrisse der Bilder ab, die einmal dort gehangen haben mussten.

«Natürlich muss man hier noch ganz schön viel Arbeit reinstecken, aber unter dem Teppichboden sind Dielen, siehst du?» Mattis schob mit dem Fuß eine Ecke des Teppichs nach oben. «Die kann ich abschleifen und ölen. Und der Kamin da ist funktionstüchtig.» Er deutete mit dem Kinn auf die Stirnseite des Raumes. «Ich stelle mir davor zwei große Sofas vor, die einander gegenüberstehen. Der Schornstein zieht eins a, hab ich neulich schon ausprobiert.»

Dana drehte sich zu ihm um. «Neulich? Seit wann hast du das Haus denn schon?»

«Als ich zusammen mit dem Makler hier war, zur Besichtigung. Den Kaufvertrag hab ich erst heute Vormittag unterschrieben.»

«Aha.» Dana machte diese ganze Situation schlechte Laune.

«Ist alles okay?»

«Nee. Ehrlich gesagt, nicht. Ich weiß, ich wiederhole mich, aber warum redest du nicht vorher mit mir darüber, wenn du möchtest, dass ich mit dir hier einziehe? Das musst du doch seit Wochen vorgehabt haben, und wir haben uns in letzter Zeit fast jeden Tag gesehen. Ich finde das schon etwas merkwürdig.»

«Eigentlich», sagte Mattis und setzte sich halb auf die Fensterbank, «eigentlich hatte ich das sogar mein ganzes Leben schon vor. Es war immer ein Traum von mir, ein Haus zu haben. Meine Mutter und ich haben nie in einem Haus gewohnt, und danach war es auch nicht möglich.»

«Und jetzt ist es das?»

«Als ich das erste Mal von dem Haus gehört hab, dachte ich noch, verdammt, das wär's, das ist mein Traumhaus, aber ich krieg es finanziell nicht gestemmt. Und dann kam dieser Riesenauftrag, und das ...»

«... war ein Zeichen», ergänzte Dana.

Mattis lachte. «Siehst du auch so, oder?»

Dana machte eine unbestimmte Kopfbewegung und ging weiter in die Küche. Der Raum an sich war groß und hatte eine Glastür, durch die man in den verwilderten Garten sehen konnte, aber die Einbauküche war furchtbar, typisch siebziger-, achtziger Jahre, dunkelgelbe Fronten, braune Kacheln, alles niedrig und quadratisch, obwohl die Räume so schön hoch waren. Durch ein weiteres leeres Zimmer, dessen Tapeten bahnenweise auf Halbmast hingen, ging es wieder in die Halle.

Mitten auf der Treppe in den ersten Stock war eine Stufe mit rot-weißem Klebeband abgesperrt. Dana deutete mit fragendem Blick darauf.

«Ja, da musst du aufpassen», sagte Mattis dicht hinter ihr, «man kann leicht einbrechen. Darum kümmere ich mich als Nächstes. Steig einfach drüber.»

Oben gingen von einem breiten Flur zu beiden Seiten zwei Türen ab und am hinteren Ende noch einmal zwei, die offen standen und durch große Fenster den Blick auf grüne Baumkronen und blauen Himmel freigaben.

«Ich dachte, da hinten rechts könnte unser Schlafzimmer sein, das ist Osten, da weckt uns morgens die Sonne, und auf dieser Seite» – Mattis öffnete eine Tür zur Linken – «könnten die Zimmer der Mädchen sein.»

Dana war stehen geblieben. So langsam verstand sie. «Du willst, dass die Mädchen bei dir leben.»

«Na ja, die Hälfte der Zeit. Wenn's geht, klar.»

«Und hast du das schon mit Maren besprochen?»

«Nee, noch nicht. Du bist natürlich die Erste, der ich das Haus zeige.» Er deutete auf die Luke in der Decke. «Auf den Dachboden können wir im Moment noch nicht, den will ich aber ausbauen. Dann kannst du da oben in Ruhe arbeiten, auch wenn die Mädchen da sind.» Sie wollte gerade Einspruch erheben, als er eine Hand hob. «Bitte, lass mich was sagen. Ich will dich bei mir haben, Dana, und meine Kinder auch. So oft es geht. Ich möchte, dass wir alle zusammen sein können, und zwar nicht irgendwo, sondern zu Hause.»

Sie seufzte. Aus seinen Augen sprach so viel Wärme – genau dieser Blick war es, der es ihr so angetan hatte, als sie sich letztes Jahr in der Autowerkstatt zum ersten Mal begegnet waren. Man neigte sehr dazu, ihm sofort jeden Wunsch zu erfüllen, wenn er so guckte. Aber gleich ein Haus zu kaufen ... Sie strich ihm über die Wange und ging ein paar Schritte den Flur hinunter.

«Und was ist hier?» Sie öffnete eine der Türen, die nach rechts abgingen. Das Badezimmer, zum Glück schlicht weiß und eigentlich ganz okay. Dahinter verbarg sich ein kleineres Zimmer, von dem aus eine Verbindungstür in den Raum führte, den Mattis als ihr Schlafzimmer betrachtete. Es war länglich geschnitten und perfekt als begehbarer Kleiderschrank geeignet. Sie wandte sich Mattis zu, wollte trotz ihrer Zwiespältigkeit auch mal etwas Konstruktives sagen, als sie sah, dass Mattis sie liebevoll anlächelte. «Denkst du dasselbe wie ich?», fragte sie.

«Ja», sagte Mattis und kam strahlend auf sie zu, «der Raum ist perfekt als Babyzimmer geeignet.»

Dana hörte ein hohes Lachen, das nach ihrer Großtante Helga klang, das aber ganz offensichtlich sie selbst von sich gegeben hatte. «Sehr witzig.»

Sie hatte gestern ihre Schwester im Krankenhaus besucht, die am Vortag ihr Baby zur Welt gebracht hatte. Dana hatte es auf dem Arm gehabt, und natürlich hatten sie die kleinen Finger und alles gerührt, aber einen dringenden Wunsch nach einem eigenen hatte sie einfach nicht. Mattis lächelte immer noch, aber sie wollte jetzt hier raus. «Zeig mir mal den Garten», sagte sie und ging Richtung Treppe.

Als sie, die Hand am Geländer, vorsichtig über die kaputte Stufe steigen wollte, blieb sie an dem rot-weißen Band kleben. Der Versuch, sich zu befreien, machte alles nur noch schlimmer, und sie verhedderte sich hoffnungslos.

Mattis, der ihr gefolgt war, blieb hinter ihr stehen. «Hat es nach dir geschnappt?»

«Hat sich jedenfalls so angefühlt.»

Er sah ihr forschend in die Augen, löste das Absperrband vom

Geländer und wickelte es sich ums Handgelenk, bis er bei dem klebrigen Knoten angekommen war. Dann nahm er ihre Hand, führte sie erst durch die eine und dann durch die andere Schlaufe, und sie war wieder frei.

«Ich gebe ja zu, dass es eine ziemliche spontane Entscheidung war», sagte Mattis, als sie eine halbe Stunde später in einem Alstercafé saßen. «Es ist nur ... von genau so einem Haus hab ich immer geträumt und –» Er riss ein Stück Baguette in der Mitte durch, steckte sich die Hälften in die Backen und imitierte Marlon Brando als Paten: «– es war ein Angebot, das ich nicht ablehnen konnte.»

Dana versuchte, nicht zu lachen, aber sein Blick, als er das Baguette nicht gleich aus den Backen bekam, machte das unmöglich. Doch sie wurde schnell wieder ernst. «Kostet das Haus denn nicht ein Vermögen?»

Mattis wiegte den Kopf. «Na ja. Es ist ja noch einiges dran zu machen, das hat natürlich den Preis gedrückt. Und dann hatte ich doch die Erbschaft meiner Mutter –»

Dana erinnerte sich allerdings genau, dass Mattis mal erzählt hatte, das sei nicht viel gewesen, und sagte das auch.

«Es war auch nicht viel, aber ich hab das Geld angelegt, und ein bisschen mehr ist es dadurch geworden.»

«Aha», sagte Dana, «und die ganze Arbeit, die noch reingesteckt werden muss?»

«Das sieht schlimmer aus, als es ist. Teppiche raus, Tapeten runter und dann Wände und Böden aufarbeiten. Neue Küche rein. Das ist eine Sache von wenigen Wochen.» Mattis' Augen leuchteten.

«Meinst du?»

«Meine ich. Ich bin in dem Bereich ja nicht völlig unerfahren.»

Er zwinkerte ihr zu. «Stell dir mal vor ... abgezogene Dielen, gedeckte Farben an den Wänden, in der Küche eine Kochinsel, vielleicht an einer Seite rohes Mauerwerk ... Klingt das nicht gut?»

«Das klingt schön, aber ...» Dana betrachtete eine Entenmutter, die gemächlich vorbeischwamm, gefolgt von ihren Jungen. Sie musste es ihm sagen, so schwer es ihr fiel, ihn enttäuschen zu müssen. Sie musste es ein Mal klar und deutlich aussprechen. «Ich bezweifle überhaupt nicht, dass du was Tolles draus machen wirst, Mattis, aber ... für mich ist das nichts. Wirklich. Es ist einfach nicht *mein* Traum.»

Mattis legte den Kopf schief und sah sie an. «Ganz sicher? Überleg doch mal –»

«Ja, Mattis.» So sicher wie das Amen in der Kirche. Sie wollte Mattis, sie wollte eine feste Beziehung mit ihm, aber zusammenziehen war an sich schon zu viel und zu früh, von Haus und Kindern und Stadtrand ganz zu schweigen.

«Was ist denn dein Traum?», fragte Mattis und nahm über den Tisch hinweg ihre Hand.

«Mein Traum ...» Dana überlegte einen Moment. «Mein Traum ist es, mit dir zusammenzubleiben ...»

«Das ist schon mal gut.» Er grinste.

«... zu forschen und zu veröffentlichen ... und in der Stadt zu wohnen.»

Mattis schnalzte mit der Zunge und nickte. «Verstehe. Dann bist du ganz zufrieden so, wie es ist.»

«Ja, sehr zufrieden. Zumal das ja alles noch neu ist: der Job, du, und jetzt die Kinder.»

«Ja, die Kinder, das ist der Punkt», sagte Mattis nachdenklich. «Wenn Marla und Matilda mehr Zeit bei mir verbringen, wird sich sowieso einiges ändern, weißt du? Oder hattest du vor, dich da komplett rauszuhalten?»

«Nein, natürlich nicht.» Wie kam er denn darauf? Wo sollte sie anfangen, wenn er das nicht verstand? Gab es denn nichts zwischen *sich raushalten* und *heile Familie in Klein Borstel spielen*? Sie liebte die Stadt, die vielen Möglichkeiten, die man in jedem einzelnen Moment hatte, die Menschen, die man jeden Augenblick treffen konnte, die Anregungen, das *Leben*. Sie vermisste nichts. Und auch wenn sie Marla und Matilda mochte, hieß das ja nicht unbedingt, dass sie Mattis' Töchter gleich Tag und Nacht um sich haben wollte. «Hör zu», sagte sie schließlich, «leb deinen Traum, daran hindere ich dich bestimmt nicht. Ich komme dich auch gern so oft besuchen, wie es geht. Aber erwartest du wirklich, dass ich meine Wohnung aufgebe und hier in die Walachei ziehe?»

Neben ihnen tauchte der Wirt mit einem Rentnerpaar auf, das offenbar ein Ruderboot gemietet hatte. Es dauerte eine Weile, bis sie umständlich eingestiegen waren und auf ihren Bänken saßen. Dann glitt das Boot auf die Alster. Dana hatte die beiden amüsiert beobachtet, und als sie Mattis jetzt ansah, merkte sie, dass sich seine Miene verändert hatte. Mit scheinbarer Ruhe, aber genauso viel Schärfe sagte er: «Ich habe meine Familie verlassen. Und du willst deine *Wohnung* nicht aufgeben?»

Dana rutsche auf die vordere Stuhlkante. Das war ungerecht, und das wusste Mattis genau. «Ich hab dich nie gebeten, deine Familie zu verlassen!», sagte sie mit fester Stimme. «Ich wusste ja nicht mal, dass du eine hast!»

Mattis stöhnte, als würde er sich über sich selbst ärgern. «O Mann ...» Er wirkte ehrlich zerknirscht. «Ich weiß, bitte entschuldige. Vergiss, was ich gesagt habe, ja? Ich will doch nur –»

Dana lehnte sich wieder zurück. Nach einer Weile sagte sie: «Ich glaube, du willst gerade zu viel zu schnell. Ich kann da nicht mithalten. Tut mir leid.» Mattis nickte. Aber Dana wollte, dass er es wirklich verstand. «Für dich ist das normal, Teil eines Paares zu sein, wie selbstverständlich von einer gemeinsamen Zukunft auszugehen – für mich ist das alles neu. Ich hatte das ewig nicht. So ernst, so erwachsen hatte ich es überhaupt noch nie. Ich habe da ein anderes Tempo, ich brauche mehr Zeit, um selbst rauszufinden, was das Richtige ist. Okay? Das ... das geht sonst nach hinten los.»

«Okay.» Mattis beugte sich vor und umfasste ihre Hände mit seinen. «Ich hab verstanden. Keine lebensverändernden Überraschungen mehr, ohne mit dir zu sprechen.»

«Genau.»

«Kommt nicht wieder vor. Versprochen.»

9

So, Trinkschokolade, Tee und Kaffee sind abgehakt. Nächstes Regal.»

Torsten, Marens Chef, stand mit einem Klemmbrett neben ihr und notierte, was sie ihm ansagte. Im Deli war wegen der Urlaubszeit wenig los, und da es heute Vormittag regnete, also mit noch weniger Kunden zu rechnen war als in den letzten Tagen, hatten sie beschlossen, endlich die überfällige halbjährliche Bestandsaufnahme zu machen.

Maren stieg auf dem kleinen Tritt noch eine Stufe nach oben. «Dann kommen die Marmeladen», sagte sie. «Da haben wir noch dreimal Erdbeer mit weißem Pfirsich, fünfmal Pink Grapefruit mit Rhabarber und sechs-, nein, siebenmal Banane mit Mango. Haben wir denn gar kein Apfelgelee mit Vanille mehr?» Auf Toast morgens ihr absolutes Lieblingsfrühstück. Sie hatte sich eigentlich ein neues Glas mitnehmen wollen.

«Haben die im Moment offenbar nicht mehr, muss erst wieder produziert werden, aber dafür müssen die Äpfel reif werden. Magst du das gern?» Maren nickte. «Ich hab zu Hause noch ein Glas, unangebrochen. Wenn du willst, bring ich dir das mit.»

«Ehrlich?»

Torsten lächelte. «Wenn es deine Augen so zum Leuchten bringt.»

Maren lachte und drehte sich um, weil die Türglocke geklingelt hatte. «Heike!» Sie umarmten sich. Es war zwei Wochen her, dass sie sich gesehen hatten, so lange war Maren mit den Mädchen bei ihrer Mutter gewesen, was in der ersten Hälfte sehr wohltuend gewesen und in der zweiten stündlich anstrengender geworden war.

«Ich dachte, ich guck mal kurz vorbei. Hab dich vermisst.» Mit einem Blick auf Torsten ergänzte Heike: «Dich natürlich auch.»

Torsten lachte verschmitzt. Da Heike ihre Mittagspausen regelmäßig bei ihnen im Deli verbrachte, kannten die beiden sich inzwischen ganz gut. Maren hatte sich sogar schon gefragt, ob sie nicht ein gutes Paar abgäben, schließlich war Heike seit Jahren Single und Torsten geschieden und die Hälfte der Zeit alleinerziehender Vater eines Erstklässlers. «Mach ruhig Kaffeepause», sagte er, «ich komm hier schon klar.»

«Was hast du denn heut mit den Kindern gemacht?» Heike setzte sich an den Tresen und zog sich rot die Lippen nach, ohne dafür in einen Spiegel sehen zu müssen – Maren würde nie verstehen, wie das ging.

«Die sind bei Mattis.» Maren goss Wasser in zwei Gläser. «In seinem neuen Haus.»

«Bitte, wo?», fragte Heike.

«Die Mädchen gucken sich sein neues Haus an», wiederholte Maren und stellte Heike ein Glas hin. «Mattis stand gestern Abend vor der Tür, weil er Sehnsucht nach ihnen hatte. Hat ein bisschen gut Wetter gemacht, bisschen rumgealbert, und dann hat er uns erzählt, dass er ein Haus gekauft hat, in Klein Borstel.»

Sie war vollkommen überrascht gewesen von diesen Neuigkeiten und hatte daraus auch keinen Hehl gemacht. Natürlich wusste sie, dass Mattis schon immer von einem eigenen Haus geträumt hatte, sie hatte ihn ja schon einmal davon abgehalten, weil die Firma einfach nicht genug abgeworfen hatte und das Risiko viel zu groß gewesen wäre.

«Aber wozu denn? Kann er das überhaupt bezahlen? Ihm ist schon klar, dass du und die Kinder und die Wohnung nach wie vor seine Sache sind? Sind sie doch, oder?»

Maren trank einen Schluck. Das hatte sie ihm gestern auch vorgehalten. «Na ja, zum Teil, klar. Ich verdien ja nicht genug. Er hat mir hoch und heilig versichert, dass ich mich darauf verlassen kann. Aber wenn er sich finanziell übernimmt, hängen wir natürlich mit drin. Vielleicht hat Dana sich ja auch am Haus beteiligt, die ist schließlich Professorin, da hat sie doch Geld. Wahrscheinlich zieht die da am Ende auch noch mit ein ...»

Heike nickte. «Was ist denn das überhaupt für ein Haus?»

«Weiß ich nicht. Ich hatte keine Lust, danach zu fragen. Aber nächste Woche Freitag werde ich es sehen. Er hat ja am 11. August Geburtstag und feiert in seinem Garten.»

«Große Party?»

Maren schüttelte den Kopf. «Eher kleinster Kreis. Ein Grillfest mit mir und den Kindern, Jill, Tim und seiner Freundin und der Professorin ...»

«Die ganze schöne Patchworkfamilie», sagte Heike. «Aber hör mal, wenn du das nicht ertragen kannst, dann musst du da nicht hin. Das weißt du, oder? Ich finde ja, du solltest dich da erst mal ein bisschen rausziehen.»

«Na ja ...» Maren zuckte mit den Schultern. «Das wäre für die Mädchen ziemlich hart ... und immerhin wird er fünfzig.» Außerdem wollte sie Dana nicht das Feld überlassen. Wie sehr es sie traf, dass Mattis eine neue Freundin hatte, musste ja niemand mitbekommen. Sie würde sich stark und souverän geben. Das war ihre Art zu kämpfen: keine Schwäche zeigen, dafür Ausdauer und Beharrlichkeit. Direkter Angriff war einfach nicht ihr Ding. Heike hatte schon recht: Wenn Mattis und Dana die erste Krise hätten, und die würde mit Sicherheit kommen, dann wäre sie immer noch da. Und dann würde er vielleicht einsehen, dass sie zusammengehörten.

«Wer wird fünfzig?» Torsten gesellte sich zu ihnen.

«Mattis.» Seit der Trennung war das Verhältnis zwischen Torsten und ihr mehr als nur ein Arbeitsverhältnis, es war freundschaftlicher geworden. Er hatte einfach immer wieder mitbekommen, was bei ihr los war und wie schlecht es ihr ging. Er wusste, was sie durchmachte, er hatte schließlich selbst eine Trennung hinter sich.

«Hätte gar nicht gedacht, dass er schon so alt ist.»

«Ach, für einen Mann ist fünfzig doch das ideale Alter», sagte Heike.

Torsten, der Ende dreißig war, sah sie zweifelnd an.

«Apropos», sagte Maren, «Mattis hatte noch eine zweite Neuigkeit. Tim macht ihn zum Opa.»

«Echt?» Heike lachte.

Nachdem Maren die Lage erläutert hatte, brachte sie das Gespräch wieder auf das Thema Geburtstag. «Was schenk ich ihm denn bloß? In dieser Situation?»

«Vielleicht ...» Heike sah sich im Laden um. «... einen Präsentkorb. Mit Grillsoßen und Chips und Senf und so.»

«Nee, das wäre doch das totale Verlegenheitsgeschenk. Wir sind immerhin seit dreizehn Jahren verheiratet.»

Heike sah Torsten an. «Muss man einen Mann, der einen verlassen hat, auch noch reich beschenken?»

«Frag mich nicht. Ich *habe* nicht verlassen, ich *wurde* verlassen», sagte Torsten. «Schenk ihm doch was fürs Haus. Irgendwas, wovon auch deine Mädchen was haben.»

Maren nickte. Eigentlich eine gute Idee.

«Oder was Ironisches», schlug Heike vor. «Ein Holzfällerhemd und eine Axt.»

«Oder einen Treppenlift», schlug Torsten vor.

Maren lachte. «Er wird fünfzig, nicht neunzig!»

«Aber er wird Opa.»

«Je länger ich drüber nachdenke, desto mehr finde ich: Du solltest da gar nicht hinfahren», sagte Heike. «Sag mal, kann ich so ein Stück Quiche da haben?»

Maren nickte und nahm den Teller mit der Tomaten-Basilikum-Quiche aus der Vitrine. «Doch, doch. Ich fahr da hin.»

«Dann machst du das eben, aber nur kurz, und danach gehen wir aus», sagte Heike. «Kannst du Marla und Matilda bei Mattis lassen?»

«Das ist sowieso der Plan.»

«Sehr gut. Dann gehen wir nächste Woche Freitag auf die Piste. Kommst du mit?» Ihre Freundin sah Torsten herausfordernd an.

«Klar. Sehr gern.»

«Schön.» Heike lächelte Maren zufrieden an.

Jill setzte sich auf eine der Bänke auf dem Altonaer Balkon. Sie liebte diesen Platz an der Elbe in der Nähe ihrer Wohnung. Von kaum einem anderen Ort in der Stadt hatte man einen so tollen Blick auf den Hafen und die vorbeifahrenden Linienschiffe, Segelboote und Containerriesen. Manchmal war auch eins der großen Kreuzfahrtschiffe dabei. So zu reisen – eingesperrt und mit vorgeschriebenem Programm – wäre für sie persönlich zwar der Horror, aber die Schiffe fuhren in Richtung offenes Meer, und wenn Jill schon nicht mitfuhr, dann wollte sie wenigstens ab und zu mal schnuppern kommen und spüren, wie das Fernweh ziepte. Hinter den Ladekränen der Hafendocks überspannte die Köhlbrandbrücke blau einen Arm der Süderelbe. Es war ein bisschen windig, aber warm und sonnig – theoretisch das perfekte Wetter zum Segeln. Stefan hatte es gut, der tat jetzt genau das. Sie hatte seit ihrem spontanen Mittagessen keinen Kontakt mehr zu ihm gehabt, aber ungefähr siebentausendmal an ihn gedacht. So etwas war auch lange nicht mehr vorgekommen. Aber so groß der Wunsch war, ihn wiederzusehen, so entschlossen war sie, von sich aus nichts mehr zu unternehmen. Er war am Zug. Er trug den Ehering. Wenn er wollte, würde er sich melden, das wäre dann seine Sache. Also war Ablenkung angesagt. Zum Glück hatte sie heute einen Job – wenn auch einen, auf den sie nicht die geringste Lust hatte.

Sie suchte in ihrer Tasche nach den Zigaretten und zündete sich eine an. Eigentlich musste sie froh sein, den Auftrag zu haben. Die Mieterhöhung, der Rausschmiss bei den *Freunden der Nacht* und ihr hoffnungslos überzogenes Konto waren zusammengenommen eine ziemliche Katastrophe. Sie hatte zwar inzwischen eine neue EC-Karte, und einen kleinen Kredit hatte sie auch bekommen – aufgrund ihrer bisherigen Verdienste, von der neuen Situation wusste die Bank ja zum Glück nichts. Aber lange würde der nicht reichen. Und ihr Kundenberater hatte ihr diplomatisch, aber unmissverständlich zu verstehen gegeben, dass sie ohne Sicherheiten von ihnen kein Geld mehr bekommen würde. Das wollte sie allerdings auch gar nicht. Ihr Plan war weder, auf Kredit zu leben, noch hatte sie vor, sich auf den Staat zu verlassen. Und Verträge oder Sicherheiten brauchte sie persönlich auch nicht. Sie wollte einfach arbeiten, dafür aber ihre Freiheit nicht aufgeben müssen. Insofern konnte sie es sich nicht erlauben, bei Aufträgen wählerisch zu sein. Es war ein Glücksfall, dass ihre alte Freundin Elke, die in einer kleinen Agentur arbeitete, ihr spontan die Organisation der Promo-Veranstaltung für das Buch *Wenn aus Eltern Großeltern werden* zugeschustert hatte, samt dazugehöriger Pressearbeit.

Das Thema war natürlich der reine Hohn. Wäre sie nicht vollkommen sicher gewesen, dass Elke nichts von Jills *grandchild on the way* wusste, Jill hätte gedacht, sie wollte sich über sie lustig machen. So langsam glaubte sie schon selbst, dass das Schicksal ihr etwas sagen wollte. Und zwar, dass ihre Jugend endgültig vorbei war.

Als Jill das Geburtshaus betrat, in dem sie einen Raum für die Buchvorstellung gebucht hatte, sah sie am Schwarzen Brett neben Ankündigungen für Geburtsvorbereitungs- und Babymassagekurse auch die Einladung hängen, die sie an den eigens zusammengestellten Verteiler verschickt hatte. Die Uhr darüber zeigte Viertel vor zehn – sie war viel zu spät! In einer Viertelstunde begann schon die Veranstaltung, und sie hatte eigentlich eine Stunde vorher da sein wollen. Wie war das nun wieder passiert? Als könnte sie ihre Verspätung so noch irgendwie wettmachen, sprintete sie die letzten Schritte in den Raum. Im selben Moment, in dem sie die Tür erreichte, wurde die Musik aufgedreht. Ein sehr schneller, sehr elektronischer und sehr gewöhnungsbedürftiger Kinderchor sang:

Meine Oma hat Klosettpapier mit Blümchen,
mit Blümchen, mit Blümchen,
Meine Oma hat Klosettpapier mit Blümchen,
Meine Oma ist 'ne ganz patente Frau.

Eine Frau mit grauer Kurzhaarfrisur, weißer Jeans und leuchtend pinkfarbenem Polohemd – dem Foto auf dem Umschlag zufolge die Autorin des Buches, Wilma von Hagen – war gerade dabei, eine blaue Turnmatte in die Mitte des Holzbodens zu ziehen.

«Da sind Sie ja endlich!» Die Autorin stürzte auf sie zu und schüttelte ihr hektisch die Hand. «Ich bin hier schon mitten dabei, die Ersten kommen sicher gleich.» Sie sah sie tadelnd an.

Jill entschuldigte sich und stellte sich, bemüht, die Musik zu übertönen, ebenfalls vor, als das Lied mit den Worten *Meine Oma hat 'ne Brille mit Gardine, Meine Oma ist 'ne ganz patente Frau* zu Ende ging. Und dann gleich wieder von vorne los.

«Äh, soll ich mal ...?» Jill deutete auf die Lautsprecher.

«Nein, nein, das ist Absicht. Ich hab auf *Repeat* gestellt. *Meine Oma fährt im Hühnerstall Motorrad.* Passend zum Thema. Lustig!», erklärte Wilma von Hagen, sah aber überhaupt nicht amüsiert aus.

«Ah. Und ... warum legen Sie Matten aus? Hatten wir nicht über einen Stuhlkreis gesprochen?» Jill war ja für Reihen gewesen, allein das Wort *Stuhlkreis* löste bei ihr einen Fluchtreflex aus.

Die Autorin nickte. «Aber ich hab mir überlegt, ich ziehe das auf wie einen meiner Kurse. Das ist besser.»

«Entschuldigen Sie ...?» In der Tür stand ein Ehepaar um die siebzig. «Sind wir hier richtig bei den glücklichen Großeltern?»

«Ja! Kommen Sie doch rein. Setzen Sie sich!»

Die beiden sahen sich suchend um. «Auf den Boden, ja?», fragte die Frau, und Wilma nickte engagiert.

Nachdem die angemeldeten fünfundzwanzig Leute eingetrudelt waren, schloss Wilma die Tür, machte endlich die enervierende Musik aus, schlüpfte aus ihren Ballerina und setzte sich in weißen Söckchen im Schneidersitz zu den anderen. Jill wollte sich gerade an einen Tisch in eine Ecke setzen, so weit entfernt wie möglich von dem Kreis älterer Herrschaften, als Wilma energisch neben sich auf die Matte klopfte. «Frau O'Leary, setzen Sie sich doch zu uns. Sie werden ja schließlich auch Großmutter.»

Jill seufzte. Fataler Fehler, das bei ihrem ersten Telefonat erwähnt zu haben. Was man nicht alles tat, um neue Kunden davon zu überzeugen, dass man genau die Richtige für sie war.

«Na, kommen Sie schon!»

Da Jill keine andere Wahl hatte, nahm sie ihre Tasche, streifte die Sandalen ab und ließ sich neben Wilma auf der Matte nieder. Die Frau zu ihrer anderen Seite, die graue lange Haare und Apfelbäckchen hatte, hörte auf, sich mit ihrer Sitznachbarin zu unterhalten – Jill schnappte noch das Wort *Darmflora* auf –, und strahlte sie an, als hielte sie ihr neues Enkelkind gerade zum ersten Mal im Arm.

«Großeltern sind einfach unersetzlich», begann Wilma enthusiastisch, «und heute wieder schwer gefragt. Besonders, wenn beide Elternteile arbeiten. Aber die Zeiten haben sich geändert, seit unsere Kinder klein waren, und einiges sollte man als werdende Großeltern wissen. Deshalb gebe ich jetzt einen kleinen Abriss, worum es in meinem Buch geht und was ich in meinen Kursen ausführlicher behandle, in denen es am Ende übrigens auch ein Diplom gibt.»

Jill rollte mit den Augen, hörte, als sie es merkte, jedoch sofort damit auf. *What nonsense.* Und mit dem Diplom bewarb man sich dann bei seinen Kindern darum, auf das Enkelkind aufpassen zu *dürfen*?

Die Autorin drückte Jill ihr großformatiges Buch in die Hand, bedeutete ihr, es hochzuhalten, und fuhr fort: «Damit Sie die gleiche Sprache sprechen wie die jungen Leute, müssen Sie ein paar Begriffe kennen. Deshalb gibt es hinten in meinem Buch ein Glossar.» Sie machte eine Ich-schlage-ein-Buch-auf-Pantomime, ohne Jill anzusehen. «Hinten», wiederholte sie streng, und Jill begriff, dass sie gefragt war, und begann widerwillig, im Buch nach dem Glossar zu suchen. «Hier erkläre ich Begriffe wie Pekip, Rübi und Skypen. Dass Sie diese Worte kennen, ist natürlich essenziell für das Verhältnis zu Ihren eigenen Kindern. Mit gutgemeinten Erziehungstipps wie *Lass es ruhig schreien, das kräftigt die Lungen* werden Sie dagegen kaum punkten können und mit Schauergeschichten von früheren Geburten schon gar nicht.»

Ach nee, dachte Jill, als ihr einfiel, dass sie Hanna bei dem Abendessen neulich recht anschaulich von Tims Geburt erzählt hatte, die sich über mehr als vierundzwanzig Stunden hingezogen hatte.

«In meinem Buch finden Sie auch Tipps, was Sie tun können, um die frischgebackenen Eltern zu entlasten. Sachen wie im Haushalt helfen, einkaufen, Essen machen. Die Grundregel sollte sein: sich anbieten, aber nicht aufdrängen.»

Jill schnaubte leise. *Aufdrängen* würde sie sich Tim und Hanna garantiert nicht. Nicht mal anbieten. Aber das musste sie bestimmt auch gar nicht, denn Hannas Mutter würde mit Sicherheit sofort *Hier* schreien, falls die beiden Hilfe benötigten. Natürlich liebte Jill ihren Sohn, und es war toll gewesen, ihn aufwachsen zu sehen, aber sie war heilfroh gewesen, als Stillen, kurze Nächte und volle Windeln der Vergangenheit angehörten und sie wieder selbst über ihren Körper und ihr Leben bestimmen konnte.

«Einen entscheidenden Teil meines Buches widme ich der Babypflege», sagte Wilma. «Hier hat sich einiges getan. Sie sollten zum Beispiel wissen, dass man Säuglinge heute nicht mehr auf den Bauch legt, sondern auf den Rücken. Dass man ihnen einen Schlafsack anzieht und keine Decken benutzt und dass man Babys heute nicht in der Babywanne badet, sondern im –», Wilma griff hinter sich und zauberte einen durchsichtigen Eimer hervor, «*Tummy Tub*.»

Jill sah, wie sich die Anwesenden verunsicherte Blicke zuwarfen. Offenbar hatte Wilma mit diesen Senioren leichtes Spiel, so schnell, wie die sich beeindrucken ließen. Wahrscheinlich bot sie die Eimer als Nächstes zum Kauf an und kassierte dafür Provision. In diesem Moment setzte Wilma Jill eine unbekleidete Puppe von der Größe eines Neugeborenen in den Schoß. Wo kam die denn her? Unwillkürlich wehrte Jill das Plastikbaby ab, sodass es wieder bei Wilma landete.

«Auch eine Reaktion», sagte Wilma halb für sich und sah Jill kopfschüttelnd an. Die versammelten werdenden Großeltern lachten zaghaft, Jill rang sich ein Lächeln ab und nahm die Puppe gezwungenermaßen wieder entgegen.

«Die Idee dieses Eimers ist», sagte Wilma, «dass die Babys die embryonale Haltung einnehmen können, wie im Mutterleib. So wird das Baden für sie angenehmer, und sie fühlen sich wohler.»

Was vermutlich eine repräsentative Umfrage unter Neugeborenen ergeben hatte, ätzte Jill in Gedanken, rief sich dann aber zur Ordnung. Sie sollte ihre *attitude* langsam unter Kontrolle bekommen, schließlich war sie beruflich hier.

«Wir demonstrieren Ihnen jetzt mal, wie man das Baby am besten hält, wenn man es im Tummy Tub badet.» Wilma warf Jill einen spitzen Blick zu. «Zeit zum Üben hatten wir ja leider nicht.»

Sie nahm die Puppe und legte sie Jill mit dem Gesicht nach unten auf den Unterarm, sodass Jill die Hand im Schritt des Plastikbabys hatte. «Das ist der sogenannte Fliegergriff. So lässt man das Kleine dann langsam ins Wasser sinken. Machen Sie mal.»

Aye, aye, dachte Jill und senkte langsam den Arm, woraufhin die Puppe kopfüber in den Eimer fiel.

Die Großeltern lachten. Immerhin schienen sie sich langsam zu entspannen. Wilma schüttelte den Kopf, nahm das Baby aus dem Eimer und demonstrierte, wie es richtig ging. Offenbar hätte Jill einfach die andere Hand benutzen müssen, um den Rücken zu stützen.

«Übrigens badet man die Kinder heute nicht mehr täglich, wie noch in den siebziger Jahren», fuhr Wilma fort. «Ein-, zweimal die Woche reicht völlig. Sie werden ja eigentlich nicht dreckig. Entscheidend ist allerdings die Hygiene beim Wickeln. Und man cremt den Po auch nicht mehr dick mit Penatencreme ein, davon wird er nur noch wunder. Was dagegen bestens zur Heilung beiträgt, ist Muttermilch.»

Bei den werdenden Opis und Omis, von denen eine sich doch tatsächlich Notizen machte, löste diese Information großes Aha aus, Jill allerdings wusste das schon, seit sie mit ihrem Baby durch die Welt gereist und so von ganz alleine darauf gekommen war, was Muttermilch sonst noch konnte.

«Dann – auch ein ganz wichtiges Kapitel: Geschenke. Welche sind sinnvoll, welche nicht? Großeltern entwickeln mit Blick auf ihre Enkel gelegentlich einen ziemlichen Ehrgeiz, und das schlägt sich manchmal auch in entsprechenden Geschenken nieder. Aber Laufleenhilfen sind heute genauso verpönt wie Stützräder beim ersten Fahrrad.»

Jill konnte nicht fassen, womit man alles Geld verdienen konnte. Vielleicht sollte sie auch mal darüber nachdenken, irgendwelche Ratgeberkurse zu geben. *So planen Sie Ihren Urlaub* oder, noch besser: *So packen Sie Ihren Koffer.*

«In meinen Seminaren wird es auch Raum geben, darüber zu reden, was für Erinnerungen wir an unsere eigenen Schwangerschaften haben, und wir sprechen über unsere Kinder und Schwiegerkinder, die in vielem ganz anders sind als wir.»

Jills Handy piepte laut und vernehmlich. «Sorry.» Sie holte ihr Telefon hervor, um es auf lautlos zu stellen, und riskierte dabei einen Blick auf die Nachricht, die gerade eingegangen war.

> Bin noch beim Segeln, aber auf dem Rückweg. Muss viel an dich denken. Wollen wir uns sehen? Nächste Woche? Freitagabend? Stefan

Jill entfuhr ein kleiner Juchzer. Natürlich wollte sie ihn sehen. Und wie.

10

Dana legte einen Stapel Servietten zu den Papptellern und -bechern auf den Tapeziertisch, den Mattis im hinteren, schattigen Teil des Gartens aufgebaut hatte. Mehr war im Moment nicht zu machen. Maren hatte angeboten, Salat mitzubringen, die Getränke standen kalt, und Mattis war noch unterwegs, um Fleisch und Gemüse zum Grillen zu kaufen. Dana ging in Richtung der sanft dahinplätschernden Alster ein paar Schritte durch das hohe Gras. Rund um die Gartenpforte wuchsen ein paar wild blühende Blumen, die hübsch aussahen, so zart und rosa und zitronengelb. Sie beschloss, ein paar zu pflücken und sie auf den Tisch zu stellen. Als sie in die Hocke ging, schlug ihr der waldige, erdige Duft entgegen, den sie sehr mochte, wenn er ihr die Stadtluft auch niemals ersetzen könnte. Als sie einen kleinen Strauß beisammenhatte, stand sie auf und ging aufs Haus zu, um eine leere Flasche oder irgendeinen anderen Vasenersatz zu suchen. Die Fenster standen weit offen, weil sie über Mittag noch die letzten zwei Zimmer gestrichen hatten.

Mattis wohnte zwar noch nicht hier – bisher standen kaum Möbel im Haus –, aber er hatte seinen Geburtstag unbedingt hier feiern wollen und sich in den letzten vierzehn Tagen schwer ins Zeug gelegt, damit das Haus der Vorstellung, die er von ihm hatte, an diesem 11. August schon halbwegs ähnelte. Zusammen mit ein paar befreundeten Handwerkern hatte er bis in die Nacht die Raufasertapete und den alten Teppich rausgerissen und die Holzdielen im Erdgeschoss abgeschliffen. Es war immer noch viel zu machen, vor allem im ersten Stock, aber nachdem sie unten mit den Wänden fertig waren, musste Dana zugeben: Sie erkannte nun, was Mattis in seiner Phantasie vor sich gesehen hatte. Und er schien akzeptiert zu haben, dass sie nicht mit einziehen wollte. Aber heute würde sie ihm und den Mädchen hier Gesellschaft leisten, denn es würde die erste Nacht sein, die sie im Haus verbrachten – improvisiert, auf Luftmatratzen und ohne Gardinen, aber das machte es für die Mädchen besonders aufregend, und zumindest Matilda freute sich laut Mattis schon darauf.

Sie ging die zwei Stufen zum Esszimmer hoch, als sie aus dem Augenwinkel jemanden um die Hausecke in den Garten kommen sah.

«Juuhu!» Eine schlanke Frau kam mit großen Schritten auf sie zu und schwenkte ein flaches Geschenk durch die Luft. Ihre Beine wirkten in den schmalen Jeans ewig lang, und ihre roten Locken sahen aus, als stünden sie unter Spannung. «Es hat niemand aufgemacht, da dachte ich, ihr seid bestimmt im Garten. Hi!» Sie streckte ihr die Hand hin. «Ich bin Jill.»

Dana stellte sich ebenfalls vor und registrierte dabei, dass Jill sie mit offenem, interessiertem Blick musterte. «Mattis ist noch einkaufen, aber der kommt sicher gleich wieder.»

«*I know*, ich bin etwas früh. Sonst gar nicht meine Art ...» Jill lachte. «Aber ich kann nicht lange bleiben, ich bin später noch verabredet, da wollte ich wenigstens pünktlich hier sein.»

«Kein Problem, wir können ja schon mal reingehen und uns was zu trinken holen.» Dana hatte den Satz kaum zu Ende gesprochen, da war Jill auch schon im Esszimmer, das Mattis in einem gedeckten Graugrün gestrichen hatte, und rief aus: «Wow, das sieht toll aus!»

«Ja, finde ich jetzt auch. Ich war ja erst skeptisch ...»

«Ach.» Jill machte eine wegwerfende Handbewegung. «Bei so

was weiß Mattis, was er tut. Hast du die Wohnung von ihm und Maren mal gesehen?» Dana schüttelte den Kopf. «Der reinste Schöner-Wohnen-Traum. Mir ist das ja alles zu *cosy*. Aber bei euch wird das sicher anders. Und einen Sinn für Farben und Materialien hat Mattis, das muss man ihm lassen.»

«Ja, das stimmt. Übrigens ziehe ich hier gar nicht mit ein», sagte Dana. Jill drehte sich zu ihr um und sah sie an. Möglicherweise hatte das etwas komisch geklungen, als wollte sie sich von dem Haus und Mattis distanzieren, dabei war es so ja nun auch wieder nicht. «Also, ich meine, ich behalte meine Wohnung. Die ist in Uninähe. Aber ich werde natürlich auch viel hier sein.»

«Verstehe.» Jill grinste. «Mattis hat dich nicht zufällig total überrollt mit dem Haus? Mutter, Vater, Kind? Haus, Hof und Hund?»

«Äh, nee ... ich –» Äh, doch, das traf es eigentlich ziemlich genau. Aber es kam Dana komisch vor, sich mit Jill so gegen Mattis zu verbünden. Auch wenn ihr die Frau unerwartet sympathisch war mit ihrer offenen Art und ihrer undefinierbaren Mischung aus naturverbundener Hippiefrau und frechem Mädchen, das etwas in die Jahre gekommen war.

Aber Jill ersparte ihr eine Antwort, indem sie das Thema wechselte.

«Du studierst noch?»

«Nein», sagte Dana. «Seh ich so aus?»

«Klar, könnte doch sein. Ich dachte nur wegen *Uninähe*.»

«Ach so, nein. Ich bin Professorin.»

«Really? Come on!» Jill wirkte so beeindruckt, dass Dana lachen musste. «Welches Fach? Literatur, Kunst?»

Als könnten Frauen nur schöngeistig, dachte Dana und war kurz versucht, Mathematik zu sagen oder Nanotechnologie, aber dann antwortete sie wahrheitsgemäß.

«Ich war mal mit einem Soziologen zusammen», sagte Jill. «Der war aber eigentlich Revolutionär.» Dana konnte ihrem Gesichtsausdruck nicht entnehmen, ob sie es ironisch meinte oder nicht. «Wir sind eine Weile zusammen durch die Welt gereist.»

In diesem Moment hörte Dana erleichtert die Haustür ins Schloss fallen, und Mattis rief «Bin wieder da!»

Jill sah Mattis in der Tür auftauchen. Sie beobachtete, wie er Dana einen Kuss gab und dann sie bemerkte.

«Hey, du bist ja auch schon da. Habt ihr euch schon bekannt gemacht?»

«Wir haben uns ein bisschen unterhalten.» Jill ging zu ihm und drückte ihm einen Kuss auf die Wange. «Happy Birthday, Darling. Das ist für dich.» Sie hielt ihm ihr Geschenk hin. «Für mehr hat es dieses Jahr leider nicht gereicht, sorry.»

Sie war wirklich mehr als klamm. Ein Blick auf den neuesten Kontoauszug, auf dem die Miete schon abgebucht, das kleine Honorar für ihren tapferen Einsatz bei den glücklichen Großeltern aber noch nicht eingegangen war, hatte ihr heute Morgen klargemacht, dass etwas geschehen musste. Da mit größeren Einnahmen gerade nicht zu rechnen war, musste sie eben ihre Ausgaben reduzieren, und zwar drastisch. Und weil der größte Posten die Miete war, hatte sie kurz entschlossen ihre Wohnung gekündigt, fristgerecht zu Ende Oktober. Dann suchte sie sich eben wieder eine WG.

«*Hier kocht der Hausherr*», las Mattis von der dunkelgrünen Schürze ab, die er ausgepackt hatte. «Sehr schön. Danke! Die binde ich zum Grillen gleich um.»

Er drückte sie noch einmal an sich, und Jill war überrascht, wie sehr Mattis sich über das nicht übermäßig großzügige Geschenk freute. Aber mit dem ‹Hausherr› hatte sie wohl einen *soft spot* getroffen. Sie wusste ja, dass Mattis sich mit dem eigenen Haus einen lang gehegten Traum erfüllte.

«Kann es sein, dass deine Klingel kaputt ist?» In der offenen Terrassentür war Tim aufgetaucht.

«Hey, Sohnemann!» Mattis riss begeistert die Arme hoch. «Ja, ja, hier funktioniert einiges noch nicht.» Er begrüßte zuerst Hanna, die Tim auf dem Fuß folgte und deren Babybauch seit dem Abendessen vor vier Wochen enorm gewachsen war. Hoffentlich bekam sie nicht gleich Zwillinge, dachte Jill. Wobei Hanna sich darüber wahrscheinlich noch freuen würde, bestimmt träumte sie von einer schwäbischen Großfamilie.

Hinter Tim und Hanna erschienen jetzt Maren und ihre beiden Mädchen, von denen die Kleine einen kunstvoll geflochtenen Zopf trug. Jill hatte Maren im Verdacht, dieses aufwendige Kämmen, Flechten und Verzieren an ihren Töchtern vor allem zu veranstalten, um zu demonstrieren: Seht her, um diese Kinder kümmert sich jemand, wie es sich gehört! Maren hatte es schon früher, wenn Jill Tim nach ein paar Tagen bei seinem Vater und Maren abgeholt hatte, nicht lassen können, ihr immer wieder auf mehr oder weniger subtile Weise zu verstehen zu geben, dass sie sie für eine Rabenmutter hielt.

Maren lächelte Jill zu, und sie begrüßten sich mit Küsschen hier, Küsschen da. Jill wusste genau, dass Maren sie nicht leiden konnte, sich das aber niemals anmerken lassen würde. Im Wahren der Fassade war Maren ganz groß – von jeher Grund genug für Jill, die Fassade ab und zu ein bisschen anzukratzen. Als Tim ein Teenager war, hatte Maren bei jedem einzelnen Zusammentreffen die Demarkationslinien nachziehen müssen, und manchmal hatte Jill sich aus reiner Streitlust darauf eingelassen. Aber irgendwann hatte sie beschlossen, dass ein Waffenstillstand in ihrer Situation auf Dauer das Einfachste war, schließlich waren ihre Kinder Halbgeschwister. Und seit Tim erwachsen war, sahen sie sich eh kaum noch, so war aus dem Waffenstillstand Höflichkeit geworden. Außerdem, dachte Jill, musste Maren sich jetzt sicher an Dana abarbeiten. Die schien allerdings ihren eigenen Kopf zu haben. Mal sehen, was das geben würde.

Marla ging mit kurzem Blick an ihr vorbei und murmelte ein «Hallo», während die Kleine Jills Taille umschlang und sie begrüßte wie eine Verschollene. Mattis' Jüngste hatte ein großes Herz für alle in der Familie, unabhängig davon, ob sie mit ihr blutsverwandt waren. Von ihrer Mutter hatte sie das nicht.

Jill strich ihr über den Kopf. «Hübsche Frisur.»

Matilda lächelte und zupfte dann Mattis am Ärmel. «Packst du jetzt unser Geschenk aus, Papa?» Durchs Fenster sah Jill, dass Tim und Maren einen riesigen Karton durch den Garten schoben.

Matilda zog Mattis an der Hand nach draußen, und Maren rief, als hätte sie ein ganzes Fußballstadion vor sich: «Alles Gute zum Fünfzigsten!»

Jill biss sich auf die Lippe. *Holy shit.* Ihr war nicht klar gewesen, dass Mattis einen runden Geburtstag hatte. Aber war er nicht nur zwei Jahre älter als sie?

Mattis löste die breite rote Schleife, die das auf den Karton gedruckte Bild freigab: eine Hollywoodschaukel.

~

«Sind alle versorgt?» Mattis hielt fragend den Teller hoch, auf dem noch ein paar Würstchen lagen.

«Ich nehme jetzt auch eins», sagte Dana, streckte Mattis den

Teller entgegen und wandte sich dann wieder Tim zu, der neben ihr saß. «Dann scheinst du mit der Abschlussarbeit ja ganz gut voranzukommen.»

«Ja, zum Glück», sagte Tim kauend und schüttete sich noch mehr Ketchup auf den Teller. «Mir bleibt danach nur echt nicht viel Zeit, um mich auf die mündliche Prüfung vorzubereiten.»

«Eins nach dem andern», sagte Dana. «So wild sind die Prüfungen letzten Endes gar nicht. Du hast in den letzten Jahren ja viel gelernt, und das hast du alles sowieso im Kopf. Darauf kannst du immer zurückgreifen.»

«Genau das hab ich ihm auch gesagt», sagte Hanna, die am Kopfende des Tisches saß. «Außerdem werde ich alles tun, damit das Kleine so lange wie möglich hier drinbleibt und Tim Zeit zum Lernen hat.» Sie legte sich die Hand auf den Bauch.

Jill lachte auf. «Das dürfte schwierig werden, aber ... *good luck*.»

«In welchem Monat bist du?», fragte Maren vom anderen Ende des Tisches.

«Mitte des siebten.»

«Schon?», fragte Jill.

«Ja, ich hab es ziemlich spät kapiert.» Hanna lachte verlegen.

«Aber dann wisst ihr doch sicher schon, was es wird», sagte Dana, die auch mal mit Fachwissen glänzen wollte. Ihre Schwester hatte zu Danas Überraschung schon seit der Mitte der Schwangerschaft gewusst, dass sie einen Sohn bekommen würde.

Tim nickte. «Diese Woche hat sie sich endlich so gedreht, dass man es erkennen konnte.»

«*Sie?!*» Mattis balancierte einen vollen Teller vom Grill zum Tisch.

Alle, von Mattis bis zu den Kindern, brachen in Rufe des

Entzückens aus, und Dana fragte sich, ob sie das im anderen Fall auch getan hätten oder ob ein Mädchen irgendwie besser war.

«Diese Familie produziert nur noch Mädchen», sagte Mattis kopfschüttelnd, stieg wieder über die Bank und setzte sich zwischen seine Töchter, gegenüber von Dana und Tim. Er sah Jill an, die am Kopfende saß, als wären alle hier Anwesenden Abkömmlinge von ihnen beiden, und für einen Moment fühlte Dana sich fremd, als wäre sie in eine Familie geraten, zu der sie keinerlei Bezug hatte.

«Das wird bestimmt nicht unser letztes Kind bleiben», sagte Tim grinsend. «Da kommt schon auch noch ein Junge.»

«Jetzt mal langsam.» Hanna schüttelte mit hochgezogenen Augenbrauen den Kopf, was Dana irgendwie beruhigte, denn diese beiden wurden ihr gerade unheimlich mit ihrer Entschlossenheit, Kinder zu bekommen, dabei waren sie selbst eben noch welche gewesen.

Jill und Mattis lachten sich an. Sie sahen gut aus nebeneinander, wie ein sympathisches Paar.

Dana sah kurz zu Maren, deren Gesichtszüge etwas verkniffen wirkten. Sie beobachtete, wie Maren ihren Blick bemerkte und sofort ein Lächeln anknipste. «Diese Kräutertomaten sind ja köstlich. Hast du die gemacht?»

Dana nickte. Es war das Einzige, was sie vorbereitet hatte. Es hatte herzlich wenig Arbeit gemacht und war eigentlich nichts Besonderes.

«Koriander mag Mattis allerdings nicht», sagte Maren. «Aber kann ich das Rezept vielleicht für meinen Blog haben?»

«Klar», sagte Dana, der neu war, dass Mattis keinen Koriander mochte. Aber darauf würde sie jetzt nicht eingehen. «Du hast einen Blog? Einen Rezeptblog?»

«Rezepte, alles, was mit Kindern zu tun hat, Wohnungsdeko. So was.»

«Ah.» Dana nickte und überlegte, was sie zu dem Thema noch fragen könnte. Zum Glück kam Jill ihr zuvor.

«Sozusagen schöner leben mit Kindern?» Jill grinste. «Da kannst du bestimmt noch was lernen, Dana.»

Dana lachte etwas unbehaglich, und auf Marens Gesicht erschien wieder der verkniffene Ausdruck. Nicht ganz unanstrengend, so von Mattis' Exfrauen umgeben zu sein. Dana stand auf und ging zum Grill, und als sie gerade die Alufolie auseinanderfaltete, um sehen zu können, ob der Schafskäse schon fertig war, trat Jill zu ihr, ein Glas Rotwein in der rechten Hand.

«Lass dir von der Supermama nicht die Laune verderben, Maren muss immer allen beweisen, dass sie alles im Griff hat.» Jill trank einen Schluck Wein und betrachtete die Gesellschaft am Tisch. «Ich verstehe meinen eigenen Sohn nicht. Er kann sich offenbar nichts Schöneres vorstellen, als eine Familie zu gründen, kaum dass er selbst ausgezogen ist. Was hab ich falsch gemacht?»

«Ist er gerade erst ausgezogen?», fragte Dana.

«Nein, ein paar Jahre ist das schon her. Trotzdem – warum will er sich unbedingt so früh festlegen? Ich kapier das nicht. Ich meine ...» Jill kam etwas näher ran und flüsterte: *«What about his sexual twenties?»*

Dana musste lachen. «Dir als Mutter sollte es eigentlich recht sein.»

«Vielleicht ...» Jill zuckte mit den Schultern. «Wie kommt Mattis damit klar, dass er Opa wird?»

«Och, ganz gut, eigentlich. Das geht bei all den Veränderungen im Moment fast ein bisschen unter.»

«Echt? Und wie läuft es mit Marens Mädchen? Oder bin ich zu neugierig?»

«Nein, schon okay. Aber ich kann dazu eigentlich noch gar nichts sagen. Es ist jetzt erst das zweite Wochenende, das sie bei uns verbringen, und das erste hier im Haus. Ist ja alles noch gar nicht richtig eingerichtet, wie du gesehen hast.»

Jill nickte und trank einen weiteren Schluck Wein. «Und macht ihr zusammen Urlaub?»

«Nein, wir ... wir splitten das. Mattis und ich fahren nächste Woche ein paar Tage ans Meer, mit den Kindern fährt er dann später.» Wofür der einzige Grund war, dass Maren es für die Kinder zu früh fand, um mit Mattis und Dana in den Urlaub zu fahren. Und ehrlich gesagt freute sich Dana auch darauf, mit Mattis allein zu sein.

«Verstehe», sagte Jill. «Fahrt ihr in dies kleine Hotel in Tönning?»

«Ja, genau. Hat Mattis dir davon erzählt?»

«Nee.» Jill lachte. «Das ist einfach sein Lieblingsort. Manche Dinge ändern sich anscheinend nie.»

«Ach ja?» Offenbar hatte Dana über Mattis noch einiges zu lernen. Dass er mit dem Hotel, in das sie fahren würden, schon Erinnerungen an Jill verband, enttäuschte sie ein wenig, was sie sich aber nicht anmerken lassen wollte. Vielleicht sollte sie Jill ihrerseits mal ein bisschen ausfragen.

«Und du? Fährst du auch noch weg im Sommer?»

Jill stöhnte. «Leider nein. Ich war gerade ein paar Wochen in Vietnam, jetzt muss ich mal ein bisschen arbeiten. Zum Glück ist der Sommer dies Jahr so schön hier. Außerdem ...» Jill lächelte verschmitzt. «... habe ich da einen kleinen Flirt, für den es sich vielleicht lohnt hierzubleiben.»

«Wirklich?» Dana war beeindruckt. Diese Jill kam ihr in gewisser Weise jünger vor als Maren oder Hanna. Aber vielleicht war ihre Art ihr auch nur vertrauter. Oder sie waren einfach beide ziemlich unreif. Jedenfalls gefiel ihr Jill. Sie war ungewöhnlich und alles andere als spießig.

«Ich glaub, jetzt ist er so weit.» Jill setzte ein Alufolie-Säckchen auf ihren Teller, gab Mattis, der gerade zu ihnen kam, einen spielerischen Knuff auf seine Hausherrenschürze und ging wieder Richtung Tisch

«Na, Dana-Baby?» Mattis machte ein paar Tanzschritte auf sie zu, legte den Arm um ihre Taille und gab ihr einen Kuss, von dem Dana fast das Gleichgewicht verlor. So übermütig hatte sie Mattis selten erlebt, diese Familienzusammenführung schien ihn wirklich glücklich zu machen. Aber auch ihr gefiel die Feier viel besser, als sie gedacht hatte. So im Garten zu sitzen und sich kennenzulernen und dabei auch irgendwie schon zusammenzugehören, das hatte was. Über ihnen zwitscherte laut ein Vogel, die Grillen zirpten, und die Luft duftete nach Blüten und warmem Grün.

Mattis nahm ihre Hand und sah sie fragend an. «Alles in Ordnung?»

Sie nickte. Am Wochenende würden sie Kinderprogramm machen, danach ans Meer fahren, um Zeit für sich zu haben, und anschließend würde sie sich in die Arbeit stürzen, worauf sie sich auch schon freute. Eigentlich, dachte Dana, hatte sie das Beste aus allen Welten.

Als Jill am späteren Abend am Elbstrand ankam, wo sie mit Stefan verabredet war, atmete sie erleichtert aus. Die Geburtstagsfeier bei Mattis war zwar überraschend entspannt und unterhaltsam verlaufen, aber das hier war dann doch eher ihre Welt: Lagerfeuer in der Dämmerung, Grüppchen von jungen Menschen, die sich mit den neuesten Craft-Bieren zuprosteten, und eine rosarote Sonne, die hinter Hafenkränen unterging. Herrlich. Sie zog ihre Sandalen aus und steckte die Füße in den Sand. Er war schon ein wenig kühl, fühlte sich an der nackten Haut aber angenehm weich an.

Sie sah sich nach Stefan um. Als Treffpunkt hatte sie per SMS vorgeschlagen: am Elbstrand gegenüber vom schwimmenden Mann. Jeder Hamburger kannte die kleine Plattform vor Övelgönne, auf der eine mannshohe Figur im weißen Hemd in der Elbe trieb. Bei Sturm geriet sie manchmal ins Schwanken, heute dümpelte sie friedlich in der ruhigen Augustluft. Es war bereits ziemlich dämmrig, und für einen Moment fürchtete Jill, Stefan zwischen den vielen Menschen zu verpassen. Doch kaum hatte sie diesen Gedanken zu Ende gedacht, fasste ihr plötzlich jemand beherzt in die Taille. Sie drehte sich um. Da stand er, mit einem breiten Grinsen im Gesicht. Spontan reckte sie sich zu ihm hinauf, umarmte ihn mit vollem Körpereinsatz und verharrte in dieser Position ein kleines bisschen länger als angemessen. Zum Glück erwiderte er ihre stürmische Begrüßung. Dabei stieg ihr wieder dieser Geruch in die Nase, der sie vom ersten Moment in seiner Praxis an so magisch angezogen hatte. Aftershave, wie frisch gebügelt, plus – ja, plus was nur? Plötzlich wusste sie, was es war, das sie damals nicht hatte zuordnen können: der Geruch von Haut, die in der Sonne gewesen war.

Sie löste sich langsam von ihm. «Wie war dein Urlaub?»

Er klatschte in die Hände wie ein Kind, was Jill irgendwie rührte. «Jill, es war ein Traum. So viel Sonne und frische Luft. Wobei du als Seglerin verstehen wirst, wenn ich sage: Das Wetter war eigentlich ein bisschen zu schön. Zu wenig Wind ... Aber manchmal lasse ich mich auch gerne nur ein bisschen treiben.»

Sie lächelten sich für einen Moment wissend an.

«Hast du schon ein Plätzchen für uns ausgeguckt?», fragte Stefan und drehte sich um die eigene Achse. «Ich habe uns etwas mitgebracht, dann können wir es uns gemütlich machen.»

Erst jetzt bemerkte Jill, dass Stefan eine Jutetasche über der Schulter trug, auf der in fetten schwarzen Lettern stand *I'm too sexy to be 30*. Jill musste sich zusammennehmen, um nicht laut loszulachen.

Stefan grinste schief. «Ja, ja, lach du nur, das ist ein Geschenk meiner Tochter, die manchmal Freude daran hat, ihren alten Mann zu foppen.»

Eine Tochter hatte er also, dachte Jill, aber von der kleinen Erinnerung an seinen Familienstand wollte sie sich jetzt nicht den schönen Abend verderben lassen, also fragte sie nicht weiter nach. Stattdessen nahm sie Stefan kurz entschlossen an der Hand und zog ihn sanft, aber bestimmt hinter sich her, bis sie zwischen all den feiernden Grüppchen einen freien Platz im Sand gefunden hatten. Stefan holte aus seinem Jutebeutel eine Wolldecke und breitete sie etwas umständlich aus. Wie süß, dachte Jill, er hatte an alles gedacht. Stefan setzte sich auf die Decke, wobei der Einsatz seiner Hände und ein leises Stöhnen verrieten, dass er die Jutetasche zu Recht trug. Sie waren eben beide keine dreißig mehr. Jetzt wickelte er eine Flasche und zwei Weingläser aus Geschirrtüchern und packte eine knisternde Erdnussflipstüte aus. Mit der freien Hand klopfte er neben sich.

«*Madame?*»

Jill setzte sich lachend.

«Ich habe uns meinen Südtiroler Lieblingsvernatsch besorgt», sagte Stefan, zog einen Korkenzieher aus der Tasche und machte sich am Verschluss zu schaffen. «Weißt du, nur weil wir uns jung fühlen, heißt das ja noch lange nicht, dass wir billigen Wein trinken müssen.»

Er lachte, und Jill stimmte vergnügt mit ein. Tatsächlich hatte Stefan ihnen da ein edles Tröpfchen mitgebracht, es schmeckte ganz wunderbar. Aber wie sie von ihren Reisen wusste, war die wichtigste Zutat zu einem guten Wein eigentlich die Umgebung – und die Gesellschaft. Jill schnupperte glücklich an ihrem Glas, und ihr Blick fiel wieder auf die Hafenkräne, die sich grau und erhaben vor dem Abendhimmel abzeichneten. In der Nähe hatte jemand begonnen, sanft Gitarre zu spielen. Sie spürte, wie Stefan seine Hand auf ihre legte. Sie war angenehm warm und ein kleines bisschen rau. Seglerhände, dachte Jill. Man konnte noch so viel cremen und peelen – Taue festmachen hinterließ einfach Spuren. Sie drehte sich zu Stefan, und er sah sie auf eine Weise an, die Jill an Dates vor dreißig Jahren erinnerte – erwartungsvoll, aufgeregt, ein bisschen fieberhaft. In seinen Augen spiegelte sich das Licht vom anderen Elbufer.

«Ich habe dich vermisst», traute sie sich zu sagen. Sie war kein Typ für Spielchen und scheue Augenaufschläge. Sie hatte sich noch nie an die Maxime gehalten, es Männern bloß nicht zu einfach zu machen, ihnen auf keinen Fall zu zeigen, dass man *available* war. Wenn sie einen Mann gewollt hatte, hatte sie es ihm auch gezeigt. Geschadet hatte ihr das nie, und das würde es bestimmt auch heute nicht. Stefan kam ein Stück näher.

«Du mir auch», sagte er und pflanzte ihr unvermittelt einen trockenen Kuss mitten auf den Mund.

«Oh, come on», sagte Jill und lachte. «Wie war das mit dem Wein? Das gilt doch auch fürs Küssen, oder? Wir sind vielleicht keine Teenager mehr, aber sollten wir nicht erst recht wie welche knutschen dürfen?»

Stefan schmunzelte sichtlich verlegen, doch ehe er es sich versah, schnappte Jill sich sein Gesicht mit beiden Händen, was ihn augenblicklich ernst werden ließ.

«I like you», sagte sie leise.

Er roch wirklich verheißungsvoll so aus der Nähe, und sein Gesicht, umrahmt von seinen wüsten Haaren, erinnerte sie tatsächlich ein bisschen an ihren ersten Jugendschwarm, damals in Irland, bevor Mattis in ihr Leben getreten war. Diese Mischung aus Männlichkeit und ungestümer Jungenhaftigkeit – dafür hatte sie schon immer eine Schwäche gehabt. Dann küsste sie ihn, und – was für ein Glück – er küsste sie zurück. Und zwar ganz und gar nicht wie ein alter Mann, sondern sehr sinnlich und ein kleines bisschen wilder, als sie es ihm zugetraut hatte. Es war immer wieder herrlich festzustellen, dass bestimmte Dinge im Leben sich nie änderten, egal wie viele Jahre ins Land zogen. Wie das Gefühl, wenn man jemanden zum ersten Mal küsste, mit dem es passte. Ob *prince* oder *frog* – und Jill hatte mit beidem wirklich genug Erfahrung – merkte man eben bereits beim allerersten Kuss und daran, was er mit einem machte. Wie er durch den gesamten Körper wanderte und Glücksfäden zog.

Als sie sich voneinander lösten, hatte sich in Stefans Lächeln ein neuer Ausdruck geschlichen. War das der Wein? Verknalltheit, gar?

«I like you, too», sagte er mit einem so deutschen Akzent, dass Jill es schon wieder niedlich fand.

Und dann legten sie sich nebeneinander auf die etwas kratzige Wolldecke, fassten sich an den rauen Seglerhänden, schauten in den sternenklaren Abendhimmel über Hamburg und knutschten, bis der Boden zu kühl wurde und alle jungen Leute um sie herum längst in die Restaurants oder Bars weitergezogen waren.

«Mein armer Rücken», sagte Stefan viel später beim Aufstehen und klopfte sich den Sand von der Hose. Jill hätte ihn gerne mitgenommen, wie sie das früher getan hatte – nicht lange nachdenken, zu mir oder zu dir? Aber manche Dinge wurden mit dem Älterwerden eben doch komplizierter, vor allem, weil «zu ihm» offensichtlich keine Alternative war. Also machte sie es ihnen beiden leicht, küsste ihn noch einmal zärtlich, strich ihm eine wilde Strähne aus der Stirn und sagte: «Bis bald, mein Lieber.» Dann verschwand sie glücklich grinsend in die Nacht.

Maren war froh, dass Jill die Feier früher verlassen hatte. Ihre Aufgedrehtheit und penetrant gute Laune waren ihr heute besonders auf die Nerven gegangen. Es war schon unangenehm genug, mit Mattis' Neuer an einem Tisch zu sitzen, da konnte sie auf die Anwesenheit seiner Ex gut verzichten. Inzwischen wurde es dunkel, alle saßen vor ihren leeren Tellern und unterhielten sich angeregt. Mattis hielt andauernd mit Dana Händchen, vorhin am Grill hatte er sie sogar geküsst, so fröhlich und leidenschaftlich, wie er Maren nie geküsst hatte. Musste das sein, dass er sich in ihrer Gegenwart so benahm? Sie hielt das alles hier nur sehr schlecht aus. Bisher war es ihr zwar ganz gut gelungen, sich zusammenzureißen, aber es fiel ihr minütlich schwerer. Sie hatte fast die ganze Zeit nur mit ihren Kindern und Hanna geredet und mit den anderen nur Bemerkungen über das Wetter und das Essen ausgetauscht, und so langsam fiel ihr nichts mehr ein. Natürlich wurde auch viel über das Haus geredet, das sie für Mattis mindestens eine Nummer zu groß fand, in mehr als einer Hinsicht. Aber das sagte sie lieber nicht. Sie konnte so ziemlich gar nichts von dem aussprechen, was sie dachte. Weder, dass ihr der Neid auf Hanna und Tim fast die Luft abschnürte – nicht Missgunst, sie freute sich für die beiden, aber sie wollte auch da stehen, wo die beiden standen: am Anfang, nicht am Ende –, noch dass Dana hier nichts verloren hatte, dass dieses ganze Fest mit dem zu großen Haus, der zu jungen und zu schlauen Frau und dem ganzen scheinheiligen Großfamiliengetue zwischen Weingläsern und Fackeln nur eins bewies: dass Mattis eine Krise hatte und sie alle mit hineinzog. Denn wenn sie es ausspräche, würde das ihre Kinder verunsichern, und für die Erwachsenen wäre sie nur diejenige, die mit der Situation nicht klarkam, und das war das Letzte, was sie wollte. Dabei hatte sie doch eigentlich kämpfen wollen um ihre Familie. Es war, als würde sie in der Falle stecken.

Sie stellte ein paar Teller zusammen und stand auf. Sie würde ein bisschen abräumen und dann gehen. Es war jetzt spät genug und würde nicht mehr wirken, als träte sie die Flucht an. Sie ging in die Küche, und als sie wieder in den Garten trat, kam Mattis auf sie zu. «Na, alles klar?»

Sie wusste nicht, was sie sagen sollte, und nickte, mehr Heuchelei war im Moment nicht drin.

«Wann soll ich dir die Mädchen denn wiederbringen?», fragte er gut gelaunt.

«Sonntag nach dem Frühstück?»

«Nach dem Frühstück schon? Na gut. Okay.» Er nahm sie am Arm und führte sie wieder auf das Haus zu.

«Wir müssen ja auch noch Hausaufgaben machen, baden, Flöte üben, all das.» Außerdem war es schließlich das erste Mal, dass die Mädchen zwei Nächte lang bei ihm blieben. Wenigstens einen Teil vom Sonntag durfte sie ja wohl auch mit ihnen haben.

Mattis nickte. «Okay. Machen wir so.»

Er ging langsam weiter, offenbar wollte er einmal mit ihr um sein tolles Haus spazieren, das er sogar von zwei Strahlern beleuchten ließ.

«Du ...», sagte er schließlich, «ich wollt auch noch was anderes mit dir bereden. Jetzt, wo ich das Haus hab ... meinst du, wir können mal besprechen, wie wir das in Zukunft überhaupt handhaben?»

«Wieso, was denn?»

«Na, mit den Kindern.»

Maren blieb auf Höhe der Haustür stehen.

«Ich hab mir gedacht –» Mattis war noch ein paar Schritte weitergegangen, blieb jetzt aber ebenfalls stehen und drehte sich zu ihr um. «Wir könnten es doch so machen, dass die Kinder eine Woche bei dir leben und eine bei mir.»

«*Was*? Spinnst du?»

«Wieso? Machen doch viele so.»

Maren wurde schwindelig, und sie setzte sich auf die Stufen vor der Haustür.

«Was ist denn los? Ist dir nicht gut?» Mattis beugte sich mit fragendem Blick zu ihr runter und wollte sie am Oberarm berühren, aber sie wehrte ihn ab. Gleichzeitig schossen ihr Tränen in die Augen.

«Maren …», sagte er sanft, aber mit leichtem Tadel in der Stimme.

«*Was denn?*», fragte sie aggressiv.

«Sollen wir lieber wann anders darüber reden?»

«Nee! Du kannst doch nicht so ein Fass aufmachen und dann –» Sie suchte in ihrer Hosentasche nach einem Taschentuch, fand aber keins. Zum Glück war sie hier vom Garten aus nicht zu sehen. «Wie stellst du dir das denn vor? Die Mädchen haben doch ihre Schulen bei mir. Sport, Musikunterricht, ihre Freunde, alles! Das ist doch hier viel zu weit weg. Allein deshalb geht das schon nicht.»

«Aber ich hab doch die U-Bahn vor der Tür.»

«Matilda kann doch nicht allein U-Bahn fahren! Sie ist gerade mal *sieben*!»

«Nein, natürlich nicht, aber mit Marla zusammen könnte sie es doch. Oder ich fahr sie rum, ich bin eh dauernd mit dem Transporter unterwegs.»

Maren schüttelte schniefend den Kopf, und Mattis reichte ihr ein Taschentuch. Sie wischte sich die Wangen ab und putzte sich die Nase. «Ich find das unmöglich, dass die Kinder jetzt den Preis für deine Midlife-Crisis bezahlen sollen. Mal hier, mal da zu wohnen – das ist doch eine Zumutung!»

«Was denn für 'ne Midlife-Crisis?» Mattis wirkte amüsiert.

«Das ist nicht witzig, Mattis! So läuft das nicht! Du kannst mir nicht alles wegnehmen, du kannst nicht einfach machen, was du willst. So läuft das einfach nicht!»

«Das sagtest du schon, ja. Wir sollten das vielleicht ein andermal in Ruhe besprechen.»

«Ich bespreche gar nichts», sagte Maren und merkte selber, dass sie klang wie ein trotziges Kind.

Im entsprechenden Tonfall antwortete Mattis: «Maren ... jetzt sei doch vernünftig. Bei der Scheidung müssen wir das sowieso offiziell regeln, und es ist ja wohl klar, dass wir uns das Sorgerecht teilen, oder?»

«Bei der Scheidung?», fragte Maren entgeistert. «Welche Scheidung denn?»

«Na ... Ich dachte, es wäre klar ...»

Maren entfuhr ein lauter Schluchzer, und Mattis sah sie hilflos an. «Aber was dachtest du denn ...? Es tut mir leid, ich –»

Maren stand auf. «Ich fahr jetzt. Ich halt das hier alles nicht aus.» Sie griff nach der Sonnenbrille, die in ihrem Haar steckte, und setzte sie auf.

«Es ist dunkel, Maren, du brauchst die Sonnenbrille nicht.»

«Das weiß ich auch», fuhr Maren ihn an. «Die Kinder sollen aber nicht sehen, wie verheult ich bin. Konntest du für das Thema keine günstigere Gelegenheit finden? Ich verabschiede mich jetzt von den Mädchen und hole meine Tasche, und dann fahre ich. Bring mir die beiden bis spätestens Sonntagmittag und beunruhige sie am Wochenende bitte nicht, indem du ihnen irgendwas erzählst, was nicht mit mir besprochen ist.»

«Ich werd mein Bestes geben», sagte Mattis trocken.

Keine fünf Minuten später saß Maren nach einem eiligen «Tschüs» in die Menge am Steuer ihres Wagens und fuhr vom Grundstück. «Scheiße», flüsterte sie. «Scheißescheißescheiße.» Sie bog auf die Straße ein, die zurück in die Innenstadt führte. Wie hatte das nur passieren können? Wieso hatte sie das alles nicht kommen sehen? Warum fand Mattis es *klar*, dass sie sich scheiden lassen würden? Für solche Entscheidungen sollte man sich Zeit lassen, erst mal abwarten, was passierte. Und vor allem sollte man erst mal darüber reden. Sie wischte sich eine Träne weg, als jemand sie überholte und ihr dabei einen Vogel zeigte. Maren sah auf den Tacho. Wahrscheinlich fuhr sie zu langsam. Sie beschleunigte und versuchte, sich auf den Verkehr zu konzentrieren, aber es war so dunkel, und sie sah alles nur verschwommen.

Das konnte Mattis nicht machen. Er konnte ihr nicht die Mädchen wegnehmen. Einfach die Frau austauschen, ein Haus kaufen und dann Marla und Matilda dorthin verpflanzen. So durfte das nicht laufen. Wenn sie Glück hatte, dann wollten die Kinder überhaupt nicht zu Mattis und Dana, aber wenn sie Pech hatte –

Die Straße machte eine Kurve, die sie nicht hatte kommen sehen, eine scharfe Kurve. Instinktiv stieg sie auf die Bremse, und der Wagen geriet ins Schlingern. Panisch versuchte Maren, gegen die Fliehkraft anzusteuern, in Gedanken sah sie ihr Auto schon in der Leitplanke hängen, doch dann gelang es ihr, den Wagen wieder unter Kontrolle zu bekommen. Sie bremste langsam ab und kam zum Stehen. Erschöpft wischte sie sich über die Augen und bemerkte, dass sie immer noch ihre Sonnenbrille trug. Sie riss sie sich vom Gesicht und ließ sie auf den Beifahrersitz fallen. Das war knapp. Sie wollte gerade durchatmen, als ihr einfiel, dass sie hier nicht stehen bleiben konnte. Hinter ihr würden andere Autos kommen, die sie nicht rechtzeitig sehen konnten. Sie gab wieder Gas, beschleunigte, und unwillkürlich schrie sie los, ein Schrei, in dem sich ihre ganze Anspannung entlud – Mattis' Zumutungen, ihre Verstellung, ihre Angst, die Erleichterung, nicht aus der Kurve getragen worden zu sein. Für einen kurzen Moment schloss sie die Augen. Als sie sie wieder öffnete, spürte sie plötzlich einen heftigen Ruck im ganzen Körper. Etwas krachte, und dann wurde alles schwarz.

Zweiter Teil

11

Dana stellte die Tüte mit ihren Einkäufen ab, nahm den größeren der zwei Töpfe aus dem Schrank und füllte ihn mit Wasser, ehe sie auch nur ihre Tasche abgelegt hatte. Es musste jetzt schnell gehen, die Mädchen und Mattis waren auch gerade zurückgekommen, und sie hatte angekündigt, sich heute Abend um das Essen zu kümmern.

Matilda kam in die Küche, am Arm eine übervolle Korbtasche. «Ich hab *so* 'n Hunger.»

«Es gibt gleich was! Nudeln. Gut?»

Matilda nickte und ging direkt auf die Terrassentür zu. Dana zog sich den Riemen ihrer Tasche über den Kopf und hängte sie an einen der beiden Stühle, die Mattis aus der Werkstatt mitgebracht hatte. Noch immer war das ganze Haus ein Provisorium, kein einziges Zimmer war fertig eingerichtet, statt Betten gab es nur Matratzen oder Luftmatratzen, statt Schränken Kleiderstangen und Koffer, statt Gardinen waren vereinzelt Decken behelfsmäßig an den Fenstern befestigt. Aber Mattis hatte nach dem Unfall nicht in Marens Wohnung gewollt mit den Mädchen, und das nicht nur, weil er jetzt ein Haus hatte und dort mehr Platz war. Er wollte mit ihnen einfach nicht dort sein. Bisher hatte auch Dana jede Nacht hier geschlafen. Solange noch Schul- und Semesterferien waren, bekam sie das schon irgendwie hin, aber dass sie hier ein und aus ging und übernachtete, war definitiv ein Provisorium. Eigentlich war zwischen Mattis und ihr klar gewesen, dass sie ihre Wohnung behielt und nur gelegentlich nach Klein Borstel kam. Nur hatte niemand mit Marens Unfall rechnen können. Natürlich brauchte Mattis mit den Mädchen jetzt Hilfe, und sie wollte ihn nicht hängenlassen.

Dana seufzte. Sie nahm Cornflakes, Müsli und Milch aus der Einkaufstüte, stapelte sie in ihrem Arm und ging damit Richtung Schrank, als sie auf halber Strecke mit dem Fuß in etwas hängen blieb und stolperte. Alles bis auf die Milch fiel zu Boden. Sie war im Henkel von Matildas Korbtasche hängen geblieben, die mitten in der Gegend stand. Ein Malbuch, Stifte, mehrere Holzstücke, Sandpapier, ein Mullverband und ihre Puppe hatten sich großzügig über die Dielen verteilt – der Inhalt eines Ferientages, den die Mädchen bei ihrem Vater in der Werkstatt und bei ihrer Mutter im Krankenhaus verbracht hatten. Dana legte die Lebensmittelpackungen ab, die glücklicherweise nicht aufgeplatzt waren, und ging in die Hocke, um das Zeug von Matilda aufzusammeln. Es war geradezu bewundernswert, wie schnell Matilda es immer schaffte, ohne jede Absicht Chaos um sich herum zu verbreiten. Aber Dana würde das nicht kommentieren. Es war nicht ihre Aufgabe, schon gar nicht im Moment. Die Mädchen hatten genug mit der Situation zu kämpfen, und das Letzte, was sie von ihr brauchten, waren Ermahnungen.

Auf der Treppe waren Marlas Schritte zu hören, und kurz darauf stand sie in der Küche. «Ey, wenn das mit dem WLAN hier nicht bald klappt, werd ich wahnsinnig. Hat Papa sich jetzt mal darum gekümmert?»

«Weiß ich nicht, Marla.»

«Wo ist der überhaupt?»

«Irgendwo im Haus, wahrscheinlich.»

Marla ging wieder raus, und Dana atmete einmal tief durch. So lief das jetzt seit einer Woche. Dana hatte sich das Zusammenleben, so unfreiwillig es für alle Beteiligten auch war, ein bisschen leichter vorgestellt. Sie stellte Matildas Tasche in die

Ecke, wo niemand darüber stolpern konnte, verstaute die Lebensmittel im Schrank und begann, die Tomaten zu waschen und zu schneiden. Es gab Spaghetti mit Tomaten und Mozzarella – das überforderte sie als Köchin nicht, und die Kinder würden es sicher mögen. Auch wenn Dana mit Sicherheit anders kochte als Maren und lange nicht so gut.

Als Mattis auf seiner Geburtstagsfeier den Anruf bekommen hatte, dass Maren mit einem anderen Pkw zusammengestoßen war und mit schlimmen Verletzungen im Krankenhaus lag, waren sie alle sofort zu ihr gefahren, sogar Tim und Hanna, nur Jill war schon weg gewesen. Maren hatte sich das Becken und zwei Rippen gebrochen und musste furchtbare Schmerzen haben. Wie durch ein Wunder war ihr Kopf bis auf Schürfwunden und ein Schleudertrauma unversehrt geblieben. Es hätte viel schlimmer kommen können. Inzwischen lag sie nicht mehr auf der Intensivstation und war auf dem Weg der Besserung. Aber sie würde noch eine weitere Woche im Krankenhaus bleiben müssen und auch danach noch nicht vollständig wiederhergestellt sein.

Dana hatte die Nudeln ins Wasser gegeben und war dabei, den glitschigen Mozzarella aus der Salzlake zu fischen, als Mattis in die Küche kam. Sie wollte sich gerade freuen und ihn erst mal richtig – und ohne dass die Mädchen daneben standen – begrüßen, als er auch schon wieder draußen war. Verblüfft sah Dana ihm nach. Er hatte einen Zollstock und einen Block auf den Tisch gelegt und kehrtgemacht, ohne sie eines Blickes zu würdigen. Oder zu bemerken, dass sie durchaus Hilfe hätte gebrauchen können, schließlich standen auf dem Tisch für jeden sichtbar noch die Müslischalen vom Frühstück. Dana spürte ein Gefühl in sich hochkriechen, das noch bis vor kurzem Welten von ihr entfernt gewesen war: die schmollende Unzufriedenheit einer Hausfrau. Und das war schlecht, ganz schlecht.

«Sag mal, könntest du die Kinder vielleicht morgen zu ihren Freundinnen fahren und später ins Krankenhaus bringen?», fragte Mattis kauend, als sie wenig später alle vier vor ihren Nudeltellern saßen. «Ich hab morgen doch den ganzen Tag die Dänen in der Werkstatt.»

«Äh ...» Dana hatte eigentlich vorgehabt, morgen endlich mal wieder einen langen Tag an der Uni machen. «Ich weiß nicht. Ich hab für die Konferenz noch so viel vorzubereiten ...»

«Ach so.» Mattis sah sie an, als wäre er gerade aufgewacht. Es wirkte fast, als hätte er kurz vergessen, dass er mit ihr sprach, nicht mit Maren. «Klar, entschuldige. Dann, ähm ...» Er wirkte etwas ratlos.

Dana gab sich einen Ruck. «Ich kann das morgen schon übernehmen. Nur bräuchte ich dann danach mal ein paar komplette Tage, um richtig arbeiten zu können.» In der letzten Woche hatte sie wegen Marens Unfall und dem Chaos, das er nach sich zog, natürlich viel zu wenig geschafft, und das war auch in Ordnung, aber irgendwann musste sie das nachholen, denn sie hatte eine Menge vorzubereiten und abzuarbeiten.

Mattis sah nachdenklich auf seine Nudeln. «Okay. Ich krieg das schon hin.»

Dana nickte. Marens Unfall hatte sämtliche Pläne über den Haufen geworfen. Seitdem versuchte Mattis irgendwie, seinen großen Auftrag und die Betreuung seiner Töchter unter einen Hut zu kriegen, und Dana versuchte, ihn dabei trotz der anstehenden Konferenz und der Vorbereitungen für das nächste Semester zu unterstützen – schon, um ihn überhaupt noch zu sehen.

Plötzlich ließ Marla ihre Gabel geräuschvoll auf den Teller fallen. «Also, tut mir leid, aber das ess ich nicht!»

«Marla ...», sagte Mattis in warnendem Ton.

«Was denn? Das schmeckt total *wässrig* und ist überhaupt nicht gewürzt. Wann können wir denn endlich wieder nach Hause?»

«Wenn Mama wieder gesund ist», sagte Mattis ruhig und aß weiter, und auch Dana und Matilda taten, als wäre nichts gewesen. Für einen Moment sah Dana sich von außen mit den anderen am Tisch sitzen, schlechtgelaunt und stumm, und fühlte sich an die Zeit erinnert, als sie noch zu Hause bei ihren Eltern gelebt hatte. Wie sich Familien ähnelten. Und das, obwohl sie zu dieser nicht mal gehörte. Wahrscheinlich war es einfach eine Frage der Gruppendynamik.

«Können wir nicht schon eher nach Hause? Wir drei?», insistierte Marla.

«Marla, jetzt ist gut!», sagte Mattis aufgebracht. «Wir haben das gestern erst besprochen. Ich wohne *hier*, und ich bin es, der sich im Moment um euch kümmert. Außerdem gehört Dana auch zu mir, und hier ist Platz für uns alle.»

Dana fand die Idee eigentlich gar nicht so schlecht. Wenn Mattis und die Kinder in ihrer alten Wohnung wären, wären die Mädchen in ihrer vertrauten Umgebung und damit auch näher an ihren Freunden, und sie selbst stünde nicht im Zentrum aller Unsicherheiten und Bedürfnisse. Andererseits: Wie sollte sie Mattis dann sehen? Er konnte die Mädchen schlecht allein lassen, und in Marens Wohnung würde sie sich mit Sicherheit nicht mit ihm treffen.

«Weil du dich ja auch so toll um uns kümmerst …», murmelte Marla und verließ die Küche, ehe Mattis sie noch dazu auffordern konnte.

«Wo ist denn der schöne afrikanische Wandteppich, der da letzte Woche noch hing?» Stefan setzte sich mit zwei Weingläsern auf Jills Sofa, was, da er so groß und schlaksig und das Sofa so niedrig war, wirkte wie eine komplizierte Yogaübung.

«Den ...», Jill öffnete das Fenster, um die laue Abendluft hereinzulassen, «... den hab ich in die Reinigung gebracht.» Tatsächlich hatte sie ihn schweren Herzens zu Geld gemacht, genau wie ihre silbernen Serviettenringe und mehrere Möbelstücke – zu schockierend wenig Geld, leider.

Sie setzte sich neben Stefan. «Kannst du überhaupt was sehen, wenn deine Knie so in die Luft ragen?» Sie versuchte, mit der Hand seine Knie nach unten zu drücken, aber er sah sie nur an und hielt dagegen. Sie lachte. «Los, streck die Beine aus. Mach's dir gemütlich!»

Stefan machte die Beine lang, zog Jill in seinen Arm und gab ihr eins der beiden Gläser. «Wie ist es heute bei dir gelaufen?»

«Ach.» Jill winkte ab. «Ich hasse dieses Klinkenputzen. Es ist so unwürdig. Und es kommt so gut wie nichts dabei raus. Lass uns über was anderes reden. Bei dir alles gut?»

«Na ja ... Ein enger Freund von mir ist ziemlich krank. Ich hab ihn heute besucht. Sieht nicht gut aus.»

«Das tut mir leid.» Bei so etwas wusste sie nie, was sie sagen sollte, und etwas in ihr sträubte sich dagegen, weiter nachzufragen. Das Thema schien ihr nicht gerade geeignet für den schönen Abend, der es doch werden sollte.

Stefan seufzte. «Irgendwann geht's los. Erst kommen die Scheidungen, dann die Krankheiten.»

«*Come on*, Stefan.» Jill setzte sich auf die vordere Kante des Sofas, um ihn besser ansehen zu können. «Sei nicht so deprimierend! Wenn man gar nicht erst heiratet, kommt auch keine Scheidung. Und es bekommt auch nicht jeder eine schlimme

Krankheit!» Sie nahm ein Kissen und warf es ihm an die Brust. «Verdirb hier nicht die Stimmung!»

Stefan wehrte das Kissen lächelnd ab. «Tut mir leid. Ich bin heut wirklich keine Stimmungskanone. Aber wenn du mich besser kennen würdest, wüsstest du, dass ich ein Zweckpessimist bin.»

«*What?*» Jill verzog angewidert das Gesicht. «Das hättest du mir eher sagen müssen! *I hate* Zweckpessimisten!» Sie hatte das noch nie verstanden. Welchen Zweck sollte es bitte haben, pessimistisch zu sein? Da konnte man auch gleich aus dem Fenster springen. «Dann passen wir leider nicht zusammen, Baby», sagte sie. «Ich bin nämlich Zweckoptimistin. Ich glaube an *happy endings*. Und an *self-fulfilling prophecies* übrigens auch. Also: *Don't be a pessimist. Just stop.*»

Stefan zog sie wieder an sich, als das Telefon klingelte.

«Ich bin nicht da», sagte Jill und schmiegte sich an ihn. Der Anrufbeantworter sprang an, und Brunos Stimme war zu hören: «*Hey, Buffalo Jill. Wo treibst du dich rum? Wenn du magst ... du weißt, wo du mich findest.*» Es klickte, und Jill war froh, dass er nicht mehr gesagt hatte. Vielleicht würde sie sich in den nächsten Tagen mal bei Bruno melden, aber zu ihm rausfahren wollte sie im Moment nicht.

«Ein Freund von dir?», fragte Stefan.

«Ein sehr alter Freund», sagte Jill. «Wir haben vor tausend Jahren zusammen in einer WG gelebt.»

Stefan lachte leise. «Sag mal ... hast du eigentlich nie den Wunsch gehabt zu heiraten?»

Sie schüttelte den Kopf. «Nein, nie.»

«Aber warum? Es ist doch schön, sein Leben mit jemandem zu teilen, eine Familie zu gründen. Hast du keine Angst, irgendwann allein zu sein?»

«Sollte ich?», fragte Jill. «Was ist am Alleinsein denn so schlimm? Für mich ist es eher eine Horrorvorstellung, nicht meine Ruhe haben zu können, wenn ich es will. Eine Familie hab ich ja, meinen Sohn, meine Geschwister. Ich teile mein Leben mit vielen Menschen, die ich mir selbst ausgesucht habe und denen ich so nah oder so fern sein kann, wie ich will. Ich hab auf der ganzen Welt Freunde. Freunde sind sowieso die bessere Familie. Es sind die viel unbelasteteren Beziehungen.»

«Ich weiß nicht ...» Stefans Hand streichelte jetzt gedankenverloren ihren Nacken. «Ich hab ja auch Freunde, nicht besonders viele, aber dafür kenne ich sie schon ewig. Aber das ist doch was anderes als die Ehe», sagte Stefan. «Und das schließt sich ja auch nicht aus.»

«Also, ich kenne keine einzige Ehe, die ich auch gern hätte», sagte Jill, die das Thema allmählich leid war. Falls er über seine Ehe sprechen wollte, war sie dafür die Falsche. Dass er verheiratet war, war von Beginn an klar gewesen, sie hatte es akzeptiert, und sie wussten beide, was das bedeutete. Schließlich waren sie erwachsen, und es gehörte zu den angenehmen Seiten des Nicht-mehr-ganz-jung-Seins, dass einem Schüchternheit oder Unerfahrenheit nicht mehr im Weg standen und man sich einfach sagen konnte, worum es einem ging. Nur hatten sie das bisher noch gar nicht so richtig getan.

«Wirklich nicht? Es sind natürlich die wenigsten Ehen vorbildlich, aber dieses selbstverständliche Füreinander-da-Sein, sich auf den anderen verlassen können ... das ist unersetzlich.»

Jill beugte sich ein Stück vor und sah Stefan prüfend an: «*Are you kidding me?*»

«Nein, wieso?»

Jill lachte. «Na, weil du gerade hier bei mir sitzt! *And I am your lover*, schon vergessen?»

«Nein», sagte Stefan mit etwas dunklerer Stimme als zuvor, «das hab ich nicht vergessen.» Plötzlich hatte er sein jungenhaftes Grinsen im Gesicht. «Aber ...», er strich mit einem Finger über die Innenseite ihres Handgelenks, «manchmal frage ich mich, was genau du eigentlich von mir willst. Und was nicht.»

Jill lächelte. «Das fragst du dich also.» Stefan nickte und sah ihr erwartungsvoll in die Augen. «Also, ich kann dir zumindest sagen ...» Jill zögerte, aber dann sagte sie es einfach. «... dass ich mehr an dich denke als an irgendeinen anderen Mann in den letzten Jahren.»

«Tatsächlich?» Stefan nahm mit leuchtenden Augen ihre Hand.

«Hmhm.» Sie nickte. «Und du? Wie stellst du dir das weiterhin so vor?» Jill konnte sich nur über sich selbst wundern. Solche Fragen hatte sie in den letzten Jahrzehnten immer vermieden, um ja nicht den Eindruck zu erwecken, Erwartungen zu haben, die sie ja tatsächlich bisher nicht gehabt hatte.

Stefan seufzte. «Ich weiß es, ehrlich gesagt, auch nicht so genau.» Er küsste sie auf das Schlüsselbein und wanderte dann mit seinen Lippen langsam an der Seite ihres Halses entlang. «Aber es soll bitte nicht aufhören», flüsterte er ihr ins Ohr.

Seine Nähe schickte ein angenehmes Kribbeln über Jills Rücken. Ja, dachte sie, das war die Hauptsache.

12

Kannst du mir mal das Kopfteil aufstellen?» Maren zog sich am Bettgalgen hoch und biss die Zähne zusammen, denn ihr Becken tat immer noch höllisch weh. Leider durfte sie die nächste Schmerztablette erst in einer Stunde nehmen.

Heike machte sich an der Mechanik des Krankenhausbettes zu schaffen, bis das Kopfteil hörbar einrastete. «Das kann ich inzwischen. Wir haben definitiv schon zu viel Zeit in diesem Krankenzimmer verbracht. Beide. Haben sie dir denn jetzt mal gesagt, wann du entlassen wirst?»

«Die legen sich immer noch nicht fest. Wahrscheinlich nächste Woche. Das Problem ist nur, dass ich zu Hause immer noch ziemlich lange liegen muss. Jetzt hat meine Mutter versprochen, dass sie kommt und sich um alles kümmert.»

«Das ist doch gut», sagte Heike.

«Na ja ...» Maren verzog das Gesicht.

Heike lachte. «Du hast überhaupt keinen Bock auf deine Mutter, nehme ich an?»

«Lieber wäre mir, das ließe sich anders regeln. Als wir neulich bei ihr waren, haben wir uns vor allem deshalb einigermaßen verstanden, weil ich viel mit den Mädchen unternommen habe. Das würde in dieser Situation schwierig werden. Außerdem ist sie ja auch nicht mehr die Jüngste. Ich sehe nicht, wie sie das mit Marla und Matilda wuppen soll, wenn ich nichts machen kann, außer vom Bett aus Anweisungen zu geben, wie alles zu laufen hat.»

«Aber das kannst du doch ziemlich gut», sagte Heike und

kicherte. «Guck nicht so pikiert, das war ein Witz. Ich bin auf jeden Fall auch da, wann immer du mich brauchst. Nur scheidet eine Vollzeitpflege ja wegen meiner Arbeit aus.»

«Was ist das eigentlich?», fragte Maren und deutete auf den Karton, den Heike auf dem kleinen runden Tisch am Fußende ihres Bettes abgestellt hatte.

«Ach, richtig.» Heike nahm das Päckchen, zog sich mit dem Fuß den dunkelroten Plastikstuhl ans Bett und setzte sich. «Das ist ein Geschenk von Torsten. Ich glaub, er würde dich ganz gern mal besuchen.»

«Wirklich?» Maren war eigentlich nicht scharf auf noch mehr Besuch. Mattis und die Kinder kamen jeden Tag, Heike mindestens jeden zweiten, und andauernd kamen irgendwelche Schwestern, Ärzte oder Physiotherapeuten, um sie zu untersuchen oder Bewegungsübungen mit ihr zu machen. Das war alles anstrengend, sie kam kaum dazu, sich auszuruhen, dabei war sie ständig so müde. «Wart ihr jetzt eigentlich mal zusammen weg?»

«Wer? Torsten und ich?», fragte Heike verwundert. «Wieso?»

«Ich dachte, darum ging es, als wir zu dritt ausgehen wollten. An dem Abend, an dem ich dann den Unfall hatte.»

«Ach was! Ich interessier mich doch gar nicht für ihn. Das hab ich doch deinetwegen arrangiert.»

«Wieso denn meinetwegen?»

«Na, Torsten ist doch ein super Typ. Ich dachte, er könnte dich ein bisschen von deinem Mattis-Kummer ablenken.»

Der Gedanke war so absurd, dass Maren lachen musste. «Wir *arbeiten* zusammen, Heike. Wenn wir Interesse aneinander hätten, würden wir das schon ohne deine Hilfe hinbekommen.»

«Dann ist ja gut.»

«Haben wir aber nicht.»

«Sicher?»

«Ganz sicher.» Sie liebte nun mal Mattis, daran war nichts zu ändern, wie ungeschickt er sich auch manchmal verhalten mochte. Er hatte sich seit dem Tag, an dem sie im Auto das Bewusstsein verloren und es im Krankenhaus wiedererlangt hatte, rührend um sie bemüht. Trotz Dana. Über ihren Streit hatten sie nicht mehr gesprochen, und vielleicht hatte sie ja Glück im Unglück, und der Unfall rückte seine Prioritäten wieder etwas zurecht.

Heike hatte inzwischen den Karton geöffnet und streckte ihr eine Packung Tee entgegen.

«Oh, mein Lieblingskräutertee!» Maren hatte gar nicht gewusst, dass es den auch in Beuteln gab. Endlich kein Krankenhaustee mehr.

«Das ist ja ein richtiges Fresspaket», sagte Heike, «hier sind Chips mit Rosmarin und Meersalz, eine Ingwerlimonade, Zitronenkekse, ein Apfelgelee mit Vanille …»

«Oh, lecker!» Das musste Torstens eigenes Glas von zu Hause sein, von dem er gesprochen hatte. Wie nett, dass er daran gedacht hatte.

«… und eine Tafel Schokolade. Mit Rosenblättern!» Heike drehte sie um, las, was auf der Rückseite stand, und zog die Augenbrauen hoch. «Hat angeblich aphrodisierende Wirkung.»

«Das fehlt mir gerade noch.»

Heike lachte. «Mehr ist nicht drin. Aber er hat noch was geschrieben.» Sie hielt ihr eine Karte hin, die Maren sofort laut vorlas:

Liebe Maren,
gute Besserung und alles Liebe. Ich hoffe, deine Lieblingssachen aus dem Laden können dir den

Krankenhausaufenthalt etwas versüßen. Werd schnell gesund, du fehlst. Wenn du Gesellschaft möchtest, reicht ein Zeichen, und ich komme.
Dein Torsten

Heike setzte ihren Ich-hab's-dir-ja-gleich-gesagt-Blick auf.

«Was?», fragte Maren.

«Na, das ist ja wohl mehr als eindeutig. *Dein* Torsten? *Du fehlst?* Allein die Schokolade mit Rosenblättern.»

«Ach, Quatsch!»

Heike seufzte. In diesem Moment vibrierte Marens Handy auf dem Nachttisch, und sie nahm das Gespräch an. Es war Marla, und wie sich herausstellte, stand sie vor der Schule und wusste nicht mehr, wer sie abholen sollte. Ihren Vater konnte sie nicht erreichen. Sie klang ziemlich aufgelöst, was Maren augenblicklich in denselben Zustand versetzte. Sie ermahnte sich, einen kühlen Kopf zu bewahren, um Marla nicht weiter zu beunruhigen.

«Ich versuche, Papa zu erreichen, Maus. Überleg noch mal: Was habt ihr verabredet?»

«Da bin ich eben nicht mehr sicher! Und ans Handy geht er nicht, und in der Werkstatt ist er auch nicht.»

«Vielleicht ist er ja auch schon unterwegs zu dir», sagte Maren, obwohl sie da alles andere als sicher war. «Wo ist denn Matilda?»

«In der Nachmittagsbetreuung, glaub ich.»

Glaub ich ... Maren wurde gleich wahnsinnig. «Bleib, wo du bist, Marla. Ich versuche jetzt, Papa anzurufen, und melde mich dann wieder bei dir, ja?» Maren legte auf und versuchte es zunächst auf Mattis' Handy. Nach ein paarmal Klingeln ging die Mailbox dran. «Scheiße.»

«Was ist denn los?», fragte Heike.

«Mattis kriegt das mit den Kindern nicht auf die Reihe. Ich wusste es! Entschuldige, ich muss irgendwie versuchen, ihn zu erreichen. Marla steht da auf der Straße rum ...» Sie wollte es gerade in der Werkstatt versuchen, als erneut ihr Handy vibrierte.

«Marla?»

«Nein, hier ist Dana. Mach dir keine Sorgen, ich bin jetzt bei Marla. Ich hab mich nur um fünf Minuten verspätet. Es ist alles gut.»

«Aha.» Wer's glaubt ... «Und was ist mit Matilda?»

«Die holen wir jetzt, und dann bringe ich die beiden zu Mattis. Tut mir leid, wenn du beunruhigt warst. Die drei kommen dich dann nachher wie verabredet besuchen. Wie geht es dir denn?»

«Es geht so.» Wenn sie jetzt zu irgendwas überhaupt keine Lust hatte, dann, mit Dana Smalltalk zu machen. Oder sonst irgendein Gespräch mit ihr zu führen.

«Ich wünsch dir gute Besserung.»

«Danke.»

«Also, dann ...»

«Ja. Tschüs.» Maren legte auf und erwiderte auf Heikes fragenden Blick: «Dana. Sie ist jetzt bei Marla. Es ist *alles gut.*» Sie strichelte mit den Händen Anführungszeichen in die Luft.

«Ein Glück.»

«Na ja ... diesmal ist sie zufällig noch rechtzeitig gekommen, aber man merkt doch, dass die völlig überfordert sind. Und dass Mattis jetzt Dana die Fahrten machen lässt, finde ich für die Kinder auch nicht besonders toll. Marla klang ganz schön beunruhigt eben.»

«Wirklich? Aber sie hat das doch eigentlich super gemacht.»

Maren schüttelte den Kopf. «Ich hab keine Ahnung, wie das gehen soll. Die Schule hat wieder begonnen, bei Marla stehen die ganzen Klassenarbeiten an, und das ist in der siebten Klasse nicht mehr ohne. Ihre Noten haben in letzter Zeit ziemlich nachgelassen, es muss jemand mit ihr lernen, und ich wüsste nicht, wer das machen soll, wenn Mattis so viel arbeitet. Und –»

Heike unterbrach sie. «Kümmer du dich jetzt mal um dich, das Allerwichtigste ist nämlich, dass du gesund wirst. Ist doch gut, dass die beiden schon so groß sind, das wird schon alles laufen.»

«Das bezweifle ich.»

Jedenfalls würde es ganz bestimmt nicht am Schnürchen laufen, nicht so, wie die Mädchen es gewohnt waren. Ohne Kollateralschaden für die Kinder konnte das gar nicht abgehen.

Heike legte den Kopf schief und sah sie prüfend an. «Sag mal, was fürchtest du eigentlich mehr – dass es ohne dich nicht läuft oder dass es ohne dich womöglich ganz gut läuft?»

Maren schnitt ihr eine Grimasse. Heike hatte einfach keine Ahnung, wie es war, die Verantwortung für zwei Kinder zu tragen und tagein, tagaus für jede Mahlzeit, jeden Arztbesuch, jede Klassenarbeit und jeden Kummer zuständig zu sein. Und jetzt sollte sie einfach so lockerlassen und sich zurücklehnen? Das konnte sie nicht, und das wollte sie auch gar nicht.

Dana betrachtete erschöpft den Esstisch, auf dem sich das dreckige Geschirr vom Abendessen stapelte, erleichtert, dass Mattis endlich zu Hause war. Er hatte, nachdem er mit den Kindern bei Maren im Krankenhaus gewesen war, noch mal in die Werkstatt gemusst und war erst nach Hause gekommen, als Dana und die Mädchen mit dem Abendbrot schon fertig gewesen waren. Sie sah sich im Wohnzimmer um, das immer noch total chaotisch wirkte, obwohl sie viel Zeit darauf verwendet hatte, sich um die

Wäsche, das Abendbrot und das Haus zu kümmern. Immerhin hatten sie inzwischen ein Sofa und einen schönen Esstisch, und innerhalb erstaunlich kurzer Zeit war die alte Küche rausgerissen und die neue eingebaut worden. Aber sie schliefen immer noch auf Matratzen, und oben waren die Zimmer vor allem eins: leer.

«So, Matti hat Licht aus, Marla liest noch», sagte Mattis, als er die Treppe runterkam.

Dana freute sich, jetzt noch ein, zwei Stunden mit ihm allein zu verbringen. Zeit zu zweit hatten sie praktisch gar nicht mehr, höchstens nachts. Aber wenn sie ausnahmsweise mal nicht todmüde waren und die Energie aufbrachten, noch ein bisschen zu knutschen, kam unter Garantie in dem Moment, in dem es ernst wurde, eins der Mädchen reingeplatzt.

Mattis klopfte sich mit der flachen Hand auf den Bauch. «Ich hab einen Riesenhunger.»

Dana schnalzte mit der Zunge. «Ich hab's nicht mehr geschafft einzukaufen, die Mädchen und ich haben auch schon improvisiert. Was noch da ist, sind Eier und Toastbrot.»

«Und Schinken?»

Dana schüttelte den Kopf.

«Egal, ich mach mir trotzdem ein paar Rühreier. Bier müssten wir ja noch haben, oder?»

«Machst du Witze? Das Bier, das vom Grillfest übrig ist, reicht wahrscheinlich noch jahrelang.»

«Kommt drauf an, wie viele Grillfeste wir diesen Sommer noch machen.» Mattis grinste und stolperte dabei über Matildas kleinen Aufziehweihnachtsmann, dem kurz vor dem Kühlschrank die Luft ausgegangen sein musste.

«Setz dich mal hin, ich mach dir Rührei.» Manchmal fand sie auch ein kleines bisschen Gefallen an diesen Paar-Ritualen.

Mattis nahm sich ein Bier aus dem Kühlschrank, setzte sich auf einen der von ihm hergestellten Stühle und öffnete die Flasche an der Kante des Tapeziertischs.

«Wie war es denn mit den Dänen?», fragte Dana und stellte eine Pfanne auf den Herd.

«Ach ... die sind lustig und nett, aber auch echt fordernd. So ein Großauftrag ist schon 'n anderer Schnack als Aufträge von privat.»

Dana drehte sich zu ihm um. «Ich bleib ja dabei, dass du mehr Leute brauchst.» Sie verquirlte die drei restlichen Eier mit Milch, Salz und Pfeffer.

«So einfach ist das nicht, Frau Professor.»

Dana lachte und steckte zwei Scheiben Brot in den Toaster.

«Ich kann ja nicht ausgebildete Fachkräfte einstellen und denen dann wieder kündigen, wenn nach diesem einen Riesenauftrag alles so überschaubar weitergeht wie vorher. Auf den Personalkosten sitzenbleiben kann ich aber auch nicht.»

«Hm ... Wie wäre es denn, wenn du mal mit jemandem sprichst, der ein bisschen Erfahrung in diesen Dingen hat?»

«Kennst du jemanden?»

«Ja, meinen Vater, zum Beispiel. Der hat ja auch Personal und Erfahrung mit Zeitarbeitsfirmen.» Mattis schwieg und trank einen Schluck. «Fragen kannst du doch mal. Oder hast du ein Problem damit?», fragte Dana.

«Nö.»

«Na dann ...» Sie nahm das Brot aus dem Toaster, bestrich es mit Butter und häufte das Rührei darauf, das gerade fest, aber noch nicht zu fest war. Es war eins der wenigen Gerichte, die sie aus dem Effeff beherrschte, es war einfach und praktisch, ging schnell und machte satt. Sie drehte sich um und wollte Mattis den Teller gerade hinstellen, als sie aus dem Augenwinkel eine plötzliche Bewegung wahrnahm und so erschrak, dass sie zusammenzuckte und der Teller zu Boden fiel. «Mist.»

Mattis drehte sich um. «Wo kommst du denn her? Seit wann stehst du schon da?»

Hinter der offen stehenden Küchentür kam Marla hervor, in der einen Hand ihr Handy, in der anderen ein Foto, das sie jetzt anklagend hochhielt. «Von wann ist denn das hier?»

Dana erkannte das Foto, das sie bei einem ihrer ersten Treffen von Mattis und sich gemacht hatte, ein Selfie, auf dem zu sehen war, wie Mattis und sie sich im verschneiten Stadtpark küssten.

«Wo hast du das her?»

Es gab nur einen Platz, an dem Marla auf das Foto gestoßen sein konnte. Dana hatte es in ihrem Terminkalender liegen.

«Hab ich gefunden», sagte Marla unsicher und verfiel dann wieder in ihren Kreuzverhörton. «Ich dachte, ihr kennt euch noch nicht lange.» Marla sah ihren Vater mit zusammengepressten Lippen an. «Und das denkt Mama ja wohl auch.»

Mattis warf Dana einen besorgten Blick zu, dann ging er zu Marla, nahm ihr das Bild aus der Hand und betrachtete es. «Das war kurz nachdem ich bei euch ausgezogen war. Da hatten wir uns gerade kennengelernt.»

«Hmhm. Und morgen finde ich ein Foto von vorletztem Jahr, und dann sagst du: Ach ja, *da* hatten wir uns gerade erst kennengelernt.» Marla hatte ihn mit dem letzten Satz nachgeäfft und fügte jetzt in verändertem Tonfall hinzu: «Ich glaub dir kein Wort.»

«Äh ...» Mattis war sichtlich überrascht von ihren Worten. «Maus, das hat schon alles seine Richtigkeit. Ich habe ein bisschen gewartet, bis ich euch Dana vorstelle, da ist doch nichts dabei.»

Marla setzte einen hochmütigen Blick auf, als entscheide das immer noch sie. «Wer's glaubt ...» Dann verließ sie hocherhobenen Kopfes die Küche.

Mattis sah Dana an und seufzte. Er deutete auf die staubigen Holzdielen, auf denen sich das Rührei gleichmäßig verteilt hatte. «Das kann man wohl nicht mehr essen, oder?»

Dana verzog das Gesicht. «Würd ich nicht machen. Tut mir leid.»

«Du kannst ja nichts dafür. Ich rede mal mit ihr», sagte Mattis und ging aus der Küche.

Als Dana das Rührei zusammengefegt und in den Mülleimer geschoben hatte, öffnete sie den Küchenschrank. Cornflakes, Reis, Nudeln. Das war alles. Sie hatten kein Gemüse mehr, keinen Käse, nicht mal Dosentomaten. Sie konnte Mattis höchstens noch Spaghetti mit Butter machen. Aber wenn sie auch noch einkaufen gefahren wäre, nachdem sie Marla und Matilda durch die Gegend kutschiert hatte, dann hätte es sich gar nicht mehr gelohnt, noch ins Büro zu fahren, was jedoch dringend nötig gewesen war. Anfang Oktober stand die Konferenz in Frankfurt an, und ihr Vortrag war noch im Entwurfsstadium. Immerhin wusste sie inzwischen genau, worauf sie hinauswollte. Sie hatte beschlossen, sich nicht auf die Singlegesellschaft zu konzentrieren, sondern mehr auf die Schnittstellen zu gucken. Was genau lief ab, wenn aus Singles Paare wurden und aus Paaren Familien? Sie kannte Studien, die besagten, dass Partner, die Kinder bekamen, tendenziell unglücklicher miteinander wurden. Sie verbrachten kaum noch Zeit zu zweit und redeten demzufolge weniger miteinander, hatten seltener Sex und stritten häufiger als kinderlose Paare. Ihre Aufmerksamkeit verlagerte sich. Was passierte dann mit Paaren, zu deren Beziehung von vornherein Kinder gehörten? Und wenn einer von beiden mit den Kindern nicht blutsverwandt war? Fanden diese Paare eher Möglichkeiten, Zeit für sich herauszuschlagen, in der Familie ein Paar zu bleiben? Zu diesem Thema hatte Dana leider noch keine Studie gefunden. Vielleicht sollte sie selbst versuchen, eine durchzuführen. Aber mit Blick auf den Vortrag war es dafür leider zu spät. Sie fand nur einfach keine Zeit, in Ruhe zu schreiben. Und das musste sie im Büro machen, denn dort waren die Untersuchungen und Zeitschriften, die sie dafür brauchte. Sie ging zum Herd und setzte einen Topf mit Wasser auf.

Als Mattis wieder in die Küche kam, gab Dana gerade die Spaghetti ins kochende Wasser. Er kam zu ihr, drehte sie zu sich um und drückte sie an sich.

«Alles okay?», fragte sie.

«Hm», brummte er. «Marla sagt, sie wollte hören, worüber wir reden.»

«Oh. Fürchtet sie, dass wir über sie sprechen?»

«Ich glaub eher, über Maren. Oder über unsere Zukunft.»

Das ergab Sinn. «Tja, offenbar kann sie sich unsichtbar machen», sagte Dana. «Wir haben sie ja beide nicht bemerkt.»

«Sie muss verunsicherter sein, als ich dachte.» Mattis schwieg eine Weile. «Ist ja auch klar. Und dass sie das Foto gefunden hat, hilft natürlich auch nicht.»

Dana löste sich aus Mattis' Arm und sah ihn an. «Was soll das denn heißen?»

«Nur was ich gesagt hab. Es hat nicht geholfen.»

Dana schwieg, beschloss dann aber, doch nachzuhaken. «Meinst du, wenn sie das Foto, das übrigens in meinem Terminkalender lag, der in meiner Tasche war, nicht *gefunden* hätte, dann wäre hier alles Friede, Freude, Eierkuchen? Meinst du, dann wäre Marla nicht verunsichert? Nachdem so ungefähr ihr gesamtes Leben auf dem Kopf steht und sie mit ihrem Vater und dessen neuer Freundin in einem neuen Haus sitzt, während ihre Mutter im Krankenhaus liegt und eigentlich niemand Zeit für sie hat?»

«So siehst du das?»

«So *ist* es, Mattis. Reine Tatsachen.»

Mattis sah sich nach seiner Bierflasche um, ging zum Fenster und trank einen Schluck. «Das geht natürlich nicht, dass sie deine Sachen durchwühlt. Und uns belauscht.»

Dana nickte. «Vielleicht unternimmst du mal was mit ihr allein, dann könnt ihr euch in Ruhe unterhalten. Wenn du sie ins Vertrauen ziehst, dann hat sie vielleicht nicht das Gefühl, auf anderen Wegen rausfinden zu müssen, was hier eigentlich Sache ist.»

«Meinst du?»

«Ich finde schon, dass du mit deiner Zwölfjährigen anders reden kannst als mit deiner Siebenjährigen.»

Mattis nickte nachdenklich und fragte dann: «Wie war es denn, als du Marla heute abgeholt hast?»

«Och, da sind wir ganz gut miteinander ausgekommen.» Das stimmte allerdings nur so halb. Marla war am Anfang freundlich zu ihr gewesen – froh, dass Dana überhaupt noch kam und sie nicht allein auf der Straße stehen ließ –, dann war sie allerdings wieder dazu übergegangen, sie zu ignorieren, wie auch beim letzten Mal. Aber Mattis war schon zerknirscht genug, und früher oder später würde es bestimmt einfacher werden. Marla brauchte eben ihre Zeit, das war nur menschlich. «Wie war es eigentlich im Krankenhaus?», fragte Dana.

«Ach ... nicht ganz leicht. Maren sieht überall Probleme und ist voller Vorwürfe. Ich hätte ihr das mit der Scheidung auch wirklich nicht an meinem Geburtstag sagen sollen.»

«Ja, vielleicht. Aber wenn du es ihr zu einem anderen Zeitpunkt gesagt hättest, hätte es sie auch nicht weniger getroffen.»

«Trotzdem. An dem Tag war es ein bisschen viel. Aber ich war wirklich davon ausgegangen, es wäre klar, dass wir uns scheiden lassen würden. Sie wusste über dich Bescheid und hatte das Haus gesehen ... na ja.» Er schwieg. «Andererseits wusste ich natürlich, dass sie noch Auto fahren würde und –»

«Mattis, du bist *nicht* schuld an ihrem Unfall!»

Er sagte nichts.

«Vielleicht war der Zeitpunkt nicht so gut gewählt», fuhr Dana fort, «aber es ist jetzt nicht mehr zu ändern, die Gewissensbisse helfen doch niemandem. Quäl dich nicht. Hauptsache, Maren wird jetzt schnell wieder gesund.»

Tatsächlich wünschte sie Maren eine Wunderheilung, denn der derzeitige Zustand würde sich nicht lange aufrechterhalten lassen, und das nicht nur wegen ihrer Arbeit. Sie hatte einfach keinen Nerv, wie heute erst Marla beruhigen zu müssen, die beim Warten vor der Schule offenbar ernsthaft gedacht hatte, sie hätte sie vergessen, dann die aufgebrachte Maren am Telefon und jetzt auch noch Mattis mit seinem übertrieben schlechten Gewissen. Dana angelte mit der Gabel eine Nudel aus dem Topf und probierte sie. Noch nicht ganz gar. Sie warf sie zurück ins Wasser und sah Mattis an, aber der hatte sich abgewandt und blickte nachdenklich aus dem Fenster.

13

Jill betrat das Hauptgebäude der Uni. Trotz der Semesterferien war erstaunlich viel los, junge und ältere Leute strömten aus den lichtdurchfluteten Innenhöfen, fanden sich zusammen oder gingen winkend auseinander. Jill pflückte ein paar Zettel von dem überfüllten Schwarzen Brett, um Platz für ihren eigenen zu machen, und hängte ihn gut sichtbar auf.

SUCHE NACHMIETER FÜR 3-ZI.-WOHNUNG
IN OTTENSEN

Sie hatte ihre Wohnung zwar gekündigt, aber erst zu Ende Oktober. Falls sie auf eigene Faust Nachmieter fand, die noch vorher einzogen, dann konnte sie mit etwas Glück anderthalb Monatsmieten sparen. Und unter den Hamburger Studenten gab es schließlich genügend, die sich dank Papis Bankkonto zu zweit oder zu dritt eine schöne Wohnung leisten konnten. Ihr Blick blieb an einem anderen Zettel hängen:

Ordentlich genug, um sich hinsetzen zu können,
unordentlich genug, um sich wohl zu fühlen.
Suchen Frau für gemischte 5er-WG in der Schanze.
Alter und Musikgeschmack egal, gerne mit
Kochbegabung, keine Katzen.

Das klang doch gut. Sie war realistisch genug, um zu wissen, dass sie ohne Ersparnisse oder feste Einkünfte nicht so leicht eine neue Wohnung finden würde, und das WG-Leben hatte sie eigentlich immer geliebt. Kochen konnte sie zwar nicht, aber ein Ausschlusskriterium war das bestimmt nicht, und immerhin hatte sie keine Katze. Statt sich eine Telefonnummer abzureißen, nahm sie gleich den ganzen Zettel ab, der aussah, als würde er noch nicht lange dort hängen.

«Jill? Was machst du denn hier?»

Sie drehte sich um. «Dana!» Schnell faltete sie den Zettel zusammen und steckte ihn ein.

«Willst du umziehen?», fragte Dana.

«Ja. Meine Wohnung ist eigentlich zu groß für mich. Mir reicht auch was Kleineres, so viel, wie ich unterwegs bin.» Dana sah in Jeans und T-Shirt und mit ihrem Pferdeschwanz mit Pony kein bisschen aus wie eine Professorin. Jill mochte Mattis' Neue, dieses Mal konnte sie seine Wahl nachvollziehen. «Schön, dich zu treffen! Wollen wir vielleicht einen Kaffee zusammen trinken? Ich hätte gerade Zeit.»

Und zwar mehr als genug, denn einen größeren Auftrag hatte sie leider immer noch nicht an Land gezogen. Dass die *Freunde der Nacht* ein zuverlässiger Dauerkunde gewesen waren, erwies sich jetzt, wo keine Aufträge mehr von ihnen zu erwarten waren, als gravierender Nachteil.

Dana sah auf die Uhr. «Ja, warum eigentlich nicht.»

«Und wie läuft's mit Mattis und den Kindern?», fragte Jill beim zweiten Kaffee, nachdem sie Dana lange von Vietnam erzählt hatte. «Ich hab gehört, ihr seid jetzt alle in Mattis' Haus?»

Dana nickte. «Ja, es ist alles etwas provisorisch, aber es läuft ganz gut. Marens Unfall ist an den Mädchen natürlich nicht spurlos vorbeigegangen ... Aber wir kriegen das ganz gut hin.»

«Echt?» In der Rolle der aufopferungsvollen Ersatzmutter

konnte Jill sich Dana so gar nicht vorstellen. «Und kümmert sich Mattis jetzt um alles?»

«Nö, ich helf ihm mit den Mädchen und dem Essen und so. Er hat ja diesen großen Auftrag.»

«Na, pass bloß auf, dass du nicht auch so ein Heimchen wirst wie Maren.» Jill lachte.

«Das wird garantiert nicht passieren. Mir wächst das Ganze ja jetzt schon über den Kopf, allein der Haushalt – einkaufen, kochen, aufräumen, Wäsche waschen, es nimmt überhaupt kein Ende. Aber es ist ja jetzt auch bald vorbei, Maren kommt wohl nächste Woche wieder nach Hause.» Dana trank einen Schluck Kaffee und sah Jill grinsend an. «Was tut man nicht alles, wenn man den Richtigen gefunden hat. Apropos: Was ist eigentlich aus diesem Flirt geworden, den du neulich erwähnt hast? Hattet ihr nach Mattis' Geburtstag noch einen schönen Abend?»

«Wunderschön!», seufzte Jill, nur zu bereit, Dana alles von Stefan zu erzählen. «Das ist echt ein toller Mann!»

«Meinst du, das wird was Ernstes?»

«Ach, was Ernstes», sagte Jill wegwerfend. «Was Ernstes will ich doch gar nicht.»

Dana lachte. «Ich denke manchmal, ich höre mein jüngeres Ich reden, wenn du erzählst.»

«Dein jüngeres?» Jetzt musste Jill lachen. Aber es stimmte schon, Dana hatte etwas sehr Erwachsenes an sich. Und sie schien die Vagabundenphase in Hinblick auf Beziehungen hinter sich gelassen zu haben.

«Na ja», sagte Dana, «früher war ich froh, wenn die Typen kein Interesse an einer festen Bindung hatten.»

«Genau aus dem Grund war ich eigentlich nie traurig, wenn die Kerle verheiratet waren», sagte Jill. «Diesmal bin ich mir da allerdings nicht so sicher.»

«Ach, er ist verheiratet?», fragte Dana.

«Ja. Findest du das schlimm?»

Dana zuckte mit den Schultern. «Ist doch seine Sache.»

Jill nickte. Genau so sah sie das ja auch. Aber bei Stefan war es wirklich zu schade. Sie und er waren auf einer Wellenlänge, und sie konnte sich gut vorstellen, dass sie in der Lage wären, fest zusammen zu sein und sich trotzdem ihre Freiheit zu lassen. Mit ihm könnte das gehen.

«Redet er denn über seine Frau?», fragte Dana. «Ich finde, das geht gar nicht.»

«Er hat mir neulich irgendwas erklären wollen, aber ich hab ihn ausgebremst. Ich will das alles gar nicht so genau wissen.»

«Versteh ich gut.» Dana sah auf die Uhr. «Mist, schon so spät? Ich muss wieder ins Büro.» Sie stand auf. «Aber wir sehen uns bald wieder, ja?»

Jill nickte. «Gerne!» Dana war eine Gleichgesinnte, und so etwas fand man nicht mehr so oft. Wenn man jung war, schloss man wie von selbst Freundschaften, aber irgendwann war das nichts Selbstverständliches mehr. Sie winkte Dana zu, die sich noch einmal umdrehte, ehe sie um die Ecke verschwand. Mattis' neue Freundin konnte auch ihre neue Freundin werden.

~

«Zu *uns*? Wie soll das denn gehen?» Dana schloss die Backofentür hinter dem Flammkuchen und holte erst mal tief Luft. «Ich dachte, Maren kann noch gar nicht wieder laufen?»

«Na ja, sie kriegt erst mal einen Rollstuhl. Und dann Krücken. Irgendeine Lösung muss her, jetzt wo ihre Mutter abgesagt hat», sagte Mattis. «Und so eine Haushaltshilfe von der Versicherung, das möchte ich ihr nicht zumuten. Ich hab ihr das zwar vorgeschlagen, aber ... sie sah nicht gerade begeistert aus, und das versteh ich auch. Dazu hat man doch eine Familie. Wenn sie bei uns wäre, hätte sie die Mädchen wieder um sich und wär nicht so allein. Und Marla und Matilda hätten ihre Mutter wieder. Es kommt einfach gerade ein bisschen dicke für sie.»

«Mattis ...»

«Du müsstest sie da mal liegen sehen. Ich –»

«Das ist wieder dein schlechtes Gewissen», sagte Dana.

Mattis zuckte mit den Schultern. «Möglich. Aber es wäre ja nur für kurze Zeit. Und sie könnte mit den Mädchen Hausaufgaben machen, das wäre sogar eine Entlastung für uns.»

Dana seufzte. Das gefiel ihr überhaupt nicht. Schlimm genug, dass Maren vom Krankenhaus aus kritisierte, was Dana machte. Aber dass Mattis nun auch noch vorschlug, Maren vorübergehend hier einziehen zu lassen, und Dana sich dann nicht nur um die Kinder, sondern womöglich auch noch um sie kümmern sollte, ging eindeutig zu weit. «Aber wer soll sie denn pflegen, Mattis? Es ist ja wohl klar, dass ich keine Krankenschwester bin, oder?»

Mattis nickte. «Ja, das ist mir schon klar. Ich würde so viel zu Hause sein, wie es irgend geht, und mich um alles kümmern.»

Es klingelte an der Tür.

«Das wird mein Vater sein.» Dana strich sich die Haare aus dem Gesicht. «Es ist letztlich deine Sache, Mattis. Es ist dein Haus und deine Frau. Aber erwarte nicht, dass ich –»

«Noch-Frau.»

«Wie auch immer. Ich will der großen Familienzusammenführung nicht im Weg stehen.»

«Du bist ein Schatz!» Mattis zog sie an sich.

Entweder hatte er ihren bitteren Unterton nicht gehört, oder er ignorierte ihn absichtlich. «Aber verlass dich bitte nicht zu sehr auf mich. Ich hab echt viel zu tun, und mit der Konferenz ...»

«Ich weiß, Süße. Ich mach mal deinem Vater die Tür auf.»

«Dann würdest du mir unter diesen Umständen raten, eine Zeitarbeitsfirma in Anspruch zu nehmen, Stefan?», fragte Mattis später am Abend, als sie bei Kerzenschein vor leer gegessenen Tellern saßen.

Danas Vater wiegte den Kopf. «Die Frage ist, ob Auftragsvolumen und Umsatz deiner Firma nach dieser großen Sache für die Dänen wirklich so zurückgehen, wie du glaubst. Grundsätzlich wäre ich immer dafür, selbst einzustellen und die Verträge erst mal zu befristen. Da kannst du die Leute selbst aussuchen. Sei ruhig zuversichtlicher. Du kannst davon ausgehen, dass dieser Auftrag andere nach sich ziehen wird. Wenn dein Stuhl bei Møbel ausgestellt wird, mit deinem Namen drauf, dann ist das doch wie eine riesige PR-Aktion für dich.»

«Das wäre natürlich schön», sagte Mattis, «aber darauf kann ich ja nicht bauen. Und ich kann nicht noch mehr Verpflichtungen eingehen. Meine Ersparnisse sind für die Anzahlung auf das Haus draufgegangen, das heißt, der Laden *muss* laufen, denn da ist nichts mehr, worauf ich im Falle eines Falles zurückgreifen kann.»

«Klassische Zwickmühle.» Danas Vater trank einen Schluck von dem Rotwein, den er mitgebracht hatte. «Wie sehen die überhaupt aus, diese Stühle?»

«Du sitzt drauf, Papa», sagte Dana.

«Nee! Echt? Ich dachte, das wären so moderne Klassiker von irgendeinem ganz Großen.»

«Mattis *ist* ja auch ein ganz Großer.» Dana nahm über den Tisch hinweg Mattis' Hand.

«Ach was.» Mattis machte eine abwehrende Geste, aber Dana sah, dass ihn freute, was ihr Vater gesagt hatte.

«Also kann man die im Dutzend kaufen? Mein Wartezimmer müsste nämlich dringend mal runderneuert werden. Was ist das für Holz?»

«Geölte Walnuss.»

Ihr Vater war aufgestanden und strich über die Rückenlehne. «Wunderschön.»

Alle drei waren in die Betrachtung des Stuhls versunken, als die Küchentür quietschend aufging und Marla im Nachthemd vor ihnen stand. «Matilda hat einen Albtraum gehabt. Sie weint.»

«Oje.» Mattis stand auf, strich Marla über den Kopf und ging mit ihr nach oben. Dana und ihr Vater sahen ihm nach.

«Und? Alles gut in der Patchworkfamilie?», fragte Danas Vater, als die beiden draußen waren.

«Na ja ... Ist schon alles gerade ziemlich viel durch Marens Unfall. Die Kinder nimmt das ziemlich mit. Du hörst ja: Matilda hat Albträume, und Marla ...», sie senkte die Stimme, «... die ist schon ganz schön abweisend zu mir. Mattis und ich sind ziemlich am Rotieren.»

Ihr Vater seufzte. «Ja, die liebe Familie. Alles nicht so leicht.»

Dana lächelte. «Ach, Papa. Du kannst dich doch nicht beklagen, du hast doch die perfekte Ehe.»

Er wiegte den Kopf. «Du als Soziologin müsstest doch wissen, dass das so schwarz und weiß alles nicht ist.»

«Wieso?», fragte Dana. «Warum hast du Mama eigentlich nicht mitgebracht? Ihr seid doch sonst immer so unzertrennlich.»

«Och, die hatte was anderes vor. Sie ist in letzter Zeit viel auf eigene Faust unterwegs.»

«Echt? Ärger im Paradies, oder was?»

«Ach, was du gleich wieder denkst.» Er stand auf und küsste sie auf die Stirn. «Ich mach mich jetzt mal auf den Weg, muss morgen früh raus.»

«Na gut. Wir ja auch ... Grüß Mama.»

Als Dana ihren Vater verabschiedet hatte, begann sie, die Küche aufzuräumen. Mattis hatte sich noch nicht wieder blicken lassen. Schade, sie hatte gehofft, noch ein Gläschen mit ihm trinken zu können. Aber bestimmt war er wieder neben Marla eingeschlafen.

Entnervt schlug Maren die Augen auf und starrte an die Decke. Selbst mitten in der Nacht wurde es wegen der leuchtenden Lämpchen an den Apparaten neben ihr nie ganz dunkel. Sie fand einfach nicht in den Schlaf, seit zwei Stunden lag sie jetzt schon wach, während ihre Bettnachbarin leise schnaufend schlief. So vieles ging ihr durch den Kopf. In letzter Zeit schien sie das Unglück wirklich anzuziehen. Heute hatte ihre Mutter abgesagt, die eigentlich nächste Woche hatte kommen sollen, um sich um Maren und die Mädchen zu kümmern. Nun musste sie selbst mit einer dringenden Unterleibsgeschichte ins Krankenhaus, die immerhin nicht weiter dramatisch zu sein schien. Maren hatte keine Ahnung, wer den Job dann übernehmen sollte. Heike traute sie das eigentlich nicht zu, mal abgesehen davon, dass die einen Beruf hatte, und sonst kam eigentlich niemand in Frage – außer Mattis. Aber als sie dem heute davon erzählt hatte, hatte er irgendwas von einer Pflegerin gefaselt. Als sie nicht gerade begeistert reagiert hatte, versprach er, dass er sich was einfallen lassen würde und sie das schon irgendwie hinkriegen würden. Da war sie ja mal gespannt.

Aber noch viel schlimmer war, was Marla ihr heute Nachmittag erzählt hatte, während Mattis und Matilda Kuchen holten. Als ihre Große so rumgedruckst hatte, dachte Maren zuerst, es ginge um ihre Freundinnen. Wer war mit wem enger befreundet, wer hatte was über wen gesagt – sie würde nie verstehen, warum die Mädels sich gegenseitig das Leben so schwer machten. Aber Marla hatte etwas ganz anderes auf dem Herzen. Wie sich herausstellte, hatte sie herausgefunden, dass Mattis Dana schon länger kannte, als er ihnen gegenüber behauptet hatte. Maren hatte versucht, Genaueres in Erfahrung zu bringen, ohne neugierig zu wirken oder sich anmerken zu lassen, wie sehr sie die Neuigkeit traf. Schließlich hatte sie Mattis damals direkt gefragt, als er ausgezogen war, und sie hatte ihm geglaubt, als er beteuerte, dass keine andere Frau im Spiel sei. Nur entsprach das offenbar nicht der Wahrheit. Immerhin musste das aber auch bedeuten, dass er nicht ausgezogen war, weil er Maren so schrecklich fand oder ihre angeblichen Macken nicht ertrug. Er hatte sich einfach in eine andere Frau verknallt. Wenn das mal nicht beinahe etwas Tröstliches hatte, dachte Maren bitter.

Maren versuchte, sich etwas anders hinzulegen, und ein stechender Schmerz fuhr einmal quer durch ihr Becken. Sie stöhnte auf. Diese Schmerzen machten sie so dünnhäutig, dass sie schon ohne die ständigen Tiefschläge jederzeit hätte anfangen können zu heulen. Außerdem vermisste sie ihre Töchter, wollte sie in den Arm nehmen, ihren Duft einatmen und ihre Wärme spüren. Maren wischte eine Träne von ihrer Wange. Morgen würde sie wieder in diesem hässlichen Krankenhauszimmer aufwachen, würde Tabletten bekommen statt eines leckeren Frühstücks und Besuch von Ärzten und Schwestern, statt von Mann und Kindern umarmt zu werden. Das Leben im Krankenhaus war einfach nicht gut für die Seele. Sie wollte am Leben teilnehmen, was Schönes sehen, etwas mit Mattis und den Mädchen unternehmen.

Aber genau das tat in diesen Tagen Dana, und sie musste es geschehen lassen, war gezwungen, ihr das Feld zu überlassen. Dieser Gedanke war der schlimmste von allen. Sie würde noch wahnsinnig werden. Sie musste hier raus, und zwar möglichst schnell.

14

Die Haustür des Altbaus in der Schanze, dessen Adresse ihr der Typ am Telefon gesagt hatte, stand offen. Von außen wirkte das Haus zwar etwas verlebt, aber auf gerade noch charmante Weise. Jill ging hinein und stieg bis in den vierten Stock. Da der Typ am Telefon es so eilig gehabt hatte, wusste sie nicht, was genau sie erwartete. Die Tür wurde von einem jungen Mann mit hellblauem Hemd und Hornbrille geöffnet, der eher nach Bankberater aussah als nach Student.

«Hallo, da bin ich.» Sie streckte ihm die Hand hin. «Jill O'Leary.» Sein Gesicht war ein einziges Fragezeichen. «Ist das hier die WG von, äh ... Ihr sucht doch eine Mitbewohnerin?»

«Ach so! Ja! Klar! 'tschuldigung! Ich bin Patrick. Komm doch rein.» Er öffnete die Tür ein ganzes Stück weiter als zuvor und trat zur Seite. «Tut mir leid! Ich fürchte, ich hab das den andern gar nicht ... aber wenigstens sind fast alle da.» Er schob mit dem Fuß einen verrutschten Stapel Pizzakartons zusammen. «Jungs! Besuch!»

Jill sah sich um. Viele leere Flaschen säumten die Wand zwischen Küchen- und Wohnungstür, ein paar Garderobenhaken waren mit Leder- und Jeansjacken überfrachtet, nur ein Trenchcoat hing ordentlich auf einem Bügel, vermutlich gehörte er Patrick. Vom Flur gingen eine Menge Türen ab, aus einer kam jetzt ein Blonder mit Dutt und sanftmütigem Gesichtsausdruck.

«Das ist Jonas», sagte Patrick, «und das ist Jill. Sie interessiert sich für das freie Zimmer.»

«Ah. Hallo.» Er gab ihr die Hand. «Davon wusste ich gar nichts.»

«Ja, tut mir leid», sagte Patrick. «Mein Fehler.»

Zwei ungewöhnlich wohlerzogene junge Männer, fand Jill. Wollte sie mit denen zusammenwohnen?

«Maik ist gerade unter der Dusche», sagte Jonas. «Hast du das Zimmer schon gesehen?»

«Nein, noch nicht», antwortete Jill.

Jonas ging bis zu der hintersten Tür, die in ein ziemlich großes Zimmer mit traumhaftem Blick über die Dächer führte. Holzdielen, Stuck, ein französischer Balkon, schöne Aussicht – alles, was das Herz begehrte. Es war vollkommen leer, und das war gut, denn ihre paar verbliebenen Möbel wollte Jill in jedem Fall mitnehmen. Und bezahlbar war das Zimmer auch, zumindest verglichen mit ihrer Wohnung.

«Wirklich schön», sagte sie.

«Zu wann suchst du denn?», fragte Patrick, und Jonas kündigte an, eine Kanne Tee zu kochen, und verschwand in der Küche.

Jill berichtete, dass sie relativ kurzfristig einziehen könnte, und wollte gerade versuchen, etwas mehr über die anderen in Erfahrung zu bringen, als die Tür aufging, die offensichtlich ins Badezimmer führte. Heraus kam ein Kerl, der nichts weiter trug als ein schmales weißes Handtuch um die Hüften. Er hatte ein Sixpack, wie Jill es im echten Leben noch nie gesehen hatte, und auch er war mit Sicherheit unter dreißig. Patrick stellte Jill vor.

«Hi! Ich bin Maik.»

Sie nahm die Hand, die er ihr entgegenstreckte. «Du wohnst auch hier?»

«Jep.»

«Wie schön.»

Er grinste verschmitzt. «Guckst du dir das freie Zimmer an?»

«Genau.» Jill betrachtete ihn verstohlen von oben bis unten.

«Nehmen Sie's nicht!» Aus der angelehnten Badezimmertür kam eine junge Frau in einem viel zu großen karierten Bademantel und sagte im Vorbeigehen lachend: «Die Jungs suchen nur eine Mutti, die für sie kocht und hinter ihnen herputzt. Deshalb zieh ich hier nicht ein.»

Jill beschloss die Unverschämtheit, dass das Mädel sie siezte und als «Mutti» bezeichnete, zu ignorieren. Als sie in der Küche verschwunden war, sagte sie zu Patrick: «Sie wohnt also nicht hier, aber jemand fehlt noch, oder?»

«Ja, Paul.»

«Und Paul ist so alt wie ihr?»

«Ja, klar. Der studiert.»

«Ah. Und worauf bezieht sich dann eigentlich das *gemischt* in *gemischte* WG? Ihr scheint mir doch alle ziemlich jung und ziemlich männlich.»

«Äh – den Zettel hast du geschrieben, Patrick, oder?», fragte Maik.

«Ich dachte, ein bisschen Abwechslung würde der WG guttun. Auch aus kulinarischen und hygienischen Gründen und –»

«Aus erotischen?», feixte Maik, und Patrick errötete.

Jill seufzte. «Also, Jungs ... Tut mir leid, das wird nichts mit uns. War aber sehr nett, euch kennenzulernen.» Sie winkte in die Runde, öffnete die Wohnungstür und stand einem weiteren jungen Mann gegenüber, der einen Schlüssel in der Hand hielt, mit dem er offenbar gerade hatte aufschließen wollen. Er sah nett aus, und auf seinem T-Shirt stand in dunklen Blockbuchstaben *Sex. Murder. Art.* Eigentlich schade, aber um in diese WG zu ziehen, fühlte sie sich dann doch etwas zu alt.

Die Türen öffneten sich vor Maren, und Mattis schob sie aus dem Fahrstuhl in den Eingangsbereich des Krankenhauses. Sie kam sich in dem Rollstuhl vollkommen bescheuert vor, hilflos, alt und unattraktiv hoch zehn. Aber immerhin wurde sie jetzt endlich entlassen, und vor allem hatte Mattis sie dann doch noch angerufen und ihr verkündet, dass er sie zu sich holen wollte. Dafür war sie ihm aufrichtig dankbar. Endlich würde sie wieder bei ihren Kindern sein, und bei Mattis. Wenn nur Dana nicht wäre. Aber Maren war ohnehin nicht klar, ob die Professorin jetzt permanent in dem Haus lebte oder nicht, in jedem Fall hatte Mattis gesagt, er habe ein paar Tage frei genommen. Sie rollte an einer Sitzgruppe vorbei und auf den Ausgang zu, als sie am Informationsschalter eine vertraute Gestalt entdeckte. Sie drehte sich, so gut es ging, zu Mattis um. «Ist das nicht Tim da vorne?»

«Wo? Tatsächlich!» Mattis lenkte nach rechts und schob sie, jetzt schneller, auf Tim zu, der sich in diesem Moment suchend umsah und auf sie aufmerksam wurde. Sie begrüßten sich, und Tim, der auf Maren sehr unruhig wirkte, erkundigte sich artig nach Marens Befinden, bevor er erzählte, dass Hanna von ihrem Gynäkologen ins Krankenhaus geschickt worden sei, er aber noch nicht genau wisse, was eigentlich los sei.

«Wann ist noch mal der Entbindungstermin?», fragte Maren.

«Eigentlich erst in einem Monat ... Entschuldigt, aber ich will schnell zu Hanna.»

«Klar», sagte Mattis. «Soll ich mitkommen?»

«Nein, brauchst du nicht. Fahrt ihr mal nach Hause. Ähm, ich meine –»

«Schon gut», sagte Maren. «Alles Liebe, und grüß Hanna schön.» Sie wollte noch sagen *Es wird schon alles werden*, ließ es aber bleiben. Das konnte man bei diesen Dingen nie wissen.

Am frühen Abend wussten sie immer noch nicht, was los war. Mattis bereitete das Abendessen vor und guckte dabei immer wieder nervös auf sein Handy, das jedoch ausnahmsweise stumm blieb. Draußen regnete es, die Fenster standen offen und ließen die frisch gewaschene, nach Blüten und Erde duftende Luft herein, und die Mädchen machten an dem großen Tisch ihre Hausaufgaben. Marens Blick wanderte von Mattis, der mit einem großen Messer schnell und akkurat eine Zucchini in feine Streifen schnitt, zu Marla, die mit gekrauster Stirn versuchte, eine Rechenaufgabe zu verstehen, und dann zu Matilda, die mit der Zungenspitze zwischen den Lippen eifrig in ihr Schulheft kritzelte. Wie hatte sie das vermisst in diesem schrecklichen, öden Krankenhaus: Alltag mit ihrer Familie. Es war so schön gewesen, als Mattis und sie auf dem Weg vom Krankenhaus ihre Töchter von der Schule abgeholt hatten und die beiden, selig, ihre Mama wiederzuhaben, übergesprudelt waren vor lauter Geschichten, die sie zu erzählen hatten, und Dingen, die sie mit ihr vorhatten. Einiges davon würde allerdings warten müssen, denn im Moment konnte sie nur mitmachen, was sich im Sitzen oder Liegen tun ließ.

«Was schreibst du da eigentlich, Mäuschen?»

Matilda sah auf. «Ich beschreibe das Haus.»

«Für die Schule?»

Matilda nickte. «Deutschhausaufgabe. Wir sollen erzählen, wie wir wohnen.»

«Und da beschreibst du dieses Haus?»

Matilda nickte. Maren schluckte, sagte aber lieber nichts dazu. Ihr Blick begegnete dem von Mattis, der die Szene offenbar mitbekommen hatte und jetzt wegsah. Maren zog ihren Laptop zu sich heran. Sie hatte sich im Krankenhaus überhaupt nicht um ihren Blog gekümmert – worüber hätte sie auch schreiben sollen, über Schonkost und Bettpfannen? Jedenfalls gab es, wie sie vorhin bei einem kurzen Blick gesehen hatte, ein paar Follower, denen aufgefallen war, dass sie länger nicht mehr von sich hatte hören lassen, und die sich erkundigten, ob alles in Ordnung war.

In diesem Moment klingelte Mattis' Handy. Während er zuhörte, versuchte Maren, seinen Gesichtsausdruck zu deuten, und Marla und Matilda taten dasselbe.

«Hmhm ... O Mann.» Endlich breitete sich ein Lächeln der Erleichterung über sein Gesicht. «Sag das doch gleich, Mensch! Ich gratuliere! Und Hanna? ... Hmhm, hmmm. ... Das wird schon! Mann, bin ich froh. Wann kann ich kommen? ... Okay, Tim. Bis morgen. Ich freu mich!»

Mattis legte das Handy auf die Arbeitsplatte und sah sie an. «Das Baby ist da. Etwas früher, als ideal gewesen wäre, aber angesichts der Umstände ist es ganz proper, und es geht ihm gut. Ihr. Es ist ja ein Mädchen.» Er strahlte.

«Juhu!», rief Matilda.

«Und wie heißt sie?», fragte Marla.

«Franka Celeste.»

«Bitte wie?», fragte Maren.

«Ja ... Na ja. Egal. Champagner!»

Es war dann doch Weißwein geworden, da Mattis nichts anderes im Haus hatte, und Maren hatte daraus lieber eine Schorle gemacht. Jetzt brachten die Mädchen ihre Schulsachen nach oben, Mattis briet die Zucchini an, und sie hatte sich erneut ihrem Blog zugewandt. Ohne lange nachzudenken, schrieb sie:

Hallo, ihr Lieben!
Wie ich sehe, haben ein paar von euch bemerkt, dass von mir länger nichts zu lesen war. Tatsächlich war ich eine Weile im Krankenhaus, aber jetzt geht es mir schon besser und – das

Wichtigste: Ich bin wieder im Kreise meiner Lieben. Es ist also alles gut. Der Mann schnippelt Gemüse fürs Abendessen, die Mädchen machen Hausaufgaben, und ich nippe vorsichtig an der ersten Weißweinschorle seit Wochen. Und es gibt in unserer Familie noch eine richtig gute Nachricht: Zuwachs! Nein, nicht bei mir ;-) Eine kleine Cousine für meine Mädchen ☺☺☺ Hoffe, bei euch ist auch alles okay. Bald gibt es wieder mehr von mir! Eure Maren

Eigentlich war Tims Tochter ja eine Nichte von Marla und Matilda. Eine Halbnichte, genau genommen. Aber ihre Leser wussten über die Familienverhältnisse im Einzelnen nicht Bescheid, und das war auch gut so.

Sie postete den Beitrag, klappte den Laptop zu und rief ihrer Kleinen, die mit unschlüssiger Miene gerade wieder in die Küche kam, zu: «Komm mal her, Maus.» Matilda kam zu ihr, und Maren konnte sie gerade noch davon abhalten, sich auf ihren Schoß zu setzen. Matti nickte verständig, setzte sich neben sie und schlang beide Arme um sie.

Mattis, der einen Stapel Teller auf den Tisch stellte, lächelte sie an. Dann sagte er zu Marla, die mit ihrem Handy in der Tür aufgetaucht war und die Szene offenbar fotografierte: «Deckst du bitte mal den Tisch? Essen ist gleich fertig. Es gibt Pasta mit Zucchini, Minze und Ricotta!»

Marla begann, Teller und Besteck auf dem Tisch zu verteilen, als Maren die Haustür ins Schloss fallen hörte. Kurz darauf kam mit den Worten «Hallo zusammen! Ich hoffe, ich bin nicht zu spät» Dana in die Küche. Die hätte sie fast vergessen. Dabei hätte alles so schön sein können.

Als Dana am nächsten Morgen aufwachte und sich an Mattis schmiegen wollte, war sein Platz auf der Matratze leer. Sie sah sich um. Die Schlafzimmertür war geschlossen, aber sie konnte hören, wie sich die Mädchen im Flur etwas zuriefen und dann jemand die Treppe herunterpolterte. Offenbar waren die anderen schon wach. Dana setzte sich auf. Der Abend zu fünft war überraschend nett gewesen. Maren schien es wahnsinnig unangenehm zu sein, dass sie nicht helfen konnte und ihnen zur Last fiel, was sie durch große Höflichkeit und Freundlichkeit wettmachte, die manchmal fast etwas Unterwürfiges hatte und dadurch schon wieder anstrengend war. Aber Mattis war entspannt gewesen, ihm schien die ungewöhnliche Konstellation kein großes Kopfzerbrechen zu bereiten. Dana griff im Aufstehen nach Mattis' Bademantel und zog ihn über. Beim Rausgehen sah sie kurz in den kleinen Spiegel, der auf zwei übereinandergestapelten Umzugskartons lehnte, und verrieb die Reste von Wimperntusche, die sich unter ihren Augen angesammelt hatten. Sie ging in den Flur und hatte gerade die Klinke der Badezimmertür hinuntergedrückt, als eine wütende Marla rief: «Mann, hier bin *ich* jetzt!», und die Tür von innen fest wieder zu zog.

«'tschuldigung!»

Dann würde sie eben erst mal so nach unten gehen.

Schon auf der Treppe duftete es nach gebratenem Speck und Toast, offenbar machte Mattis Rührei, dabei war heute ein ganz normaler Arbeitstag. Tatsächlich stand Mattis am Herd, Maren saß bereits an dem auffallend sorgfältig gedeckten Tisch, unter dem ihre Krücken lagen. Maren begrüßte sie einsilbig, aber betont fröhlich, woraufhin sich Mattis zu Dana umdrehte.

«Hey, haben wir dich geweckt? Ich dachte, ich lass dich mal schlafen.»

Dana ging zu ihm und küsste ihn auf den Mund, mit Rücksicht auf Maren ganz kurz, aber nehmen lassen wollte sie sich das nicht. «Das brauchst du nicht, ich muss doch arbeiten.»

Mattis sah an ihr vorbei und rief: «Matti, bring die Katze bitte nicht mit ins Haus, wir wissen doch gar nicht, wohin die gehört!»

Matilda war durch die Gartentür reingekommen, barfuß und im Nachthemd, auf dem Arm ein schwarzes Kätzchen. Sie blieb am Ende der feuchten Spur stehen, die ihre Füße auf den Dielen hinterließen. «Aber ist die nicht süß?»

«Ja, sehr süß. Trotzdem. Bring sie wieder nach draußen.»

Mattis klang bestimmter als üblich, und das kam auch bei Matilda an, die kehrtmachte, ohne einen weiteren Versuch zu starten. Da die Frühstücksvorbereitungen ganz offensichtlich abgeschlossen waren, setzte Dana sich an den Tisch zu Maren, die im Gegensatz zu ihr heute schon einige Zeit auf ihr Äußeres verwandt zu haben schien. Sie trug ein schmal geschnittenes erdbeerrotes T-Shirt und eine Jogginghose, war aber bereits geschminkt und hatte sich einen kleinen Zopf geflochten, der an der Schläfe entlang in einen lockeren, frisch gebürsteten Pferdeschwanz mündete. Dana ertappte sich dabei, Maren schon zu lange angesehen zu haben, ohne etwas zu sagen, und lächelte sie schnell an. «Und? Gut geschlafen in dem neuen Gästezimmer?»

Mattis hatte am Tag, ehe er Maren aus dem Krankenhaus abgeholt hatte, noch kurz vor Ladenschluss ein Ikea-Bett gekauft und war dann bis zum Zubettgehen damit beschäftigt gewesen, es aufzubauen, diverse bunte Kissen daraufzulegen und orangefarbene Vorhänge behelfsmäßig über den Fenstern zu befestigen. Ehe er ins Krankenhaus gefahren war, um Maren abzuholen, hatte er ein paar Zweige und Blumen aus dem Garten geholt und sie in einer Vase auf den Holzfußboden gestellt, sodass das Zimmer trotz der spärlichen Möblierung plötzlich unerwartet einladend wirkte. Einladender als das Zimmer, in dem Dana und Mattis schliefen.

«Ja, danke, sehr gut sogar. Alles ist besser als das Krankenhaus», sagte Maren lächelnd.

Für Maren und die Kinder war dieses Arrangement wahrscheinlich das Richtige. Und für Mattis wohl auch, sonst hätte er kaum so darauf gedrängt. Dana war ganz offensichtlich die Einzige, die die Konstellation nach wie vor ziemlich gewöhnungsbedürftig fand.

In diesem Moment kam Matilda wieder in die Küche getappt, ohne Katze, und umarmte sie von hinten.

«Hey, guten Morgen!» Dana drückte Matti an sich, immer wieder gerührt von der Offenheit, mit der die Kleine von Anfang an auf sie zugegangen war und mit ihr schmuste. Plötzlich durchzuckte sie der Gedanke, wie das auf Maren wirken musste. Sie wollte ihr zulächeln, aber Maren sah sie verletzt und vorwurfsvoll an. Im selben Augenblick ließ Matilda Dana los, als hätte sie einen elektrischen Schlag bekommen, und wechselte zu Maren, schlang ihr die Arme um den Hals und sagte mit weicher Stimme: «Mami!»

Dana unterdrückte ein Seufzen. Spätestens jetzt dürfte auch bei Matilda angekommen sein, dass unbesonnenes Losschmusen momentan keine Option war.

«Du musst dich langsam mal anziehen, Mäuschen», sagte Maren zu Matilda, die immer noch an ihrem Hals hing. «Papa fährt euch gleich zur Schule.»

«Marla lässt mich nicht ins Bad, und da sind meine Sachen!»

«Na, dann iss schon mal was.» Maren zog den Brotkorb zu sich heran und bestrich eine Scheibe Toast mit Honig.

Neben Dana tauchte Mattis mit der Pfanne in der Hand auf, eine Hand warm auf ihrer Schulter. «Möchtest du?»

Dana neigte den Kopf, um seine Hand mit ihrer Wange zu berühren. «Gern.»

Mattis tat ihr und Maren Rührei mit Speck auf und setzte sich dann neben Dana auf die Bank. «Ich bleib heut hier und kümmere mich um alles, hole nachher die Kinder von der Schule ab und koche was.»

«Das ist ja schön», sagte Maren beinahe flötend.

Mattis lächelte ihr zu und sah dann Dana an. «Ich müsste bloß am Nachmittag noch mal in die Werkstatt und gucken, wie sich der Neue macht. Könntest du vielleicht am Nachmittag zu Hause arbeiten? Nur dass jemand hier ist, falls was ist? Maren ist ja noch nicht mobil.»

«Ja, kann ich schon», sagte Dana im selben Moment, in dem Maren «Muss sie doch nicht!» sagte.

«Wär mir lieber», sagte Mattis und blickte irritiert zur Tür, durch die Marla kam, mit Panda-Augen und einem grauen T-Shirt, das so schief hing, dass es nicht nur die Schulter, sondern gleich den halben Oberarm sehen ließ. Mattis ließ seine Gabel sinken. «Wie siehst du denn aus?»

«Guten Morgen, mein Schatz», sagte Maren. «Leg mal das Handy weg, bitte.»

«Morgen.» Marla warf ihrer Mutter einen angesichts ihrer üblichen Miene unerwartet freundlichen Blick zu, ging dann aber nicht zu ihr, sondern zu Mattis. «Rückt ihr mal ein Stück?» Und mit diesen Worten drängelte sie sich zwischen Mattis und Dana.

~

«Und was ist dann sechs mal drei?»

«Ähm ... 20?» Matilda zog die Nase kraus und sah sie zweifelnd an.

Maren schüttelte den Kopf. «Leider nicht, Mäuschen.» Es war ganz offensichtlich, dass sie nicht rechnete, sondern einfach drauflosriet. Sie saßen in der Hollywoodschaukel in der Sonne, die jetzt am Nachmittag nicht mehr so stark war. Den Vormittag über war Maren drinnen auf dem Sofa geblieben, wo sie sich auf Dauer allein mit ihrem Laptop und ihrer Zeitschrift ganz schön gelangweilt hatte. Leider war ihr Bewegungsradius wegen der Krücken noch immer nicht besonders groß. Eigentlich hatte sie gehofft, mehr von Mattis zu sehen, der zwar hin und wieder vorbeigeguckt und ihr auch mal etwas zu trinken gebracht hatte, sonst aber damit beschäftigt war, im Haus herumzuwerkeln.

«Das kleine Einmaleins müssen wir noch üben. Aber jetzt brauchst du wohl erst mal eine Pause. Hast du denn sonst noch Hausaufgaben?»

Matilda nickte und zog eine Mappe aus ihrem Schulranzen. «In Deutsch. Damit hab ich in der Schule schon angefangen, aber dann bin ich nicht weitergekommen.» Sie klappte die Mappe auf. «Guck.»

Maren sah eine baumähnliche Graphik mit ein paar vorgegebenen leeren Kreisen, rundherum war Platz, um die Graphik zu ergänzen.

«Das ist ein Stammbaum», erklärte Matilda. «Den sollen wir ausfüllen und dabei die Zeichen benutzen, die hier unten erklärt werden.» Sie zeigte auf die Legende am unteren Rand, die verschiedene Symbole anbot.

Maren zog die Mappe zu sich heran. «Euer Deutschlehrer ist aber ganz schön neugierig. Erst sollt ihr euer Haus beschreiben, dann eure Familie.»

«Findest du?», fragte Matti. «Hier, guck mal, uns hab ich schon, aber wo sollen Tim und Hanna und ihr Baby hin? Weißt du das?»

Etwa in der Mitte des Blattes hatte Matilda die Felder «Mutter», «Vater», «Geschwister» sowie die jeweiligen Großeltern ausgefüllt. Alle Ehepaare waren durch zwei Ringe verbunden, auch Mattis und sie. Die Felder «Onkel» und «Tante» blieben leer, da weder sie noch Mattis Geschwister hatten. «Also, Tim gehört hier auf eure Ebene», sagte sie, «er ist ja euer Halbbruder. Du musst ihn also mit Papa verbinden.»

Matilda tat es, schrieb dann «Hanna» neben «Tim» und verband die beiden durch zwei Ringe. Dann malte sie einen Pfeil und schrieb in einen Kreis sehr groß und sehr fest aufdrückend «Franka Celeste». Dann sah sie zu Maren auf. «Und wo gehört Tims Mama hin?»

«Jill? Also, ich weiß gar nicht, ob die da überhaupt hingehört», sagte Maren und strich eine kleine Spinne vom Papier, die sich von der Seite näherte.

«Doch! Hat Herr Lohse extra gesagt.»

«Was hat er gesagt?»

«Dass auch ... äh ... frühere Ehen und Beziehungen von den Eltern da hingehören. Wenn es Kinder gibt.»

«Aha.» Die Lehrer der Grundschule schienen es ja sehr genau zu nehmen mit der Genealogie. «Na gut, dann gehört Jill wahrscheinlich hier auf die andere Seite von Papa. Über Tim. Wobei ich das etwas seltsam finde.»

Matilda malte neue Kreise an die Stellen und schrieb die Namen hinein. Maren ließ den Blick durch den Garten schweifen. Man merkte am satteren, goldeneren Licht, dass der Hochsommer in den Spätsommer übergegangen war. Hinten, wo der Garten nur durch ein paar Nadelbäume vom Alsterwanderweg getrennt war, blühten sogar schon ein paar Dahlien, ein sicheres Zeichen, dass der Herbst nicht mehr fern war. Maren sah wieder auf das Blatt von Matilda, die auf Höhe von «Jill» und «Maren» gerade eine weitere Blase malte, sie durch einen Pfeil mit Mattis verband und «Dana» hineinschrieb.

Maren biss sich auf die Lippe. Am liebsten hätte sie Matti den Bleistift aus der Hand gerissen und den Namen dick und fett durchgestrichen. Aber besser, sie sagte dazu nichts. Sie würde sich vor den Kindern nicht anmerken lassen, wie sehr es sie verletzte, dass Dana die Zeit, in der sie selbst im Krankenhaus gelegen hatte, offenbar gut genutzt hatte. Jedenfalls schien Dana hier plötzlich dazuzugehören, wurde geküsst und geherzt, mehr als sie. Aber Maren würde schon einen Weg finden, mit der Situation umzugehen und der ach so tollen Frau Professor vielleicht mal auf den Zahn zu fühlen.

Mit der Zungenspitze zwischen den Zähnen verband Matilda nun ihren Vater und Jill mit zwei Ringen. Beinahe hätte Maren gelacht. «Das geht aber nicht, Mäuschen. Das sieht ja aus, als hätte Papa zwei Frauen. Außerdem waren er und Jill überhaupt nicht verheiratet.» Und zwar nicht, weil Mattis nicht gewollt hätte, wie Maren wusste. Jill war dagegen gewesen. Aus irgendwelchen Gründen hatte sie sich vorgenommen, niemals zu heiraten. «Und wenn sie es gewesen wären, dann wären sie jetzt geschieden, denn Papa ist ja mit mir verheiratet. Gibt es ein Zeichen für getrennt oder geschieden?»

Sie sahen beide in die Legende. Aber es gab kein Symbol für Geschiedene, und neben den zwei Ringen stand als Erklärung «Ehe oder Beziehung». Als wäre das dasselbe. Ganz so genau nahmen die es wohl doch nicht.

«Vielleicht zwei durchgestrichene Ringe?», schlug Maren vor.

«Wir dürfen nur nehmen, was hier unten steht.» Matilda schüttelte den Kopf und malte auch noch zwei Ringe zwischen Mattis und Dana.

15

«Och, Mattis, bitte nicht.» Dana schloss die Küchentür, damit die anderen sie nicht hören konnten. Zwar vermutete sie die Mädchen oben, aber bei Marla wusste man nie so genau, wo sie gerade steckte – Dana hatte sie in letzter Zeit öfter an Orten angetroffen, an denen sie nichts zu suchen hatte.

«Ich kann doch nichts dafür, dass der sich schon wieder verabschiedet. Mir passt das auch nicht in den Kram.»

Dana seufzte und lehnte sich an die Arbeitsplatte. Mattis' neuer Mitarbeiter war ihm nach einer Woche wieder abgesprungen, und das, wo er mit der Produktion der Stühle sowieso schon in Verzug war.

«Dann musst du also wieder selber ran?»

«Ja. Aber ich muss vor allem schnell jemand anders finden. Sonst schaffen wir das nicht. Und hier zu Hause ...»

Dana stemmte sich hoch, um sich auf die Arbeitsplatte zu setzen. Sie hatte sowieso mit Mattis reden wollen, nachdem sie in den letzten Tagen an der Uni nur halb so viel geschafft hatte, wie nötig gewesen wäre, und er sich leider nicht annähernd so viel einbrachte wie angekündigt. «Wollen wir nicht doch mal versuchen, bei der Krankenkasse eine Haushaltshilfe zu beantragen?», fragte sie. Immerhin wäre es eine konkrete, zielgerichtete Hilfe, die die Situation zwischen Maren und ihr etwas entzerren würde. Und inzwischen ging Maren Dana, wenn sie das auch nie aussprechen würde, mit ihrer speziellen Mischung aus *Tut mir SO leid, dass du so viel für mich laufen musst* und *SO machen wir das aber eigentlich nicht* langsam auf die Nerven.

«Ich weiß nicht», sagte Mattis. «Da muss man doch bestimmt sehr strenge Kriterien erfüllen.»

Dana sah ihn prüfend an. Das warf eine interessante Frage auf. «Meinst du, es geht Maren dafür schon wieder zu gut?»

Mattis zuckte mit den Schultern und sah nachdenklich zu Boden. «Nein, aber ich kenn mich damit auch nicht aus. Wenn zwei Erwachsene da sind, die sich kümmern könnten, bekommt man wahrscheinlich nicht so leicht eine Hilfe ...»

«Und wenn ich nicht hier wäre?»

Er sah auf. «Was soll denn das heißen? Wo willst du denn hin?»

«In meine Wohnung? In jedem Fall an den *Schreibtisch*, Mattis.»

«Ach so. Aber das kannst du doch ruhig.»

«*Wann* denn? Ins Büro bin ich in der letzten Woche immer nur stundenweise gekommen, weil bei Maren oder den Kindern ständig Not am Mann war. In ein, zwei Stunden kann ich vielleicht die nötigen Mails beantworten und Arbeiten korrigieren, aber nicht in Ruhe über meinen Vortrag nachdenken. Schon gar nicht, wenn ich dreimal angerufen werde und irgendwelche Besorgungen durchgesagt bekomme. Und wenn ich mal versucht hab, mich hier zurückzuziehen, haben die Mädchen garantiert gestritten oder sind durchs Haus getobt, oder Maren brauchte einen Tee ...» Den Marla ihrer Mutter zufolge auf keinen Fall zubereiten konnte, weil sie dafür mit ihren zwölf Jahren noch zu klein war und sich ja verbrennen könnte. «Im Ernst, Mattis. Ich muss meinen Job machen, mir läuft auch die Zeit davon, nicht nur dir. Und ich kann nicht arbeiten, wenn ich mich nebenbei um die Wäsche, den Einkauf, das Essen, die Kinder und deine Noch-Ehefrau kümmere.» Mal abgesehen davon, dass Marla dann gar nicht aß, was sie ihr kochte. «O Mann ...» Dana seufzte. «Ich will solche Gespräche überhaupt nicht mit dir führen, ich finde es ganz furchtbar, in welcher Rolle ich hier gelandet bin.» Sie fasste sein T-Shirt mit beiden Händen und schüttelte ihn halb im Spaß. «Das war so nicht verabredet!»

«Okay.» Er nickte ernst. «Wir brauchen eine Lösung.»

«Allerdings.»

So wie Dana es sah, hatte sie ihren Job, und Mattis hatte seinen und dazu noch seine Familie, um die er sich kümmern musste. Der Unterschied war: *Er* hatte diese Situation so gewollt, inklusive Maren. Sie war absolut bereit, ihm dabei zu helfen, aber allein machen würde sie es nicht. Schon deshalb, weil seine Familie überhaupt nicht wollte, dass sie Mattis' Job machte, im Gegenteil. Marla hasste sie ganz offensichtlich, Maren war zwar nicht ausdrücklich gemein – faktisch konnte man ihr nicht das Geringste vorwerfen –, aber Dana spürte ihre Abneigung mehr als deutlich. Sie wusste nicht, wie oft sie von ihr schon Kommentare gehört hatte wie *Sollte die Butter nicht lieber in den Kühlschrank? Du weißt, dass Mattis keine Kapern mag?* Und immer schwang dieses *Wir machen das eigentlich anders* mit – wobei das *Wir* Mattis immer mit einzuschließen schien. Die Botschaft war deutlich: Du gehörst nicht dazu. Und das gehörte sie ja auch nicht. Sie gehörte in ihre Wohnung und in ihr Büro. Aber auch zu Mattis. Und das war das Problem.

«Das wird ja nicht mehr ewig so weitergehen. Ich habe den Eindruck, dass es mit Marens Gesundheit bergauf geht. Und in der Zwischenzeit lasse ich mir was einfallen», sagte Mattis und zog sie wieder an sich. «Aber du bleibst schön hier, ja?»

«Na, Maus? Wie war der Tag?», fragte Maren von ihrem Stammplatz auf der Couch aus. Es war ein Wunder, dass sie hier noch nicht festgewachsen war.

«Ganz gut.» Marla blieb in der Tür stehen.

Dana hatte die Kinder von der Schule abgeholt und nach Hause gebracht und wirtschaftete jetzt in der Küche rum. Matilda hatte ihre Mutter kurz geknuddelt und war dann in den Garten verschwunden, um nach der schwarzen Katze zu suchen, während Marla am Sofa entlangstrich, als wäre sie selbst eine.

«Bekomme ich kein Küsschen?», fragte Maren.

Marla setzte sich zu ihr und gab ihr einen Kuss auf die Wange. Maren legte den Arm um sie. «Alles gut?»

«Hmmm ...»

Irgendetwas war los, dachte Maren. Sie streichelte Marlas Oberarm. Nach einer Weile legte Marla den Kopf an ihre Schulter, und schließlich sah sie auf.

«Mama?»

«Hm?»

«Woran merkt man eigentlich, dass man verliebt ist?»

Maren hielt die Luft an. Jetzt also dieses Gespräch. Das sie mal wieder vollkommen unvorbereitet traf, wie alle großen Themen, die ihre Mädchen ohne jede Vorwarnung ansprachen. Sie würde nie vergessen, wie Marla sie ausgerechnet in der Schlange an der Supermarktkasse gefragt hatte, ob wirklich alle Menschen sterben müssten. Legendär auch die Frage der damals vierjährigen Matilda «Was ist sexen?», auf die Maren immerhin geistesgegenwärtig «Weiß ich auch nicht» geantwortet hatte. Bisher hatte Marla an Jungs nicht das geringste Interesse gezeigt, und wenn es nach Maren ging, hätte das gern auch noch eine Weile so bleiben dürfen. Zumal diese Frage sie leicht überforderte. Woran merkte man denn noch mal, dass man verliebt war? Maren musste an Bengt denken, für den sie auf dem Gymnasium jahrelang geschwärmt hatte. Ein Tag, an dem er nicht zur Schule gekommen war, war für sie gewesen wie ein Tag ohne Sonne, trist und freudlos.

«Also ... man vermisst den anderen, zum Beispiel, wenn er nicht da ist. Und ... man möchte natürlich, dass er einen auch mag. Kommt dir das bekannt vor?»

«Ein bisschen.» Marla lächelte verlegen. «Mama?»

«Hm?»

«Vermisst du Papa auch?»

Und wie, dachte Maren, aber so offen wäre sie höchstens Heike gegenüber. Stattdessen sagte sie: «Na ja, ich bin ja jetzt hier bei euch.»

«Ja, schon, aber ... meinst du, dass ihr euch noch wieder vertragt? Also, dass ihr wieder zusammenkommt?»

Maren seufzte und zog Marla fester an sich. Was sollte sie darauf sagen? Natürlich wünschte sie sich das. Und Mattis war so freundlich zu ihr, wenn er zu Hause war, so um sie bemüht, dass sie es sogar für möglich hielt. Wenn Dana nicht da war, war ihr Verhältnis ganz vertraut. Wenn sie nicht wäre ... wer weiß. Es war leicht, sich zu verlieben und sich zu zweit im Restaurant anzuschmachten, aber es war etwas komplett anderes, den Alltag gemeinsam zu meistern. Zusammen zu wohnen, die Verantwortung für ein Haus und Kinder zu tragen. Und das würde Mattis eines Tages bewusst werden. Dana wirkte ja jetzt schon überfordert, sie würde nicht lange die Lichtgestalt bleiben, die sie für ihn zu sein schien. Das lag in der Natur der Dinge. Auch diese ganzen Verliebtheitshormone verschwanden irgendwann von ganz alleine wieder. Und dann würde er hoffentlich merken, was er an Maren hatte. Und sie wäre für ihn da.

«Das wäre schön», sagte sie schließlich, und als Marla nickte, musste Maren gegen die Tränen kämpfen. Sie räusperte sich. «Aber manchmal läuft nicht alles nach Wunsch, weißt du?» Sie drückte ihrer Großen einen Kuss auf die Stirn. «Magst du mir denn sagen, in wen du verliebt bist?»

Marla zögerte und sagte dann: «Aber du darfst es niemandem verraten.»

«Versprochen.»

«Niemandem! Nicht mal Papa oder Matti.»

«Ehrenwort.»

«Gut. Also ... es ist Leo. Ich bin aber gar nicht sicher. Und außerdem ist Leo, glaube ich, in Emilia.»

«Marla!», rief Dana aus der Küche. «Hilfst du mir bitte mal kurz? Ich brauch mal jemanden, der mit anfasst.»

Marla hatte sichtlich keine Lust darauf und sah Maren fragend an, offenbar in der Hoffnung, von ihr zu hören, sie könne sitzen bleiben. Maren missfiel es auch, wenn Dana ihre Kinder so einspannte, irgendwie stand ihr das nicht zu. Andererseits: Sie selbst konnte ihr ja schlecht helfen ...

«Na, geh schon», sagte sie. «Und dann kommst du wieder zu mir.»

Marla nickte und erhob sich widerwillig. «Kannst du mir die Zeitung geben? Da auf dem Stapel.» Maren deutete auf die Kommode neben der Tür, und Marla brachte ihr gleich den ganzen Haufen Papier und verschwand in den Flur. Maren wollte die Post gerade zur Seite legen, als ihr Blick auf einen geöffneten Brief mit einem unscharfen Schwarzweißfoto fiel, das Dana zeigte. Ein Bußgeldbescheid. Maren sah genauer hin. Es ging um Mattis' Auto, aber offenbar war Dana damit gefahren, und zwar 71 km/h. Im Stadtgebiet. Das war viel. Und offenbar kam es bei Dana öfter vor. Zumindest hatte Matilda neulich erzählt, Dana würde *so toll schnell fahren*. Dass das gefährlich war, schien ihr egal zu sein. Und in anderthalb Stunden würde Dana Marens Töchter ins Auto packen und mit ihnen zum Zahnarzt rasen ...

Sie legte den Brief beiseite und schlug die Zeitung auf, aber sie konnte sich nicht konzentrieren, ihre Gedanken schweiften ständig ab. Und eigentlich wollte sie Zeit mit Matildchen verbringen, die sie heute fast noch gar nicht gesehen hatte. Als Dana das nächste Mal geschäftig an der Tür vorbeieilte, diesmal mit einem Wäschekorb unter dem Arm, rief Maren nach ihr. Dana kam zurück und blieb im Türrahmen stehen. «Hm? Brauchst du was?»

«Nee.» Lüge. Sie brauchte so einiges. «Na ja, eigentlich doch. Mir fehlt Mattis Gesellschaft.»

Dana sah sie irritiert an. «Dir fehlt *Mattis*?»

«Nein, *Matti*. Matilda.»

«Ach so.» Dana lachte kurz auf. «Die ist draußen auf der Hollywoodschaukel neben der Katze eingeschlafen. War ja eine kurze Nacht für sie.»

«Wieso?»

«Na, sie hatte doch wieder Albträume. Sie ist gegen drei Uhr nachts zu uns gekommen, konnte dann aber lange nicht einschlafen. Wir haben alle nicht besonders geschlafen. Ich dachte, du wüsstest das.»

«Nee, wusste ich nicht.» Maren kochte gleich über. «Und warum kommt sie da zu euch und nicht zu mir?»

«Aus Gewohnheit, wahrscheinlich. So war es eben die letzten Male. Sie hat vermutlich gar nicht dran gedacht, dass du auch da bist, sie war ja im Halbschlaf.»

«Aber ich bin schon seit fast einer Woche hier!», sagte Maren eine Spur zu laut.

«Ja», sagte Dana. «Das ist mir bewusst.»

«Das ist also schon öfter vorgekommen, ja? Dass Matti Albträume hat? Und warum weiß ich davon nichts?»

«Ich dachte, Mattis würde mit dir darüber reden. Ich hab das nicht für meine Aufgabe gehalten», sagte Dana. «Aber es ist doch normal, dass Kinder Phasen haben, in denen sich Albträume häufen, ich würde mir da keine Sorgen machen.»

«Ach, würdest du nicht, ja? Darf ich dich um was bitten?», fragte Maren scharf. «Erzähl *du* mir nicht, was bei Kindern normal ist.»

Dana seufzte und wandte sich ab. Aber so ließ Maren sie nicht davonkommen. «Sag mal, ihr fahrt doch nachher zu unserem Zahnarzt?»

«Das ist der Plan, ja», sagte Dana aus dem Off.

«Also ... vielleicht fahrt ihr besser mit der U-Bahn.»

«Wieso das denn? Dann dauert es doppelt so lange», rief Dana, «da muss man doch mindestens zweimal umsteigen.» Maren hörte etwas auf den Boden plumpsen. Dann tauchte Dana wieder im Türrahmen auf, diesmal ohne Wäschekorb. «Und irgendwann muss ich heute auch noch mal an den Schreibtisch.»

Ja, natürlich. Sie musste *immer* an den Schreibtisch. Nicht, dass noch irgendjemand vergaß, dass sie Professorin war. Danas Blick fiel auf den Brief, der neben Maren auf dem Sofa lag. «Das ist nicht dein Ernst, oder? Du willst wegen der Verwarnung nicht, dass ich deine Kinder kutschiere?»

«Na ja, es waren immerhin 21 km/h zu schnell. In der Stadt.»

Dana rollte mit den Augen. «Ja, mir ist es recht. Dann schlage ich vor, wir lassen den Zahnarzttermin sausen. Es ist ja sowieso nur eine Routinekontrolle. Soweit ich weiß, hat keins der Mädchen Zahnschmerzen.» Kopfschüttelnd machte Dana kehrt, und Maren hörte sie die Treppe hochgehen.

Ungeduldig suchte sie unter Zeitung und Post nach ihrem

Handy. Als sie es zwischen all dem Papier endlich gefunden hatte, wählte sie Mattis' Nummer. Er ging nach dem ersten Klingeln ans Telefon, und Maren fing sofort an zu reden. Ohne sich unterbrechen zu lassen, sagte sie ihm, dass sie reden müssten, über Matildas Albträume, über die Lage im Haus und darüber, dass es ohne ihn nicht ging.

«Okay», sagte Mattis. «Aber im Moment ist es leider schlecht. Können wir das heute Abend machen?»

«Meinetwegen. Aber bitte unter vier Augen.»

«Alles klar.» Mattis seufzte. «Sag mal, könntest du mir mal kurz Dana geben? Ich kann sie nicht erreichen.»

«Nee. Die telefoniert.» Was stimmte. Maren hörte sie oben hinter verschlossener Tür reden.

«Na gut. Dann sag ihr doch bitte, sie soll mich mal kurz anrufen. Ich muss sie was fragen. Bis heute Abend dann.»

Als Maren aufgelegt hatte und Dana oben immer noch reden hörte, fragte sie sich, wen Dana angerufen hatte, um Dampf abzulassen. Mattis war es jedenfalls nicht.

~

Jill stand vor ihrem Regal, betrachtete die beiden Taschenbücher in ihrer Hand und beschloss kurzerhand, dass sie auch diese Romane bestimmt nicht noch mal lesen würde. Sie legte sie in die Kiste auf dem Boden. Nur eine Handvoll Bücher, die ihr wirklich am Herzen lagen, wollte sie behalten. Vom Rest würde sie sich trennen. Genauso hatte sie es mit all ihren Habseligkeiten gemacht: Sie hatte Schmuck, CDs, Kleidung und sogar Möbel aussortiert und verschrottet oder verkauft und insgesamt nur wenig behalten. Das war alles nur unnötiger Ballast. Zwei Taschen mit Klamotten, zwei Kisten mit Büchern und ein paar weitere Kisten mit Geschirr, Papieren, Fotos und anderem Kram. Das reichte, um von hier aus weiterzuziehen. Die aussortierten Bücher würde sie gleich ins Antiquariat um die Ecke bringen, auf dem Weg nach Eimsbüttel, wo sie einen Besichtigungstermin in einer kleinen Frauen-WG hatte. Einen Nachmieter hatte sie inzwischen gefunden, sogar einen, der ihr ein paar Möbel abkaufte und nicht darauf bestand, die Wohnung renoviert zu übernehmen. Die gute Nachricht war, dass ihr die halbe September- und die Oktobermiete nun erspart blieben, aber die schlechte war, dass die Wohnung heute Abend leer sein musste. Sie hatte schon alles, was sie nicht verkauft hatte, zusammengeräumt und gepackt, nur hatte sie keinen Schimmer, wohin sie mit Sack und Pack ziehen würde. Besser, die Wohnungsbesichtigung lief gut. Aber zur Not konnte sie immer noch zu Bruno. Den hatte sie ohnehin in letzter Zeit etwas vernachlässigt, weil sie nur Stefan im Kopf gehabt hatte. Sie schlüpfte in ihre ausgetretenen grauen Chucks und griff nach dem Schlüsselbund, als ihr Handy klingelte.

«Hallo, Mats», meldete sie sich nach einem Blick auf das Display. *«What's up?»*

Mattis räusperte sich. «Also, Tim hat mich gerade angerufen. Er ist ziemlich verzweifelt. Er hat ja in wenigen Tagen Prüfung, und er ist wegen der Kleinen und der ganzen Aufregung kaum zum Lernen gekommen und vor allem nicht zum Schlafen. Jetzt kriegt er langsam Panik.»

Jill lachte. «Ich kann's mir vorstellen.»

«Ja ... also, ich hab ihm jetzt angeboten, dass er Hanna und die Kleine zu uns bringt, damit er in Ruhe lernen kann. Seine Prüfung ist ja nun erst mal das Wichtigste. Das Problem ist nur ... ich war jetzt viel zu Hause, das hatte ich Dana versprochen, damit sie auch mal arbeiten kann. Die nächsten Tage *muss* ich in die Werkstatt, ich kann den Liefertermin für die Stühle eh schon kaum noch schaffen. Aber ich kann zu Hause auch nicht alles Dana aufhalsen, die hat selbst viel zu tun.»

Jill war noch nicht ganz klar, worauf Mattis hinauswollte. Normal war das nicht, dass er ihr von seinen häuslichen Organisationsproblemen erzählte, was ihr auch recht war.

«Na ja, und Maren ist noch nicht wieder ganz fit und kann nicht, wie sie will, die wäre sonst sicher begeistert, sich ein bisschen um das Baby zu kümmern ...»

Plötzlich kapierte Jill. Und im selben Moment sah sie eine Lösung *ihres* größten Problems. «Du meinst, du brauchst jemanden, der sich bei dir zu Hause um alles kümmert?»

«Genau, das wäre uns aus verschiedenen Gründen eine Riesenhilfe», sagte Mattis, hörbar erleichtert.

«Das mache ich gerne!»

«Wirklich?» Er klang perplex. «Mit dem Baby und so?»

«Ja, sicher. Mit Übernachten?»

«Das wäre natürlich super. Platz genug haben wir eigentlich, es ist bloß alles noch nicht fertig und nicht gerade komfortabel, aber das wird dir ja nichts ausmachen.»

«Nee, kein Problem. Wann soll ich kommen?»

«Na ja ... je eher, desto besser.»

«Okay. Dann komm ich gleich.»

«Super! Danke, Jill!»

Als Jill aufgelegt hatte, musste sie grinsen. Dann wusste sie ja jetzt, wo sie fürs Erste unterkommen würde. Und das auch noch mietfrei. Sie schrieb der Frau von der WG eine SMS und sagte den Besichtigungstermin ab. Dann blickte sie sich in ihrer fast leeren Wohnung um. Musste sie nur noch zusehen, wo sie ihre Kisten und ihre paar verbliebenen Möbel bis auf weiteres unterstellen konnte. Mattis' Haus kam dafür nicht in Frage, schließlich musste nicht gleich jeder wissen, dass sie ganz eventuell ein bisschen länger bleiben würde als ein paar Tage.

«Echt – lange halte ich das hier nicht mehr aus.» Dana setzte sich auf die Matratze, die auf dem Boden lag. Langsam ging es ihr ziemlich auf den Geist, dass sie so provisorisch lebten. Aber Mattis hatte im Moment keine Zeit, Möbel zu kaufen, und das Thema war ihm als Tischler und Designer natürlich viel zu wichtig, um es auf die Schnelle zu erledigen. Das Ikea-Bett fürs Gästezimmer würde mit Sicherheit eine Ausnahme bleiben. Dana nahm ihr Handy in die andere Hand. «Man kann praktisch zusehen, wie bei Maren die Moral sinkt. Am Anfang war sie noch so aufgesetzt freundlich und hat ständig ihre Dankbarkeit betont, dann ließ das langsam nach, und sie war eher passiv aggressiv, und jetzt kommt anscheinend offene Feindseligkeit.»

«Klingt nicht gut», sagte ihre Schwester am anderen Ende. «Wobei ich mit offener Feindseligkeit, glaube ich, leichter umgehen könnte als mit falscher Freundlichkeit.»

«Theoretisch schon, ich hab nur überhaupt keine Lust dazu. Ich meine, im Ernst: Was *mache* ich eigentlich hier? Ich vernachlässige meine Arbeit und streite mich stattdessen mit der Ex von meinem Freund rum und räume ihren Kindern hinterher! Maren behandelt mich ja phasenweise wie ihre Angestellte, und Mattis *sehe* ich kaum noch.»

Kristin lachte. «Ich wundere mich auch. Ich finde, Mattis mutet dir ganz schön viel zu. Und du machst das einfach – so kenn ich dich gar nicht.»

«Na ja, er braucht im Moment echt Unterstützung. Und er war

jetzt mehrere Tage hier, und ich konnte arbeiten. Er ist nun mal selbständig.»

Kristin kicherte. «Kaum kritisiere ich ihn, fängst du an, Mattis zu verteidigen. Ich glaub, es ist Liebe, Schwesterherz.»

«Hm.» Das hatte sie eigentlich auch gedacht, aber im Moment war davon nicht viel zu merken. Manchmal fragte Dana sich, wie viel Liebe eigentlich noch übrig war. Aber wie sollte man das herausfinden, wenn einer von ihnen immer bei der Arbeit war und der andere Familiendienst hatte. Zeit zu zweit hatten sie nur noch abends im Bett, wo in den letzten Wochen regelmäßig einer in den Armen des anderen eingeschlafen war, kaum dass sie sich in die Horizontale begeben hatten.

«Für Maren muss das aber auch ganz schön hart sein», sagte Kristin. «Immerhin ist sie von ihm verlassen worden, und jetzt muss sie da euer Glück mit ansehen.»

«Das bestreite ich ja gar nicht, aber ... Ich weiß nicht, wo das noch hinführen soll.» Es klingelte an der Tür, aber Dana beschloss, das zu ignorieren. Vielleicht machte ja ausnahmsweise mal Marla auf.

«Wahrscheinlich tut sie dir demnächst was in den Tee und wirft dich in die Alster. Hast du nicht gesagt, die verläuft direkt hinter dem Haus? Ich seh schon die Schlagzeilen vor mir: *Moorleiche gefunden. Familiendrama in Klein Borstel. Exfrau ermordet neue Freundin.*»

«Sehr witzig. Ich dachte, wenn man ein Baby hat, wäre man so wahnsinnig empfindsam. Du scheinst eher blutrünstig zu werden.»

Kristin lachte.

Wieder klingelte es an der Tür. «Solltest du da nicht hingehen?», fragte Kristin. «Also, ich würd noch mal mit Mattis reden. In Ruhe.»

«Hm.» Reden hatte sie einer Lösung bisher nicht näher gebracht.

Nachdem sie sich verabschiedet hatten, legte Dana auf und öffnete die Tür zum Flur, die zu ihrer Verwunderung nur angelehnt war, obwohl sie sicher war, sie vor ihrem Telefonat geschlossen zu haben. Schließlich hatte sie vorher gewusst, dass sie auch über Maren reden würde. Im Runtergehen sah Dana auf ihrem Display, dass Mattis zweimal versucht hatte, sie zu erreichen. Sie würde ihn gleich zurückrufen. Als sie nach unten kam, hatte Marla die Haustür bereits geöffnet. Davor standen Tim und Hanna, die ihr Baby auf dem Arm trug.

«Hi, Dana.» Tim begrüßte sie mit einem Kuss auf die linke und einem auf die rechte Wange. «Ihr seid echt unsere Rettung. Tausend Dank.»

«Wofür denn?», fragte Dana.

Tim wuchtete eine große Tasche über die Schwelle. «Na, dass Hanna und Franka hierbleiben dürfen, bis ich meine Prüfung hinter mir hab. So, und hier noch der Kinderwagen.» Er schob ein knallrotes, futuristisch anmutendes Gefährt in den Flur.

«Äh, ja, Mattis ist einfach der Beste.» Etwas anderes als Sarkasmus fiel Dana dazu nicht mehr ein. Aber plötzlich war ihr vollkommen klar, was sie jetzt tun würde. Sie sah sich nach ihrer Tasche um, entdeckte sie an einer Türklinke und griff sie sich. «Kommt rein, macht's euch gemütlich.» Sie hängte sich die Tasche um und drückte sich an den dreien vorbei nach draußen. «Ich bin dann mal weg. Schöne Grüße an Mattis.» Ohne sich noch einmal umzudrehen, stieg sie in ihr Auto und fuhr davon, Richtung Schreibtisch, Richtung eigene Wohnung, Richtung Stadt.

16

Hey! Was macht ihr denn hier?» Maren sah von der Zeitung auf. In der Tür standen Tim und Hanna mit dem Baby. «Das ist ja schön, dass ihr mal vorbeischaut. Ich kann leider nicht aufstehen, um euch zu begrüßen ...»

«Du Arme», sagte Hanna. «Wie geht's dir denn?»

«Schon etwas besser. Komm doch mal her, ich hab die Kleine ja noch gar nicht gesehen.» Sie räumte Zeitungen und Zeitschriften vom Sofa und klopfte auf die frei gewordene Stelle.

Hanna setzte sich, und Marla ließ sich auf Marens andere Seite plumpsen, was einen dumpfen Schmerz durch ihr Becken schickte. Hanna hielt das Baby so, dass sie es ansehen konnte. Es war wach, aber ganz still, und sah mit großen blauen Augen an ihr und der Welt vorbei. «Oje.» Maren spürte vor Rührung Tränen aufsteigen und strich über die winzigen gespreizten Finger.

Tim war mit der Reisetasche im Flur stehen geblieben, er wirkte etwas gehetzt. «Ich bring deine Sachen mal nach oben und gucke, wo ihr euch einrichten könnt, Hanna. Soll ich die Kleine hinlegen? Sie muss doch müde sein. So lange war sie ja noch nie am Stück wach.»

Hanna nickte. «Ist vielleicht besser.» Und zu Marens Bedauern legte sie Tim das Baby in den Arm, der mit ihm und der großen Tasche über der Schulter die Treppe hochging.

«Ihr bleibt über Nacht?», fragte Maren verwundert.

Hanna nickte. «Franka und ich, ja. Tim hat doch in drei Tagen seine Abschlussprüfung, und er kommt zu Hause nicht zum Lernen. Die Kleine hält uns die ganze Zeit auf Trab.»

«Das ist ja schön. Und Mattis weiß das?»

«Der hat es uns ja angeboten.»

«Ach so. Und Dana?»

«Ich nehm's an, aber wir konnten eben gar nicht reden, sie ist quasi an uns vorbeigestürzt und weggefahren», sagte Hanna.

«Allein?»

«Ich glaub schon.»

«Aber ...» Maren drehte sich zu Marla um. «Was ist denn mit dem Zahnarzttermin?»

Marla zuckte mit den Schultern. «Keine Ahnung. Vielleicht fällt der dann aus?»

Sehr merkwürdig, dachte Maren. Entweder, Dana hatte einfach nicht Bescheid gesagt und würde gleich zurückkommen, um mit den Kindern zum Zahnarzt zu fahren, oder aber – sie hatten sie in die Flucht geschlagen. Familie war eben nichts für schwache Nerven. Maren konnte jedenfalls gut und gerne auf Danas Anwesenheit verzichten.

In der Tür erschien wieder Tim. «Ich hab Franka in ein Zimmer mit Bett gelegt – ich hab keine Ahnung, wer wo schläft. Vielleicht machst du das besser mit Mattis aus, wenn er da ist?»

Hanna nickte und stand auf. «Klar. Fahr ruhig los. Wir kommen hier schon zurecht.»

Maren fragte sich, auf welchen Erwachsenen genau Hanna hier eigentlich baute. Auf Mattis, der nur selten da war? Auf sie, die nicht laufen konnte? Oder auf Dana, die möglicherweise das Handtuch geschmissen hatte? Aber Maren beschloss, lieber nichts zu sagen. Ihr war Hanna tausendmal lieber als Dana.

Tim nahm Hanna in den Arm. «Ich freu mich schon, wenn ich euch wieder zu mir holen kann.»

Die beiden wirkten verliebter denn je, und Maren musste daran denken, wie wahnsinnig verliebt sie in den Tagen vor

Marlas Geburt in Mattis gewesen war. Am liebsten hätte sie ihn gar nicht mehr losgelassen. In den ersten Wochen nach der Niederkunft war es dann Mattis gewesen, der ihr und dem Baby gar nicht mehr von der Seite weichen wollte. Schön war das gewesen, eine Zeit wie ein Traum.

«Jill!», hörte sie Tim im Flur ausrufen. «Was machst du denn hier?»

«Helfen, wo ich gebraucht werde. Nimmst du mal meinen Koffer?»

Maren und Hanna sahen sich an. Was sollte das denn heißen? Auch Tim schien nicht ganz zu verstehen. «Wieso? Bleibst du länger?»

«Solange es nötig ist. Mattis hat gesagt, dass hier Not am Mann ist, ich hab gerade nicht so viel zu tun – *and here I am*!»

Na wunderbar, dachte Maren. Vom Regen in die Traufe. Dass Jill bei irgendwas eine Hilfe sein sollte, war in ihren Augen ein Paradox. Aber das hatte Mattis noch nie so gesehen wie sie.

«Maren!» Jill war im Türrahmen aufgetaucht und stehen geblieben. «Dich hätte ich fast vergessen. Na, das werden sicher lustige Tage hier. *The more, the merrier!*»

Das würde sie schon alles hinkriegen, dachte Jill, während sie riesige Käsestücke und Unmengen Wurstscheiben aus Plastik pellte und auf Tellern anrichtete. Sie hatte Geld aus der Haushaltskasse genommen und aus dem Supermarkt einen kompletten Einkaufswagen voll Nahrung in Mattis' Haus geschleppt, schließlich würden sie beim Abendessen mindestens zu siebt sein. Vorsichtshalber hatte Jill zwei ganze Brotlaibe besorgt, vorgeschnitten, versteht sich, denn sie hatte nicht vor, einen Brotschneide-Tennisarm zu riskieren, und sie verstand etwas davon, sich auch das Komplizierte möglichst leicht zu machen. Sollte noch mal einer sagen, sie wäre keine gute Hausfrau! Sie fand es inzwischen eigentlich ganz interessant, Maren, Mattis, Dana & Co. mal aus der Nähe zu erleben, es hatte was von einer *daily soap*. Da nahm sie die Hausarbeit gern in Kauf. Außerdem gewann sie auf diese Weise Zeit für die Wohnungs- und Jobsuche.

Marla kam in die Küche und scharwenzelte mit ihren langen Armen und Beinen um sie herum, sah für den Bruchteil einer Sekunde von ihrem Handy auf und murmelte «Das mag ich nicht ...», bevor sie sich wieder dem blinkenden Gerät widmete.

Amüsiert sah Jill ihr hinterher, als auch die kleine Schwester im Türrahmen auftauchte und in nöligem Ton sagte: «Ich hab Hunger.»

Jill lächelte der Kleinen schulterzuckend zu und sagte: «Wenn du mir hilfst, geht es schneller.»

Matilda sah sie mit großen Augen an, als vom Sofa Marens Stimme zu hören war: «Jill ist sicher gleich fertig, Maus.»

Jill runzelte die Stirn. Das hatte irgendwie so gar nicht nach einer Beruhigung für das Mädchen geklungen, eher nach einer Maßregelung, die an sie selbst gerichtet war. Sie würde doch bald fertig sein! *Oder?*

Leider hatte Druck bei ihr noch nie etwas bewirkt, sie stellte dann erst recht auf stur. Matilda würde es schon überleben, einmal nicht um Punkt 18:30 Uhr zu Abend zu essen. Schon als Tim klein war, hatte dieses Beharren auf festen Essens- oder Schlafzeiten mancher Mütter Jill wahnsinnig genervt. Als ob ein Kind jede Orientierung verlöre, wenn es mal einen Tag nicht gebadet wurde oder die letzte Milchflasche eine Stunde später bekam als sonst. Und Matilda war doch schon groß, sie musste ja mittlerweile zur Schule gehen. Sie konnte sich ruhig gedulden.

In diesem Moment kam Hanna mit dem Baby in die Küche, das Jill noch überhaupt nicht zu Gesicht bekommen hatte. Als sie im Haus angekommen war, hatte es geschlafen, und im Krankenhaus hatte sie die junge Familie nicht besucht – sie fand, es genügte, dass Hannas gesamte Familie aus Schwaben angereist war und die junge Familie mit Selbstgebackenem und Selbstgestricktem belagerte. So war es doch viel entspannter. Still und winzig wie eine kleine Puppe lag es bei seiner Mutter im Arm. Jill fühlte in sich hinein, ob sie nun gerührt war, schließlich war dies ihre allererste Begegnung mit ihrem allerersten Enkelkind. Sie bemerkte, dass Hannas Blick auf ihr ruhte, in dem irgendetwas lag, das sie nicht deuten konnte.

«Guck mal, das ist deine Oma», säuselte Hanna jetzt, an die Kleine gewandt. Sie kam näher, und ehe Jill sich versah, hatte Hanna ihr das Baby auch schon in den Arm gedrückt. Jill erstarrte. Zwar hatte sie selbst mal so ein winziges Ding in ihren Armen gehalten, sogar Tag und Nacht, aber das war über zwanzig Jahre her. Wie hielt man so ein kleines Baby noch mal richtig? Was, wenn es ihr runterfiel? Franka-Celeste, die ziemlich zerknautscht aussah, ächzte. Hatte sie sie vielleicht zu fest gefasst? Aber das kleine Gesicht entspannte sich schon wieder. Vielleicht hatte doch nur ein Pups quer gesessen. Jill betrachtete das Baby, das die Augen geschlossen hatte und die winzigen Fäustchen geballt. Welches Geschlecht es hatte, musste sich jedenfalls niemand fragen, dachte sie – es war von Kopf bis Fuß in quietschrosa Frotté gehüllt.

So niedlich die Grimassen und die winzigen Fingerchen waren – der einzige Impuls, den dieses kleine Bündel in Jill auslöste, war der, es möglichst schnell wieder abzugeben, ob es nun ihr Enkelkind war oder nicht. Gerade als Jill Hanna sagen wollte, dass sie nun aber das Abendbrot weiter vorbereiten müsse, gab Franka einen beeindruckenden Rülpser von sich, und fast gleichzeitig fühlte Jill feuchte Wärme durch ihr T-Shirt sickern.

«O nein, Schätzchen, hast du gespuckt?», flötete Hanna und nahm Jill das verschmierte Etwas endlich ab.

Jill blickte an sich herab. Flockige Milchbröckchen in Spucke hatten sich großflächig über ihr T-Shirt verteilt. Sie würde sich umziehen müssen.

«*My goodness*, mit *dem* Thema hatte ich eigentlich gehofft, vor zwanzig Jahren abgeschlossen zu haben», sagte sie.

Zu ihrer Überraschung lachte Hanna. «Lass das mal nicht Tim hören!», sagte sie, und an das Baby gewandt: «Hast du einfach die Oma vollgespuckt, das macht man aber nicht.» Kichernd lief sie Richtung Treppe.

Jill sah Hanna nach. Darüber mussten sie auch noch mal reden. Sie hieß Jill, so nannte sie ihr Sohn, und so sollte sie eines Tages auch Franka-Celeste nennen. Mit *Oma* fingen sie besser gar nicht erst an.

Nachdem die älteste und die jüngste Dame im Haus trockengelegt und umgezogen waren, saßen endlich alle zusammen um den großen Holztisch im Wohnzimmer. Alle, bis auf Dana und Mattis. «Wo sind denn die beiden Turteltäubchen?», fragte Jill in die Runde.

«Falls du Mattis und Dana meinst», sagte Maren, «Mattis arbeitet noch, und Dana ist wohl vorhin einfach abgehauen.»

«Abgehauen?» Täuschte sie sich, oder hatte Jill so etwas wie Schadenfreude in Marens Stimme gehört? Dana hatte es auch nicht leicht im Moment. Mit Maren unter einem Dach wohnen zu müssen, war schon für sie eine Herausforderung. Wie musste das erst für Mattis' aktuelle Partnerin sein?

«Kann ich aufstehen?», fragte Marla, die den Blick noch nicht ein Mal von ihrem Handy gehoben hatte.

«Du hast doch noch gar nichts gegessen», sagte Maren und strich ihrer Tochter über den Unterarm.

«Keinen Hunger», murmelte die. «Außerdem mag ich kein Körnerbrot, das weißt du doch.»

«Ja, aber ...» Maren lächelte Jill entschuldigend an. «Jill wusste das doch nicht und ... sie hat es nur gut gemeint, Maus.»

Jill war erst wenige Stunden hier, aber sie fragte sich schon jetzt, worauf sie sich da eingelassen hatte. Nicht nur wegen des Babys und der Hausarbeit, sondern vor allem wegen Maren. Und die war noch nicht fertig. «Marla, Schätzchen», sagte sie zu ihrer schmollenden Tochter, «schau doch einfach mal, ob du im Kühlschrank noch irgendwas Frisches findest, vielleicht einen Gurkenrest oder so, den ich uns fix aufschneiden könnte?»

Jill schickte ihr einen eiskalten Blick, und Maren fügte beschwichtigend hinzu: «Das kannst du nicht wissen, Jill, aber die Kinder brauchen eben auch Vitamine – und Hanna sowieso. Sie stillt ja.»

Jill sah sie unverwandt an. *Das kannst du nicht wissen?* «Ich hab meinen Sohn auch nicht mit Toast und Scheiblettenkäse groß bekommen, weißt du?»

Maren sagte nichts, aber Hanna lächelte Jill zu und sagte dann: «Ach, ich ernähre mich im Moment hauptsächlich von Toffifee, und ich habe das Gefühl, es bekommt der Kleinen ganz ausgezeichnet.»

Jill musste lachen. Maren schien etwas erwidern zu wollen, bemühte sich dann aber mitzulachen, was ihr nicht wirklich gelang.

Während Jill beherzt in ihr Schinkenbrot biss, hörte sie einen Schlüssel im Schloss, und kurz darauf stand Mattis im Raum. Er wirkte verstrubbelt und abgekämpft. Wahrscheinlich erschöpft von dieser privaten Situation und seinem Großauftrag, dachte Jill. Eigentlich sollte sie hier vermitteln und nicht zusätzlich für Streit sorgen. Morgen würde sie für Marla Weißbrot und für Marens Seelenfrieden Gurkenscheiben servieren, *so be it!*

«*Hello dear*, setz dich doch zu uns», sagte Jill zu Mattis.

Aber Mattis blickte nur in die Runde und fragte: «Wo ist Dana?»

«Sie ist noch mal los», sagte Maren.

Matilda sprang auf, rannte auf Mattis zu und schlang die Arme um ihren Vater, der ihr mit traurigem Blick übers Haar strich. «Setzt du dich neben mich?», fragte sie.

Mattis ließ sich von ihr zum Tisch zerren und auf einen Stuhl drücken.

Jill beobachtete, wie Maren Mattis vorsichtig musterte. In ihrem Blick lag eine solche Sehnsucht – jeder konnte sehen, dass sie Mattis noch liebte. Wahrscheinlich hoffte sie immer noch, dass er zu ihr zurückkehrte. Aber Jill wusste es besser. Sie hatte gesehen, wie Mattis mit Dana umging – sein Herz war längst wieder vergeben.

«Komm, ich schmiere dir ein Brot», sagte Maren zu Mattis. «Camembert? Den magst du doch ...»

«Nein, nein, lass!», sagte Mattis in für seine Verhältnisse beinahe grobem Ton. Maren zuckte zusammen. Sie konnte einem geradezu leidtun. «Sie hat nicht auf meine Anrufe reagiert. Ich glaube, sie ist abgehauen», murmelte er.

«Wer?», fragte Marla und sah von ihrem Handy auf. Aber da war ihr Vater schon wieder aufgesprungen und eilte hinaus. Drei Sekunden später fiel die Haustür ins Schloss. Zurück blieben zwei Exfrauen, zwei Kinder, eine Schwiegertochter, ein Enkelkind und Berge von Aufschnitt.

Entnervt schob Dana die Tastatur von sich. Es hatte einfach keinen Sinn, einen klaren Gedanken fassen zu wollen, sie dachte ständig nur an Mattis und ihre verworrene Lage. Die Zigarette, die sie vorhin mit Paul auf dem Balkon geraucht hatte, hatte nicht gerade geholfen, im Gegenteil, sie fühlte sich etwas benebelt, und das Feuerwerk an Witzen und Komplimenten, das er losgelassen hatte, machte es auch nicht besser. Vielleicht hatte Kristin doch recht, und er interessierte sich für sie. Aber da hatte er Pech gehabt. Sie liebte Mattis, was auch immer jetzt aus ihnen wurde.

Bestimmt war Mattis inzwischen nach Hause gekommen und hatte gemerkt, dass sie nicht da war. Aber sie würde jetzt nicht auf ihr Handy gucken, sie wollte für ihn nicht erreichbar sein. Sie war sauer, und das sollte Mattis auch merken. Dass er Tim und Hanna und das Baby auch noch ins Haus holte, natürlich wie immer, ohne sie vorher zu fragen, machte sie wütend. Als wäre nicht so schon alles chaotisch genug. Sie fragte sich langsam, wie andere Menschen mit Familie es schafften, Zeit für ihre Arbeit zu finden. Was Dana daran erinnerte, dass sie genau jetzt eigentlich Zeit für ihre Arbeit *hatte*. Sie sah wieder auf den Bildschirm und begann, den Absatz noch einmal zu lesen, den sie gerade geschrieben hatte.

Eine jüngere englische Studie zeigt, dass die Beteiligten von den Stiefmüttern durchweg mehr erwarteten als von den Stiefvätern. Und auch die Stiefmütter selbst schienen von sich mehr zu erwarten. Anders als Stiefväter, die ihre Funktion, ihre Rolle und ihr Engagement offenbar in sehr viel größerem Maß selbst gestalten können, finden sich Stiefmütter unvermittelt im Zentrum der Patchworkfamilie wieder. Sobald sie Bestandteil der Familie sind, übernehmen sie fast die gesamte Verantwortung für die häuslichen Aufgaben, entweder weil sie selbst nicht berufstätig sind, weil sie selbst weitaus weniger verdienen als der Mann oder weil geschlechtsspezifische Rollen und Funktionen schlichtweg nicht hinterfragt werden.

Nichts davon war bei ihr der Fall, dachte Dana. Sie war berufstätig, und selbstverständlich hatten Mattis und sie traditionelle Rollenbilder über Bord geworden, schließlich war sie Professorin und verdiente nicht schlecht, und Mattis war alles andere als ein Macho. Wieso traf das, was die Studie beschrieb, dann trotzdem eins zu eins auf sie zu? Sie warf noch mal einen Blick in den neben ihr liegenden Text über die Studie, von dem sie schon viel zu viel zitiert oder paraphrasiert hatte – aber die Studie selbst hatte sie bisher leider noch nicht einsehen können:

Viele Kinder, die von ihren Vätern der Obhut der neuen Frau überlassen wurden, begegneten ihrer Stiefmutter zunehmend feindselig. Das Problem der Stiefmutter ist demnach das Problem des abwesenden Partners. Eine Patchwork-Familie braucht ein starkes Paar. Es definiert sich darüber, ein anderes Paar zu sein als das alte, nun getrennte Elternpaar, aber es ist entschlossen, als Paar aufzutreten und wahrgenommen zu werden, auch von den Kindern. Ist einer der Partner abwesend, gibt es keine gemeinsamen Ziele und Absprachen, so steht ein dysfunktionales Paar im Zentrum der neuen Patchwork-Familie, und diese wird Schwierigkeiten haben, zu einer Einheit zu werden.

Plötzlich hätte Dana heulen können. Die elterliche Funktion gemeinsam wahrzunehmen war schon schwer genug, wenn die

Exfrau nicht auf der Couch saß und alles kommentierte. Ganz unmöglich wurde es, wenn immer nur entweder Mattis da war oder sie. Offenbar waren sie kein starkes Paar, wie sie noch vor kurzem gedacht hatte. Sie waren ein dysfunktionales Paar. Wahrscheinlich waren sie schon mitten in der Krisenphase, und sie wusste ja, was danach kam: die Auflösungsphase.

Es klopfte, ihre Bürotür ging auf, und für den Bruchteil einer Sekunde hoffte Dana, es wäre Mattis. Aber vor ihr stand Paul. Er lächelte sie an. «Ich weiß nicht, wie's dir geht, aber ich kriege nichts mehr auf die Reihe. Wollen wir was trinken gehen? Es wird schon dunkel.» Er deutete mit dem Kinn zum offenstehenden Fenster. Tatsächlich dämmerte es, und in der Linde vor dem Fenster hatten sich die Vögel zu ihrem Abendkonzert versammelt. Dana sah unschlüssig auf ihr Buch. Sich mit Paul zu betrinken, war natürlich auch eine Lösung. Bestimmt würde er sie zum Lachen bringen. Sie sah wieder auf, und er blickte sie auf seine eigentlich ganz süße Art an und fragte: «Na?»

Nein, es war natürlich überhaupt keine Lösung. Dana schüttelte den Kopf. «Ein andermal, ja?»

Paul war sichtlich enttäuscht. «Versprochen?»

«Versprochen.»

«Okay. Mach nicht mehr zu lang.»

Paul schloss die Tür, und sie war wieder allein mit ihren Büchern und ihrer schlechten Laune.

Eine Viertelstunde später klappte Dana Buch und Laptop entschlossen zu. Es hatte heute einfach keinen Sinn, und wenn sie nichts schaffte, konnte sie genauso gut nach Hause gehen. Sie war seit Tagen nicht in ihrer Wohnung gewesen. Als sie den Laptop in ihre Tasche steckte, griff sie automatisch nach ihrem Handy. Aber bevor sie das Display aktivierte, ließ sie es zurück in die Tasche gleiten. Egal ob Mattis sich gemeldet hatte oder nicht – besser, sie schlief eine Nacht über alles und überlegte sich in Ruhe, was sie eigentlich wollte. Vielleicht tat Mattis ja dasselbe.

Dana hängte sich die Tasche um, schloss das Fenster und öffnete die Tür zum Flur, wobei sie frontal mit Mattis zusammenstieß und mit ihrer Nase an seinem T-Shirt landete. Sie atmete den vertrauten Duft nach frisch gesägtem Holz ein und den an Mattis ungewohnten Geruch nach –

«Hast du geraucht?», fragten beide gleichzeitig, aber keiner wartete die Antwort des anderen ab.

«Ich hatte gehofft, dass ich dich hier finde», sagte Mattis. «Ich war schon bei dir zu Hause. Wenn du hier auch nicht gewesen wärst, hätte ich nicht gewusst, wo ich als Nächstes hinfahren soll.»

Dana trat einen kleinen Schritt zurück. Sie freute sich, Mattis zu sehen, trotz allem.

Er sah ihr forschend in die Augen. «Du bist abgehauen, oder?»

Sie hielt seinem Blick stand und nickte. So nah sie eben daran gewesen war, Mattis um den Hals zu fallen und ihn mit in ihre Wohnung zu nehmen und alles zu vergessen, so klar war ihr jetzt wieder, dass sie etwas zu klären hatten.

«Es kann so nicht weitergehen, Mattis.»

Er nickte schnell. «Nee, kann's auch nicht, ich weiß.»

«Wir sind da in ein Chaos hineingeraten. Ich meine, deine *komplette* Familie wohnt jetzt bei dir, ist dir das klar?»

«Na ja, Tim nicht. Und dass Jill jetzt auch da ist, ist ja nur, weil –»

«*Jill* ist auch da? Ist das dein Ernst?» So langsam begann Dana wirklich, an seinem Verstand zu zweifeln.

«Schhh, schrei doch nicht so», sagte Mattis, und tatsächlich hatte sie ziemlich laut gesprochen. Kein Grund, ihr so über den Mund zu fahren. «Entschuldige», schob Mattis hinterher. «Aber wollen wir nicht lieber irgendwo was trinken? Und dabei reden?»

Dana schüttelte den Kopf. Schummriges Licht, Alkohol und tiefe Sessel waren definitiv nicht das Richtige, um einen klaren Kopf zu bewahren. Sie öffnete die Tür ihres Büros, setzte sich wieder hinter ihren Schreibtisch, die Tasche vor sich auf dem Schoß wie ein Bollwerk. Sie deutete auf den Stuhl auf der anderen Seite ihres Schreibtischs. «Bitte.»

Mattis sah aus, als wollte er einen Spruch machen, ließ es aber bleiben. Er schloss die Tür, dann setzte er sich und betrachtete einen Moment seine Hände, ehe er begann: «Ich hab heute Nachmittag dauernd versucht, dich zu anzurufen, weil ich das mit Tim und Hanna vorher mit dir besprechen wollte. Aber dann hab ich dich nicht erreicht, und alles hat sich irgendwie ... verselbständigt. Ich hab Jill angerufen und sie um Hilfe gebeten. Ich dachte, das wäre in deinem Sinne. Schließlich ist es eine Entlastung für dich, wenn sie aushilft.»

Vielleicht war das hier auch alles ein schlechter Witz, überlegte Dana, ein Test. Versteckte Kamera oder irgendwas in der Art – *die* Chance zu beweisen, wie flexibel und strapazierfähig sie war. Nur war sie offenbar nicht halb so flexibel und strapazierfähig, wie sie gedacht hatte.

«Ihr beide versteht euch doch ganz gut, oder?», fuhr Mattis fort. «Ich fand es eigentlich ideal, wenn sie kommt, um zu helfen. Allerdings hatte ich nicht bedacht, dass Maren mit Jill überhaupt nicht kann. Die wünscht sich dich wahrscheinlich schon zurück.»

Dana schnaubte. «Das glaub ich kaum.» Mattis konnte ja nicht wissen, wie Maren und sie sich heute angezickt hatten. Sie selbst hatte keine Gelegenheit gehabt, ihm davon zu erzählen, und Maren hatte das Thema wohl kaum angesprochen, schließlich kam sie selbst dabei nicht besonders gut weg. «Aber davon mal abgesehen ... du bist doch nicht der Retter der Nation. Du musst dich nicht um alle kümmern!»

«Um *alle?*», fragte Mattis kopfschüttelnd. «Es geht um meine *Familie.* Tim ist mein Sohn, er hat gerade ein Baby bekommen und steckt in der Klemme. Und Maren ist meine Exfrau, und –»

«Eben!», sagte Dana. «*Ex!*»

Mattis seufzte. «Gerade *weil* ich sie verlassen habe, will ich jetzt für sie und die Kinder da sein. Marens ganzer Lebensplan ist gescheitert, Dana, und das deprimiert sie nicht nur, es ist auch rein praktisch gesehen eine ziemliche Herausforderung. Das wäre es schon ohne den Unfall gewesen. Verstehst du das denn nicht?»

Doch, das verstand sogar sie. Dana zuckte etwas bockig mit den Schultern. Nachdem sie sich eine Weile angeschwiegen hatten, sagte sie: «So kann es trotzdem nicht weitergehen. Es tut mir wirklich leid, aber ... für mich ist das einfach nichts. Ich brauch meine Ruhe, mein eigenes Zimmer, ich bin da offenbar anders als ihr. Und deine Familie will mich da auch gar nicht haben. Wenn ihr jetzt Hilfe von Jill habt, wäre es vielleicht besser, ich würde mich ein paar Tage in meine Wohnung zurückziehen.»

«Kommt gar nicht in Frage. Matilda mag dich. Und Tim und Jill mögen dich auch. In jedem Fall wird sich meine Familie an dich gewöhnen, und das wird sie auch müssen», sagte Mattis entschieden. «Denn du bist die Frau, die ich liebe, und du gehörst zu mir.»

«Aber ... was, wenn ich da keinen Platz habe?»

«Dann machen wir welchen.»

So hatte sie es eigentlich nicht gemeint. Es lag nicht nur an den anderen, es lag genauso an ihr. Sie hatte Zweifel, und das hatte sie Mattis bisher nicht gesagt, weil er dermaßen viel um die Ohren hatte und so unbeirrt schien. Jetzt war es an der Zeit. Sie suchte seinen Blick und gab sich einen Ruck. «Ich weiß aber gar nicht, ob ich das will, Mattis.»

«Du weißt nicht, ob du einen Platz in meiner Familie haben willst?», fragte Mattis nach.

Sie nickte.

«Was willst du denn? Weißt du das überhaupt?» Sein Tonfall klang gereizt.

«Dich», sagte Dana, ohne eine Sekunde nachdenken zu müssen.

«Und deine Ruhe», ergänzte Mattis, aber er klang schon sachlicher, um Verständnis bemüht. «Was ich auch nachvollziehen kann.» Er sah aus dem Fenster und sagte nach einer Weile: «Ich erwarte von dir nicht, dass du dich verbiegst, das will ich gar nicht. Aber ich kann dich auch nicht immer nur allein treffen und so tun, als hätte ich keine Kinder. Mich gibt es nur mit meiner Familie. Und die Frage ist ...», er sah sie wieder an, «willst du mich trotzdem?» Dana wollte gerade nicken, als Mattis noch eine Frage hinterherschob: «Bist du schon so weit?»

«Ich weiß es nicht.» Sie räusperte sich, denn ihre Worte waren als Flüstern rausgekommen.

Mattis stand auf und ging zum Fenster. Er schwieg, schien zu warten, dass sie sich äußerte, aber sie war ratlos und wie blockiert. Nach einer Weile sagte er: «Die Frage ist, was wir füreinander sein wollen.»

Dana nickte. «Das ist leichter.» Sie versuchte, es selbstironisch klingen zu lassen.

Mattis drehte sich zu ihr um und lehnte sich an die Fensterbank.

«Ich will, dass wir ein richtiges Paar sind. Dass wir uns so häufig wie möglich sehen, wenn nicht abends, dann eben zum Mittagessen. Und dass wir uns alles anvertrauen, Sorgen und Träume.»

«Und ... möchtest du auch, dass wir unsere Zukunft gemeinsam planen? Ich meine ganz generell, von der jetzigen Situation abgesehen? Maren und Jill werden bald wieder ausziehen, aber meine Kinder gehören nun mal zu mir.»

«Natürlich möchte ich eine Zukunft mit dir! Und deinen Kindern.» Dana lächelte, froh, dass sie über diese Antwort nicht eine Sekunde nachdenken musste.

Mattis kam auf sie zu. Dana ließ ihre Tasche vorsichtig zu Boden rutschen und stand auf, und Mattis nahm sie in den Arm. «Weißt du, ich kann dieses Chaos nicht so ohne weiteres auflösen», sagte er leise, nah an ihrem Ohr. «Dir das zu versprechen wäre unehrlich. Aber es ist alles absehbar. Maren wird es bald besser gehen, für die Werkstatt arbeiten wir an einer Lösung, und Hanna ist sowieso nur bis zu Tims Prüfung da, und die ist in ein paar Tagen. Aber ich verspreche dir, dass du in dem Chaos keine Rolle mehr spielen wirst, die du nicht spielen willst. Und damit meine ich auch: Wenn du in deiner Wohnung sein willst, sei in deiner Wohnung, wir kriegen das schon auch ohne dich hin.»

Dana sah ihn zweifelnd an.

«Die Hauptsache ist», sagte Mattis, «dass du nichts machst, was du nicht machen willst. Das ist das Letzte, was *ich* will. Und es ist ja tatsächlich nicht deine Familie.»

«Ich hab mir das alles etwas leichter vorgestellt.»

Mattis nickte.

«Ich glaub, eins wäre wichtig.» Dana löste sich von ihm und setzte sich auf die Fensterbank, um ihn besser ansehen zu können. «Wir versuchen die ganze Zeit, so zu tun, als wären wir von heute auf morgen eine große glückliche Familie geworden. Das stimmt aber nicht. So was braucht Zeit. Ich habe den Eindruck, die Kinder kommen gar nicht hinterher, und wir reiben uns auf und tun vor den Mädchen so, als hätten wir kein Problem, was die natürlich durchschauen. Denn wir *haben* ein Problem, alle. Maren mit mir, ich mit den Kindern, die mich ehrlich gesagt total überfordern, du kannst dich nicht dreiteilen, und wir beide haben überhaupt keine Zeit mehr für uns.»

Mattis nickte. «Und was machen wir da?»

«Weiß nicht. Ehrlicher sein?»

«Du meinst, zugeben, dass wir ein Problem haben?»

«Ja, warum nicht? Und wenn das nur heißt, dass wir uns nicht mehr verbiegen, als uns guttut. Dass wir auch mal an uns beide denken, statt die Bedürfnisse der anderen zu erfüllen. Ich vermisse unsere Zeit zu zweit.»

Mattis sah auf seine Schuhspitzen und schließlich nickend wieder zu ihr. «Einen Versuch ist es wert.»

«Wollen wir gleich damit anfangen?», fragte Dana.

«Wie meinst du das?»

«Na, indem wir jetzt zurückfahren. In dein Haus.»

«Echt? Ich war fest davon ausgegangen, dass du die Nacht in deiner Wohnung verbringen willst.»

Ja, sie eigentlich auch. Aber jetzt hatte sich die Lage eben geändert. Sie wollte Mattis nicht alleine ziehen lassen. «Du musst doch zurück, oder?», fragte sie.

«Ja, das geht nicht anders.»

«Na dann.»

«Na dann.» Mattis lachte und zog seinen Autoschlüssel aus der Hosentasche, und Dana zückte erneut ihren Büroschlüssel, um für heute endgültig abzuschließen.

17

Maren strich sacht über den kleinen warmen Rücken, um das Baby nicht zu wecken. Es war etwas nach unten gerutscht und hing jetzt mit angezogenen Beinchen auf ihrem Bauch, dabei zuckte es manchmal im Schlaf. Sie saß im Schutz der Tannenbäume im hinteren Teil des Gartens auf einer Liege. Hanna hatte sich nach einer anstrengenden letzten Nacht noch einmal hinlegen wollen, und Maren kümmerte sich gern um Franka. Sie zog die Decke enger um den kleinen Körper. Nachmittags war es im Schatten schon nicht mehr besonders warm, es war September, und der Sommer ging seinem Ende entgegen. Maren betrachtete das kleine Wesen. So seidige dunkle Haare hatten Marla und Matilda nie gehabt, beide waren ganz blond gewesen. Sie beugte sich hinunter, um an der Kopfhaut der Kleinen zu schnuppern – ein geradezu magischer Geruch, so frisch und süß. Sie könnte ewig so sitzen und ihre Wärme spüren und ihr Gesichtchen mit der perfekten Haut, dem winzigen Mund und den lustigen Grimassen betrachten, die sie im Schlaf zog. Nichts wäre ihr lieber, als selbst noch mal einen so kleinen Schatz zu haben.

«Na? Verliebt?» Jill war in den Garten gekommen und klapperte auf der Terrasse mit einem Wäscheständer herum, natürlich ohne jede Rücksicht auf das Baby. Während sie einkaufen gewesen war, hatte wohltuende Stille geherrscht. Maren beschloss, nicht zu antworten. Jills Lautstärke bei allem, was sie tat, und ihre andauernde penetrant gute Laune gingen ihr extrem auf die Nerven. Jill verschwand wieder im Haus. Für ihre Enkeltochter interessierte sie sich überhaupt nicht, dachte Maren, die Kleine schien sie vollkommen kaltzulassen, so unvorstellbar es war. Aber Maren hatte Jill noch nie verstanden, und das würde sich wohl auch nicht mehr ändern. Dreizehn Jahre lang hatten sie es geschafft, sich aus dem Weg zu gehen, und jetzt hatte Mattis sie doch noch zusammengesperrt.

Gestern Abend hatte Maren um neun vorgegeben, hundemüde zu sein, damit sie den Abend nicht allein mit Jill verbringen musste. Marla und Hanna hatten ihr noch dabei geholfen, sich bettfertig zu machen, nicht, dass das am Ende noch Jill tat – eine Horrorvorstellung. Tatsächlich war sie dann früh eingeschlafen, noch bevor Mattis zurückgekommen war. Maren hatte keinen Schimmer, ob Mattis und Dana sich wieder versöhnt hatten. Heute Morgen, als er sie wie versprochen zu ihrem frühen Termin im Krankenhaus gefahren, dort auf sie gewartet und sie wieder zurückgebracht hatte, hatte er ganz aufgeräumt gewirkt und war sehr freundlich zu ihr gewesen. Eigentlich wollte sie auch gar nicht so genau wissen, was da vor sich ging. Hauptsache, Dana war weg. Und Mattis' Frau war schließlich immer noch sie. Von Scheidung hatte Mattis jedenfalls seit dem Sommerfest nichts mehr gesagt. Dass Dana das Weite gesucht hatte, musste eigentlich bedeuten, dass es zwischen den beiden kriselte. Und Jill würde auch irgendwann weiterziehen – Maren glaubte keine Sekunde, dass sie es länger als ein paar Tage ertrug, sich um Einkauf, Wäsche und Kinder zu kümmern, dafür war sie viel zu sehr auf ihren eigenen Spaß bedacht.

Und dann wären bald nur noch Mattis, sie und die Kinder da, und alles wäre wieder gut. Sie hatte sich heute jedenfalls besonders hübsch gemacht, hatte sich die Haare hochgesteckt, das hatte er immer gemocht, und eine Bluse angezogen, die ihr besonders gut stand, wie sie fand.

«Mama!» Matilda kam auf sie zugehüpft.

«Hey, Maus! Wo kommst du denn her?»

«Jill hat uns reingelassen.»

«Wie schön. Komm mal her.» Matilda machte einen spitzen Mund und ließ sich von ihr einen Kuss aufdrücken.

«Sind Marla und Rosa drinnen geblieben?» Mattis hatte ihr heute Morgen erzählt, dass die Mutter von Marlas derzeit bester Freundin Rosa alle drei Mädchen abholen und zu ihnen bringen würde.

Matilda nickte. «Die haben irgendwas Geheimes zu besprechen. Ich durfte nicht mit.»

«Du Arme.» Maren strich ihrer Kleinen, die auch schon so unglaublich groß war, über den Kopf. «Guck mal, wie Franka das Gesicht verzieht. Sie wird langsam wach.»

Matilda betrachtete ihre Nichte fasziniert und versuchte, ihren Gesichtsausdruck nachzumachen. Das Baby gab kleine unzufriedene Geräusche von sich, und Maren zog es etwas nach oben, damit sie es besser schuckeln konnte. Matilda beobachtete das Ganze mit einer Miene, die Maren an ihr gar nicht kannte. Sie war doch nicht etwa eifersüchtig?

«Wollen wir zusammen ein Buch lesen?», fragte Maren. «Erst les ich ein bisschen vor und dann du?» Es war wichtig, dass Matti Lesen übte, denn das sollte sie in der zweiten Klasse eigentlich schon besser können, als es der Fall war.

Matilda nickte und stand auf. «Ich hol eins.»

Zehn Minuten später kam sie wieder zurück und setzte sich zu Maren auf die Liege. Hanna war inzwischen aufgewacht und hatte Maren das Baby wieder abgenommen, um es drinnen zu wickeln.

«Was hast du denn Schönes mitgebracht?» Maren hoffte auf Astrid Lindgren, von der sie selbst gar nicht genug bekommen konnte. Aber was Matilda dabeihatte, sah so gar nicht nach Bullerbü aus. «*Kriegen das eigentlich alle*?», las sie den Titel vor. «Was ist das denn?»

«Gehört Marla.»

Maren sah sich das Buch genauer an. *Die besten Antworten zum Erwachsenwerden*. Sie schlug es auf. Das Inhaltsverzeichnis klang vernünftig. Die Kapitel hießen «Vom Wachsen und Verändern», «Vom Verknalltsein und von der Liebe», «Vom Küssen und vom Sex». Sie seufzte. Woher Marla das wohl hatte? Aber wahrscheinlich war es gut, dass ihre Älteste sich mit diesen Dingen auseinandersetzte. Sie blätterte ein bisschen durch das Buch und blieb an der Überschrift hängen «Was kann ich tun oder essen, damit die Brust wächst?». *Das* interessierte nun allerdings auch sie. Unaufgefordert begann Matilda, stockend vorzulesen:

> Du kannst nichts machen, um einen größeren oder kleineren Busen zu bekommen. Jede Frau hat eine einzigartige Brust, egal, ob groß, klein, oval, rund, spitz oder hängend.

«Ja, ja, das ist sehr interessant», sagte Maren, die das für Matilda dann doch keine geeignete Lektüre fand, und blätterte um. Auf der nächsten Seite waren nebeneinander je zwei Melonen und zwei Äpfel, zwei Kirschen und zwei Birnen und noch diverse andere Früchte angeordnet. In jeder Form und Größe war etwas dabei.

«Deine sehen so aus», sagte Matilda und zeigte auf die Birnen. Maren lachte überrascht. Hatte ihre Tochter ihr gerade Hängebrüste attestiert? Das war ja dann wohl doch etwas übertrieben. Höchstens ein kleines bisschen, schließlich hatte sie zwei Babys gestillt, das machte es bekanntermaßen nicht besser.

«Und Danas so.» Matilda deutete auf die Äpfel.

Na super, dachte Maren und überlegte noch, wie sie darauf reagieren sollte, als plötzlich Mattis' Stimme durch den Garten tönte.

«Ich hab Würstchen mitgebracht!»

Erfreut sah Maren auf. Aber das Lächeln gefror auf ihrem Gesicht, als sie sah, wer hinter Mattis in den Garten kam.

Dana, die Frau mit den Apfelbrüsten.

Nach gerade mal vierundzwanzig Stunden bei Mattis im Haus hatte Jill schon das Gefühlt, dass ihr alles über den Kopf wuchs. Sie hatte heute bereits drei Waschmaschinen angestellt und erneut Unmengen an Nahrungsmitteln und Windeln eingekauft. Außerdem hatte sie sich bemüht, ein wenig von dem Chaos zu beseitigen, das Matilda hinterließ, um nicht permanent auf kleine Plastikfiguren oder auf Haargummis mit Obstimitaten zu treten. Und dann hatte sie auf Marens ausdrücklichen Wunsch hin die untere Etage gesaugt. Offenbar war Staub gefährlich für die kleinen Lungen von Franka ... so ein Bullshit, aber *whatever*, sie wollte ja nicht mehr für *trouble* sorgen, sondern die Jobs erledigen, für die Mattis sie hierhergeholt hatte. Sie war nur überrascht, wie anstrengend das alles war. Kaum war sie mit einer Erledigung fertig, rief schon wieder irgendjemand nach ihr, oder es piepste irgendein Gerät, das ausgeräumt werden wollte, so wie jetzt die Spülmaschine. Niemand hatte ihr je vorgeschrieben, wann sie staubsaugen sollte, und wenn draußen die Sonne schien, konnten dreckiges Geschirr und Schmutzwäsche gut auf schlechtere Tage warten. Aber mit so vielen Menschen unter einem Dach war solch eine Anarchie nicht möglich, das musste sogar sie zugeben.

Jill machte sich an die Arbeit und dachte sehnsüchtig an ihre schöne Wohnung. Sie vermisste ihr eigenes Reich, in dem sie tun und lassen konnte, was sie wollte, wann sie es wollte. Und in dem sie Besuch empfangen konnte, zum Beispiel Stefan, den sie nur zu gern mal wieder gesehen hätte. Noch ein Grund mehr, dieses Arrangement so schnell wie möglich zu beenden. Sobald Tim mit seiner Prüfung durch war, würde sie sich um frische Einnahmequellen und eine neue Bleibe kümmern.

Zum Glück nahm ausgerechnet Hanna sie bisher nicht in die Pflicht. Obwohl Mattis sie vor allem eingeladen hatte, damit sie der jungen Mutter half, schien Hanna überraschend gut zurechtzukommen. Sie beschwerte sich nie, blieb auch bei den heftigsten Schreiattacken ruhig und wirkte so gut wie nie überfordert oder genervt. Jill waren diese Frauen immer suspekt gewesen, die das Muttersein genetisch gepachtet zu haben schienen, die sich diesen Zustand nicht erst hart erarbeiten mussten wie sie selbst. Maren gehörte auch in die Muttertier-Kategorie – im Gegensatz zu Jill stürzte sie sich geradezu auf Franka. Man könnte meinen, die Kleine sei *ihr* Enkelkind, wenn man sah, wie sie das Baby anschmachtete. Vorhin im Garten hatte sie es sogar auf ihrem Bauch schlafen lassen. Eigentlich erstaunlich, dass Hanna damit gar kein Problem hatte. Jill hatte sie eher so eingeschätzt, dass sie so unsicher und ängstlich wäre wie Maren und niemanden an ihr Neugeborenes heranlassen würde. Aber Hanna blieb total gelassen.

«Kannst du mir mal kurz helfen, Jill?», rief Hanna von oben. Jill ließ die halb ausgeräumte Spülmaschine offen stehen und lief die Treppe hinauf.

Sie fand Hanna in dem kleinen Zimmer, in dem sie sich mit der Kleinen eingerichtet hatte, auf dem Boden kniend, vor ihr lag Franka auf einem ausgebreiteten Mulltuch, das von oben bis unten voll mit – *well*, man musste es beim Namen nennen – Kacke war.

Hanna lachte. «Die Kleine hat ihr Geschäft ausgerechnet beim Wickeln verrichtet», sagte sie. «Ich bin auch ganz voll.» Tatsächlich waren Hannas Hände, Unterarme und Knie currygelb gesprenkelt. «Kannst du mal kurz übernehmen, damit ich mich sauber machen kann?», fragte Hanna.

Jill hatte den starken Impuls, «*No f... way*» zu sagen, aber sie riss sich zusammen und nickte. Hanna stand auf und verschwand Richtung Bad. Jill kniete sich vor das Baby, das lustig sein Gesicht verzog. Musste sie die Kleine jetzt sauber machen? Hanna würde ja gleich wiederkommen. Ach, was sollte es, sie war hier, um zu helfen. Jill zog ein Feuchttuch aus der Packung und versuchte mit spitzen Fingern, den kleinen Po zu säubern, ohne sich die Hände schmutzig zu machen. Aber sosehr sie sich auch bemühte, sofort hatte auch sie das Zeug an den Fingern. Egal, zum Glück stank es noch nicht so. Sie ließ das Tuch auf den dreckigen Body fallen, der auf dem Boden lag, und zog noch eins heraus. *Jesus*, warum musste Franka sie dabei auch noch so prüfend angucken? Als wollte die Kleine sagen: «Ich durchschaue dich! Du hast keine Ahnung, was du da tust!» Als ihr die Kleine sauber genug vorkam, griff Jill nach dem bereitliegenden frischen Body und versuchte umständlich, ihn Franka über den Kopf zu ziehen, woraufhin die anfing zu schreien wie am Spieß. Jill gab es auf. Zum Glück kam in diesem Moment Hanna zurück, in sauberen Klamotten.

«Hey, Süße, komm mal her», sagte sie zu ihrer Tochter und nahm sie hoch, und sofort hörte die Kleine auf zu weinen. «Wir baden dich erst mal.»

«Oh», sagte Jill, erfreut, dass sie nun Wissen aus ihrem Großelternkurs anbringen konnte. «Habt ihr einen Tummy Tub?»

«Einen was?» Hanna war bereits auf dem Weg ins Bad. Jill folgte ihr.

«Du weißt schon, diesen Eimer zum Baden, in dem sich die Kleinen fühlen wie im Mutterleib.»

Hanna drehte den Wasserhahn am Waschbecken auf und prüfte mit einem Finger die Temperatur. «Klingt nach Schnickschnack», sagte sie und hielt Franka unter das laufende Wasser. Sofort fing die Kleine wieder an, frenetisch zu brüllen. «Geht doch auch so», sagte sie.

«Stimmt», sagte Jill und sah überrascht dabei zu, wie Hanna seelenruhig mit einem Waschlappen die Kleine säuberte, die mittlerweile ganz rot vor Entrüstung war. Hanna zuckte mit den Schultern. «Ist halt noch neu für sie, aber sie gewöhnt sich schon dran.»

Jill beobachtete die Szene mit einer Mischung aus Erstaunen und Belustigung. Offenbar hatte sie Hanna wirklich unrecht getan. Sie war keine Übermutter wie Maren, die bereits Stapel gebügelter Spitzenbodys in Designerkinderschränke gefaltet hatte, als man noch nicht einmal einen Bauchansatz sah. Hanna wickelte ihre Tochter am Boden, sie badete sie im Waschbecken, und sie schien nicht zu glauben, dass ein bisschen Aufregung ihr einen Schaden fürs Leben zufügte. Jill musste zugeben: Sie war ziemlich beeindruckt.

«Aber ein Tragetuch hab ich mir neulich gekauft. Mit dem kann man alles Mögliche machen – hab ich aus einem alten Blogeintrag von Maren. Kennst du ihren Mamablog eigentlich?», fragte Hanna, als sie das Baby aus dem Wasser gehoben und es in ein Zipfelmützenhandtuch gewickelt hatte und es sich auf ihrem Arm beruhigte.

«Der heißt *Mamablog*?», wiederholte Jill. Wie bescheuert war das denn? «Ich wusste nur, dass sie einen Blog hat.»

«Ich hab neulich ziemlich weit zurückgescrollt und Einträge aus der Zeit gelesen, als Marla und Matti noch kleiner waren. Das war echt rührend.»

«*Really?*», fragte Jill zweifelnd. Vielleicht sollte sie sich tatsächlich mal ansehen, was die liebe Maren da so schrieb.

Plötzlich hörte sie von nebenan ein hysterisches Kreischen. Teenager-Kreischen. Marla hatte Besuch von ihrer Freundin Rosa.

«Guckst du, oder gucke ich?», fragte Hanna, die mit einer Hand Frankas frische Wäsche bereitlegte. «Wer weiß, was die da treiben.»

«Ich», sagte Jill schnell, weil sie fürchtete, Hanna könnte sie sonst damit beauftragen, das Baby anzuziehen.

Sie klopfte an Marlas Zimmertür, aber drinnen lief so laute Musik, dass die Mädchen sie offenbar nicht hörten. Jill öffnete vorsichtig die Tür und fand die beiden aufgeregt über ein Handy gebeugt vor. Marla kreischte gerade wieder auf, und Rosa sagte: «Du bist so was von tot.»

Jill räusperte sich. Die Mädchen fuhren ertappt auf, beide hatten tiefrote Wangen und einen gewissen Wahnsinn im Blick.

«Alles okay?», fragte Jill.

Rosa sah hilfesuchend zu Marla, deren Gesicht einen trotzigen Ausdruck angenommen hatte. «Nur weil du hier jetzt die Haushälterin spielst, musst du nicht gleich alles wissen.»

«Okay ...» Der Kommentar traf Jill, aber sie wusste noch aus Tims Pubertät, dass es nicht klug war, nun ebenfalls emotional zu werden. Einen Moment lang suchte sie nach Worten, dann lächelte sie und sagte: «Du hast recht. Aber wenn ihr bei irgendetwas Hilfe braucht, wisst ihr ja, wo ihr mich findet. Manchmal bekommt man von Ex-Stiefmüttern weniger Ärger als von den eigenen Müttern. *Just saying* ...» Sie grinste und ging rückwärts aus Marlas Zimmer. Bevor sie die Tür schloss, fiel ihr noch etwas ein: «Ach, Marla: Ich habe heute Weißbrot für dich gekauft. Und ich glaube, Mattis wollte später *barbecue* machen. Rosa, von mir aus kannst du nachher auch gern mitessen.»

Dann schloss sie die Tür und atmete tief aus. Noch ehe sie sich selbst die Frage überhaupt richtig gestellt hatte, entschied sie: Was auch immer die Mädchen da trieben, sie würde zu Maren nichts sagen. Vielleicht bestand ja die winzige Chance, dass Marla zu ihr kam, bevor sie irgendwelchen Mist baute.

«Sei mir nicht böse, Liebling, aber ich bin grad so gut drin, ich setz mich oben mit dem Laptop auf die Matratze und arbeite noch ein bisschen weiter, ja?»

Mattis, der am Kühlschrank stand und Grillsoßen, Senf und Ketchup auf ein Tablett stellte, sah sich zu Dana um. «Sicher? Hast du denn gar keinen Hunger?»

«Eigentlich nicht. Vielleicht komm ich später dazu.»

«Okay. Mach nur.»

Dana war froh, dass sie sich gestern ausgesprochen hatten. Mattis hatte verstanden, dass sie ihren Freiraum brauchte, und das hatte zur Folge, dass sie plötzlich sogar hier sein *wollte*, trotz des ganzen Trubels. Sie hatten eine sehr schöne Nacht gehabt, mit wenig Schlaf, weshalb sie heute Morgen so lange geschlafen hatte wie ewig nicht mehr. Aber jetzt würde sie sich noch für ein Stündchen zurückziehen, solange es im Haus ruhig war, und mit ihrem Vortrag weitermachen, mit dem sie heute Nachmittag endlich ein gutes Stück vorangekommen war.

Als Mattis später den Kopf durch die Tür steckte und sie vertieft inmitten von Artikeln, losen Blättern und aufgeschlagenen

Büchern auf der Matratze vorfand, auf den Oberschenkeln ihren Laptop, lachte er.

«Hier sieht's ja aus. Kommst du noch? Unten sind alle mit dem Essen fertig und gehen sicher gleich rein. Dann ist es mit der Ruhe im Haus eh vorbei.»

«Echt, schon? Ja dann ... bin ich gleich da!»

«Schön.» Mattis warf ihr einen Kuss zu und verschwand wieder.

Als sie schließlich tatsächlich nach unten ging, war doch etwas mehr Zeit vergangen, aber der Vortrag dafür so gut wie fertig. Im Haus war es dunkel, die Türen der Kinder waren schon zu, und nur hinter der Tür von Marla und ihrem Besuch war noch Gekicher zu hören. Konnte es denn sein, überlegte Dana, dass sie zu konzentriert gewesen war, um *irgendwas* mitzubekommen? Für ihre Arbeit jedenfalls ein gutes Zeichen. Mattis klappte in der schummrigen Küche gerade den Geschirrspüler zu und stellte ihn an.

«Hey», sagte sie leise und legte von hinten die Arme um ihn. «Ich hab den Vortrag fertig.»

«Ist ja toll», sagte Mattis und drehte sich zu ihr um. «Gratuliere.»

«Tut mir leid, dass ich nicht eher aufgetaucht bin, aber es war so dringend nötig, dass ich mit der Ausarbeitung vorankomme ...»

«Kein Problem.» Mattis lächelte. «Jetzt sind allerdings schon fast alle im Bett.»

«Das macht nichts», sagte Dana lächelnd. «Ich wollte sowieso zu dir.»

«Ach ja?» Er nahm ihre Hand und zog Dana an sich.

«Wie war denn der Abend?», fragte sie.

«Ganz schön. Hanna ist eine Bereicherung für unsere Runde, so freundlich und ausgeglichen. Maren wirkte heute ziemlich unentspannt, dabei war sie heute Morgen noch so gut gelaunt. Na ja, ich glaub, Jill geht ihr etwas auf die Nerven, die beiden waren schon immer wie Hund und Katze. Aber du hast gefehlt.» Er nahm sie noch fester in den Arm. «Wegen der nächsten Tage ...», sagte er schließlich, «morgen haben wir so weit organisiert, Jill ist ja da, aber übermorgen hat sie nachmittags selbst einen Termin, und ich muss wieder in die Werkstatt, nachdem ich die Mädchen von der Schule abgeholt hab. Könntest du Matilda vielleicht am späten Nachmittag zum Malkurs bringen?»

«Übermorgen Nachmittag? Muss ich mal gucken. Ich weiß noch gar nicht, ob ich übermorgen hier sein wollte», sagte sie neckend. Malkurs klang jetzt auch nicht wirklich wichtiger als ihre Arbeit. Sie tat, als würde sie Mattis einen Knuff versetzen. «Vergiss nicht, ich bin deinetwegen hier, es ist ja nicht meine Familie.» So hatte Mattis es bei ihr im Büro selbst gesagt – er wollte, dass sie freiwillig tat, was sie tat.

«Ach so», sagte Mattis, der aussah, als hätte sie ihm unvermittelt kräftig auf den Fuß getreten.

«Hey, Dana!» Jill kam gutgelaunt in die Küche. «Schön, dass du auch noch auftauchst! Trinkst du ein Glas Wein mit mir?»

«O ja, gerne.» Ein Glas Wein war nach dem langen Arbeitstag genau das Richtige. «Nimmst du auch eins?», fragte Dana Mattis.

«Nein, ich muss noch mal in meine Mails gucken», sagte Mattis und verließ die Küche.

«Ich kann nicht fassen, wie früh hier alle ins Bett gehen», sagte Jill und nahm eine Flasche Weißwein aus dem Kühlschrank. «Ist ja wie im Altersheim.» Sie goss zwei Gläser ziemlich voll und drückte Dana eins in die Hand. «Mattis ist ganz schön am Rotieren im Moment, *isn't he*?»

«Ja. Wir alle.» Dana setzte sich Jill gegenüber an den Tisch.

«Na ja», Jill lachte, «er hat es so gewollt. Er hat jetzt, was er immer wollte. Ein tolles Haus und eine große Familie mit ein paar Kindern ...»

«... und ein paar Exfrauen», warf Dana ein.

Jill lachte laut «*Exactly.*» Sie stieß mit ihr an, und als sie ihr Glas wieder absetzte, sagte sie grinsend: «Sei froh, dass es uns gibt. Stell dir mal vor: All diese Kinder, dann das neue Baby und du die einzige Frau weit und breit ... *a nightmare*, oder nicht?»

Dana nickte kichernd. So gesehen war sie allerdings froh um die Exfrauen – um Jill sowieso.

«Es ist komisch», sagte Jill eine Stunde später nachdenklich. Sie saßen immer noch am Esstisch neben der Küchentheke, hatten den Weißwein inzwischen ausgetrunken, eine Flasche Rotwein aufgemacht und eine Packung Choco Crossies gefunden, die sie bereits fast aufgegessen hatten. Dana hatte die Kerze angezündet, die auf dem Tisch stand, und überhaupt war es hier unten inzwischen eigentlich ganz wohnlich, wenn auch überall Matildas Täschchen, Körbe und Playmobilfiguren herumflogen.

«Ich habe eigentlich nie gemerkt, dass ich älter geworden bin», fuhr Jill fort, «es war, als wäre die Zeit in den besten Jahren stehengeblieben. Jetzt ist es plötzlich, als wollte mir das Leben mit allen Mitteln zu verstehen geben, dass nun Schluss damit ist. Mein Vater wird alt, mein Sohn bekommt ein Kind, bald gehöre ich zur ältesten Generation – ich bin eine *Granny!* Ist das nicht furchtbar? Ich wünschte, es könnte alles noch zehn, zwanzig Jahre so bleiben, wie es ist.»

So ernst und ruhig hatte Dana Jill noch nie erlebt, aber das Thema schien sie zu beschäftigen, wenn sie auch äußerlich keinen Grund zur Sorge erkennen konnte. Jill sah toll aus, man konnte kaum glauben, dass sie auf die fünfzig zuging, und sie schien ihr hier die Lebendigste von allen.

«Aber du siehst doch phantastisch aus, du wirkst mindestens zehn Jahre jünger!», versuchte Dana, Jill aufzumuntern.

«*Thank you, sweetie*, ich kann mich nicht beklagen. Aber wenn dich plötzlich Männer ansprechen und du dich fragst: Was will der alte Typ von mir, und dir dann auffällt, dass er gar nicht so viel älter ist als du selbst, dann geht's bergab.»

Dana lachte. «Aber es ist ja nicht so, dass man schlagartig alt wird. Es ändert sich doch nichts von einem Tag auf den anderen.»

Jill wiegte den Kopf. «Es ändert sich schon gerade ziemlich viel. Und ich will mir auch nichts vormachen. Aber das Problem ist: Ich weiß nicht, wie man gut alt wird. Wie geht das? Ich habe kein Vorbild. Meine Mutter und meine Großmutter kann ich nicht mehr fragen. Wobei die wahrscheinlich sowieso keine guten Ratgeberinnen gewesen wären.»

«Warum denn nicht?», fragte Dana.

«Na ja, meine Mutter ist nicht älter geworden als ich», sagte Jill, «und sie hat ein ganz anderes Leben geführt. Ihre eigenen Interessen standen für sie nicht im Mittelpunkt, ein extravaganter Lebensstil kam wegen uns Kindern gar nicht in Frage. Manchmal ...», Jill pulte etwas Wachs von der brennenden Kerze und formte es zu einer Kugel, «manchmal habe ich das Gefühl, schon deshalb alles aus meinem Leben herausholen zu müssen. *Just because I can.*» Sie lächelte auf so verletzliche Weise, dass Dana ihr über den Arm strich.

Um sie auf andere Gedanken zu bringen, fragte sie: «Und dieser Typ, den du kennengelernt hast, wie läuft es mit dem?»

«Ach, super.» Jills Gesicht erstrahlte. «Der tut mir so gut. Ich würde ihn nur gern öfter sehen. Mal eine ganze Nacht mit ihm verbringen.» Jill lächelte verschmitzt, als Mattis in der Küchentür erschien.

«Hey, ihr beiden. Ich geh schlafen. Wie ist es mit dir, Dana?»

«Ich komm auch bald. Geh ruhig schon vor.»

Sie unterhielten sich gerade so gut, Dana wollte das Gespräch noch nicht beenden. Mittlerweile war Jill ihr richtig ans Herz gewachsen. Seit sie auch im Haus war, war die Situation um einiges erträglicher, teilweise sogar richtig schön. Ein bisschen WG, ein bisschen Großfamilie – das hatte was.

18

Am nächsten Morgen erwachte Jill vom goldgelben Sonnenlicht, das in ihr Zimmer fiel, denn fast nirgends waren bisher Jalousien oder Vorhänge angebracht. Es war vollkommen still im Haus, ein Zustand, den sie hier bisher noch gar nicht erlebt hatte, schon gar nicht in der Nacht, weil Hanna dann mit Franka schuckelnd durch die Flure tigerte und versuchte, sie mit säuselnden Lauten davon zu überzeugen, dass nun Schlafenszeit war. Doch jetzt drangen nur ein paar Motorengeräusche von der Straße durch das geöffnete Fenster. Es war doch alles in Ordnung? Einen Moment lang würde sie noch liegen bleiben.

Sie drehte sich auf die Seite und dachte an Stefan, der ihr gestern wieder so eine süße SMS geschrieben hatte. Sie hatten sich jetzt schon über eine Woche nicht gesehen, viel zu lange für ihren Geschmack, aber im Moment war es schwierig, auch für sie. Wie schön es wäre, einmal neben ihm aufzuwachen. Er sähe bestimmt sehr niedlich aus so verschlafen, noch etwas zerknittert im Gesicht, die Haare noch wüster als sonst. Dieser Mann bedeutete ihr wirklich etwas, was sie gleichzeitig freute und ihr Unbehagen bereitete. Denn sie war nicht so naiv zu glauben, dass Stefan drei Jahrzehnte Ehe aus dem Fenster warf, um mit einer ruhelosen Halb-Irin durchzubrennen, die pleite und genau genommen gerade obdachlos war. Sie sollte das Ganze genießen, solange es anhielt. Und wenn er irgendwann das Weite suchte, wie sie es selbst so oft getan hatte, dann wusste Jill: Sie war wie eine Katze. Sie hatte sieben Leben und fiel immer auf die Füße.

Etwas schwerfällig richtete sie sich auf der Matratze auf, die auf dem Boden lag, und sah sich in dem kleinen Raum um. Er war so gut wie leer, das Einzige, was darin stand, war ihr geöffneter Koffer, in dem unordentlich ihre Klamotten lagen, darauf ihr äußerst unerfreulicher letzter Kontoauszug und die Unterlagen von der Wohnungsübergabe. Ein Bild, das mehr als symbolisch war für ihr derzeitiges Leben: kein Ballast, kein Besitz, kein Plan. Aber es würde sich schon alles finden. Schließlich war das Chaos die natürliche Daseinsform des Menschen, davon war Jill fest überzeugt. Außerdem hatte gestern überraschend dieser alte Auftraggeber auf ihre Mailbox gesprochen, ob sie spontan einen Job in Hannover für ihn erledigen könnte, sein Eventplaner war wohl abgesprungen. Es handelte sich um eine Veranstaltung für einen Kreuzfahrtanbieter, ausgerechnet. Aber es ging ja nicht um ihren persönlichen Reisegeschmack. Jill musste ihn gleich mal zurückrufen, war sich aber noch nicht ganz im Klaren darüber, was sie sagen sollte. Eigentlich kam dieser Anruf sehr gelegen, sie brauchte dringend einen Auftrag und vor allem das Geld. Andererseits wollte sie Mattis und Dana nicht hängenlassen. Und Hanna und Franka. Warum waren die beiden nur so still?

Jill stand auf und schlich in T-Shirt und Unterhose auf Zehenspitzen durch den Flur. Die Zimmertüren der großen Mädchen standen bereits offen, sie schienen schon in der Schule zu sein. Das Frühstück war Sache von Mattis und Dana, das hatte Jill klargemacht, denn vor neun Uhr früh war sie leider zu nichts zu gebrauchen. Auch Hannas Tür war nur angelehnt, vorsichtig gab Jill ihr einen kleinen Stups. Helles Sonnenlicht fiel in den Raum, in dem überall Babysachen verstreut waren. Auf einer Matratze auf dem Boden lag Hanna, etwas verknotet, Gesicht nach unten. Ihr Haar war zerzaust, und ihre Haltung wirkte, als hätte sie sich heute Nacht mit letzter Kraft in ihr

Zimmer geschleppt und wäre vor Erschöpfung sofort in den Tiefschlaf gefallen. *Can't blame her* ... Aber wo war Franka? Jills Herz machte einen kleinen Hüpfer, als ihre Augen den Raum scannten. In einer Ecke stand das Secondhand-Reisebettchen, das Tim und Hanna mitgebracht hatten. Jill ging beunruhigt darauf zu. Aber darin schlief ihre Enkelin seelenruhig, Arme und Beine angezogen, in Embryo-Haltung auf dem Bauch. Ihr kleiner Po ragte in die Höhe, sodass das Wort «Windelprinzessin» zu lesen war, das jemand in lila Großbuchstaben quer auf ihren Strampler gestickt hatte. Diese Geschmacklosigkeit, gegen die die Kleine sich noch nicht wehren konnte, ging sicher auf das Konto von Hannas Mutter, dachte Jill. War alles okay mit Franka? Jill trat noch etwas näher an das Bettchen heran. Die Kleine lag so still da, dass man nicht sicher sagen konnte, ob sie noch atmete. Und das auf dem Bauch, wo Jill doch im Großelternkurs gelernt hatte, dass man Babys heute zum Schlafen auf den Rücken legte. Sie betrachtete das friedliche kleine Gesicht, über das genau in diesem Moment ein herzzerreißendes Lächeln huschte. In Jill schien etwas zu schmelzen. Plötzlich seufzte Franka geräuschvoll, gefolgt von einem ausgiebigen Schmatzen. Jill musste grinsen. So ganz kalt ließ dieses kleine Bündel sie wohl doch nicht. Am liebsten hätte sie Franka auf den Arm genommen, aber das war natürlich verboten, wo sie gerade so schön schlief. Dafür hatte sie eine andere Idee: Sie würde Hanna ein richtig gutes irisches Frühstück zubereiten, mit Eiern, Bohnen und Speck, damit sie nach dieser sicherlich wieder harten Nacht ein bisschen zu Kräften kam.

Als Jill die Treppe herunterging, wunderte sie sich, dass Maren gar nicht auf dem Sofa lag. Aber dann fiel es ihr wieder ein: Sie hatte heute noch einen Arzttermin, Mattis wollte sie hinfahren. Doch statt ihrer Mutter stand Marla im Wohnzimmer. Hatte sie keine Schule? Und was trieb sie da? Eine Hand kokett in die schmale Hüfte gestemmt, schien sie mit sich selbst zu reden. «Wirklich, so geht das hier gerade ab.» Marla verzog das Gesicht etwas gekünstelt zum Schmollmund. Mit wem sprach sie da? Dann bemerkte Jill die kleine Apparatur, die vor Marla auf der Küchentheke aufgebaut war. Sah aus wie ein Stativ, darauf Marlas Handy. «Noch mehr krasse news gibt es bald, ihr Süßen. Bis dahin: immer schön *liken* und *sharen*. Tschau Tschau, eure Bubbly Bee.»

Zwar enthielten Marlas Worte einige aus ihrer Muttersprache, trotzdem hatte Jill keinen blassen Schimmer, worum es ging. Sie stieß mit dem Fuß gegen eine Playmobilfigur, die geräuschvoll die Stufen herunterpurzelte, und Marla schreckte auf. Blitzschnell nahm sie ihr Handy vom Stativ und ließ es in der Tasche ihrer Skinny Jeans verschwinden.

«Was machst du denn hier?» Marlas Stimme schien ein bisschen zu zittern.

«Das wollte ich dich auch gerade fragen», sagte Jill und ging einen Schritt auf sie zu. «Hast du keine Schule?»

«Erst zur dritten.» Marla wollte sich verdrücken, doch Jill hielt sie sachte am Unterarm fest.

«Vielleicht kann ich dir helfen.»

Marla verdrehte die Augen und wich ihrem Blick aus.

«*Really!*», sagte Jill. «Ich bin PR-Expertin, ich kenne mich ein bisschen mit Selbstvermarktung aus. Filmst du das für ein Schulprojekt?»

«Äh ... so ähnlich», sagte Marla.

«Hast du schon die richtige Musik dafür?», fragte Jill.

«Ich nehm Rihanna oder so.»

«Mmmm.» Jill überlegte. «Du brauchst was Gema-freies. Es gibt fürs Handy so eine App, mit der man super schneiden kann. Da ist auch viel freie Musik mit drauf, die du drunterlegen kannst. Und es gibt so Retro-Filter, da steht ihr doch heute drauf.»

Plötzlich hatte sie Marlas ganze Aufmerksamkeit. «Echt?»

«Ja. *I get you that App, okay?* Lass sie uns zusammen runterladen! Später. Nach der Schule?»

Erstmals seit ihrer Ankunft sah Jill so etwas wie Verbundenheit in Marlas Blick. «Okay. Cool.»

«Na? Alles klar bei euch?», fragte plötzlich Hanna hinter ihnen. Jill hatte sie gar nicht kommen hören. Die Arme hatte gerötete Augen und einen Kissenabdruck im Gesicht.

«Ja, ich wollte dir gerade ein schönes Frühstück machen», sagte Jill. Marla lächelte Hanna schief an und huschte die Treppe hinauf.

Während Jill Eier und Speck briet, berichtete Hanna von letzter Nacht. «Und dann war sie hellwach», sagte sie. «Mitten in der Nacht, einfach so. Wie hast du das denn damals mit Tim gemacht?»

Jill war seltsam gerührt, weil Hanna ausgerechnet sie um Rat fragte. «Das ist so lange her», sagte sie und öffnete die Dose Baked Beans. «Aber ich weiß noch, dass ich sehr viel gesungen habe. *Irish Folk Songs.*»

Hanna lachte und trank einen großen Schluck von dem Milchkaffee, den Jill ihr gemacht hatte. «Meinst du, du könntest das auch mal bei Franka probieren?» Als Jill nicht sofort reagierte, fügte sie hinzu: «Damit ich mal ein paar Stunden Schlaf am Stück kriege?»

Und plötzlich war Jill klar, was Hanna elementar von Maren unterschied: Sie definierte sich als Mutter nicht darüber, gebraucht zu werden. Es war okay für sie, dass andere etwas übernahmen – und im Zweifelsfall sogar besser konnten. «Natürlich», sagte sie und sah, wie erleichtert Hanna wirkte. «Das mache ich gerne.»

Es war entschieden: Sie würde nicht nach Hannover fahren, um den Job zu übernehmen. Sie wurde hier dringender gebraucht.

Gerade als sie Hannas Frühstück auf einem extragroßen Teller anrichten wollte, klingelte es an der Tür. Wahrscheinlich Mattis und Maren, die vom Arzt zurückkamen. Schade eigentlich, sie hatten es gerade so nett. Und gleich würde bestimmt Franka aufwachen, worauf sie sich schon freute. Hanna wollte aufspringen, aber Jill sagte streng: «*You sit, girl!*», und lief zur Tür. Davor stand ihr Sohn.

«Tim, was machst du denn hier?», fragte Jill erstaunt.

«*Great to see you too,* Jill», antwortete der und drückte sie kurz. «Das riecht ja gut hier, kriege ich was ab?»

«Ja, klar. Franka schläft und ...» Weiter kam sie nicht, denn Hanna stürmte auf Tim zu und warf sich ihm in die Arme.

«Gute Nachrichten», sagte Tim, nachdem sie sich ausführlich begrüßt hatten. Beide Frauen blickten ihn erwartungsvoll an. «Ich bin durch mit dem Lernen, ihr könnt nach Hause kommen! Und du kannst dich wieder deinen Jobs und deiner Freiheit widmen, Jill! Alles okay, Mom?»

Jill bemerkte selbst, was für ein trauriges Gesicht sie machte. Sie bemühte sich redlich, ihren Sohn anzulächeln, aber wenn sie ganz ehrlich war, musste sie zugeben: Sie war enttäuscht. Gerade war sie Hanna und Franka etwas nähergekommen.

Während Tim und Hanna sich über das herzhafte Frühstück hermachten, wählte Jill die Rückruffunktion an ihrem Handy. «Danke für Ihre Nachricht, ich hab mich gefreut, von Ihnen zu hören», sagte sie betont enthusiastisch. «Zufällig habe ich ein Zeitfenster und kann den Auftrag kurzfristig übernehmen.» Sie blickte durch das große Wohnzimmer Richtung Garten, wo die Sonne bunte Kreise auf den Rasen malte. «Heute Abend schon?» Aus der oberen Etage hörte sie Franka leise krähen, sie war wohl aufgewacht, und Tim hechtete mit wenigen Schritten die Stufen hinauf zu seiner Tochter. «Kein Problem. Ich mache mich auf den Weg.»

Dana blickte durch das Wohnzimmerfenster auf den kleinen Vorplatz, aber von Maren war noch immer nichts zu sehen. Mattis hatte sie heute Morgen schon wieder zu einem Termin gefahren, Physiotherapie, aber immerhin wollte sie diesmal mit dem Taxi zurückkommen, sodass Mattis nicht erneut den Chauffeur spielen musste. Dana musste nun hier die Stellung halten, denn Jill war beruflich unterwegs und Hanna mit der Kleinen wieder bei Tim. Sie sah auf die Uhr. Gleich halb drei, sie musste dringend los. Im Institut fand heute eine Besprechung statt, bei der sie nicht fehlen durfte, es ging um Drittmittel, ohne die sie ihr wichtigstes Forschungsprojekt nicht realisieren konnte. Sie versuchte es noch einmal auf Marens Handy, aber die Mailbox sprang an, bevor es überhaupt klingelte. Eine Nachricht zu hinterlassen hatte dann ja wohl keinen Sinn.

Vielleicht sollte sie Mattis anrufen, es konnte ja sein, dass er mehr wusste. Aber er hatte sie so flüchtig verabschiedet, beinahe distanziert, und das ließ sie zögern. Wenn sie so darüber nachdachte, war er eigentlich auch schon gestern Abend komisch gewesen. Irgendwie gedämpft, beinahe höflich. Dabei waren sie, nachdem sie sich vorgestern in ihrem Büro versöhnt hatten, doch so verliebt zu ihm nach Hause gefahren, hatten sich auf der Rückfahrt an jeder roten Ampel geküsst und sich nachts lange geliebt. Nahm er ihr etwa übel, dass sie nicht mit ihm nach oben gekommen war, sondern sich, zugegebenermaßen bis tief in die Nacht, mit Jill unterhalten hatte? Aber vielleicht war er auch nur gestresst, und sein Verhalten hatte überhaupt nichts mit ihr zu tun.

Auf der Treppe erschien Marla. «Wartest du auf Mama?»

«Ja, weißt du zufällig, wo sie bleibt? Sie wollte doch eigentlich um zwei zurück sein. Das Problem ist, dass ich es inzwischen ziemlich eilig hab.»

Marla schüttelte den Kopf. «Du kannst aber ruhig los. Sie kommt bestimmt gleich.»

Das klang ungewöhnlich wohlwollend für Marla, und das, nachdem sie in den letzten Tagen so giftig zu ihr gewesen war. Offenbar hatte sie heute einen guten Tag.

«Wirklich», bekräftigte Marla. «Wir können auch mal kurz allein bleiben.»

Das fand Dana ja eigentlich sowieso, schließlich war Marla zwölf. Aber sie wusste auch, dass Maren das anders sah – Mattis zwar nicht, aber der hatte in der Hinsicht wenig zu melden, nach allem, was sie so beobachtete. Noch einmal sah sie auf die Uhr. Die Konferenz würde Punkt drei beginnen, mit dem akademischen Viertel konnte man ihrer Institutsleiterin nicht kommen.

«Mama hat auch gesagt, das wär okay», fügte Marla hinzu.

«Dass ihr allein bleibt?», fragte Dana ungläubig.

Marla nickte.

«Na gut. Ich kann auch leider wirklich nicht länger warten, ich muss dringend zur Arbeit. Ruf mich doch kurz an, wenn Maren da ist, ja?»

Marla nickte.

«Wo ist Matilda?»

«Die macht oben Hausaufgaben.»

«Okay. Also ... macht keinen Quatsch.»

Marla verzog das Gesicht, und Dana musste grinsen. Diese Erziehungssätze, die sie bisher weitgehend hatte vermeiden können, klangen aus ihrem Mund für sie selber komisch. Was hatte sie diesen Kindern, die sie nicht hatte aufwachsen sehen, schließlich zu sagen? Aber in Marlas Alter wurde es Zeit, dass sie Verantwortung übernahm. Wie sollte sie jemals selbständig werden, wenn man ihr nicht auch mal was zutraute? «Na, du wirst das schon machen, du bist ja groß», sagte sie. «Bis heute Abend.»

Maren bedankte sich herzlich bei dem Taxifahrer, der sie beim Aussteigen so freundlich gestützt hatte, verabschiedete sich und bewegte sich mit Hilfe ihrer Krücken langsam auf Mattis' Haustür zu. Wenn sie die Dinger in zwei Wochen endlich los wäre, dann hatte sie wahrscheinlich einen Bizeps wie eine Marktfrau. Immerhin hatten die Ärzte gestern festgestellt, dass ihre Brüche gut verheilten, und da sie immer brav ihre Übungen machte, war auch der Physiotherapeut, von dem sie gerade kam, zufrieden mit dem, was er ihre Mobilität nannte – ein Begriff, der es allerdings nicht ganz traf, schließlich schaffte sie es alleine gerade mal vom Sofa ins Bad. Aber insgesamt war das natürlich erfreulich. Überhaupt war sie heute gut gelaunt. Mattis kümmerte sich so nett um sie, und die Kinder waren im Moment richtig süß zu ihr. Maren setzte die Krücken auf die erste Stufe, und ihr fiel auf, dass die Haustür offen stand. Hoffentlich verdarb Dana ihr nicht gleich die gute Laune. Sie hatte ihr vorhin einen Zettel hingelegt, dass es bei ihr später werden würde als verabredet. Dabei hatte sie ein bisschen geflunkert. Die Untersuchungen dauerten nicht länger, Maren hatte einfach heimlich noch einen Kaffee bei Heike im Laden trinken wollen. Sie musste einfach mal raus und ein paar Sachen mit ihrer besten Freundin besprechen. Mit so etwas Banalem konnte sie der Professorin natürlich nicht kommen, die sicher wieder irgendwas sehr, *sehr* Wichtiges zu tun hatte … Maren zog sich auf die oberste Treppenstufe und stieß mit der rechten Krücke die Tür weiter auf, als ihr ein scharfer Geruch in die Nase stieg. Rauch. Es musste irgendwo brennen.

«Marla?», schrie Maren panisch. «Matilda?»

Keine Antwort. So schnell es mit den Krücken ging, schwang sie sich ins Wohnzimmer. Es lief auf voller Lautstärke ein Hörspiel, und alles lag durcheinander. Sofakissen, Decken, Kopfkissen, über der angeschalteten Stehlampe hing ihr Lieblingshalstuch und rauchte. Maren wusste nicht, was sie zuerst tun sollte – sie musste löschen, die Feuerwehr rufen, Mattis anrufen –, aber vor allem musste sie die Kinder finden. Panisch blickte Maren sich um. Wo, zum Teufel, war Dana?

In diesem Moment hörte sie Matildas Stimme, ganz nah. Sie bewegte sich Richtung Küche und fand ihre Jüngste in der offenen Terrassentür sitzend, wo sie mit dem schwarzen Kätzchen redete und schmuste. «Maus, was ist denn hier los? Gott sei Dank ist dir nichts passiert! Wo ist deine Schwester, und wo ist Dana? Füll mal ganz schnell einen Eimer mit Wasser, unter der Spüle ist einer. Los, schnell, Mäuschen.»

Mit verwirrtem Gesichtsausdruck stand Matilda auf und tat, was Maren ihr aufgetragen hatte, während die ihr Handy aus der Tasche holte, den Notruf wählte, sagte, dass es bei ihnen brannte, und ihren Namen und die Adresse durchgab.

«Es brennt?», fragte Matilda. «Wo denn?»

«Im Wohnzimmer!» Maren nahm Matilda den Eimer ab und versuchte, mit nur einer Krücke auf kürzestem Weg wieder ins

Wohnzimmer zu gelangen. Ohne lange nachzudenken, schüttete sie das Wasser auf das rauchende Tuch. Es knallte, die Lampe ging aus, und auch die Kinderstimmen des Hörspiels verstummten. Aber es rauchte auch nicht mehr, und das war die Hauptsache.

«Was ist denn hier los?» Marla stand in der Tür, sichtlich erstaunt.

Maren atmete erleichtert aus. Ihre beiden Mädchen waren unversehrt. Sie ließ sich auf das Sofa sinken. «Kommt mal bitte her, ich muss euch umarmen.» Die beiden setzten sich zu ihren beiden Seiten, und Maren drückte sie fest an sich und schloss die Augen. Schließlich fragte sie: «Wo ist denn nun eigentlich Dana?»

«Die musste los», sagte Marla.

«Du meinst, sie hat euch allein gelassen?»

Marla nickte, und von draußen war Sirenengeheul zu hören, das sich schnell näherte. Durch die immer noch offen stehende Haustür hörten sie Reifen auf dem Kies knirschen und dann schnelle Schritte, die sich näherten.

«Wir sind *hier*», rief Maren, die zu erledigt war, um sich hochzuziehen.

In der Tür erschienen zwei Männer, beide in dunklen Feuerwehruniformen, einen dicken Rucksack auf dem Rücken, unterm Arm einen Helm.

«Wo brennt's denn?», fragte der dickere von beiden, offenbar ein Scherzkeks.

«Ich hab den Brand schon gelöscht», sagte Maren und fühlte sich dabei einigermaßen heroisch, auch wenn es sich eher um Rauch gehandelt hatte als um Flammen. Aber lange hätte es ja garantiert nicht mehr gedauert, sie war gerade rechtzeitig gekommen.

Der Feuerwehrmann war näher getreten und betrachtete das Tuch über der Lampe. «Schwelbrand?»

Maren zuckte mit den Schultern.

«Das kann ja noch nicht lange gegangen sein. Hat aber 'n Kurzschluss gegeben, was?», fragte wieder derselbe, während der andere beide Fenster weit öffnete.

«Habt ihr das Tuch hier über die Lampe gehängt?», fragte er und sah Marla und Matilda an.

Matilda sah eingeschüchtert vom Feuerwehrmann zu ihr, ohne zu antworten.

Der Dickere nickte bedächtig. «Haste Glück gehabt. Das hätte ganz anders ausgehen können. Über den Glühbirnen wird es ganz heiß, der Stoff hat sich entzündet.»

Matilda verbarg ihren Kopf in Marens Armbeuge.

«Ist ja nichts Schlimmes passiert», sagte der Feuerwehrmann tröstend.

Das sah Maren allerdings anders.

«Wir werden Sie vorsorglich jetzt alle drei mal untersuchen», sagte der Kleinere von beiden. «Draußen im Krankenwagen.»

«Aber vorher», sagte Maren bestimmt, «rufe ich erst mal meinen Mann an.» Das hätte böse ins Auge gehen können. Ihren Mädchen hätte Gott weiß was passieren können. Und es war ja wohl vollkommen klar, wessen Schuld das war.

Dana kroch mit dem Feierabendverkehr den Maienweg entlang. Sie fand es nach wie vor fragwürdig, dass Mattis ein Haus so weit außerhalb gekauft hatte, wenn sie doch beide in der Stadt arbeiteten und die Kinder dort zur Schule gingen. Es war der reine Wahnsinn, wie viele Kilometer Mattis und sie in den letzten Wochen zusammengefahren hatten. Aber es war ja ihre freie Entscheidung. Wenn sie von der Uni zu Fuß nach Hause gehen wollte, konnte sie das tun, und das würde sie auch, sobald Maren wieder ausgezogen war und Mattis und sie endlich zurück zur Normalität gefunden hatten. Heute wollte sie allerdings bei ihm sein. Er war an diesem Morgen so komisch zu ihr gewesen, und darauf wollte sie ihn ansprechen. Vielleicht sollten sie den geplanten Urlaub nachholen, sobald Maren wieder fit war und Mattis seine Stühle alle ausgeliefert hatte. Es mussten ja nicht gleich Wochen sein, nur ein paar Tage zu zweit. Dünen, Meer, die letzten Spätsommersonnenstrahlen und viel Ruhe. Sicher brauchte nicht nur sie Abstand von den Bedürfnissen von Kindern und Exfrauen und wollte wieder spüren, wie es ganz am Anfang mit ihnen gewesen war. Sie bog in den Brombeerweg ein und kurz darauf in Mattis' Auffahrt.

Als sie die Haustür aufschloss, war es ungewöhnlich still im Haus. Es roch auch anders als sonst – als wäre gekokelt worden. «Jemand zu Hause?», rief sie in die Ruhe hinein.

Es blieb still, und ein Blick ins Wohnzimmer zeigte, warum: keine Menschenseele, aber alles lag durcheinander. Sah aus, als hätte Matilda mal wieder Höhle gespielt. In diesem Moment hörte Dana Mattis lachen, offenbar war er oben. Dana ging die Treppe hoch und rief seinen Namen, und diesmal antwortete er, offenbar aus Marens Schlafzimmer. Sie ging auf die Tür zu und blieb abrupt stehen, als sie um die Ecke bog. Auf dem Bett lagen Mattis und Maren mehr als dass sie saßen, zwischen sich ihre Töchter, alle eng aneinandergekuschelt. Unwillkürlich fühlte sich Dana wie ein Eindringling.

«Weißt du, was passiert ist, Dana?», rief Matilda aufgeregt. «Es hat gebrannt!» Sie kam auf allen vieren ans Fußende des Bettes gekrabbelt und zog Dana auf die Matratze.

«Was, wirklich? Ich dachte doch, ich hätte was gerochen. War es schlimm?»

«Na ja», hob Mattis an, aber Maren unterbrach ihn und sagte laut: «Allerdings! Es hätte wer weiß was passieren können.» Sie stützte sich mit den Händen auf die Matratze, richtete sich auf und sah sie vorwurfsvoll an. «Ich begreife nicht, wie du die Kinder allein lassen konntest, ich glaube, ich hatte sehr deutlich gesagt, dass ich das nicht möchte.»

Dana zwang sich, einmal tief durchzuatmen, bevor sie so ruhig wie möglich sagte: «Du hast dich ohne jede Erklärung um eine halbe Stunde verspätet, ich musste los und konnte dich nicht erreichen. Und schließlich ist Marla groß genug, um mal einen Moment allein zu bleiben, finde ich.»

«Ich habe mich keineswegs ohne jede Erklärung verspätet, sondern mit Ankündigung, schließlich habe ich dir einen Zettel geschrieben», erklärte Maren hochmütig. «Und was du zum Thema Kindererziehung *findest*, interessiert mich übrigens null Komma null. Man sieht ja, wozu das führt.»

«Was denn für einen Zettel?» Dana sah hilfesuchend zu Mattis, aber der hielt den Kopf gesenkt, genau wie Marla, während Matilda sich an Mattis gekuschelt hatte und von ihrer Mutter zu Dana und wieder zurück blickte.

«Darf ich mal erfahren, was überhaupt passiert ist?», fragte Dana jetzt nicht mehr ganz so ruhig.

«Aber gern», sagte Maren mit falscher Herzlichkeit. «Du bist entgegen unserer Abmachung weggefahren, obwohl ich noch nicht zu Hause war. Die Kinder sind allein geblieben, Matilda hat sich im Wohnzimmer eine Höhle gebaut und dabei ein Tuch über eine Lampe gelegt, das sich entzündet hat, und dann gab es einen Schwelbrand. Die Feuerwehr war hier!»

«Wirklich?», fragte Dana entsetzt. Das war ja fürchterlich.

Das einzig Beruhigende war, dass die Kinder unversehrt schienen. «Und geht es dir gut, Matti? Warst du noch in deiner Höhle, als das passiert ist?»

Matilda schüttelte mit großen Augen den Kopf.

«Ein Glück. Und du, Marla, wo warst du?»

«Ich?»

Maren schnitt ihrer Tochter das Wort ab. «Halt bloß Marla da raus! Sie ist viel zu jung, um die Verantwortung für ihre kleine Schwester zu übernehmen, und trägt keine Schuld an dem Geschehenen, egal, wo sie war!»

An dem Geschehenen. Dana wurde gleich irre. Gab es überhaupt irgendeine Möglichkeit, hier das Richtige zu sagen? Und warum, verdammt, tat Mattis die ganze Zeit, als wäre er nicht da?

«So meinte ich das doch überhaupt nicht! Ich wollte doch nur wissen, ob sie sich was getan hat.»

«Das klang aber anders», sagte Maren streng.

Dana wusste nicht, was sie noch sagen sollte. Offenbar waren hier alle der Meinung, dass sie die Schuld an dem Vorfall trug.

«Ich hab im Wohnzimmer überhaupt nichts gesehen», sagte Dana ratlos. Sie hatte allerdings etwas gerochen, aber so dramatisch konnte es eigentlich nicht gewesen sein.

«Das Zimmer hat nicht viel abgekriegt», sagte Mattis, «aber darum geht es ja auch nicht.»

«Also, es tut mir wirklich leid, was passiert ist. Aber ich habe keinen Zettel gesehen, und ich finde wirklich –»

«Wir wissen, was du findest, danke», fuhr Maren dazwischen.

Fassungslos sah Dana von einem zum anderen. *Wir?* Sah Mattis das denn genauso? Es fühlte sich jedenfalls an, als hätten sich hier alle gegen sie verschworen. Ganz offensichtlich machte auch Mattis sie für *das Geschehene* verantwortlich.

«Mattis …?», fragte Dana. Er blickte auf und sah sie so merkwürdig an, so anders als noch vor ein paar Tagen, dass sich Eiseskälte in ihr ausbreitete. Intuitiv machte sie auf dem Absatz kehrt und lief die Treppe hinunter, so schnell sie konnte. Hier hatte sie nichts mehr verloren.

Dritter Teil

19

Was für ein schöner, klarer Abend, dachte Jill. Die Sonne stand tief über Hamburgs beeindruckenden Altbauten, und die Bürgersteige waren voller fröhlicher Menschen mit hochgeschobenen Ärmeln auf dem Weg in einen Feierabend im Freien. Gerade hatte sie ihr Gepäck in einem Schließfach im Hauptbahnhof eingeschlossen, nun lief sie beschwingt Richtung Kennedybrücke. Unterhalb dieser, auf einem der Rasenstücke, von denen aus man auf das prächtige Innenstadtpanorama schauen konnte, hatte sie sich mit Dana für ein spontanes Picknick verabredet. Lieber wäre sie auf eine der Restaurantterrassen am Ufer der Außenalster gegangen, aber es wäre wohl ziemlich dreist, davon auszugehen, dass Dana sie einladen würde, und das Honorar aus ihrem Hannover-Job war noch nicht auf dem Konto. Überhaupt, Hannover: Das war nicht nur beruflich sehr interessant gewesen – der PR-Chef des Kreuzfahrtkonzerns hatte ihr ein Angebot gemacht –, sondern auch privat. Stefan war tatsächlich mit dem Zug nachgekommen, und sie hatten die ganze Nacht gemeinsam im Hotelzimmer verbracht, wie sie es sich erhofft hatte. Jill schauderte noch immer vor Glück beim Gedanken an die übergroße Daunendecke, bezogen mit weicher ägyptischer Baumwolle, bezahlt von ihrem neuen Auftraggeber, und darunter nichts als Stefan und sie. Als junge Frau hatte sie angenommen, dass Sex jenseits der vierzig gar nicht mehr prickelnd sein *konnte*. Doch zum Glück hatte diese Befürchtung sich als haltlos erwiesen. Im Grunde war es heute genauso großartig wie mit zwanzig, nackt neben jemandem zu liegen, in den man verliebt war. Eigentlich sogar noch großartiger.

Jill war froh, dass Dana spontan Zeit für sie hatte, denn sie musste einfach mit irgendjemandem über ihre Verliebtheit sprechen. Außerdem wollte sie Dana fragen, ob sie für ein paar Tage in ihrer Wohnung unterkommen konnte, schließlich war sie nach dem Ende ihres Gastspiels bei Mattis wieder ohne Übernachtungsmöglichkeit. Sie wollte Mattis nicht fragen, ob sie noch ein paar Tage bei ihm bleiben konnte, so gerne war sie gar nicht mehr dort, nachdem Hanna und Franka weg waren, und das lag vor allem an Maren. Außerdem vermisste Jill die Stadt. Dana gegenüber würde sie eine kleine Notlüge benutzen und behaupten, dass ihre eigene Wohnung gerade renoviert würde. Sie war ganz zuversichtlich, dass sie bei Dana bleiben konnte, schließlich war sie sowieso die meiste Zeit nicht zu Hause, und es war ja auch nur vorübergehend, bis die ersten Raten ihres neuen Auftrags gezahlt waren und sie wieder flüssig war. Selbstverständlich würde sie sich dann wieder eine eigene Bleibe suchen. Was eine WG betraf, hatte sie nach den Tagen in Mattis' Haus irgendwie *second thoughts*, vielleicht war das doch keine so gute Idee. Aber als Single war bei den aktuellen Hamburger Mietpreisen nicht viel mehr drin als ein Siebziger-Jahre-Einzimmerapartment im äußersten Nordosten der Stadt. *Bye bye*, Altbau mitten in Ottensen!

Aber mal sehen, dachte Jill, vielleicht steckte in dieser neuen Jobgeschichte ja mehr Geld, als sie dachte. Ihr Auftraggeber plante, auf seinen Luxusdampfern Events zu veranstalten, mit denen er neue Kundengruppen gewinnen wollte, und diese Events sollte Jill organisieren. Er wünschte sich zum Beispiel eine Helene-Fischer-Woche, in der Fans der Schlagersängerin auf der Strecke zwischen Palma de Mallorca und Athen den ganzen Tag mit ihrer in Jills Ohren unerträglichen Musik beschallt würden. Am Ende der Woche würde Helene *herself* eingeflogen und gäbe ein exklusives Konzert. Ähnliches sollte für Musical-Anhänger veranstaltet werden, inklusive Karaoke-Wettbewerb und Themenpartys. Am interessantesten schien Jill noch die Idee mit der Heavy-Metal-Singlewoche. Aber eigentlich war ihr all das ein Graus. Organisierte Fröhlichkeit mit Fake-Wunderkerzen und Merchandising-Paket, Frauen, die angesichts ihres Lieblingsstars ihre komplette Würde verloren und zu wimmernden Teenies mutierten, Buffets, auf denen Schweinemett zu Meerjungfrauen geformt war – ein Albtraum. Überhaupt, das Konzept von Kreuzfahrten hatte Jill nie verstanden. Warum sollte man in einem riesigen Bunker durch die Welt schippern, ohne wirklich etwas davon zu sehen, außer Doppeldeckerbusse und vorbestellte Schlangenbeschwörer? Dass der durchschnittliche Kreuzfahrtreisende erwiesenermaßen am Tag etwa 10 000 Kalorien zu sich nahm, sagte über diese Branche mehr, als Jill wissen wollte. Aber: Sie brauchte das Geld. Und sie hätte für die Zeit der Veranstaltungen zumindest ein fahrendes Dach über dem Kopf, denn ihre Aufgabe wäre es, die Durchführung der Themenwochen an Bord zu beaufsichtigen und vor Ort die Künstler zu betreuen.

Jill sah Dana schon von weitem. Sie saß auf einer Wolldecke und blickte nachdenklich Richtung Jungfernstieg. Die Picknickdecke erinnerte Jill an ihr erstes richtiges Date mit Stefan und ihren ersten Kuss. Nur dass es heute die Alster statt der Elbe war und dass es keinen Wein gab, sondern Bier aus Flaschen, die Dana neben der Decke aufgestellt hatte. Außerdem sah Jill Baguette und Käse. Das passte ja wunderbar zu den Trauben und dem Schinken, den sie besorgt hatte.

«Zwei Doofe, ein Gedanke», sagte Jill, zog ebenfalls ein paar

Astra-Flaschen aus ihrer Tasche und stellte sie neben die von Dana.

Ihre Freundin blickte auf und lächelte matt.

«Hey, Sweetie!» Jill setzte sich neben sie und drückte sie kurz an sich. Dana sah ungewohnt müde und traurig aus. «Was ist los?»

«Sieht man mir an, dass was los ist?», fragte Dana.

«*I'm afraid, yes*», sagte Jill. «Hat Maren sich über dein Pesto aus dem Glas beschwert, oder fordert sie jetzt Kussverbot für alle über zwölf?»

«Ach.» Dana lachte gequält. «Was Maren will, wissen wir doch beide.» Von der Alsterfontäne blies etwas Sprühwasser zu ihnen herüber. «Was mich so mitnimmt, ist, was Mattis will.»

Jill sah Dana erstaunt an. «Na, dich, was sonst?»

Dana schüttelte den Kopf. «Das dachte ich ja auch. Aber es gab einen Riesenärger, weil ich angeblich unfähig bin, auf die Kinder aufzupassen. Mattis hat mich Maren gegenüber nicht verteidigt, er hat mich richtig hängenlassen. Und überhaupt war er in den letzten Tagen so distanziert und komisch zu mir. Während er Maren die ganze Zeit rumkutschiert und ganz freundlich zu ihr ist. Nicht, dass er am Ende noch feststellt, dass er zu ihr zurückwill ...»

Jill konnte nicht anders, sie musste lachen. Dana wirkte verletzt. «Sorry», sagte Jill. «Aber Mattis will Maren schon lange nicht mehr. Ich habe genau bemerkt, wie er dich ansieht. Er ist manchmal nicht ganz einfach und hat im Moment bestimmt viel Stress, aber er liebt dich. Ganz eindeutig.»

Dana schwieg einen Moment lang. Dann nahm sie zwei Flaschen Astra und öffnete sie geschickt mit einem Feuerzeug. Sie gab Jill eine davon und stieß mit ihr an. «Worauf auch immer», sagte sie. Und fügte nach einem Schluck unvermittelt hinzu:

«Warum hat das mit dir und Mattis damals eigentlich nicht geklappt? Ist er vielleicht einfach der Typ Mann, der immer weiterziehen muss? Der niemals wirklich ankommt?»

«Oh no», sagte Jill, «überhaupt nicht. Es war eher das Gegenteil. Er *wollte* ankommen mit mir. Aber ich bin so, wie du sagst. Ich muss irgendwie immer weiter. Stillstand ist für mich kaum zu ertragen. Als Tim damals in die Schule kam, konnte ich nicht mehr durch die Welt reisen, und wir hatten zum ersten Mal ein geordnetes Familienleben. Alle drei in einer Wohnung, morgens zusammen Müsli, abends Käsebrot und immer öfter auch Fernsehen. Mattis war glücklich. Ich auch, aber vor allem dann, wenn ich in den Armen meines damaligen Lovers lag, einem jungen Bodypainting-Künstler.» Jill bemerkte Danas konsternierten Gesichtsausdruck. «Ja, ich war wild damals. Als Mattis das rausgefunden hat, war er vollkommen fertig. Er hat gesagt, man könne mir nicht trauen. Und dann haben wir irgendwann beschlossen, dass es besser ist, wenn wir auseinandergehen.»

«Und dann hat Maren ihn gerettet.» Dana konnte die Bitterkeit in ihrer Stimme kaum verbergen.

«Ja, so ähnlich», sagte Jill. «Ich glaube, Mattis hat nach mir jemanden gebraucht, von dem keine Gefahr ausging. Eine Frau, die ihm ganz sicher nicht das Herz brechen würde. Aber wenn du mich fragst, ist er dabei ein bisschen zu sehr auf Nummer sicher gegangen. Anfangs waren die beiden sehr verliebt. Du weißt, ich bin kein Fan von Maren, aber eins muss man ihr fairerweise lassen: Sie kümmert sich rührend um die Menschen, die sie liebt. Sie stellt ihre eigenen Bedürfnisse immer hintenan. Ehrlicherweise glaube ich, dass sie dabei manchmal den Bezug zur Realität verliert – ich zeig dir gleich mal was. Aber ihr extremes *Peace, Love and Harmony* – das passte am Ende nicht zu Mattis.»

Eine Gruppe Jugendlicher zog an ihnen vorbei, aus einem ihrer Handys wummerten fette Bässe. «Was passt denn zu ihm?», fragte Dana verzagt.

«Na du!» Jill nahm noch einen Schluck Bier, das durchaus ein bisschen kühler hätte sein können. Aber kein Geld, keine Ansprüche, so einfach war das. «Ihr passt zusammen. Du bist eigenständig, willst aber eine feste Beziehung, *right*?» Dana nickte. «Du bist nicht auf eine Symbiose aus, sondern auf eine gleichberechtigte Partnerschaft, in der jeder auch sein eigenes Ding machen darf. Genau wie Mattis. Wie sagt man: Aller guten Dinge sind drei? Du bist Nummer drei, Sweetie!»

In diesem Moment klingelte Jills Handy. Stefan. Dana bedeutete ihr, ruhig dranzugehen.

«Ich bin gerade im Alsterhaus, wo steckst du?», sagte Stefan, wie immer ein kleines bisschen zu laut, wie es am Telefon seine Art war. Dana hörte augenscheinlich jedes Wort, denn sie flüsterte Jill zu: «Er soll doch vorbeikommen.» Und so verabredeten sie sich in zehn Minuten hier, Stefan wollte, wie er ihr anvertraute, nur noch schnell neue Sportunterhemden besorgen. Jill musste grinsen, und als sie aufgelegt hatte, betrachtete Dana sie amüsiert und sagte: «Wenigstens bei dir läuft es anscheinend bestens.»

«Ähm, ja!» Jill spürte, dass sie rot anlief, was ihr nur selten passierte.

Dana knuffte sie in die Seite. «Mein Gott, du bist ja richtig verliebt!»

«Ich fürchte auch», sagte Jill. «Aber er ist auch so wunderbar. Und so schön und seine Haare und wie er riecht und ...»

Dana schlug sich prustend die Hand vor den Mund. «Du klingst wie ein Teenager», sagte sie. «Das macht mir ja Hoffnung. Dass man sich in jedem Alter so Hals über Kopf verlieben kann.»

Beim Stichwort Teenager fiel Jill ein, was sie Dana noch

hatte zeigen wollen – den albernen *Mamablog*, den sie sich inzwischen angesehen hatte. Bevor ihre Freundin wieder traurig werden konnte, sagte sie: «Kennst du eigentlich Marens Blog? So *Happy-Family*-Kram plus glutenfreie Cupcake-Rezepte und Kostümhäkeltipps? Alles mit viel Liebesperlen und Konfetti – *disgusting.*» Sie schnappte sich Danas Smartphone und öffnete Marens Website. Sofort erschien ein Foto von Maren, Matilda und der schwarzen Katze in der Hollywoodschaukel.

«Ist das bei uns im Garten?», fragte Dana, die Jill über die Schulter sah.

Jill nickte langsam und las einen Ausschnitt des Textes vor, der unter dem Bild stand:

> Es ist also alles gut. Der Mann schnippelt Gemüse fürs Abendessen, die Mädchen machen Hausaufgaben, und ich nippe vorsichtig an der ersten Weißweinschorle seit Wochen. Und es gibt in unserer Familie noch eine richtig gute Nachricht: Zuwachs! Nein, nicht bei mir ;-) Eine kleine Cousine für meine Mädchen ☺☺☺

«Hä?» Dana rückte neben Jill. «Von wann soll denn der sein?»

«Na, vom Tag von Frankas Geburt», sagte Jill. «Die spinnt, oder? Verdrängt offenbar komplett, dass Mattis und sie getrennt sind.»

«Leidet die unter Realitätsflucht, oder was?»

«Hab ich ja gesagt.» Ohne zu fragen, abonnierte Jill Marens Seite.

«Spinnst du?» Dana riss ihr das Handy aus der Hand. «Sieht sie jetzt nicht meinen Namen?»

«Und wenn schon», sagte Jill. «Sie soll ruhig wissen, dass du sie im Blick hast. Wirklich. Besser, du weißt, was die da so von sich gibt. Sie ist übrigens nicht die Einzige in der Familie, die im Netz groß rauskommen will, *you know.*»

Und dann erzählte Jill Dana davon, wie sie Marla neulich beim Filmen erwischt und ihr daraufhin eine Einweisung in die iMovie-App gegeben hatte. «Seitdem frage ich mich, was sie da genau gemacht hat», sagte sie. «Sie hat sich selbst so in Szene gesetzt, und sie ist ja erst zwölf, oder? Vielleicht war es ein Fehler, ihr zu helfen. Ich glaube jedenfalls nicht, dass Maren weiß, was sie treibt.»

«Echt? Wer weiß, was sie da so online stellt ...» Dana googelte fix Marlas Namen, aber alles, was sie fanden, war ein kleiner Eintrag auf der Schul-Internetseite mit den Ergebnissen der Volleyballmannschaft, in der Marla mitgespielt hatte.

«Wart mal, sie hat sich so einen bekloppten Namen gegeben ...», dachte Jill laut und ließ ihren Blick über die Binnenalster schweifen, in der sich die Lichter der dunkler werdenden Stadt spiegelten. Ein kleiner Dampfer schipperte friedlich gen Sonnenuntergang. «Irgendwas mit Sugar ... oder Quassel ... Bubble?» Sie trank noch einen Schluck Bier. «Ich hab's! *Bubbly Bee!*»

Dana tippte den Namen ein und rief plötzlich: «O nein, ich hab's befürchtet! Es gibt einen YouTube-Kanal, der so heißt.»

Jill beugte sich zu ihr, als Dana das erste Video anklickte. Da war tatsächlich Marla, die in ihrem Zimmer in Mattis' Haus saß, Schminksachen in die Höhe hielt und dazu schmolllippig kommentierte: «Dies ist die neue Wimperntusche von Maybelline, ich finde, sie klumpt zu stark. Aber dieser Lipgloss ist echt mega und kostet nur 2,50.» Marla kam nun ganz nah an die Kamera und tupfte sich etwas pinkfarbenes Klebriges auf die Lippen.

«Oh, shit», ächzte Jill. Das Video war für jedermann zugänglich im Internet anzusehen. Und ausgerechnet sie hatte Marla dabei geholfen. Sie und Dana sahen sich ratlos an.

Dann klickte Dana das zweite Video an, und ihr entfuhr ein kleiner Schrei, denn plötzlich war zu sehen, wie sie und Mattis sich küssten. «Sie hat uns heimlich gefilmt!» Marla hatte die Szene mit der Titelmelodie von *Titanic* unterlegt. Gema-frei war die bestimmt nicht, dachte Jill, aber darum ging es jetzt natürlich nicht. Dana starrte schockiert auf den Bildschirm ihres Smartphones. Jetzt war aus dem Off Marlas Stimme zu hören. Sie hatte einen Kommentar über die Szene gelegt, wie Jill es ihr gezeigt hatte: «Läuft für die beiden. Und falls ihr euch fragt, warum die sich kein Hotelzimmer nehmen – die müssen sich um mich und meine kleine Schwester kümmern, buuuhhh!» Schnitt. Jetzt sah man Dana im ersten Stock am Fenster stehen, ihr Mobiltelefon am Ohr, und hörte sie sagen: «Ich kann das nicht mehr. So geht das echt nicht weiter.» Dana zuckte merklich zusammen. Jill nahm ihre Hand. Dann wieder Marlas Kommentar: «Die meint mich und meine Schwester. Hattet ihr euch schon gedacht? Na ja, darf man sich halt keinen Familienvater schnappen, oder? Bis zum nächsten Mal. *Bye Bye*, eure Bubbly Bee.»

«*She's a whistleblower!*», rief Jill entsetzt.

«Aber echt», sagte Dana kopfschüttelnd.

«Aber woher soll sie auch eine kritische Einstellung zur Privatsphäre haben? Schließlich hat ihre Mutter offenbar Bilder von ihr im Internet veröffentlicht, seit sie klein war.»

«Das wissen Mattis und Maren garantiert nicht.» Dana klickte das dritte Video an. Wieder war Marla zu sehen, diesmal auf dem Boden sitzend, umgeben von ihren Klamotten. «Hallo, Leute. Heute geht es um ein Problem, das ihr garantiert kennt: Ich hab nichts anzuziehen, wie man sieht.» Sie grinste. «Und deshalb ...», die Kamera schwenkte auf ihre Zimmertür, «werde ich mich jetzt mal in den zahlreichen anderen Zimmern des Hauses umsehen.» Schnitt. Im Schlafzimmer nahm sie ein Blusenshirt von Dana vom Bett, hielt es sich an und sagte: «Coole Klamotten hat sie, die Neue von meinem Vater! Nur leider zwei, drei Nummern zu groß für mich ...» Als Nächstes streifte die Kamera durch Jills Zimmer. Die wühlte in ihrem Koffer! «Iih, eine Latzhose!», sagte Marla, und plötzlich hielt sie einen Kontoauszug in Händen. Als hätte sie nicht ohnehin schon so nah herangezoomt, dass es jeder sehen konnte, verkündete sie nun lautstark: «Minus 9565,43 Euro. Tja. Ich würd mal sagen: Tante Jill hat nicht mehr vill.»

Jill schluckte, und Dana ließ das Handy sinken. «Ich weiß nicht, was mich von all dem am meisten schockt», sagte sie. «Dass Marla diese ganzen privaten Dinge ins Internet stellt. Dass sie in meinen Sachen wühlt und meine Telefonate mitschneidet. Oder dass du total verschuldet bist!»

«Wer ist komplett verschuldet?» Vor ihnen stand Stefan. Jill und Dana waren so in ihr Gespräch vertieft gewesen, dass sie ihn nicht hatten kommen sehen. Hoch aufragend, breites Lachen, wippende Haare, und seine Augen blitzten Jill fröhlich an. Ausgerechnet jetzt, dachte sie und beschloss, schnell das Thema zu wechseln.

«Niemand. Hey, Babe, schön, dass du da bist. Stefan, das ist Dana. Dana, Stefan», sagte sie nicht ohne einen gewissen Stolz. Aber dann bemerkte sie, wie Stefans Lächeln erstarb. In Danas Augen stand Fassungslosigkeit. Jill sah von einem zum andern.

«Kennt ihr euch, oder was ist los?», fragte Jill.

Dana rappelte sich auf. «Du bist *der* Stefan?» Sie wirkte auf Jill irgendwie hilflos, stand da wie ein kleines Kind. «Du bist Jills Affäre, Papa?»

Papa? What the fuck? Jill ging das alles zu schnell.

«Aber ... wie konntet ihr nur? Wie kannst du Mama das antun?» Dana war langsam lauter geworden, und in ihrem Blick flackerte Wut auf.

Stefan sah auf seine Schuhspitzen. Über seiner Schulter hing die Jutetasche, aus der er beim letzten Mal den Wein und die Gläser gezaubert hatte.

Dana wandte sich an Jill: «Und du? Ich dachte, wir wären Freundinnen. Aber du hast es ja vorhin selbst gesagt: Dir kann man nicht trauen! Ich hätte mich niemals mit dir abgeben sollen!»

Jill spürte, wie sehr sie dieser Vorwurf traf. Sie mochte freiheitsliebend, mitunter auch hedonistisch sein, aber sie hatte nie jemanden verletzen wollen. Schon gar nicht Dana, die ihr wirklich ans Herz gewachsen war. Sie hatte ja nicht gewusst, dass Stefan Danas Vater war. Aber wie konnte das überhaupt sein, *for heaven's sake*?

«Dana, du stehst unter Schock, lass uns in Ruhe darüber sprechen», sagte Stefan, in dessen Gesicht Jill nichts mehr von der Fröhlichkeit und Souveränität entdecken konnte, die sie so zu ihm hinzog.

«*Wir* sprechen über *gar* nichts mehr, Papa», schrie Dana, und einige Fahrradfahrer drehten sich nach ihnen um. «Und wir auch nicht, Jill. Ich will *nichts* mehr mit euch zu tun haben.» Mit diesen Worten schnappte Dana sich ihre Tasche und ihre Wolldecke, wobei einige Bierflaschen klirrend übereinanderpurzelten, und rannte durch den Fahrradtunnel Richtung Außenalster davon.

Einen Moment sahen Jill und Stefan ihr schweigend nach. Dann blickte er sie traurig an. «Ihr hinterherzurennen bringt nichts. So gut kenne ich meine Tochter», sagte er. «Tja, ich sollte dann wohl besser auch nach Hause gehen.» Und dann zog auch er davon, einfach so, und Jill dämmerte, dass sie innerhalb weniger Minuten ziemlich viel verloren hatte: ihren Lover, ihre Freundin. Und ihren Zahnarzt.

Matilda legte den Kopf schief, den Bleistift im Mund, und sah Maren an. «Was kann ich Omi denn noch schreiben, außer herzlichen Glückwunsch?»

«Vielleicht, dass du ihr einen schönen Geburtstag wünschst?»

Matti nickte. «Und viele Geschenke!»

«Genau. Und dass du hoffst, sie bald wiederzusehen?»

Matilda nahm den Bleistift aus dem Mund und malte weiter ihre unregelmäßigen großen Buchstaben auf die Seite. Wenn sie so weitermachte, war sowieso höchstens für zwei Sätze Platz.

Marla kam in die Küche und warf ihre Hefte auf den Tisch. «Ich kapier das nicht. Kann mir jemand bei Mathe helfen?»

«Ich kann's versuchen», sagte Maren. Marla ließ sich auf die Bank sinken und schlug ihr Heft auf.

«Figurengeometrie», las Maren die Überschrift, die Marla doppelt unterstrichen hatte. Ordentlich war sie, ganz im Gegensatz zu ihrer kleinen Schwester. «Ich fürchte, da kann ich dir nicht helfen. Aber Papa kann das bestimmt.» Mattis, der am Herd stand und Spaghetti bolognese kochte, war mit den Gedanken offenbar woanders. «Oder, Mattis?»

«Hm?»

«Kannst du Marla in Mathe helfen? Figurengeometrie?»

Er leckte den Kochlöffel ab, legte ihn beiseite und setzte sich zu ihnen an den Tisch. «Zeig mal her.»

Maren lehnte sich zurück. Hanna und Franka vermisste sie ein bisschen, aber dass Jill und Dana nicht mehr da waren, ließ sie förmlich aufatmen. Soweit sie wusste, herrschte seit dem

Vorfall mit dem Brand Funkstille zwischen Dana und Mattis. Nun waren sie vier zusammen, niemand sonst, und Mattis kochte. Genauso liebte sie es. Als ihr Handy anfing zu klingeln, sprang Matilda auf, um es zu holen, ohne dass Maren sie darum hätte bitten müssen. Noch aus dem Wohnzimmer rief Matilda: «Das ist Torsten!»

Maren hatte schon mit seinem Anruf gerechnet. Bestimmt wollte er wissen, wann sie sich mal wieder bei der Arbeit blicken ließ, und inzwischen konnte sie es ihm auch sagen: Der Arzt hatte gesagt, er würde sie noch zwei Wochen krankschreiben, dann könnte sie wieder anfangen, wenn auch nicht gleich mit der vollen Stundenzahl.

Wenig später hatten die Mädchen Stifte und Hefte weggeräumt und den Tisch gedeckt, während Maren mal wieder sitzen bleiben musste. Aber daran hatte sie sich inzwischen gewöhnt, so schwer es ihr am Anfang auch gefallen war. Sie konnte sich zwar wieder fortbewegen, aber sie konnte dabei nichts in Händen halten und war damit für das Hin-und-her-Räumen, das jeden Tag von neuem anstand, nicht zu gebrauchen. Torsten war am Telefon ausgesprochen freundlich zu ihr gewesen, hatte ihren Vorschlag vorbehaltlos angenommen und gesagt, er freue sich schon sehr darauf, wenn sie wieder da wäre, es sei einsam ohne sie. Das klang in der Tat ein bisschen, als würde er flirten. Aber vielleicht sah sie das jetzt auch nur so, weil Heike ihr den Floh ins Ohr gesetzt hatte und weil es schmeichelhaft wäre. Und es war sowieso egal, denn sie wollte nur Mattis und sonst niemanden.

Mattis stellte den Topf mit duftender, dampfender Soße auf den Tisch und setzte sich zu ihnen, ohne etwas zu sagen.

«Kommt Dana heute wieder nicht?», fragte Matilda.

«Offenbar nicht», sagte Mattis ungewohnt brummig. Er sah kurz Maren an und sagte: «Ist gerade alles nicht so einfach.» Dann wandte er sich wieder an Matilda: «Gib mir mal deinen Teller.» Er tat ihr Spaghetti auf, und die Kleine sagte nichts weiter zum Thema Dana. Sie glaubte gar nicht mal, dass Matilda gefragt hatte, weil sie Dana vermisste, sie wollte einfach wissen, was los war. Aber nachdem Mattis Dana nicht aufgehalten hatte, als sie das Haus nach dem Brand so plötzlich wieder verlassen hatte, glaubte Maren beinahe, Mattis wusste das selbst nicht so genau. Vielleicht war ja alles wieder offen. Ihr konnte es nur recht sein.

«Spielen wir gleich noch Spiel des Lebens?», fragte Matilda kauend.

«Nicht schon wieder», sagte Marla genervt.

«Ach komm, Marla. Warum denn nicht?», sagte Maren. Sie hatte richtig Lust, mal wieder zu viert was zu spielen.

Marla sah Mattis an. «Machst du denn mit, Papa?»

«Was denn?»

Maren lachte. Er war heute wirklich unkonzentriert.

«Spiel des Lebens?», wiederholte Marla.

«Meinetwegen.»

Aber so richtig gute Stimmung wollte beim Spielen diesmal nicht aufkommen. Mattis war geistesabwesend und Marla, die Pech hatte und früh zurückblieb, schlecht gelaunt. Maren war froh, als auch sie endlich in der Herrschaftlichen Villa angekommen war, in der man in diesem Spiel zuverlässig seinen Lebensabend verbrachte. Marla verschwand nach dem letzten Spielzug sofort nach oben, und Matilda, die schon die ganze Zeit gähnte, ließ sich erstaunlich bereitwillig von Mattis ins Bett bringen. Maren blieb allein am Tisch zurück und sammelte die kleinen

Autos wieder ein, nahm die Bauten vom Spielfeld und packte alles in den Karton. Als sie fertig war, beschloss sie, sich noch einmal nach oben zu hieven, um ihren Töchtern gute Nacht zu sagen. Diese Sache mit dem Schwelbrand war ihr ordentlich in die Glieder gefahren, und sie konnte die Verstimmtheit und Distanz, die Marla heute Abend nach längerer Zeit mal wieder ausgestrahlt hatte, im Moment nicht gut ertragen. Vielleicht hatte sie ja Glück, und sie bekam ihre Große dazu, sich heute noch einmal von ihr drücken zu lassen.

Aber leider hatte sie Pech. Mehr als ein «Sorry, aber lass mich bitte allein» durch die geschlossene Tür war von Marla heute nicht zu bekommen.

Mattis, der gerade in Matildas Zimmer ging und die Szene mitbekam, sah sie an. «Mach dir nichts draus. Morgen hat sie sich bestimmt wieder gefangen. Wollen wir Matildchen zusammen gute Nacht sagen?»

Etwas getröstet nickte Maren und humpelte auf ihn zu. Mattis wusste genau, wie sehr es sie traf, dass Marla sie manchmal so abwies. Obwohl ihr klar war, dass sich diese neue pubertäre Miesepetrigkeit nicht wirklich gegen sie richtete, konnte sie nicht so cool damit umgehen, wie sie es manchmal an anderen Eltern beobachtete, die das einfach wegsteckten und grinsend einen lockeren Spruch machten. Immerhin ließ sich Matilda ordentlich knuddeln und wollte sie gar nicht wieder loslassen. Und auch Maren hätte ewig so sitzen bleiben können: ihre Kleine im Arm, während Mattis neben ihnen saß und noch eine Geschichte vorlas. Dieser Abend erinnerte sie auf so gute und gleichzeitig so schmerzhafte Weise an früher, dass sie aus alter Gewohnheit fast die Hand auf Mattis' Oberschenkel gelegt hätte.

Als Mattis am Ende des Buches angekommen war, schlug er es zu und sagte: «Ich bin todmüde. Ich werd schon mal ins Bett gehen.» Er sah liebevoll erst Matilda, dann sie an und stand auf. Dann legte er Matilda die Hand in den Nacken und gab ihr einen Kuss, und Maren erstarrte, als sie spürte, dass er ihr die andere Hand in den Nacken legte. Während sie noch überlegte, ob er ihr etwa jetzt auch einen Kuss geben und was sie dann machen würde, war er schon an der Tür, sagte «Macht nicht mehr zu lang, ihr beiden Hübschen» und verschwand.

«Liest du noch die nächste Geschichte? Bitte. Mama?» Matilda hielt ihr das Buch hin.

«Was? Ja, kann ich machen.» Maren war wie elektrisiert. Während sie die Geschichte, die sie in- und auswendig kannte, vorlas, rasten ihre Gedanken in ihrem Kopf. Ihr Körper war so angespannt, dass sie fürchtete, jeden Moment anzufangen zu zittern. Als sie das Buch schließlich zuschlug und Matilda ihrerseits gute Nacht sagte, war sie ganz sicher: Mattis hatte Dana gestern ziehen lassen und hatte auch nicht vor, sie zurückzuholen. Seine Gesten, sein ganzes Verhalten sprach dafür, dass er sich vorstellen konnte, zu ihnen zurückzukommen, zu ihr. Und wenn das stimmte, dann hätte dieser ganze Albtraum endlich ein Ende. Dann war es nun an ihr, ihm ein Zeichen zu geben, auf ihn zuzugehen.

Nachdem Maren Matildas Tür hinter sich geschlossen hatte, humpelte sie direkt ins Bad. Zehn Minuten später kam sie wieder heraus, frisch geschminkt und gut duftend, schwang sich über den Flur und klopfte an Mattis' Schlafzimmertür.

«Ja?», rief er von drinnen, hörbar noch vollkommen wach, wie sie gehofft hatte.

Sie öffnete die Tür und steckte den Kopf hindurch. «Bist du noch wach? Ich dachte, wir könnten vielleicht ...» Sie wusste nicht genau, was sie sagen sollte. Reden? Das war es eigentlich nicht, was sie vorhatte.

Mattis nickte. «Komm rein.»

Maren frohlockte, setzte sich auf seine Matratze und legte die Krücken auf den Boden. Sie sah Mattis an, und weil ihr nichts einfiel, was sie hätte sagen können, und es nur eins gab, das sie jetzt machen wollte, tat sie, was Mattis eben bei ihr getan hatte und legte ihm die Hand in den Nacken. Und dann küsste sie ihn.

Dana starrte auf die dunkle Alster, auf der kaum noch Boote unterwegs waren, denn von der Sonne waren nur noch letzte orange und violett glühende Schlieren geblieben. Davor zeichneten sich schwarz die Umrisse mehrerer Kirchtürme ab, darunter auch die unverkennbare Silhouette des Michel. Wahrscheinlich würde es bald ein Feuerwerk geben, wie beinahe an jedem Sommerwochenende. In den Restaurants am Ufer waren lautes Lachen und Geschirrklappern zu hören, alle genossen die letzten warmen Abende, nur sie saß, nachdem sie lange planlos rumgelaufen war, hier auf dem Rasen und hatte sich noch nie so verlassen gefühlt.

Diese Sache mit Jill und ihrem Vater kam ihr dermaßen absurd vor – es war, als würde das Schicksal sich einen Spaß auf ihre Kosten machen. Je länger sie darüber nachdachte, desto klarer wurde ihr, dass sie Jill kaum kannte. Aber ihren Vater? Den glaubte sie nun wirklich so gut zu kennen wie kaum einen anderen, und sie hatte ihn immer für einen grundehrlichen, treuen Menschen gehalten und die Ehe ihrer Eltern für dermaßen vorbildlich, dass es schon wieder unheimlich war. Und unwahrscheinlich. Was, wie sich herausstellte, daran lag, dass sie auch gar nicht so vorbildlich war, sondern ganz normal. Offenbar stimmte nichts von dem, was sie in letzter Zeit so angenommen hatte. Jills große Verliebtheit und Schwärmerei sollte ausgerechnet ihrem schlaksigen, tüdeligen Vater gelten? Es war wirklich absurd. Aber vor allem war es zum Kotzen.

Und sie konnte nicht mal mit Mattis darüber sprechen, weil sie nicht mehr miteinander geredet hatten, seit sie gestern Abend aus dem Haus gestürmt war. Seit er mit Maren und den Mädchen auf dem Bett gesessen und nicht für Dana Partei ergriffen hatte. Aber auch davor war Mattis' Verhalten in der letzten Zeit so widersprüchlich gewesen. Vielleicht auch schon länger, und sie hatte nur nicht gesehen, was es bedeutete.

Der Rasen wurde langsam zu kühl, und Dana hatte keine Lust, zu all dem Elend auch noch eine Blasenentzündung zu bekommen. Sie stand auf. Ihr graute davor, zu Hause an die Decke zu starren. Vielleicht ging sie einfach noch mal ins Büro, die Arbeit würde sie ablenken.

Als sie den Campus erreicht hatte und kurz vor den Bars und dem Kino die Tür zum Institut öffnete, kam Paul die Treppe herunter.

«Hey. Was vergessen?», fragte er fröhlich.

Dana schüttelte den Kopf. «Nee, ich wollt noch ein bisschen was tun.»

«Was?» Paul lächelte und sah dabei tatsächlich ein bisschen aus wie der junge Alain Delon, wie Kristin behauptet hatte. Auf seinem T-Shirt tanzten in bunten Buchstaben die Worte *Cha Cha Change*. «Bist du wahnsinnig? Auf gar keinen Fall. Jetzt wird nicht mehr gearbeitet, es ist fast zehn.»

«Aber ich hab heute überhaupt nichts geschafft, weil ich mich nicht konzentrieren konnte und mein Leben eine einzige Scheiße ist und –»

Paul nahm sie an den Oberarmen und drehte sie mit dem

Gesicht zur Eingangstür. «Ein Grund mehr, jetzt mit mir was trinken zu gehen. Hier um die Ecke gibt's den besten Gin Tonic aller Zeiten.»

Dana blieb unschlüssig stehen.

«Magst du Gin Tonic?»

Sie nickte.

«Dann komm.» Er gab ihr einen kleinen Stups, und sie setzte sich in Bewegung, als wäre sie Matildas kleiner Aufziehweihnachtsmann.

Zwei Gin Tonic später sah Dana sich suchend auf der Sitzbank um. Paul war aufgestanden, um am Tresen die neue Runde zu bestellen, und sie war inzwischen betrunken genug, um wissen zu wollen, ob Mattis eigentlich versucht hatte, sie zu erreichen. Sie kramte in ihrer Tasche nach ihrem Handy, nur um festzustellen, dass der Akku leer war.

Paul stellte zwei Gläser mit einer goldbraunen Flüssigkeit auf den Tisch.

«Was ist das?», fragte Dana.

«Whisky», sagte Paul, strich sich die Haare aus dem Gesicht und lächelte sie an. «Den musst du probieren.»

Dana fühlte sich, als würde sie nur noch aus angenehmem Schwindel bestehen, als hätte sie gar keine Substanz mehr. Sie sah ihn an, hatte aber Mühe, das Bild scharf zu stellen. «Wenn ich jetzt noch mehr trinke, fall ich um. Ich hab keine Ahnung, wann ich zuletzt was gegessen hab.»

«Echt?», fragte Paul besorgt. «Was ist denn los bei dir, Mensch? Wir bestellen dir sofort was zu essen. Warte, ich hol eine Speisekarte!» Er hechtete los und verschwand im hinteren Teil der Bar. Dana hatte es bisher vermieden, über ihre private Misere zu reden, hatte nur abgewunken, als Paul nachgefragt hatte, und er war dann freundlicherweise nicht mehr darauf zurückgekommen. Überhaupt war Paul wirklich nett. Er versuchte, sie aufzuheitern, hatte von sich und seiner WG erzählt und von seinen zahlreichen Schwestern, das war alles sehr unterhaltsam und lenkte sie ab – genau das, was sie jetzt brauchte.

«Es gibt leider keine Speisekarte», sagte Paul und rutschte wieder neben sie auf die Bank. «Aber sie bringen gleich alles, was sie noch haben: Erdnüsse, ein riesiges Stück Schokotorte und einen Café Crème. Gut?»

Dana nickte. «Perfekt.»

Paul legte die Unterarme auf den Tisch, neigte den Kopf und sah sie prüfend an. «Und möchtest du mir jetzt vielleicht verraten, was eigentlich alles so dermaßen scheiße ist?»

Dana horchte kurz in sich hinein. Aber nein, das wollte sie nicht, immer noch nicht. Sie schüttelte den Kopf.

«Okay ...» Paul strich mit der Hand einmal kurz über ihre Finger, mit denen sie sich, wie ihr dabei auffiel, am Tisch festzuhalten schien. «Dann ... Wo war ich stehengeblieben?», fragte er.

«Bei dem Australientrip, den du mit deinen beiden besten Freunden und deiner Schwester –»

«Ach, richtig, Byron Bay. Also, pass auf.»

Dana lächelte, lehnte sich zurück und hörte zu, und kurz darauf nahm sie den Kaffee und das Stück Schokoladentorte entgegen, die an den Tisch gebracht wurden, und machte sich darüber her.

«Ich muss ins Bett», sagte Dana gegen zwei Uhr nachts, nachdem sie alles verzehrt hatte, auch den Whisky, und Paul, der sie jetzt wirklich lange genug unterhalten hatte, ihr ein bisschen leergequatscht erschien.

«Okay.» Paul sah sie auf sehr süße Weise an. «Soll ich dich bringen?»

Sie musste lächeln. «Ich glaube, das schaffe ich gerade noch, danke.»

Kurz darauf traten sie aus der Bar auf den immer noch bevölkerten Grindelhof. «Das war ein schöner Abend», sagte Dana. «Danke, mir geht's echt besser.»

Paul berührte sie am Arm, gab ihr einen Kuss auf die Wange und raunte: «Und er muss noch nicht zu Ende sein.»

Dana versuchte, einen klaren Kopf zu bekommen. Sie hatte solche Situationen oft genug erlebt. Es war so leicht – einfach zusammen nach Hause gehen, ein bisschen Spaß haben. Vielleicht würde ihr das guttun, vielleicht würde es sie vergessen lassen. Und bestimmt konnte sie nachher besser schlafen.

Paul griff nach ihrer Hand und küsste sie erneut, diesmal auf den Mund, lange und weich, und beinahe automatisch erwiderte Dana seinen Kuss. Aber im selben Moment durchfuhr sie so etwas wie ein Stromstoß. Sie vermisste Mattis so sehr. Sie hatte keine Lust, einen anderen Mann zu küssen, sie wollte das nicht, kein bisschen. Sie wich einen Schritt zurück. «Tut mir leid, das geht nicht. Tut mir leid, aber – ich ... Tschüs.» Sie machte auf dem Absatz kehrt und lief los, in Richtung ihrer Wohnung, lief und lief, und als sie ihre Wohnungstür aufschloss, dachte sie, dass Weglaufen einfach das war und blieb, was sie am besten konnte.

~

«Mmm.» Mattis nahm ihren Kopf in beide Hände und wollte offenbar etwas sagen, aber Maren war so glücklich, sie wollte gar nicht mehr aufhören, ihn zu küssen.

«Maren!» Mit Macht hielt er ihren Kopf auf Abstand und sah ihr aus nächster Nähe in die Augen. Ganz nüchtern, fast ärgerlich, alles andere als leidenschaftlich. «Nicht», sagte er leise, aber bestimmt.

Maren spürte, wie ihr die Tränen in die Augen schossen.

«Nicht weinen», sagte er und ließ ihren Kopf los. Aber jetzt liefen ihre Tränen erst recht. «Es tut mir leid, wenn ich einen falschen Eindruck erweckt habe», sagte er. «Ich wusste nicht ... hast du denn noch gehofft ...?»

Maren nickte schluchzend und sah ihn an. Der Ärger war aus seiner Miene ganz verschwunden, aber jetzt war da etwas anderes, etwas noch viel Schlimmeres: Mitleid. Das Allerletzte, was sie von Mattis wollte.

Mattis streckte mit fragendem Blick die Arme aus, aber Maren schüttelte den Kopf, und gleichzeitig kam ihr ein furchtbarer Gedanke. Was, wenn Mattis alles nur aus Mitleid getan hatte – sie zum Geburtstag einladen, nett zu ihr sein, sie hier aufnehmen, sie berühren? Wenn sie sich die ganze Zeit etwas vorgemacht hatte und sein freundliches Verhalten nie bedeutet hatte, dass sie noch eine Chance hatten? Und es auch nie bedeuten würde. Er hatte einfach Mitleid mit ihr, weiter nichts.

Mattis räusperte sich. «Es ... also ...»

Maren schluckte ihre Tränen hinunter und rückte ein Stück von ihm ab. «Wenn du noch einmal sagst, dass es dir leidtut, schreie ich», sagte sie leise.

«Ähm ... okay.» Mattis suchte sichtlich nach Worten und sagte schließlich leise und als müsste er sich verteidigen: «Es ist jetzt, wie es ist, ich kann nichts daran ändern, selbst wenn ich wollte. Ich liebe Dana, und das tue ich auch, wenn ich es verkackt haben sollte und sie mich nicht mehr will. Deshalb ... also ...» Er räusperte sich erneut. «Deshalb kann das mit uns nichts mehr werden.»

«Ja, das habe ich jetzt verstanden.» Maren setzte sich gerade hin. Als sie versuchte, an ihre Krücken heranzukommen, bückte Mattis sich und reichte sie ihr. So würdevoll es irgend ging, kam sie auf die Beine, humpelte zur Tür und machte sie hinter sich fest zu.

20

Noch in der Nacht, in der Maren kaum Schlaf fand, fasste sie einen Entschluss. Um Viertel nach sechs, kurz bevor sie die Mädchen wecken musste, rief sie Heike an, obwohl ihr bewusst war, dass sie um diese Zeit noch schlief, und verabredete sich mit ihr für acht Uhr in ihrer Wohnung. Dann klappte sie ihren gepackten Koffer zu und humpelte aus dem Zimmer, in dem sie mit Sicherheit nie wieder eine Nacht verbringen würde. Als die Mädchen Zähne putzten, bat sie Mattis, der sie die ganze Zeit unerträglich schuldbewusst ansah, sie in ihrer Wohnung abzusetzen, wenn er die Mädchen zur Schule brachte, weil sie wieder dorthin übersiedeln wollte.

Als sie die Mädchen nach einer schweigsamen Fahrt schließlich an ihren Schulen abgesetzt hatten und allein im Auto waren, sagte Mattis, den Blick auf den Straßenverkehr gerichtet: «Es war wahrscheinlich keine gute Idee – wir alle unter einem Dach. Mir war nicht klar, wie das für dich ist, ich dachte, wenn wir alle zusammen sind …»

«Ist schon gut», sagte Maren. «Lass uns nach vorne schauen.»

Mattis warf ihr einen irritierten Seitenblick zu. Aber ihr war egal, was er dachte, solange er nur kein Mitleid mit ihr hatte. Sie musste jetzt überlegen, wie es weitergehen sollte. Sie würde sich arrangieren, es würde irgendwie gehen. Aber dafür mussten sie noch einiges klären.

«Ich habe es zu spät verstanden», sagte sie mit fester Stimme, «aber ich *habe* es jetzt verstanden. Und ich werde auch damit fertig. Ich brauche allerdings geklärte Verhältnisse, und ich denke, die Kinder auch. Lass uns deshalb bitte eine ganz klare Regelung treffen.» Sie holte tief Luft. «Ich möchte, dass die Kinder weiter bei mir leben und jedes zweite Wochenende bei dir sind.»

Mattis sah sie erschrocken an. «Maren, nein. Jedes zweite Wochenende ist zu wenig. Bitte.»

«Du kannst sie unter der Woche jederzeit sehen. Aber bei uns zu Hause oder hier im Viertel, und ich möchte vorher wissen, wann du kommst», sagte Maren genau so, wie sie es sich in der Nacht überlegt hatte.

Mattis schwieg. Schließlich sagte er. «Ich verstehe nicht, warum wir es nicht gerechter aufteilen können. Die Kinder können doch eine Woche bei mir sein und eine bei dir, immer im Wechsel.»

«Nein. Das geht nicht. Ihr Zuhause ist bei mir. Dein Haus ist ja noch nicht mal fertig, von der Schule und ihren Freunden mal abgesehen.» Am Ende des Häuserblocks sah Maren Heike um die Ecke biegen.

«Was nicht ist, kann ja noch werden. Dann haben sie eben zwei Zuhause – zwei Zuhauses? Wie ist die Mehrzahl?»

Maren überlegte kurz und sagte dann: «Es gibt keine Mehrzahl. Das ist der Punkt.»

Mattis hielt vor ihrer Wohnung, stellte den Motor aus und blieb schweigend sitzen. «Mattis», sagte Maren, «du bist gegangen, ich bleibe allein. Ich werde das überleben, und ich werde auch kooperieren, egal, wie es mit dir und Dana oder irgendeiner anderen Frau weitergeht. Die Kinder werden dir nicht verlorengehen, schon weil ich nicht möchte, dass du ihnen verlorengehst. Aber bitte lass sie bei mir wohnen.»

Mattis sah auf seine Hände, schließlich schnaufte er hörbar und sagte: «Na gut.» Er nickte. «Dann machen wir es erst mal so. Hast du jemanden, der dir hilft, dich wieder einzurichten? Einzukaufen und so?»

Maren nickte und deutete auf Heike, die inzwischen fast auf Höhe ihres Hauses angekommen war.

«Okay.» Mattis öffnete die Autotür. «Ich trag dir noch deinen Koffer hoch.»

«Das ist wirklich das Letzte, womit ich gerechnet habe», sagte Heike kurz darauf in Marens Küche. «Du überraschst mich immer wieder.»

«Tja. Ich mich auch», sagte Maren. «Gestern um diese Zeit war ich Lichtjahre davon entfernt, freiwillig das Feld zu räumen. Aber die Lage hat sich eben geändert.» Beziehungsweise: Sie hatte jetzt erst kapiert, wie die Lage schon die ganze Zeit gewesen war, dachte Maren. «Ich habe Mattis verloren, daran ist nichts mehr zu machen. In Zukunft wird eine andere Frau in Mattis' Leben für unsere Kinder dazugehören, ob das jetzt Dana ist oder siebzehn verschiedene in Folge. Die Mädchen werden eben nicht in einer heilen Familie aufwachsen, damit muss ich mich jetzt einfach mal abfinden.»

«Heile Familien ...», sagte Heike, «gibt es die überhaupt? Guck mal hinter die Fassaden, ich weiß nicht, ob die Unterschiede dann noch so groß sind, wie es auf den ersten Blick scheint. Du hast jedenfalls getan, was du konntest, und hast dir nichts vorzuwerfen. Und ich bin sicher, dass Marla und Matilda bei dir weiterhin ein warmes, sicheres Nest haben werden, bei deinem großen Herzen, auch wenn Mattis woanders wohnt. Ihr werdet das schon machen.»

«Mir bleibt ja nichts anderes übrig. Aber es ist schon ein Unterschied, ob ein Kind bei Mutter und Vater aufwächst oder von einem zum anderen wechselt und da auch noch immer neue Partner auftauchen.» Etwas, das sie selbst ihren Töchtern bestimmt nicht zumuten würde, schon weil sie sich nicht vorstellen konnte, sich jemals für einen anderen Mann zu interessieren.

«Ja, klar ist das ein Unterschied», sagte Heike und zupfte ihre schwarzen Haarspitzen auf der Stirn zurecht. «Aber Kinder wurden schon immer auch von Menschen aufgezogen, die nicht ihre leiblichen Eltern waren. Früher waren die Gründe nur andere. Da ist die Mutter eben gestorben und nicht verlassen worden.»

Maren sah ihre Freundin kopfschüttelnd an und sagte trocken: «Du findest immer so tröstende Worte.» Obwohl das, was sie vorher gesagt hatte, sie tatsächlich ein bisschen getröstet hatte.

Heike setzte sich neben sie auf einen Küchenstuhl und nahm sie in den Arm. «Im Ernst», sagte sie, «ich finde, du bist sehr tapfer.»

Maren seufzte. «Ja, und jetzt ist Schluss mit Trübsalblasen, das halte ich nicht mehr aus. Lass uns was tun, ich muss organisieren, wie alles läuft, wer wann einkauft und mir hilft. Wie wäre es, wenn ich mich jetzt ans Telefon hänge und du einen Großeinkauf für mich machst?»

«Sehr guter Plan», sagte Heike und schob Maren den Notizblock über den Tisch, der neben der Kaffeemaschine lag. «Schreib einfach auf, was ich besorgen soll. Und ich übernehme das Einkaufen so lange, bis du es wieder kannst.»

Maren war gerührt und erleichtert. «Danke! Du bist ein Schatz!»

Während Heike im Supermarkt war, telefonierte sie mit den zwei Müttern der Freundinnen ihrer Töchter, mit denen sie sich gut verstand, und erklärte ihnen kurz die Lage. Beide reagierten betroffen, aber Maren ließ weder Mitleid zu, noch holte sie weiter aus. So schwer es ihr sonst fiel, um Hilfe zu bitten, so gut gelang es ihr heute, mit klaren Worten um etwas Unterstützung bei der Kinderbetreuung und Rumfahrerei in dieser und der nächsten Woche zu bitten, die beide gerne zusagten. Anschließend rief sie ihre Mutter an, die davon ausging, in der kommenden Woche wieder fit genug zu sein, um nach Hamburg zu kommen.

Damit war das Wichtigste organisiert, und da Maren in der Wohnung kaum etwas machen konnte, außer auf Heike zu warten, holte sie ihren Laptop aus der Tasche und klappte ihn auf. Die Zeit konnte sie gut für einen Blogbeitrag nutzen.

Als Heike wiederkam, hatte sie ihren Text gerade gepostet und das Gefühl, heute über sich selbst hinausgewachsen zu sein. Sie fühlte sich klar und stark. Natürlich war sie immer noch traurig, sehr sogar, und das würde sie sicher auch noch lange bleiben. Aber es hatte sich etwas Unerwartetes dazugemischt, etwas Gutes, als wäre eine Last von ihr genommen worden.

Heike packte eine Riesenladung Obst und Gemüse, Milch, Brot und Joghurt, Cornflakes, Nudeln und Saft teils auf die Arbeitsplatte, teils in den Kühlschrank. «Hast du den Mädchen eigentlich schon gesagt, was Sache ist?»

«Ich hab ihnen im Auto erklärt, dass es doch einfacher ist, wenn wir wieder zu Hause wohnen, und dass ich wieder fit genug wäre ...» Maren seufzte. «Für die Mädchen ist das auch nicht leicht. Aber auf jeden Fall kommt meine Mutter nächste Woche, um zu helfen. Das ist schon mal gut.»

Heike nickte. «Weißt du, mir ist noch jemand eingefallen, den du ja fragen könntest, ob er dir ein bisschen unter die Arme greift.»

Maren musste lachen. «Du bist immer *so* raffiniert. Ich weiß schon, wen du meinst. Den werde ich aber nicht fragen. Und finde dich bitte damit ab, dass ich auch nicht in seine Arme sinken werde, um mich trösten zu lassen. Das ist jetzt echt nicht an der Reihe. Ich hab gerade erst kapiert, dass Mattis nicht zurückkommt, und man hört ja nicht von heute auf morgen auf, jemanden zu lieben.»

Heike nickte. «Ich weiß doch.» Dann sah sie sie verschmitzt an und fügte hinzu: «Dann ist es jetzt eben *noch* nicht an der Reihe. Aber vielleicht später? Ganz vielleicht?»

Maren stöhnte dramatisch. «Mann, Heike! Wenn du dann Ruhe gibst: vielleicht.»

Jill zog ihren schweren Koffer mühsam den Schotterweg entlang. Ständig verfingen sich kleine Steine in den Rollen und sie musste anhalten und sie heraus pulen. Und dann begann es auch noch zu nieseln. Sie war noch nie ohne Auto in Brunos kleines Dorf an der Schlei gefahren und erstaunt, wie umständlich das war. Erst hatte sie die Bahn von Hamburg bis Eckernförde genommen, dann einen Regionalbus, der bis zu ihrem Ziel gefühlte drei Stunden unterwegs gewesen war. Nun waren um Jill herum nur noch Wiesen, ein paar grasende Kühe, in der Ferne lag glitzernd der Ostseefjord und dort, keine hundert Meter entfernt, zwischen einer alten Scheune und einer modernen Doppelhaushälfte Brunos Lagerhalle, in der er lebte und sein Atelier hatte. Jill war seit einigen Monaten nicht hier gewesen, Monate, in denen so viel passiert war. Aber ob sie sich nun häufig trafen oder selten, da war immer eine große Nähe, die sich auch dann sofort wieder einstellte, wenn sie sich lange nicht gesehen hatten oder wenn sie – wie heute – unangekündigt vor der Tür stand. Ein bisschen leid tat es ihr schon, dass sie auf seine Anrufe und

SMS in der letzten Zeit gar nicht reagiert hatte. Aber sie hatte einfach nur Stefan im Kopf gehabt.

Sie freute sich sehr auf Bruno, musste aber auch zugeben, dass sie schlichtweg nicht mehr gewusst hatte, wohin. Mattis hatte wahrlich seine eigenen Probleme, zu dem konnte sie jetzt nicht mehr gehen. Das mit Dana hatte sie sich gründlich versaut. Und Stefan ... Jill hielt einen Moment inne und sah Richtung Ufer, wo das hohe Schilf sich unter der eigenen Last zu biegen begann. Mit Stefan hatte sie, nachdem ihre Affäre aufgeflogen war, noch einmal gesprochen. Als sie daran dachte, wie gedämpft er am Telefon geklungen hatte, wurde ihr wieder ganz schwer ums Herz. «Weißt du, Jill», hatte er gesagt, «ich habe mich wirklich in dich verliebt. Sehr sogar. Das habe ich auch meiner Frau gestanden. Aber mit ihr bin ich so lange zusammen, ich schulde es ihr herauszufinden, warum mir das passiert ist. Ob wir beide da etwas wieder entfachen können und wollen. Und darum kann ich zu dir keinen Kontakt mehr haben, denn sonst würde ich mich doch bei nächster Gelegenheit wieder auf dich stürzen.» Jill hatte lächeln müssen, obwohl er ihr gerade das Herz brach, aber seine Worte waren so freundlich und liebevoll, und sie hatte gespürt, wie aufrichtig er jedes einzelne davon meinte. Sogar was Dana anging, hatte Stefan ein paar tröstende Worte für sie gehabt. «Gib ihr Zeit», war sein Rat. «Sie war zu Recht schockiert, aber sie ist kein nachtragender Mensch. Und sie würde niemals jemanden so anschreien wie dich, wenn ihr nicht wirklich etwas an der Person läge. Vielleicht findet ihr ja wieder zueinander.»

Das wünschte Jill sich sehr. Nicht nur wegen Mattis und weil sie ehrlich hoffte, dass er und Dana zusammenblieben – auch aus ganz eigennützigen Gründen. Sie hatte in Dana in dieser bunten Patchworkfamilie eine richtige Verbündete gefunden. Eine, die verstand, warum sie die Augen rollte, wenn Maren beim Grillfest über Superfoods dozierte. Die sich nicht zu fein war, über dreckige Witze zu lachen, und mit der man sich gut mal für eine Zigarette davonstehlen konnte, obwohl man eigentlich nicht rauchte. Jill hatte genug Lebenserfahrung, um zu wissen, dass man nicht oft einer anderen Frau begegnete, mit der es einfach passte. Ohne viele Worte. Wenn man so eine fand, musste man sie festhalten. Ja, sie würde Dana ein bisschen Zeit geben. Aber dann würde sie kämpfen. So leicht gab sie diese Freundschaft nicht auf.

Jill seufzte und zog ihren ratternden Rollkoffer die letzten Meter bis zu Brunos Atelier. Die schwere Eisentür war verschlossen, ein seltener Zustand, denn Bruno war eigentlich meistens im Garten und malte auf der überdachten Terrasse mit Blick aufs Wasser seine abstrakten Werke. Oder er schweißte unter lautem Getöse den nächsten Kupferkranich für seine Sammlung hinterm Haus. Die Dinger waren in der Gegend mittlerweile regelrecht Kult, und Jill war jedes Mal überrascht, was Bruno pro Exemplar einstreichen konnte. Sie selbst konnte mit den Teilen nicht so viel anfangen und das wusste Bruno auch, dafür liebte sie seine Bilder umso mehr.

Das erste Klopfen bewirkte gar nichts, sodass sie es lauter versuchte. Diesmal hörte sie Schritte, dann öffnete Bruno die Tür. Er trug nichts als Boxershorts und ein T-Shirt, das schon bessere Tage gesehen hatte. Er wirkte ziemlich überrascht, sie zu sehen, begrüßte sie aber so herzlich wie immer. «Buffalo Jill, *long time no see.*» Aber statt sie an seine Bärenbrust zu ziehen, zog er die Tür hinter sich ein bisschen weiter zu und lächelte entschuldigend. Und für dieses Verhalten konnte es eigentlich nur eine Erklärung geben.

«Komme ich ungelegen?»

«Ähm, leider ja.» In diesem Moment bemerkte er ihren Koffer. «Wolltest du länger bleiben?»

«Na ja, ich ... ach weißt du, egal – ich versteh schon.» Flüsternd fügte sie hinzu: «Du hast 'ne Frau da, oder?»

Bruno zog die Nase kraus und nickte. Jill musste lachen. «Okay. Schade. Ja, dann ...» Sie griff wieder nach ihrem Koffer. «*Enjoy*. Viel Spaß noch.»

Bruno drückte ihr einen kratzigen Kuss auf die Wange und sagte mit seiner tiefen Stimme: «Komm trotzdem bald wieder, ja?»

«Bestimmt. *Bye, dear.*»

Jill drehte sich um, und die schwere Eisentür fiel geräuschvoll ins Schloss. In diesem Fall wäre es wohl doch eine gute Idee gewesen, vorher anzurufen. Und nun? Sie hätte heulen können. Nicht, weil Bruno da drinnen eine andere Frau an seine Künstlerbrust drückte, sondern weil sie mit einem schweren Koffer mitten in der schleswig-holsteinischen Pampa stand und keine Ahnung hatte, was sie als Nächstes tun sollte. Sie musste erst mal in Ruhe nachdenken. Aber wo?

Ihr fiel der Steg ein, der sich direkt hinter Brunos Haus befand und einer ihrer Lieblingsorte war. Viele Male schon war sie von dort aus ins Wasser gesprungen, zu jeder Jahreszeit, hatte darauf gelegen und gelesen oder einfach nur da gesessen und aufs Wasser geguckt. Sie nahm ihren Fuß zu Hilfe, um den Koffer wieder in Schräglage zu bringen, und ging zu dem Pfad, der zwischen Brunos Atelier und der angrenzenden Doppelhaushälfte hindurch zum Ufer führte. Sie entschied, den Koffer im hohen Gras stehen zu lassen, wer sollte ihn hier schon klauen, und lief ohne Gepäck in Richtung Wasser. Sie konnte förmlich spüren, wie mit jedem Schritt ein bisschen Ballast von ihr abfiel. Als sie durch die Lücke im dichten Schilf ans Ufer gelangte, kitzelte die

Sonne sie in der Nase, die sich erbarmt hatte und zwischen den Regenwolken hervorgekommen war. Sie zog ihre Sandalen aus und setzte die nackten Füße auf das kühle, noch feuchte Holz. Dann lief sie den Steg entlang, bis das Grün sich teilte und sie freien Blick aufs Wasser hatte. Sie atmete tief die Aussicht und die frische Luft ein, und für einen Moment schienen alle Sorgen verschwunden. Ihre Geldprobleme, ihre Wohnsituation, Stefan, Dana, ihre berufliche Zukunft. Ein sanfter Wind blies ihr die Locken ins Gesicht. In der Ferne sah sie ein paar Segelboote übers glänzende Wasser gleiten. Dahinter nichts als weite Weiden und Felder.

Jill setzte sich auf den Steg und ließ die Füße ins kühle Wasser sinken. Was für ein wunderhübsches Fleckchen Erde. Um ihre Füße herum schwamm eine Rebhuhn-Familie in der Hoffnung auf Brotkrumen. Die Küken waren um diese Jahreszeit schon fast so groß wie ihre Eltern, nur ihr Gefieder war noch etwas heller und flauschiger. Unwillkürlich musste Jill an Franka denken. Sie hatte tatsächlich Sehnsucht nach ihrem Enkelkind. Sobald sie zurück in Hamburg war, würde sie Tim anrufen und fragen, ob sie einmal mit ihr spazieren gehen konnte.

Ein Motorengeräusch störte die Idylle. Einige Meter entfernt schob sich eine polierte Motoryacht über den Fjord. Jill musste an das Jobangebot denken. Ihr graute ein bisschen vor der Aussicht, mehrere Wochen lang auf einem Kreuzfahrtschiff eingesperrt zu sein. Aber woher sollte das Geld sonst kommen? Es sei denn ... Ruckartig stand Jill auf. Es sei denn, sie holte sich das Geld dort, wo es im Überfluss vorhanden war. Bei Leuten, die Motoryachten besaßen, die Kreuzfahrten buchten, deren Wohnungen in der Hafencity einzig dafür eingerichtet schienen, dass mal ein Fotograf von *Architektur heute* vorbeischaute. Diese Menschen hatten anscheinend alles. Bis auf eines: das echte Leben, Authentizität. Und die könnte Jill ihnen verschaffen. Sie könnte exklusive Reisen für sie organisieren, wahre Abenteuer. Mit Schönheitschirurgen und Managerinnen durch Borneo streifen und nur das essen, was der Urwald für sie bereithielt. Mit verwöhnten Jugendlichen über die Alpen wandern, dreißig Tage kein Internet und kein Handy. Mit Burnout-Managern im Outback durch die Riten der Aborigines wieder zu sich selbst finden.

Natürlich, zu einer Geschäftsidee gehörte Kapital, das Jill nicht hatte. Und welche Bank würde ihr in ihrer finanziellen Lage einen Kredit gewähren? Also doch erst mal den Kreuzfahrt-Job annehmen. Dann hätte sie etwas Luft, könnte finanziell wieder auf die Füße kommen und wäre kreditwürdig. Und nebenbei würde sie ihre Idee ausarbeiten und Kontakte knüpfen. Zu Geldgebern und zukünftigen Kunden. Sie sah es genau vor sich. Es war nicht das erste Mal in ihrem Leben, dass sich eine Tür schließen musste, damit sie überhaupt auf die Idee kam, Ausschau nach einer anderen zu halten, die vielleicht offen stand.

In diesem Moment klingelte das Handy in ihrer Brusttasche. In dieser Stille klang es merkwürdig schrill.

«Jill?» Es war Tim.

«*Honey*, wie geht es euch? Ist mit Franka alles okay?»

Tim lachte. «Mit der ist alles bestens, kriegt langsam richtige Pausbacken. Mir geht's auch gut. Es läuft alles, fast ein bisschen zu gut, weil irgendwie alles gleichzeitig passiert, ich mich aber nicht zweiteilen kann. Ich hab ja gerade erst die Prüfungen hinter mich gebracht ...»

«*I know!* Wie toll, dass es so gut gelaufen ist. Aber wo liegt das Problem?»

«Also, ich hab die Zusage für ein sechswöchiges Praktikum bekommen, bloß ... ausgerechnet in München.»

«Oh ... verstehe. Aber das ist doch toll.»

«Ja, schon, nur ... ich mag Hanna nicht so lange mit der Kleinen alleine lassen. Ihre Mutter hat angeboten, für die Zeit zu ihr zu ziehen, aber Hanna sagt, es wäre ihr lieber, wenn ... Ach, ich trau mich gar nicht zu fragen.»

«Ich komme», sagte Jill.

«Das würdest du tun?», fragte Tim.

«Natürlich, ich ziehe für die Zeit bei euch ein. Ich muss sagen ... ich mag deine Hanna. Und in Franka habe ich mich, glaube ich, ein bisschen verliebt. Außerdem habe ich gerade keine Wohnung.»

«Wie bitte?», fragte Tim amüsiert. Er schien nicht ernsthaft entsetzt, er war einiges von seiner Mutter gewöhnt.

«Erzähle ich dir alles heute Abend. Ich habe eine etwas längere Anreise vor mir, aber ich bin quasi unterwegs.»

Als Jill auflegte, fasste sie einen Entschluss. Bevor sie wieder in diesen Regionalbus stieg und dann in die Bummelbahn und dann wieder Richtung Hamburg tuckerte, würde sie etwas tun, das sie schon viel zu lange nicht getan hatte. Sie entledigte sich behände ihres Wickelkleides, bis sie nur in Unterwäsche auf dem Steg stand, und blickte lächelnd übers Wasser. Dann nahm sie ein paar Schritte Anlauf. Und sprang.

Dana schlug die Augen auf und sah auf den Wecker. Schon fast elf Uhr. War heute Sonntag? Nein, Samstag. Sie setzte sich auf. Ihr Kopf brummte. Draußen regnete es. Ihre Wohnung schien ihr im Vergleich zu Mattis' Haus plötzlich so aufgeräumt und leer, irgendwie fühlte sie sich gar nicht mehr richtig nach zu Hause an. Die Tür zum Flur stand offen, auf der Kommode blinkte hektisch der Anrufbeantworter. Langsam stieg Dana aus dem Bett. Sie dachte an den gestrigen Abend, kniff die Augen zusammen und schüttelte den Kopf. Was hatte sie da bloß getan? Sie holte sich das Telefon aus dem Flur und ging damit wieder ins Bett, dann drückte sie auf das Anrufbeantwortersymbol und hörte die einzige neue Nachricht ab. Sie war von Mattis.

«Dana, ich kann dich nicht erreichen, wo steckst du denn? Es ist schon so spät ... Bitte melde dich mal.»

Mehr nicht, das war's. Das konnte alles und nichts bedeuten. *Wir müssen reden* genauso wie *Hol bitte mal deine Sachen ab, ich will die hier nicht mehr haben.* Nach *Du fehlst mir* klang es eher nicht.

Was sollte sie jetzt machen? Für den Fall, dass sie sich bei Mattis meldete, sollte sie sich vorher darüber klarwerden, was sie wollte.

Die letzten Wochen waren so unfassbar anstrengend gewesen. Klar, es hatte auch schöne Momente gegeben, in denen Dana das Familienleben wirklich genossen hatte, aber es verlangte schon allen sehr viel ab.

Von der Nummer ihrer Eltern aus war mehrfach versucht worden, sie zu erreichen. Bestimmt ihr Vater, der jedoch keine Nachricht hinterlassen hatte. Sie wollte das Telefon gerade weglegen und ins Bad gehen, als es klingelte. Wieder die Nummer ihrer Eltern. Aber sie hatte keine Lust, sich die Rechtfertigungen ihres Vaters anzuhören. Sie ließ den Anrufbeantworter anspringen. Zuerst blieb es still, aber dann begann ihr Vater zu sprechen:

«Dana, ich bin's, Papa. Hör zu, ich wusste das nicht, ich wusste nicht, dass ihr euch kennt, Jill und du. Das macht es natürlich nicht besser, ich ...»

Dana spürte dieselbe Wut in sich aufsteigen wie am Abend zuvor.

«... ich würde dir das gern in Ruhe erklären. Mama weiß übrigens Bescheid, ich hab mit ihr geredet, vorher schon und ... na ja, das ist nichts für den Anrufbeantworter.»

Reflexartig hob sie ab. So einfach würde sie es ihm nicht machen. «Ich bin da, Papa. Was gibt es denn zu erklären, was du dem Anrufbeantworter nicht anvertrauen willst? Du kannst es mir jetzt persönlich sagen.»

Ihr Vater schwieg einen Moment, dann sagte er: «Schön, dass du doch noch drangegangen bist.»

«Versprich dir nicht zu viel davon», sagte Dana barsch.

Sie hörte, wie er einmal durchatmete. Dann sagte er: «Können wir uns nicht kurz treffen? Ich würde wirklich lieber persönlich mit dir reden.»

«Möchte ich lieber nicht, mir geht's nicht so gut.»

«Das tut mir leid ...» Wieder trat Stille ein, gegen die Dana nichts unternahm. «Also gut», sagte er schließlich. «Ich habe mich in diesem Sommer in Jill verliebt, und ich habe mich auch nicht lange dagegen gewehrt, da will ich ehrlich sein.»

«Wie edel von dir», sagte Dana trocken.

Ihr Vater seufzte. «Ich weiß nicht, ob das so Sinn hat.»

Beinahe hätte Dana gesagt *Dann lassen wir's doch*, aber sie besann sich eines Besseren. Sie waren beide erwachsen, auch wenn sie sich gerade nicht so fühlte, und ihr Vater hatte es verdient, dass sie ihn wenigstens anhörte. «Hat es», sagte sie ruhiger. «Entschuldige. Erzähl.»

«Gut. Also ... Nachdem ich Jill das erste Mal getroffen hatte, bin ich zu deiner Mutter gegangen und habe ihr gesagt, dass ich mich verliebt habe.»

Dana setzt sich auf die Bettkante, entschlossen, ihren Vater nicht mehr zu unterbrechen und einfach zuzuhören.

Sie ließ sich erzählen, wie vorwurfsvoll ihre Mutter auf die

Eröffnung reagiert hatte, wie sie ihn an ihr Ehegelübde erinnert und ihm das Versprechen abgenommen hatte, Jill nicht mehr zu sehen. Und wie er sich dann doch nicht daran gehalten, aber auch das gebeichtet hatte, verwirrter denn je.

«Manchmal ist es kompliziert in der Liebe», sagte ihr Vater. «Als wir geheiratet haben, konnte ich mir nicht vorstellen, dass mir so etwas mal passiert, also ... dass ich mal ein Mann sein würde, der seine Frau betrügt. Aber das war wahrscheinlich blauäugig. In fünfunddreißig Jahren Ehe kann viel geschehen.»

Und das hatte ja auch sein Gutes, dachte Dana, wer wollte schon fünfunddreißig Jahre Stillstand?

«Gerade weil wir uns so früh kennengelernt haben, hab ich mich immer mal gefragt, wie mein Leben wohl sonst verlaufen wäre, wen man getroffen hätte.»

Was man verpasst hat, dachte Dana. Ein Gedanke, den sie nur zu gut kannte.

«Na ja, jedenfalls, ich liebe deine Mutter, und das wird sich auch nie ändern. Und wenn man jemanden gefunden hat, mit dem man wirklich sein Leben teilen möchte, mit dem man sich auseinandersetzen, den man verstehen und dem man sich verständlich machen will, dann wäre man doch blöd, bei jeder Krise alles hinzuschmeißen», sagte ihr Vater, und Dana ertappte sich dabei, wie sie nickte.

Nachdem sie aufgelegt hatte, trat Dana ans offene Küchenfenster. Es hatte sich eingeregnet. Nicht mehr lange, und die ersten Blätter würden sich verfärben. Sie schloss das Fenster, holte ihren Laptop in die Küche und klappte ihn auf. Eigentlich musste sie in die Uni, es war noch so viel Organisatorisches für die Konferenz zu erledigen, das sie wegen ihres Vortrags zu lange liegen lassen hatte. Aber das Risiko, Paul in die Arme zu laufen, wollte sie heute nicht eingehen, dem würde sie noch früh genug wiederbegegnen. Dann würde sie eben erst mal ihre Mails abarbeiten, das konnte sie genauso gut hier machen. Sie öffnete ihr Mailprogramm, und plötzlich hatte sie Angst, eine Abschiedsmail von Mattis vorzufinden. Aber da war keine Nachricht von ihm, da war gar nichts Wichtiges, nur Administratives, die Einladung einer Freundin und eine Mail mit dem Link zu Marens *Mamablog*, bei dem es offenbar einen neuen Eintrag gab. Ohne lange nachzudenken, klickte Dana darauf und las:

> Ihr Lieben,
> ich habe euch ein bisschen vernachlässigt, und das tut mir leid, aber es hatte seine Gründe. Und die will ich euch jetzt auch mitteilen. Ich beschreibe hier ja gerne die schönen Seiten des Lebens, insbesondere des Familienlebens, aber manchmal läuft es nicht, wie man es gern hätte, das kennt ihr sicher alle. Und genauso war es in letzter Zeit bei mir.
> Mein Mann und ich haben uns getrennt – genauer gesagt, hat er mich verlassen. Und das hat mir so sehr den Boden unter den Füßen weggezogen, dass ich es lange Zeit nicht wahrhaben wollte. Und dann habe ich auch noch diesen furchtbaren Unfall gebaut, bei dem ich mir mehrere Knochen gebrochen habe und nicht mehr aufrecht stehen konnte. Gebrochene Knochen, gebrochenes Herz.
> Erst war ich wochenlang ans Krankenhausbett gefesselt, dann ans Sofa. Wochen, in denen ich manchmal vor Langeweile fast eingegangen wäre, in denen ich aber auch viel Zeit hatte nachzudenken. Bis gestern habe ich noch gehofft, dass unsere Ehe noch eine Chance hat, dass wir wieder eine Familie werden. Leider hat dann ein Moment, in dem keiner mehr mit seinen wahren Gefühlen hinter dem

Berg gehalten hat, bittere Gewissheit gebracht. Es wird nichts mehr mit meinem Mann, und auch nicht mit der heilen Familie.

Aber so erstaunlich das ist: Ich habe gar keine Tränen mehr. Ich habe genug gelitten und jetzt einen ganz merkwürdigen Schub von Tatendrang, von Wieder-auf-die-Beine-kommen-Wollen. Ich bin selbst überrascht, wie ich mich heute fühle. Endlich bin ich wieder in meinem Zuhause, seelisch wund, aber körperlich halbwegs kuriert. Heute ist dann wohl der erste Tag vom Rest meines Lebens, wie wir es in den Achtzigern ausgedrückt haben. Ein Ende, ein Neuanfang. Wünscht mir Glück.

Eure Maren

Dana war verblüfft. Maren war wieder in ihrer Wohnung? Das war aber nicht geplant gewesen. So gewöhnungsbedürftig sie diese öffentliche Form von Seelenstriptease fand, so gern hätte sie noch viel genauer gewusst, was da passiert war. *Ein Moment, in dem keiner mehr mit seinen wahren Gefühlen hinter dem Berg gehalten hat* – sollte das heißen, Maren hatte Mattis gesagt, dass sie ihn zurückwollte? Aber was waren Mattis' wahre Gefühle? Als Dana Maren und Mattis das letzte Mal gesehen hatte, lagen sie einträchtig nebeneinander und waren sich darüber einig, wie verantwortungslos Dana war. Nicht zuletzt deshalb war Dana ja abgehauen. Aber danach musste zwischen ihnen etwas vorgefallen sein, sonst wäre Maren wohl kaum in ihre Wohnung zurückgekehrt und würde in so klaren Worten ihre Lebenssituation beschreiben, Worten, die gar nicht mehr nach ihrem üblichen *Peace, Love and Harmony* klangen. Mattis musste sie abgewiesen haben, anders konnte sich Dana diesen Text nicht erklären. Unter dem Eintrag standen unzählige Kommentare, die Dana kurz überflog. Alle drückten ihr Mitgefühl und ihren Respekt für diesen offenen Umgang mit der Trennung aus und wünschten Maren alles Gute und viel Kraft. Unter anderen Umständen hätte Dana sich sofort bei Jill gemeldet, bestimmt wusste sie mehr. Aber die würde sie ganz bestimmt nicht anrufen. Und Mattis auch nicht. Zu Mattis würde sie hinfahren. Und zwar jetzt.

Zehn Minuten später saß sie im Auto, sie hatte nur schnell Zähne geputzt und sich Jeans und T-Shirt übergezogen, für alles andere hatte sie keine Geduld gehabt. Ihr ganzer Körper kribbelte, sie musste jetzt zu Mattis, musste wissen, was los war, nicht nur mit ihm und Maren, sondern vor allem mit ihnen beiden. Dana drehte die Musik lauter und grölte mit extra rauer Stimme mit:

Ich will nicht jeden Morgen von neuem
Letzte Nacht bereu'n
Ich würd viel lieber jeden Morgen von neuem
Von dir träumen

Der Song war wie für sie geschrieben. Sie hatte es so satt. So was wie letzte Nacht. Ein Glück, ein Glück, ein Glück war sie rechtzeitig weggelaufen. Weglaufen konnte nämlich auch etwas Gutes sein. Und jetzt tat sie schließlich das Gegenteil: Sie lief nicht weg, sondern hin, zu Mattis. Danas Magen zog sich zusammen. Hoffentlich war er da, hoffentlich war er allein, hoffentlich freute er sich, sie zu sehen. Denn wenn er sie jetzt wegschickte, wenn er sie nicht mehr wollte, dann würde sie es im Leben bestimmt nie wieder schaffen, noch mal zu jemandem hinzulaufen.

Es machte niemand auf, als sie an der Haustür klingelte. Dana überlegte, ob sie ein drittes Mal klingeln sollte, ließ es dann aber bleiben. Und den Haustürschlüssel, den sie immer noch hatte, wollte sie nicht benutzen. Unschlüssig ging sie die Stufen wieder hinunter, an der Backsteinmauer entlang und dann ein Stückchen um das Haus herum und lugte um die Ecke. Und da sah sie Mattis. Er saß in der Hollywoodschaukel, neben sich die kleine schwarze Katze, die Matilda so liebte. Er trug Jeans und seinen St.-Pauli-Kapuzenpulli und hatte seinen Laptop auf dem Schoß, blickte jedoch darüber hinweg in die Bäume am Ende des Gartens. Er sah traurig aus. In diesem Moment bemerkte er sie, sah sie an, als hätte er ihre Gegenwart gespürt. Er lächelte, wirkte dabei aber immer noch traurig. Ohne etwas zu sagen, klopfte er mit der flachen Hand neben sich auf das Sitzpolster. Dana ging auf ihn zu, unsicher, was jetzt folgen würde. Besonders begeistert, sie zu sehen, wirkte er nicht, aber auch nicht abweisend. Sie setzte sich mit einer Art Anstandsabstand neben ihn, und einen Moment blickten sie sich nur an.

«Wusstest du, dass Jill was mit meinem Vater hat?», fragte Dana, ohne groß nachzudenken.

Mattis lachte. «Wie bitte? Seit wann das denn?»

«Ungefähr seit deinem Geburtstag. Sie ist total verliebt. Sie wollte ihn mir *vorstellen*. Ich meine ... wie klein ist denn die Welt? Wie groß kann ein Zufall sein? Das ist doch absurd.»

Mattis schüttelte den Kopf. «Aber das ist kein Zufall. Ich hab ihr doch selbst seine Nummer gegeben, als sie solche Zahnschmerzen hatte. Ich hab dich noch danach gefragt, weißt du nicht mehr?»

Dana stöhnte. Das wurde ja immer besser. Dann war sie also auch noch selbst schuld, dass die beiden sich kennengelernt hatten.

«Du kanntest ja Jill noch nicht», sagte Mattis, als hätte er ihre Gedanken erraten. Er schüttelte kichernd den Kopf.

«Das ist nicht witzig, Mattis!» Es ging schließlich um die Ehe ihrer Eltern.

«Entschuldige. Es ist nur so typisch Jill», sagte Mattis. Dann wurde er wieder ernst. «Maren ist übrigens wieder zu Hause. Sie wollte nicht mehr hierbleiben.»

«Warum denn so plötzlich?», fragte Dana, die das zwar im Grunde wusste, es aber aus Mattis' Sicht hören wollte. «Sie schien sich hier doch ganz wohlzufühlen.»

«Ja. Ja ... ähm ...»

«Ja?»

«Also, an dem Tag nach diesem Feuerwehrvorfall ist ziemlich deutlich geworden, dass Maren sich noch Hoffnungen macht, dass es mit uns noch mal was werden könnte.» Dana hätte am liebsten *Hab ich doch gesagt!* gerufen, riss sich aber zusammen. «Mir blieb nichts anderes übrig», fuhr Mattis fort, «als ihr klarzumachen, dass dem nicht so ist, und ... na ja, sie hat das akzeptiert und ist gegangen. Ist ja auch verständlich, dass sie dann nicht mehr hierbleiben wollte.»

Dana nickte. Nach allem was passiert war, fiel es ihr schwer, Mitleid zu empfinden, aber sie musste schon sagen, dass Marens Verhalten ihr Respekt abverlangte. Viele Frauen würden in so einer Situation wahrscheinlich um sich beißen, und sicher kostete sie all das große Überwindung.

«Es tut mir leid, wie ich mich an dem Abend nach dem Schwelbrand verhalten habe», sagte Mattis jetzt. «Aber es hat mich echt irritiert, dass du die Kinder allein gelassen hast und –»

«Marla hat gesagt, es wäre in Ordnung, Mattis», fiel Dana ihm ins Wort. «Und dieser Zettel, von dem Maren gesprochen hat, den habe ich nie gesehen! Das musst du mir glauben, da stimmt irgendwas nicht.»

«Ist ja merkwürdig», sagte Mattis nachdenklich. «Wobei ... Ich hab da einen Verdacht. Matilda hat mir erzählt, dass Marla an dem Nachmittag, an dem sie sich im Wohnzimmer die Höhle gebaut hat, Besuch von einem Jungen aus ihrer Klasse hatte, Leo. Sie hat Matti deshalb nicht im Garten haben wollen, und Erwachsene bestimmt schon gar nicht. Er ist dann wohl abgehauen, als Maren kam, ohne dass es jemand gemerkt hat. Ich hatte noch keine Gelegenheit, mit ihr drüber zu sprechen, hier ging es drunter und drüber.»

«Du meinst, sie wollte allein sein und hat Marens Zettel deshalb verschwinden lassen?»

Mattis wiegte den Kopf. «Möglich. Ich werd noch mal mit den beiden reden. Muss ich sowieso. Jill hat mich angerufen, weil sie sich Sorgen um Marla macht. Sie hat mir das mit Marlas Videoblog erzählt.»

«Ja», sagte Dana, «mir auch.»

«Schrecklich.» Mattis schüttelte den Kopf. «Jill macht sich Vorwürfe, weil sie Marla irgend so eine App erklärt hat – nicht wissend, was sie damit vorhatte. Aber eigentlich müssen Maren und ich uns Vorwürfe machen. Wir sind so mit uns selbst beschäftigt gewesen, dass wir gar nicht mitgekriegt haben, was Marla so treibt ...»

«Ich hab es auch nicht mitbekommen», sagte Dana. «Obwohl uns hätte auffallen können, dass sie andauernd an unerwarteten Stellen aufgetaucht ist.»

«Und immer ihr Handy dabeihatte», ergänzte Mattis. Dana nickte lächelnd, aber Mattis' Gesichtsausdruck war ernst. «Das ist natürlich nicht in Ordnung. Marla ist viel zu jung, um abschätzen zu können, was es bedeutet, sich im Internet so zu exponieren», sagte er. «Maren wird ausflippen. Ich rede morgen mit ihr. Heute ist ja ihr erster richtiger Tag zu Hause, da will ich sie erst mal in Ruhe lassen.»

«Das ist wahrscheinlich eine gute Idee», sagte Dana, die keinen Zweifel hatte, dass Mattis seine Tochter, nachdem er nun wusste, was sie da trieb, in Zukunft besser im Auge behalten und unter seine Fittiche nehmen würde. Sie war auch sicher, dass er und Maren ihrer großen Tochter verständlich machen konnten, dass es ein Unterschied war, ob man als Erwachsene bewusst entschied, wie viel man in einem Blog von seinem Privatleben preisgab, oder ob man als Teenager andere Leute per Video bloßstellte, ohne dass diese davon wussten.

«Das ist schon ein merkwürdiges Alter», sagte Mattis. «Kommt ins Bett kuscheln wie ein kleines Kind, und dann stellt sie sich vor der Kamera dar, als wäre sie total abgeklärt und mindestens zehn Jahre älter.»

Dana nickte und fragte sich, wie sie jetzt die Kurve zu dem Thema bekommen sollte, das sie unbedingt ansprechen musste, denn deshalb war sie gekommen. Als ihr nichts einfallen wollte, beschloss sie, es ohne Kurve einfach direkt anzugehen.

«Als du eben gesagt hast, es hätte dich irritiert, dass ich die Kinder allein gelassen hab ... Mich hat total irritiert, dass du dich nicht auf meine Seite geschlagen hast an dem Abend. Das hat mich sehr verletzt.»

Mattis nickte. «Ich weiß, ich hätte Partei für dich ergreifen müssen. Aber es war so ein furchtbarer Tag, eine einzige Katastrophe. Die Kinder hatten einen Riesenschreck, Maren war völlig fertig und hat Solidarität erwartet. Und dann kamst noch du, und ... ich fürchte, ich war einfach überfordert. Es tut mir leid!»

Dana nickte. Das war zwar nachvollziehbar, aber sie hatte nicht den Eindruck, dass es schon alles war. «Ich hatte aber schon an den Tagen davor das Gefühl, dass du distanzierter bist als sonst. Da war doch irgendwas, oder?»

«Na ja ...» Mattis rutschte auf der Hollywoodschaukel, die dadurch heftig vor und zurück schwang, so herum, dass er Dana besser ansehen konnte. Die Katze sprang auf den Rasen und verschwand im Garten. «Ich hatte den Eindruck, als hättest du das, was wir in deinem Büro besprochen haben, gar nicht ernst gemeint. Als wäre es von dir nur ein Lippenbekenntnis gewesen, dass die Kinder natürlich zu mir dazugehören. Und kurz danach hast du dann ja auch gesagt, es wären schließlich nicht deine Kinder.»

«*Was?*», rief Dana entsetzt. «So was würde ich nie sagen!»

«Doch, in der Küche hast du zu mir gesagt, ich soll nicht vergessen, dass du nur meinetwegen da bist, schließlich sind es nicht deine Kinder. Und, bei aller Liebe, wenn du so zu meinen Kindern stehst, dann kann ich mir nicht vorstellen ...» Mattis wandte den Blick ab. «Dann weiß ich wirklich nicht, wie –»

«Aber das war ganz anders!», rief Dana. «*Du* hast zu *mir* gesagt, ich soll nichts machen, was ich nicht will, es sei schließlich nicht meine Familie. Das waren deine Worte, in meinem Büro, und die hab ich *zitiert*, als wir in deiner Küche standen.»

«Ja?»

«Ja!»

«Mich hat das unheimlich getroffen.»

«Das hab ich gemerkt. Wäre ja auch verständlich, wenn ich so eine bescheuerte Meinung hätte – hab ich aber nicht!» Einigermaßen beruhigt, weil Mattis ihr jetzt offenbar glaubte, atmete Dana einmal durch, bevor sie weitersprach. «Weißt du, was ich denke? Ich denke, dass uns diese Situation ziemlich früh ziemlich viel abverlangt hat. Wir haben unterschätzt, was es bedeutet, in einer Patchwork-Familie zu leben. Das Päckchen, das der andere mitbringt, die anderen Menschen in seinem Leben ... und wir haben uns *über*schätzt. Ich mich jedenfalls. Ich dachte, ich kenn das alles aus der Theorie, ich mache das mit links.»

Mattis sah sie an und wandte dann den Blick ab. Nach einer Weile sagte er mit seiner tiefen Stimme: «Das klingt alles so rückblickend und analytisch. Als hättest du mit uns abgeschlossen.»

Ohne jede Vorwarnung füllten sich Danas Augen mit Tränen. «Nein», sagte sie, «nein, so meine ich es nicht. Ich frage mich nur, ob wir da heil rauskommen können. Es ist alles so chaotisch, und ich weiß überhaupt nicht –»

Mattis nahm ihre Hand in seine und sah sie eindringlich an. «Wir kommen da heil raus. Und nicht nur wir beide. Wir kommen da alle heil raus. So chaotisch, wie es in letzter Zeit war, wird es in Zukunft nicht mehr sein. Maren möchte, dass die Kinder bei ihr bleiben und nur jedes zweite Wochenende zu uns kommen, und ich hab zugestimmt. Wir werden ja sehen, wie es läuft und wie sich das entwickelt. Aber dass mein Traum von der Großfamilie unter einem Dach für euch alle etwas viel war, das hab ich kapiert.» Er rückte näher an sie heran und legte den Arm um sie. «In zehn Tagen werden übrigens definitiv die Stühle ausgeliefert. Was meinst du, wollen wir danach ein paar Tage zusammen wegfahren? Nur du und ich?»

Dana durchströmte ein Hochgefühl, als führe sie mit der Achterbahn Richtung Himmel. Von wegen Auflösungsphase! Diesmal nicht! Plötzlich ganz albern vor Glück und Erleichterung, sagte sie in gespielt nachdenklichem Ton: «In zehn Tagen? Muss ich mal überlegen ...»

«Ja, überleg dir das mal lieber gut», sagte Mattis nickend, aber dann zog er sie plötzlich längs auf die Hollywoodschaukel, sodass Dana erschrocken aufschrie und vor Lachen fast aus der hin und her schwingenden Kuhle fiel, in der sie lag. Mattis konnte sie gerade noch festhalten. «Hast du jetzt genug überlegt?»

Mattis' Gesicht war so nah an ihrem, dass Dana den geliebten Duft nach Holz und Teebaum einatmen konnte und nur noch eins wollte: ihn küssen.

«Also ... ich glaub, ich kann das einrichten, ja.» Sie legte die Arme um seinen Hals und zog ihn an sich.

Dank

Ich danke meiner Lektorin Friederike Ney für ihre konstruktive Kritik von der ersten Idee bis zum fertigen Manuskript und für ihre stets beruhigende Ausstrahlung, meinem Agenten Lars Schultze-Kossack für seinen unermüdlichen Einsatz, Alexandra Heneka für ihr genaues Nachhaken in der Konzeptionsphase, Meike Werkmeister für Rat und Tat auf der Zielgeraden sowie Gundula König und meiner Schwester Nadine fürs aufmerksame Probelesen. Ihr seid die Besten!

Quellenverzeichnis

Die Zeilen auf Seite 309 stammen aus dem Song *Jeden Morgen* von AnnenMayKantereit.

Unter dem Titel *«Und sie lebten glücklich bis ans Ende ihrer Tage». Eine soziologische Analyse der Auflösungsphase in Zweierbeziehung und Ehe* gibt es zwar, soweit ich weiß, kein Seminar, aber eine Studienarbeit aus dem Jahr 2014, die in Heftform im Internet zu beziehen ist (Jackeline Bernarding, GRIN Verlag GmbH, 2014).

Die soziologischen Texte, die Dana liest und schreibt, gehen auf das Buch *Leben in Patchwork-Familien* von Gerhard Bliersbach zurück, zum Teil wortwörtlich, zum Teil habe ich zusammengefasst oder leicht abgeändert (Psychosozial-Verlag, 2010).

Anneke Mohn bei rororo

Apfelrosenzeit

Kirschsommer

Unter einem Dach

MIX
Papier aus verantwortungsvollen Quellen
FSC® C083411
FSC
www.fsc.org

Das für dieses Buch verwendete Papier ist FSC®-zertifiziert.